16	3	2	13
5	10	11	8
9	6	7	12
4	15	14	1

Coleção LESTE

A. P. Tchekhov

A DAMA DO CACHORRINHO

e outros contos

Organização, tradução, posfácio e notas
Boris Schnaiderman

editora 34

EDITORA 34

Editora 34 Ltda.
Rua Hungria, 592 Jardim Europa CEP 01455-000
São Paulo - SP Brasil Tel/Fax (11) 3811-6777 www.editora34.com.br

Edição conforme o Acordo Ortográfico da Língua Portuguesa.

Capa, projeto gráfico e editoração eletrônica:
Bracher & Malta Produção Gráfica

Revisão:
Alexandre Barbosa de Souza
Cide Piquet

1ª Edição - 1999 (1 Reimpressão - 2001), 2ª Edição - 2005,
3ª Edição - 2006, 4ª Edição - 2009, 5ª Edição - 2011,
6ª Edição - 2014 (4ª Reimpressão - 2025)

Catalogação na Fonte do Departamento Nacional do Livro
(Fundação Biblioteca Nacional, RJ, Brasil)

Tchekhov, A. P., 1860-1904
T251d A dama do cachorrinho e outros contos /
A. P. Tchekhov; organização, tradução, posfácio
e notas de Boris Schnaiderman — São Paulo:
Editora 34, 2014 (6ª Edição).
368 p. (Coleção LESTE)

ISBN 978-85-7326-144-8

1. Literatura russa. I. Schnaiderman, Boris.
II. Título. III. Série.

CDD - 891.73

A DAMA DO CACHORRINHO
e outros contos

AO LEITOR

Boris Schnaiderman

Esta nova edição dos *Contos* de A. P. Tchekhov (título da publicação de 1959 pela Civilização Brasileira), agora com outro nome, livro por mim organizado e traduzido, constitui versão completamente refundida do volume inicial, embora eu tenha mantido a mesma seleção.

A primeira tradução foi refeita, o que me parece absolutamente indispensável, sempre que decorre período longo entre uma e outra edição. O livro ainda teve duas pela Max Limonad, em 1985 e 1986 respectivamente, mas esta quarta edição é um texto novo.

A partir da segunda, substituí o prefácio por uma nota biográfica e, no final, há um posfácio: pareceu-me mais adequado não iniciar o conjunto com uma interpretação pessoal. Depois do posfácio, vem um apêndice, com algumas informações suplementares sobre os contos traduzidos. Seu texto foi também consideravelmente modificado nas novas edições, mas conserva a característica inicial: alguns dados sucintos, sem pretensão a abordagem crítica.

Para a última reelaboração, pude valer-me de duas contribuições muito valiosas. Jerusa Pires Ferreira fez anotações com vistas a essa reelaboração, e eu pude contar com a ajuda completamente inesperada de Dalton Trevisan. Depois da publicação pela Max Limonad, ele me enviou uma carta muito gentil, seguida de outras em que apontava alguns defeitos, sobretudo em meu posfácio e nas notas, e que assim pude corrigir. Nesse diálogo epistolar, ficou evidenciada a sua grande familiaridade com os textos de Tchekhov.

Além da presente coletânea, organizei e traduzi outra, com novelas e contos mais ou menos longos de Tchekhov, *O beijo e outras histórias*, São Paulo, Boa Leitura, 1961. A editora deixou de existir depois disso, mas cedeu os direitos ao Círculo do Livro, que a reeditou. Depois o título foi transferido por essa editora para a Abril, que tirou dele várias edições com outro nome, substituindo o meu prefácio pela peça *Três irmãs*, em tradução de Maria Jacintha, e infelizmente sem qualquer nova revisão minha. Por fim, no primeiro semestre de 2006, a Editora 34 reeditou a coletânea, dando-me total liberdade para reelaborar o prefácio, revisar as traduções e fazer acréscimos ao apêndice em que aparecem indicações úteis à leitura.[1]

[1] A. P. Tchekhov, *O beijo e outras histórias*, organização, tradução, prefácio e notas de Boris Schnaiderman, São Paulo, Editora 34, 2006 (Coleção Leste).

NOTA BIOGRÁFICA

Anton Pávlovitch Tchekhov viveu de 1860 a 1904. Por conseguinte, sua infância e juventude decorreram no período das reformas de Alexandre II, sua mocidade foi marcada pelo período sombrio que se seguiu ao assassínio do tsar e à ascensão de Alexandre III ao trono, e sua idade madura se desenvolveu quando já se iniciavam os acontecimentos revolucionários que haveriam de subverter toda a estrutura da existência descrita por Tchekhov.

Neto de um servo da gleba e filho de um pequeno comerciante, sua infância decorreu em Taganrog, onde nascera e onde seu pai possuía uma venda. Este o fazia trabalhar da manhã à noite e, admirador dos cantos de igreja, obrigava-o a levantar-se com os irmãos de madrugada, para cantar no coro.

Quando Tchekhov tinha dezesseis anos, o pai faliu, e a família transferiu-se para Moscou, em condições de grande penúria. O jovem permaneceu, porém, na cidade natal e frequentemente deu aulas particulares para garantir a subsistência. Concluído o curso secundário, reuniu-se à família em Moscou, onde se matriculou na Faculdade de Medicina.

Embora mostrasse desde cedo grande pendor para a literatura e o teatro, foi conscientemente que escolheu a profissão de médico. Exerceu-a de 1884 a 1897 e sempre conservou profunda admiração pelo trabalho científico. Chegava a afirmar que a medicina era a sua esposa legítima, enquanto a literatura seria a amante.

Enquanto fazia o curso de Medicina, persistiu a necessidade de ganhar dinheiro. Aproveitou então a sua facilidade de narrador e enviou a revistas humorísticas crônicas ligeiras e pequenos contos, ao gosto da época.

Teve grande êxito, embora desde cedo fosse também vítima dos ataques da crítica. Seu talento humorístico, sua capacidade de apresentar tipos e situações, tornaram-no extremamente popular.

Nos escritos de mocidade, constata-se que, ao lado das anedotas sem um sentido mais profundo, já aparecia o escritor de sensibilidade, preocupado com os problemas humanos. E esta tendência acentuou-se com o passar dos anos. As revistas devolviam-lhe muitos contos, sob a alegação de que eram secos e desinteressantes, mas o escritor insistiu em seu propósito, encontrando então apoio em algumas figuras representativas da vida intelectual russa.

Aos vinte e quatro e vinte e cinco anos, era já um escritor consumado, autor de contos que subvertiam a estrutura tradicional do gênero e traziam para a literatura todo um mundo de província e de capital, de pequenos funcionários e crianças infelizes, de mujiques e estudantes, de professores e médicos, um mundo observado com profunda simpatia e com uma nota de melancolia difusa.

Desde o início, esse mundo estava marcado pela insatisfação do autor, pelo seu protesto social, mas, ao mesmo tempo, ele era avesso aos sistemas organizados de pensamento e de ação. Nunca pertenceu a nenhum partido político, a nenhum agrupamento. Materialista convicto, aliava às vezes esse materialismo a certa nostalgia da religião, chegando a se definir, em seu caderno de apontamentos, como "um racionalista que, pobre pecador, ama ainda o repicar dos sinos".

Em fins da década de 1880, esteve sob a influência do tolstoísmo. Não acreditando então nas perspectivas de uma revolução social na Rússia, viu na doutrina de Tolstói uma concepção do mundo que se adaptava bem a seu próprio anseio de encontrar um caminho mais justo para a sociedade. Mas, conforme se constata por alguns contos e pela correspondência, mesmo no período da maior influência do tolstoísmo sobre ele, a afirmação messiânica e categórica de Tolstói era acrescida, nele, de uma forte dose de ceticismo.

A morte de um irmão em 1889 contribuiu provavelmente para que passasse por uma fase de grande abatimento moral. Ao mesmo tempo, parecem ter se aguçado os seus conflitos interiores. E inesperadamente aquele homem, que estava tuberculoso desde os vinte e quatro anos e, como médico, tinha plena consciência de seu estado, decide-se a uma longa e penosa jornada: depois de intensos estudos preparatórios, empreende uma viagem à ilha de Sacalina, onde pretende investigar as condições de vida dos degredados. Depois de milhares de quilômetros de carro, por estradas péssimas, procedeu pessoalmente a um verdadeiro recenseamento de todos os habitantes, interrogando cada um, embora fossem cerca de 10 mil. Como se vê, o espírito científico e objetivo parecia aliar-se nele à busca da verdade e da justiça, ao anseio moral. Pelo menos, é a suposição que se pode tirar de sua biografia e de algumas de suas cartas: na obra, continua avesso a qualquer atitude doutrinadora. Mas também no plano biográfico, a complexidade surge a todo momento. Assim, pouco antes de partir para a ilha, anotava: "Realmente, vou à ilha de Sacalina, e não apenas por causa dos reclusos, mas à toa. Quero riscar de minha vida um ano e meio".

Depois de regressar de Sacalina, por mar, repudiou claramente o tolstoísmo. Por outro lado, embora continuasse cada vez mais cético em relação aos sistemas de pensamento e de ação política, a efervescência da sociedade russa de seu tempo, os prenúncios de revolução, aparecem de modo flagrante em sua obra.

Tendo adquirido em 1892 uma propriedade rural na região de Moscou, que depois venderia, desenvolveu ali uma atividade intensa na ajuda à população local, inclusive assistência médica por ocasião de uma epidemia de cólera, viajando também por regiões vizinhas assoladas pela fome.

Nos últimos anos de vida, dedicou-se cada vez mais ao conto longo e à novela, bem como ao teatro. Aliás, ao contrário da realização como contista, sua evolução como teatrólogo evidencia longo processo, doloroso e contraditório, pois, não obstante as qualidades dramáticas de uma peça como *Ivanóv* (1887) e de suas pecinhas curtas, só nos últimos anos encontraria sua própria forma de espetáculo teatral, uma forma pessoal e inconfundível, onde o dramático tradicional, baseado na ação, é substituído pela concentração no discurso das personagens.

Em 1901, casou-se com Olga Knipper, atriz do Teatro de Arte de Moscou, teatro esse intimamente relacionado com o surgimento das peças tchekhovianas da fase madura.

Nessa época, passava parte do ano em Ialta, na Crimeia, onde construíra uma casa. Olga Knipper era frequentemente retida em Moscou e Petersburgo pelas exigências da vida teatral.

Tchekhov morreu em Badenweiler, na Alemanha, durante uma viagem empreendida com a mulher.

Deixou muitas dezenas de contos e novelas. Entre seus textos de ficção mais longos, que não foram por isso mesmo incluídos na presente antologia, figuram: *A estepe*, "Uma história enfadonha", "Enfermaria nº 6", *Minha vida*, *O duelo*, "Kaschtanka", "Os mujiques", "Uma crise" etc. A viagem a Sacalina resultou num livro sobre a ilha.

Suas obras teatrais são: uma peça sem título; *Na estrada real* (em um ato); *Sobre os malefícios do fumo* (monólogo em um ato); *O canto do cisne* (em um ato); *Ivanóv* (drama); *O urso* (brincadeira em um ato); *Um pedido de casamento* (brincadeira em um ato); *Um trágico sem querer* (brincadeira em um ato); *Casamento* (em um ato); *O silvano* (comédia); *O jubileu* (brincadeira em um ato); *A gaivota* (comédia); *Tio Vânia* (cenas da vida rural); *Três irmãs* (drama); O *jardim das cerejeiras* (comédia).[1]

Boris Schnaiderman

[1] Respeitou-se aqui a definição que o próprio autor deu a suas peças e que se afasta da noção consagrada de "comédia". Aliás, quando se estreou *A gaivota*, um dos motivos do fracasso inicial, a par da incapacidade dos atores e da maioria do público de se identificar com o tom tchekhoviano da peça, realmente novo no teatro russo, foi talvez o fato de o público estar acostumado com a leveza e graça das peças curtas do autor, as famosas "brincadeiras" de Tchekhov, e esperar algo no gênero.

NOS BANHOS

I

Escuta, figurinha! — gritou o senhor gordo, de corpo alvo, ao divisar entre a névoa um homem alto, esquálido, de barbicha rala e uma grande cruz de cobre sobre o peito. — Mais vapor!

— Eu não sou banheiro, Vossa Alta Nobreza,[1] sou barbeiro. Não me compete dar mais vapor. Quer umas ventosas?

O senhor gordo acariciou os quadris rubicundos, pensou um pouco e disse:

— Ventosas? Está bem, coloca. Não tenho pressa.

O barbeiro correu para a sala contígua e, uns cinco minutos depois, dez ventosas projetavam suas sombras sobre o peito e as espáduas do senhor gordo.

— Eu me lembro do senhor, Vossa Nobreza — começou o barbeiro, colocando a décima primeira ventosa. — No sábado passado, o senhor também tomou banho aqui e, então, lhe cortei os calos. Sou o barbeiro Mikhailo... Lembra-se? O senhor me interrogou, naquela ocasião, a respeito de noivas.

— Ah, sim... E então?

— Nada... Estou comungando agora e é pecado criticar os outros, Vossa Nobreza, mas não posso deixar de lhe dizer francamente minha opinião. Que Deus me perdoe as críticas

[1] Tratamento dispensado, no regime tsarista, a oficiais e funcionários de categoria superior.

que vou fazer, mas as noivas de hoje são todas fúteis, desmioladas... As noivas de antigamente queriam casar-se com um homem que fosse sério, severo, dono de capital, que soubesse julgar as coisas e conhecesse assuntos de religião, mas as de hoje ficam tentadas pela instrução. A gente tem que lhes apresentar alguém instruído, mas, quanto a senhores funcionários ou gente do comércio, não se pode nem mostrar a elas, começam logo a zombar! Existem diversos tipos de instrução... Há, naturalmente, gente instruída que atinge altos cargos, mas outros passam a vida toda como escriturários e, depois, não se tem mesmo com que enterrá-los. Gente assim não falta agora. Costuma vir aqui um desses... instruídos... trabalha nos Correios... Sabe tudo, pode redigir sozinho os telegramas, mas lava-se sem sabão. Até dá pena olhar!

— Pobre, mas honesto! — veio da tábua superior uma voz rouca de baixo. — Temos que nos orgulhar de gente assim. A instrução, aliada à pobreza, testemunha altas qualidades de espírito. Ignorante!

Mikhailo olhou de viés para a tábua de cima... Estava sentado lá, batendo-se com uma vassoura[2] sobre a barriga, um homem macilento, com saliências ossudas por todo o corpo, e que parecia reduzido a pele e costelas. Não se via seu rosto, porque estava completamente coberto de cabelos compridos, que pendiam. Percebiam-se apenas dois olhos repletos de rancor e desprezo, dirigidos para Mikhailo.

— É um desses... de cabelos compridos! — Mikhailo piscou o olho — Desses que têm ideias... Agora, existe um despropósito de gente assim! Não se consegue caçar a todos... Como soltou esses cabelos, o esqueleto! Toda conversa cristã lhe repugna, como o incenso ao tinhoso. Está defendendo a instrução! Pois bem, é de gente assim que as noivas de hoje gostam. Gente exatamente assim, Vossa Alta Nobreza! Dá até

[2] É tradicional, nos banhos russos, o emprego de vassourinhas de tília.

nojo, não é mesmo? No outono, fui chamado por uma filha de *pope*.[3] "Você tem que encontrar para mim, Michel (nas casas, costumam chamar-me de Michel, porque friso cabelo de senhoras), um noivo que seja escritor". Ora, para felicidade dela, eu tinha um assim... Ele costumava ir à taverna de Porfíri Iemieliânitch e ameaçar todos de publicar coisas no jornal. Se o garçom lhe apresentava conta pela vodca, ele logo agredia... "Como? Está me cobrando? Sabe com quem está falando? Sabe que eu posso escrever no jornal que você deixou perverter a alma?" Era fraco, maltrapilho. Tentei-o com o dinheiro do *pope*, mostrei-lhe o retrato da moça e fui apresentá-lo. Arranjei para ele um terno alugado... Não agradou à senhorita! "Tem pouca melancolia no rosto." E ela mesma não sabia que diabo estava querendo!

— É uma calúnia à imprensa! — ouviu-se um baixo rouquenho, vindo da mesma tábua superior. — Porcaria!

— Eu é que sou porcaria? Hum!... Sua sorte, meu senhor, é que estou comungando esta semana, senão lhe diria certas palavras, por essa "porcaria"... O senhor é também escritor?

— Não sou escritor, mas não se atreva a falar daquilo que não compreende. A Rússia já teve muitos escritores, que trouxeram grande proveito ao país e, por isso mesmo, devemos honrá-los, em vez de falar mal deles. Estou me referindo a escritores tanto profanos como religiosos.

— Os religiosos não iam ocupar-se de coisas assim.

— Você, ignorante, não pode compreender. Dmítri de Rostóv, Inokênti de Khersón, Filariét de Moscou e outros luminares da Igreja contribuíram muito, com suas obras, para a difusão do conhecimento.

Mikhailo olhou de viés para seu opositor, balançou a cabeça e fungou.

— Bem, meu senhor, está me dizendo agora umas coisas... — balbuciou, coçando a nuca — umas coisas inteligen-

[3] Sacerdote russo.

tes... Não é à toa que tem cabelos assim. Não é à toa! Estamos compreendendo tudo muito bem e logo vamos lhe mostrar que tipo de pessoa o senhor é. Vossa Alta Nobreza, vou deixar um pouco aí as ventosas e volto logo...

Levantando, enquanto andava, as calças molhadas e fazendo muito barulho com os pés descalços, Mikhailo passou para a sala ao lado.

— Daqui a pouco, vai sair dos banhos um tipo de cabelo comprido — disse, dirigindo-se a um jovem parado atrás do balcão, vendendo sabonete. — Então você, assim... deve vigiá-lo. Está perturbando as pessoas... Tem ideias... Seria bom ir chamar Nazar Zakháritch...

— Você tem que dizer isto aos meninos.

— Logo, vai sair daí um tipo de cabelo comprido — murmurou Mikhailo, dirigindo-se aos meninos, parados perto das roupas. — Está perturbando as pessoas. Vigiem-no bem e corram avisar a patroa, que deve mandar chamar Nazar Zakháritch, para que se lavre logo o flagrante. Está dizendo umas coisas... Tem ideias...

— Quem é que tem cabelo comprido? — assustaram-se os meninos. — Aqui não tirou a roupa nenhum tipo assim como você está dizendo. Ao todo, foram seis que se despiram. Dois tártaros, um senhor, dois negociantes, o diácono... e mais ninguém... Quer dizer que você tomou o padre-diácono por um tipo de cabelo comprido?

— Estão inventando, diabos! Eu sei o que digo!

Mikhailo olhou a roupa do diácono, apalpou a batina e encolheu os ombros... Uma perplexidade extrema espraiou-se em seu rosto.

— E como é ele?

— Magricela, muito louro... Uma barbicha muito fraquinha... Está sempre tossindo.

— Hum!... — balbuciou Mikhailo. — Hum!... Quer dizer que ofendi uma pessoa do clero... Que vexame! Que pecado! Que pecado! E eu que estou comungando, irmãos! Como é que vou me confessar agora, se ofendi uma pessoa do clero? Perdoa, Senhor, a este pecador! Vou pedir desculpas...

Mikhailo coçou a nuca e, compondo uma expressão triste de rosto, dirigiu-se para os banhos. O padre-diácono não estava mais na tábua superior. Parado em baixo, junto às torneiras, de pernas escarranchadas, enchia de água um barrilzinho.

— Padre-diácono! — disse-lhe Mikhailo com voz chorosa. Perdoa a este pecador, pelo amor de Cristo!

— Mas, perdoar-te por quê?

Mikhailo emitiu um profundo suspiro e inclinou-se até o chão, diante do diácono.

— Por ter pensado que o senhor tem ideias na cabeça!

(1885)

II

— Eu me admiro como é que sua filha, com toda a sua beleza e comportamento inocente, não se casou até agora! — disse Nicodim Iegóritch Potíchkin, enquanto subia para a tábua superior.

Nicodim Iegóritch estava desnudo, como qualquer pessoa desnuda, mas tinha um boné sobre a cabeça calva. Temendo uma congestão cerebral ou apoplexia, tomava sempre de boné o banho a vapor. Seu interlocutor, Macar Tarássitch Piéchkin, velhote pequeno, de perninhas finas e azuis, encolheu, em resposta, os ombros e disse:

— Não se casou, porque Deus não me dotou de gênio forte. Sou muito quieto e doce por natureza, Nicodim Iegóritch, e atualmente, não se consegue nada com doçura. Os noivos de agora são ferozes e deve-se agir com eles de acordo.

— Como, ferozes? De que ponto de vista?

— Os noivos estão mimados... Como agir com eles? É preciso atuar com severidade, Nicodim Iegóritch. Não se pode ter muita contemplação, Nicodim Iegóritch. É preciso agir assim: levá-los ao juiz de paz, dar-lhes na cara, chamar um guarda! É uma gente imprestável, sem valor.

Os amigos deitaram-se lado a lado, sobre a tábua superior, e começaram a acionar as vassouras.

— Sem nenhum valor... — prosseguiu Macar Tarássitch. — Sofri muito com aqueles canalhas. Tivesse eu gênio um pouco mais forte e minha Dacha[4] já estaria casada há muito tempo, dando à luz criancinhas. Sim... As solteironas, meu senhor, julgando em sã consciência, são agora, entre as mulheres, uns cinquenta por cento, meio a meio. E note Nicodim Iegóritch, que cada uma dessas moças, quando jovem, teve noivos. E por que não se casou? — pergunto eu. — Por que razão? Foi porque os pais não souberam segurar o noivo, deixaram que escapulisse.

— Isto é verdade.

— Os homens agora são mimados, tolos, livre-pensadores. O noivo quer tudo de graça e com vantagem. Não é capaz de andar um passo sem cobrar. Você lhe fornece o que precisa para seu prazer e ele ainda exige dinheiro. Bem, e dada a palavra, continua fazendo seus cálculos. "Depois de me casar, vou arranjar dinheiro." Isso ainda não seria nada, que coma até rebentar, que tome o dinheiro da gente, mas que se case com a filhinha, que nos faça esta caridade. Mas, às vezes, além de perder dinheiro, a gente acaba sofrendo e chorando. Há uns que ficam noivos e, antes de atingir o ponto final, antes de ir casar na igreja, dão meia-volta e vão ficar noivos de outra. É muito bom ser noivo, só se tem prazeres com isto. Um vidão! Dão-lhe de comer e de beber, emprestam-lhe dinheiro. Alguns estão já calvos, de cabeça toda branca, joelhos dobrando, mas continuam noivos. Ainda outros há que não se casam por estupidez... A pessoa estúpida não sabe o que precisa e fica escolhendo: isso não ser-

[4] Diminutivo de Dária.

ve, aquilo não está bem. Frequenta a casa, fica noivando e, de repente, sem mais nem menos: "Não posso — diz. — Não quero". Pode-se tomar como exemplo disso o primeiro noivo de Dacha, senhor Katavassov. Professor de ginásio, conselheiro-titular...[5] Aprendeu todas as ciências, falava francês, alemão... um matemático, mas constatou-se depois que era um estúpido, um imbecil, e mais nada. Está dormindo, Nicodim Iegóritch?

— Não, não. Cerrei os olhos de prazer...

— Pois bem... Começou ele a arrastar a asa para a minha Dacha. Preciso observar-lhe que Dacha tinha então menos de vinte anos. Era uma moça que causava admiração a todos. Uma tâmara! Cheia de corpo, as formas de acordo etc. O conselheiro-civil Tzitzeronov-Graviânski, que trabalha na administração eclesiástica, ficou se arrastando diante dela de joelhos, pedindo-lhe que fosse ser governanta em casa dele. Não quis! Começou o Katavassov a frequentar nossa casa. Vinha diariamente e ficava sentado com minha filha até meia-noite, conversando sobre Física e outras ciências... Trazia livros para ela, ficava a ouvi-la tocar piano... Insistia principalmente em matéria de livros. A minha Dacha também é sábia, não precisa de nenhum livro, e ele só ficava dizendo: "Leia isso, leia aquilo". Um aborrecimento de morte. Percebi que se apaixonou por ela. Minha filha, porém, não parecia lhe corresponder. "Não me agrada, papai", dizia-me, "por não ser militar". Contudo, apesar de civil, não era mau. Tinha boa posição, nobre, bem-nutrido, sóbrio, que mais era preciso? Pediu a mão, demos a bênção... Nem perguntou pelo dote. Silêncio... Como se ele não fosse uma pessoa de carne e osso, mas espírito imaterializado, e pudesse passar sem dote. Marcou-se a data do casamento. E que pensa? Hem? Três dias antes da cerimônia, esse mesmo Katavassov foi ao meu armazém. De olhos vermelhos e rosto pálido, tremendo com todo

[5] Posto de hierarquia civil, no regime tsarista.

o corpo, como se estivesse assustado... "Que deseja?" "Perdoe-me, Macar Tarássitch", diz ele, "mas não posso me casar com Dária Makárovna. Eu", diz ele, "me enganei. Contemplando sua mocidade florida e ingenuidade, pensei encontrar nela um solo virgem, um frescor d'alma, mas ela já teve tempo de adquirir certas tendências. Tem um fraco", diz ele, "por berloques e miçangas, não conhece o trabalho, hábito que mamou com o sangue materno..." E eu não me lembro bem o que foi que ela mamou... Dizia aquilo e chorava. E eu? Eu, meu senhor, discuti um pouco e deixei que partisse. Não fui ao juiz de paz, não me queixei aos chefes dele, não o desmoralizei na cidade. Se fosse ao juiz, ele teria medo da vergonha e se casaria. Os chefes dele, penso eu, não iam verificar o que foi que ela mamou. Se você perturbou o sossego de uma jovem, tem que se casar. Ouviu dizer o que fez o comerciante Kliákin? É um simples mujique, mas que coisa armou... Em casa dele, havia também um noivo que ia começando a ficar teimoso, a achar que o dote não estava de acordo. Pois bem, aquele Kliákin levou-o para a despensa, trancou a porta, tirou do bolso — sabe? — um grande revólver, com bala na agulha, e disse: "Jura, perante a imagem, que vai se casar, senão", disse, "vou matar-te agora mesmo, canalha. Agora mesmo!". O bichão jurou e casou-se. Está vendo? Mas, eu não seria capaz de fazer aquilo. Mesmo para lutar, não sou lá essas coisas... Certa vez, o ucraniano Briuzdenko, funcionário do consistório, viu também a minha Dacha. Era igualmente de repartição eclesiástica. Viu-a e apaixonou-se. Seguia-a, vermelho como uma lagosta, balbuciava toda espécie de palavras, um calor saía-lhe da boca. De dia, ficava sentado em nossa casa e, de noite, rondava debaixo das janelas. Dacha também se apaixonou por ele. Gostou daqueles olhos ucranianos. Neles, dizia, há fogo e noite negra. O ucraniano ia visitando, visitando a gente, até que pediu a mão de Dacha, que estava, pode-se dizer, encantada, radiante, e logo concordou. "Eu", disse, "papai, compreendo que ele não é militar, mas assim mesmo serve numa repartição eclesiástica, o mesmo que intendência, e por isso eu o amo muito". As moças de hoje sabem distinguir as coisas: intendência! O ucraniano examinou o dote, regateou comigo um pouco, torceu um pouco o nariz e acabou concordando, só queria que o casamento fosse o quanto antes. Pois bem, no próprio dia da cerimônia, olhou para os convidados e pôs as mãos à cabeça. "Meu Deus", diz ele, "quantos parentes eles têm! Não estou de acordo! Não posso! Não quero!". E desandou, desandou... Eu lhe retruquei uma coisa e outra... "Você", digo eu, "Vossa Alta Nobreza, perdeu a cabeça, não? Maior honra se tem se a parentela é numerosa!". E ele não concordava! Apanhou o chapéu e deu o fora.

Houve ainda outro caso. Minha Dacha foi pedida em casamento pelo guarda-florestal Alialiáiev. Amou-a pela inteligência e comportamento... Bem, Dacha também o amou, pois gostava de seu caráter equilibrado. Realmente, era um homem bom, nobre. Pediu a mão dela e agiu em tudo com seriedade. Examinou o dote até as menores minúcias, remexeu em todos os baús, repreendeu a Matriona porque ela não protegera das traças um casaco. Forneceu-me também uma relação de seus bens. Um homem nobre, seria pecado falar mal dele. Confesso que me agradava de modo especial. Ficou regateando comigo uns dois meses. Eu lhe oferecia oito mil, ele queria oito e quinhentos. Passamos muito tempo regateando. Às vezes, a gente sentava-se para tomar chá, cada um bebia quinze copos, e continuava-se a regatear. Ofereci mais duzentos rublos, mas ele não concordou! Pois bem, acabamos por nos separar por causa de trezentos rublos. Indo embora, o coitado chorava... Amava muito a minha Dacha! Agora eu me xingo, pecador que sou, fico me xingando de verdade. Bastava eu dar aqueles trezentos rublos, ou então assustá-lo, desmoralizá-lo em toda a cidade, levá-lo para um quartinho escuro e dar-lhe na cara. Quem perdeu fui eu, estou vendo que foi assim. Nada a fazer, Nicodim Iegóritch: tenho gênio muito dócil!

— Muito dócil. E verdade. Bem, eu já vou... A cabeça ficou pesada...

Nicodim Iegóritch bateu em si com a vassoura, pela derradeira vez, e desceu da tábua. Macar Tarássitch suspirou e pôs-se a agitar a vassoura com redobrado afã.

(1883)

MOLENGA

Convidei há dias para o meu escritório a governanta de meus filhos, Iúlia Vassílievna. Era preciso acertar as contas.

— Sente-se, Iúlia Vassílievna! — disse. — Vamos fazer as contas. Com certeza, está precisando de dinheiro e a senhora é tão cerimoniosa que não pede sozinha... Bem... Ficou ajustado entre nós que seriam trinta rublos por mês...

— Quarenta...

— Não, trinta... Eu tenho anotado... Sempre paguei trinta rublos às governantas... Bem, a senhora residiu aqui durante dois meses...

— Dois meses e cinco dias...

— Dois meses exatos... Anotei assim. Quer dizer que tinha a receber sessenta rublos... Descontando nove domingos... A senhora, realmente, não deu aula ao Kólia[1] nos domingos, mas apenas passeou com ele... E mais três feriados...

Iúlia Vassílievna ficou vermelha e pôs-se a puxar uma franja do vestido, mas... não disse palavra!...

— Três feriados... Quer dizer que temos a descontar doze rublos... Kólia esteve doente quatro dias e, por isso, não estudou... A senhora, então, deu aula apenas a Vária...[2] Durante três dias, a senhora teve dor de dente e minha mulher dispensou-a das aulas da tarde. Doze e sete são dezenove. Descontando... ficam... hum... quarenta e um rublos... Certo?

[1] Diminutivo de Nikolai.

[2] Diminutivo de Varvara.

O olho esquerdo de Iúlia Vassílievna ficou congestionado e nublou-se. Começou a tremer-lhe o queixo. Tossiu nervosa, assoou-se, mas... sem dizer palavra!

— Na noite de Ano Bom, a senhora quebrou uma xícara de chá e um pires. São menos dois rublos... A xícara é uma relíquia, custa mais caro, mas... vá lá, Deus que a perdoe! Nossas coisas já se têm estragado em tantas ocasiões! Depois, devido a uma falta de atenção por parte da senhora, Kólia trepou numa árvore e rasgou o paletozinho... São menos dez... A arrumadeira, em consequência igualmente de uma distração sua, roubou os sapatos de Vária. A senhora deve cuidar de tudo. Está contratada e recebe ordenado. Quer dizer que devemos tirar mais cinco... No dia dez de janeiro, a senhora levou emprestados de mim dez rublos...

— Eu não levei! — murmurou Iúlia Vassílievna.

— Mas, está anotado aqui!

— Está bem... seja.

— De quarenta e um, tira-se vinte e sete, sobram quatorze...

Os olhos da governanta encheram-se de lágrimas... O suor apareceu sobre seu narizinho comprido e gracioso. Pobre menina!

— Eu só levei uma vez — disse ela, a voz trêmula. — Levei três rublos de sua senhora... Não levei mais nada...

— E agora? Imagine, eu nem anotei isso! Tirando três de quatorze, fica onze... Aqui está o seu dinheiro, minha cara! Três... três, três... um e um... Queira receber!

Dei-lhe os onze rublos... Ela os tomou e enfiou-os no bolso, com dedos trêmulos.

— *Merci* — murmurou.

Levantei-me de um salto e pus-me a andar pelo quarto. O furor apossou-se de mim.

— Mas, por que este *merci*? — perguntei.

— Pelo dinheiro...

— Mas, eu a assaltei, diabos, eu lhe roubei dinheiro! Por que *merci*?

— Noutras casas, cheguei a não receber nada...

— Não recebeu nada! Compreende-se! Eu caçoei da senhora, dei-lhe uma lição cruel... Vou lhe pagar todos os seus oitenta rublos! Estão preparados para a senhora, neste envelope! Mas, como é que se pode ser moleirona assim? Por que não protesta? Por que fica quieta? Pensa que, neste mundo, pode-se não ser audacioso? Pensa que se pode ser tão molenga?

Ela esboçou um sorriso azedo e eu li em seu rosto: "Pode-se, sim!".

Pedi-lhe perdão por aquela lição cruel e dei-lhe, para seu grande espanto, os oitenta rublos. Pôs-se a balbuciar *merci* com timidez e saiu do escritório. Acompanhei-a com o olhar e pensei:

— É fácil ser forte neste mundo!

(1883)

FANTASIADOS[1]

Anoitece. Pela rua caminha multidão colorida, de bêbados vestidos com pele de carneiro ou jaqueta curta. Risos, conversas, danças. Na frente, vai pulando um soldado bem pequeno, de capote velho e quepe descido sobre a orelha.

Um subtenente vem em sentido contrário à multidão.

— Você não me faz continência? — investe ele contra o soldadinho. — Hem? Por quê? Espere! Quem é você? Que está fazendo aí?

— Mas, benzinho, nós estamos fantasiados! — diz o soldadinho com voz de mulher. O subtenente e a multidão desatam a rir estrondosamente.

Uma mulher bonita, corpulenta, está sentada num camarote de teatro. Seria difícil precisar-lhe a idade, mas é moça ainda e será moça por muito tempo mais... Está luxuosamente vestida. Cada um de seus braços brancos ostenta um bracelete maciço, usa também um broche de diamantes. Ao lado, há uma peliça de milhares de rublos. Esperam-na, no corredor, um lacaio com galões e, na rua, um par de cavalos negros e trenó guarnecido de pele de urso... Aquele rosto bonito, nutrido, e o ambiente dizem: "Sou feliz e rica". Mas, não creia, leitor!

[1] O feriado tradicional russo *Máslienitza* corresponde, aproximadamente, ao Carnaval. Relacionava-se originariamente com os festejos da entrada da primavera, mas se tornou depois um feriado da Igreja oficial.

— Sou uma fantasiada — pensa. — Amanhã ou depois de amanhã, o barão vai juntar-se a *Nadine* e despir-me de tudo.

À mesa de jogo, está um gordão de fraque, com um queixo de três andares e mãos brancas. Perto dele, uma pilha de dinheiro. Está perdendo, mas não se aflige. Ao contrário, sorri. Certamente, não se incomoda de perder mil rublos, depois outros mil. Na sala de jantar, alguns criados preparam-lhe ostras, champanhe, faisão. Gosta de cear bem. Após a ceia, vai de carruagem à casa *dela*, que o espera. Leva uma vida boa, não é verdade? Tão feliz! Mas, vejam que bobagem está-se remexendo em seu cérebro adiposo!

— Sou um fantasiado. Virá a comissão de controle de fundos e todos saberão que sou apenas um fantasiado!

No tribunal, um advogado defende a acusada... É uma mulher bonitinha, de rosto muito triste, inocente! Deus sabe que ela é inocente! Os olhos do advogado inflamam-se, suas faces abrasam-se, sentem-se lágrimas em sua voz... Está sofrendo pela acusada e, se a condenarem, ele vai morrer de desgosto!... O público o escuta, fica estupefato, delicia-se, gostaria que ele falasse sem parar. "É um poeta", murmuram os ouvintes. Mas, ele apenas se fantasiou de poeta!

— Se a parte acusadora me pagasse cem rublos mais, eu liquidaria certamente a moça! — pensa. Faria maior efeito no papel de acusador!

Um mujiquezinho bêbado vai andando pela aldeia, canta e faz chiar a sanfona. Uma ternura de ébrio espalha-se em seu rosto. Exclama hi-hi-hi e vai ensaiando passos de dança. Tem uma vida alegre, não é verdade? Não, está fantasiado.

"Quero comer", pensa.

Um jovem professor de Medicina profere a aula inaugural. Assegura ao auditório que não existe felicidade maior que servir à ciência. "A ciência é tudo, é a própria vida!" E acreditam nele... Mas haveriam de chamá-lo de fantasiado, se ouvissem o que disse à mulher, após a aula:

— Agora, minha velha, sou professor. E o professor tem, geralmente, dez vezes mais clientes que um médico comum. Conto, agora, com vinte e cinco mil por ano.

Seis entradas para carruagem, mil lâmpadas, uma multidão de espectadores, guardas, corretores de ingressos. É um teatro. Lê-se sobre as portas, como no Érmitaj[2] de Lentóvski: "Sátira e Moral!". Os ingressos são caríssimos, redigem-se aí longos artigos de crítica, aplaude-se prolongadamente e as vaias são raras... Um templo!

Mas, é um templo fantasiado. Retirando-se a inscrição *Sátira e Moral*, não será difícil ler:

— Cancã e chanchada.

(1883)

[2] Parque de Moscou, arrendado por M. V. Lentóvski, ator, diretor teatral e empresário, que instalou nele um teatro suntuoso.

CASO COM UM CLÁSSICO

Preparando-se para prestar exame de grego, Vânia[1] Otiepielev beijou todos os ícones. Algo lhe rolava no ventre e, ante o desconhecido, seu coração, transido de frio, ora batia acelerado, ora quase estacava de medo. O que vai acontecer hoje? Um três ou um dois?[2] Aproximou-se da mãe umas seis vezes, para a bênção, e, saindo de casa, pediu à tia que rezasse por ele. A caminho do colégio, deu dois copeques a um mendigo, calculando que resgatassem sua ignorância e, graças a Deus, não lhe saíssem sorteados números cardinais, com aqueles *tessarakonta* e *oktokaideka*.[3]

Voltou do ginásio tarde, depois das quatro. Entrando em casa, deitou-se sem fazer barulho. Seu rosto magro estava pálido. Círculos escuros apareciam-lhe junto aos olhos congestionados.

— Bem, e então? Como foi? Que nota tirou? — perguntou mamãe, acercando-se da cama.

Vânia pôs-se a piscar os olhos, entortou a boca e começou a chorar. Mamãe empalideceu, abriu a boca e ergueu os braços. Caíram-lhe das mãos as calças que estava consertando.

— Mas, por que está chorando? Quer dizer que foi reprovado? — perguntou.

[1] Diminutivo de Ivan.

[2] A nota máxima era cinco e a de aprovação, três.

[3] Quarenta e dezoito, respectivamente.

— Re... reprovado... Tirei dois...

— Eu já sabia! Estava pressentindo! Oh, Senhor! Mas, como foi que você saiu reprovado? Por quê? Em que matéria?

— Em grego... Eu, mamãezinha... Perguntaram-me o futuro de *fero* e eu... em vez de dizer *oisomay* disse *opsomay*. Depois... depois... não se coloca acento circunflexo se a última sílaba é longa, mas eu... eu... me atrapalhei... esqueci que o *alfa* era longo... e coloquei o acento. Depois, Artakserksov me mandou dizer as partículas enclíticas... Eu fui dizendo, mas, sem querer, meti no meio um pronome... eu me enganei... e ele me deu dois... Sou um infeliz... Passei a noite inteira estudando... Durante toda a semana, fiquei me levantando às quatro...

— Não, não é você, eu é que sou a infeliz, garoto infame! Eu é que sou a infeliz! Fez de mim um trapo, meu carrasco, meu Herodes, ruindade de minha vida! Fico pagando por você, um patife desencaminhado, dobro a espinha no trabalho, fico esfalfada, sofro, pode-se dizer, e que atenções recebo de você? Como é que estuda?

— Eu... eu estudo. A noite inteira... A senhora mesma viu...

— Pedi a Deus que me mandasse a morte, mas ele não manda, pecadora que sou... Meu torturador! Outros têm filhos como devem ser e eu tenho um só, mas não se tira dele nenhum proveito. Bater em você? Eu bateria, mas onde vou buscar forças? Onde arranjar forças, Mãe do Céu?

Mamãe escondeu o rosto na aba do casaquinho e rompeu em pranto. Vânia pôs-se a rodar angustiado e apertou a testa contra a parede. A tia entrou no quarto.

— Bem, aí está... Meu pressentimento... — começou, compreendendo, no mesmo instante, o que acontecera, empalidecendo e erguendo os braços. — Passei angustiada a manhã inteira... Vai ter desgraça, pensei... assim aconteceu...

— Meu bandoleiro, meu torturador! — exclamou mamãe.

— Por que você o xinga? — cortou-lhe a palavra a tia, tirando nervosamente da cabeça o lenço cor de café. — Pensa que a culpa é dele? Você é que é culpada! Você! Para que foi que você o pôs naquele ginásio? Você é alguma fidalga? Querem tornar-se fidalgos? A-a-a-ah... E pensa que assim, sem mais nem menos, vão deixar que vocês se tornem fidalgos! Deveriam era encaminhá-lo para o comércio... deixá-lo trabalhar num escritório, como o meu Kúzia...[4] Lá está ganhando quinhentos por ano. Quinhentos, pensa que é brincadeira? Você está se martirizando e martirizando o menino, com toda esta ciência, maldita seja. Está magrinho, tossindo... Veja bem: tem treze e parece ter dez.

— Não, Nástienka,[5] não, minha querida! Eu bati pouco nele, no meu torturador! Seria preciso bater, aí é que está a coisa! U-u-u... jesuíta, Maomé, tortura de minha vida! — fez um gesto, ameaçando bater no filho. — Deveria açoitar você, mas não tenho forças. Já me diziam antes, quando ele era pequeno: "Dê pancada, dê pancada"... Não escutei os conselhos, pecadora que sou. E agora, estou sofrendo por isso. Espere! Vou moer você de pancada! Espere um pouco...

Mamãe ameaçou-o com o punho molhado e foi, em lágrimas, ao quarto do inquilino. Evtíkhi Kúzmitch Kuporossov[6] estava sentado à mesa, lendo *A dança sem mestre*. É um homem inteligente, instruído. Fala pelo nariz, lava-se com sabonete de cheiro que faz espirrar todos os moradores da casa, come carne em dias de jejum e está à procura de uma noiva instruída, sendo, por isso, considerado o inquilino mais inteligente. Canta como tenor.

— Paizinho! — dirigiu-se a ele mamãe, banhada em lágrimas. — Mostre a nobreza de seu caráter e venha bater no meu filho... Faça-me a caridade! Foi reprovado, para minha desgraça! Acredite, foi reprovado! Não posso castigá-lo, por-

[4] Diminutivo de Kuzmá.

[5] Diminutivo de Anastacia.

[6] Derivado de *kuporós*, vitríolo.

que me falta saúde... Bata nele por mim, seja nobre e delicado, Evtíkhi Kúzmitch! Faça este favor a uma mulher doente!

Kuporossov franziu o sobrolho e soltou pelas narinas um suspiro profundíssimo. Pensou um pouco, tamborilou com os dedos sobre a mesa e, depois de outro suspiro, caminhou em direção a Vânia.

— Quer dizer que o senhor recebe instrução! — começou ele. — Estão-lhe transmitindo conhecimento, querem facilitar-lhe o caminho para avançar na vida, jovem desprezível! Por que foi que o senhor fez aquilo?

Ficou falando por muito tempo, proferiu verdadeiro discurso. Lembrou a ciência, a luz e as trevas.

— Pois bem, jovem!

Terminado o discurso, tirou o cinto e puxou Vânia pela mão.

— Com o senhor, não se pode agir de outra maneira! Vânia inclinou-se obediente e enfiou a cabeça entre os joelhos do inquilino. Suas orelhas salientes, róseas, movimentaram-se sobre as calças novas, listadas com debruns marrons...

Vânia não deixou escapar um ai. À noitinha, um conselho de família decidiu encaminhá-lo para o comércio.

(1883)

A MORTE DO FUNCIONÁRIO

Numa noite encantadora, o não menos encantador oficial de justiça Ivan Dmítritch Tcherviakóv[1] estava sentado na segunda fila da plateia, contemplando, pelo binóculo, *Os sinos de Corneville*. Sentia-se no cúmulo da bem-aventurança. Mas, de repente... É muito comum encontrar-se, nos contos, este *mas, de repente*. Os autores têm razão: a vida é tão cheia de coisas inesperadas! Mas, de repente, seu rosto enrugou-se, os olhos contraíram-se, parou a respiração... afastou o binóculo, inclinou-se e... atchim!!! Espirrou, conforme estão vendo. Não é proibido espirrar, seja a quem for e onde for. Espirram os mujiques, os chefes de polícia e, às vezes, os próprios conselheiros-privados. Todos espirram. Tcherviakóv não ficou sequer encabulado, enxugou-se com o lencinho e, como pessoa educada, espiou ao redor, para ver se havia incomodado alguém com seu espirro. Chegou-lhe então a vez de ficar perturbado. Viu que um velhinho, sentado na frente, na primeira fileira, enxugava meticulosamente a calva e o pescoço com a luva, murmurando algo. E Tcherviakóv reconheceu, naquele velhinho, o general civil[2] Brizjalov, do Departamento da Viação.

— Eu o molhei! — pensou Tcherviakóv. — Não é meu chefe, mas, apesar de tudo, não fica bem. Devo desculpar-me.

[1] Derivado de *tcherviák*, verme.

[2] Na Rússia tsarista, os cargos da administração civil correspondiam aos postos militares.

Tossiu, inclinou o busto para frente e murmurou ao ouvido do general:

— Desculpe, Vossa Excelência, eu o borrifei... foi sem querer...

— Não faz mal, não tem importância...

— Perdoe-me, pelo amor de Deus... Realmente, foi... por acaso!

— Ah, sente-se, por favor! Deixe-me ouvir a música!

Tcherviakóv ficou perturbado, sorriu estupidamente e pôs-se a olhar para o palco. Mas, por mais que olhasse, não sentia a primitiva bem-aventurança. Começou a atormentar-se. No intervalo, aproximou-se de Brizjalov, caminhou um pouco para um lado e outro, perto dele, e, vencendo finalmente a timidez, balbuciou:

— Eu o borrifei, Vossa Excelência... Desculpe... Com efeito... eu... não é que...

— Ah, não se preocupe... Eu até já esqueci e o senhor está sempre falando nisso! — disse o general e moveu com impaciência o lábio inferior.

"Diz que esqueceu, mas há maldade em seus olhos", pensou Tcherviakóv, olhando desconfiado para o general. "Nem quer falar sobre o caso. Seria preciso explicar-lhe que eu não quis, absolutamente... que se trata de uma lei da natureza. Senão, vai pensar que eu quis cuspir nele. Se não pensar assim agora, chegará a essa conclusão mais tarde!..."

Em casa, Tcherviakóv relatou à mulher a falha cometida. Pareceu-lhe que ela encarou o ocorrido com demasiada leviandade. Teve um susto, mas se acalmou, ao saber que Brizjalov pertencia a outra repartição.

— Mesmo assim — disse ela — você deve ir pedir desculpas. Senão, vai pensar que você não sabe se comportar em público!

— Isso mesmo! Eu já me desculpei, mas ele se portou de modo estranho... Não disse uma palavra razoável, sequer. Além disso, não houve oportunidade de conversar.

No dia seguinte, Tcherviakóv envergou seu novo uniforme de gala,[3] cortou o cabelo e foi à casa de Brizjalov, para se explicar... Entrando na sala de recepção, viu lá muitos solicitantes e, no meio destes, o próprio general, que já iniciara o recebimento das solicitações. Depois de interrogar alguns dos presentes, o general dirigiu o olhar para Tcherviakóv.

— Se o senhor se recorda, Vossa Excelência, ontem, no *Arcádia* — começou a relatar o oficial de justiça —, eu espirrei e... involuntariamente, o borrifei... Des...

— Que tolice... Vá com Deus! E o senhor, que deseja? — perguntou o general, dirigindo-se já a outro solicitante.

"Não quer falar!", pensou Tcherviakóv, empalidecendo. "Quer dizer que está zangado... Não, isso não pode ficar assim... Vou-lhe explicar..."

Quando o general acabou de atender o último solicitante e dirigia-se já para o interior da casa, Tcherviakóv deu um passo em sua direção, murmurando:

— Vossa Excelência! Se me atrevo a incomodar Vossa Excelência, é justamente, posso dizer, sob o impulso do arrependimento!... Não foi de propósito, o senhor não pode ignorá-lo!

O general fez cara de choro e sacudiu a mão.

— O senhor está simplesmente zombando de mim! — disse, desaparecendo atrás da porta.

"Que zombaria pode haver nisso?", pensou Tcherviakóv. "Não se trata de zombaria! É general, mas não pode compreender isto! Se assim é, não vou me desculpar mais perante esse fanfarrão! Diabo que o carregue! Vou escrever-lhe uma carta, mas não o procurarei mais pessoalmente! Juro por Deus!"

Assim pensava Tcherviakóv, a caminho de casa. No entanto, não escreveu aquela carta ao general. Ficou pensando, pensando, mas não conseguiu redigi-la. Foi preciso ir explicar-se pessoalmente, no dia seguinte.

[3] Os funcionários públicos usavam uniforme.

— Ontem, eu vim aqui incomodar Vossa Excelência — balbuciou, quando o general dirigiu para ele o olhar interrogador —, mas não foi para zombar do senhor, conforme se dignou a dizer. Eu estava-me desculpando porque, ao espirrar, borrifei-o... mas, nem pensei em zombaria. Como poderia ousá-lo? Se formos zombar, quer dizer que não haverá, então, qualquer respeito... pelas pessoas...

— Fora daqui!! — vociferou de repente o general, que se tornara azul e tremia com todo o corpo.

— O quê? — perguntou, num murmúrio, Tcherviakóv, empalidecendo de espanto.

— Fora daqui!! — repetiu o general, batendo os pés.

Algo se rompeu na barriga de Tcherviakóv. Recuou para a porta, sem ver, sem ouvir coisa alguma, saiu para a rua e caminhou lentamente... Chegando maquinalmente em casa, deitou-se no divã, sem tirar o uniforme de gala e... morreu.

(1883)

DO DIÁRIO DE UM AUXILIAR DE GUARDA-LIVROS

11 de maio de 1863. Nosso guarda-livros sexagenário, Glótkin,[1] estava tomando leite com conhaque para se tratar de tosse e adoeceu, por este motivo, de peste branca. Os médicos asseguram, com a autossuficiência que lhes é inerente, que vai morrer amanhã. Finalmente, serei guarda-livros! Esse cargo já me foi prometido há muito tempo.

O secretário Kleschóv[2] vai ser processado, por haver batido num solicitante que o chamara de burocrata. Parece que se resolveu, mesmo, iniciar o processo.

Tomei uma infusão contra catarro do estômago.

3 de agosto de 1865. O guarda-livros Glótkin está de novo doente do peito. Começou a tossir e toma leite com conhaque. Se morrer, a vaga será minha. Alimento esperanças, mas fracas, pois, ao que parece, a peste branca nem sempre é mortal!

Kleschóv arrancou das mãos de um armênio uma nota promissória e rasgou-a. O caso pode resultar em processo.

Uma velhinha (Gúrievna) disse-me ontem que eu não tenho catarro, mas hemorroidas internas. É bem possível!

30 de junho de 1867. Escrevem os jornais que há cólera na Arábia. Pode ser que a epidemia chegue até a Rússia e,

[1] De *glotka*, faringe.

[2] De *kléschi*, tenazes, torquês.

então, haverá muitas vagas novas. É possível que o velho Glótkin morra e eu seja nomeado guarda-livros. Como é longevo aquele homem! Viver tanto, a meu ver, chega a ser uma inconveniência.

O que será bom tomar contra catarro? Santonina, talvez?

2 de janeiro de 1870. Um cachorro passou toda a noite latindo no pátio de Glótkin. Minha cozinheira, Pielagueia, diz que é um presságio seguro e nós ficamos conversando até as duas da madrugada sobre como eu, depois de me tornar guarda-livros, vou comprar uma peliça de castor e um robe. É possível que me case também. Naturalmente, não será com uma moça, pois não condiz com a minha idade, mas com uma viúva.

Ontem, Kleschóv foi conduzido para fora do clube, por contar em voz alta uma anedota indecente e por zombar do patriotismo do membro da câmara de comércio, Pôniukhov. Este, ao que se diz, vai processá-lo.

Estou com vontade de ir consultar o doutor Bótkin sobre o meu catarro. Dizem que é competente...

4 de junho de 1878. Os jornais escrevem que apareceu peste em Vietlianka. Segundo as notícias, há gente morrendo em quantidade. Por esse motivo, Glótkin está tomando vodca com pimenta. Mas, é pouco provável que tal remédio adiante para um homem tão velho. Se vier a peste, desta vez serei certamente guarda-livros.

4 de junho de 1883. Glótkin está morrendo. Estive em casa dele e lhe pedi perdão, com lágrimas nos olhos, por haver esperado sua morte com impaciência. Perdoou-me, também em prantos, com magnanimidade, e aconselhou-me a tomar, contra catarro, café de bolotas de carvalho.

Quanto a Kleschóv, mais uma vez, quase foi parar no

tribunal, pois empenhou com um judeu um piano alugado. E, apesar de tudo isso, já foi condecorado com a Ordem de S. Estanislau e atingiu o posto de assessor-colegial. Neste mundo, acontecem coisas assombrosas!

Tomem-se 2 onças de gengibre, 1/2 onça de galanga, 1 onça de vodca forte,[3] 5 onças de coral insolúvel; depois de misturar tudo, deixar em infusão numa garrafa de vodca e tomar um cálice em jejum, contra catarro.

7 de junho do mesmo ano. Ontem, foi o enterro de Glótkin. Mas, ai! Não me trouxe proveito a morte desse ancião! Aparece-me em sonhos, de clâmide branca, e me faz sinal com o dedo. E, oh! infelicidade, infelicidade para mim, amaldiçoado: o guarda-livros não sou eu, mas Tchálikov. Em meu lugar, foi nomeado para a vaga o jovem, que foi recomendado por sua tia, casada com general. Faliram todas as minhas esperanças!

10 de junho de 1886. Fugiu a mulher de Tchálikov. Está muito triste o coitado. É possível que se suicide de desgosto. Se isso acontecer, serei guarda-livros. Já se fala nisso. Quer dizer que não se perdeu de todo a esperança, pode-se viver, e é possível que eu já não esteja longe da peliça de castor. No que se refere a casamento, não lhe sou contrário. Por que não me casar, se aparecer uma boa oportunidade? Todavia, devo me aconselhar com alguém; é um passo sério.

Calçando galochas, Kleschóv levou, em vez das suas, as do conselheiro-privado Lirmans. Foi um escândalo!

O porteiro Paíssi aconselhou-me sublimado corrosivo, contra o catarro. Vou experimentar.

(1883)

[3] Ácido nítrico

CAMALEÃO

Vestindo um capote novo e tendo na mão um embrulho, o inspetor de polícia Otchumielov[1] atravessa a praça do mercado. Caminha atrás dele um guarda ruivo, que traz uma peneira cheia até os bordos de groselha confiscada. Silêncio ao redor... Nem viva alma na praça... As portas das vendas e dos botequins abrem-se tristemente para este mundo de Deus, como goelas famintas. Junto, não se veem sequer mendigos.

— Então, quer me morder, maldita! — ouve de repente Otchumielov. — Rapaziada, não deixem que ele chegue até aqui! Agora, não se permite morder! Segurem! A... ah!

Escuta-se um ganido de cachorro. Otchumielov olha para o lado e vê correr um cão, saindo do depósito de madeira de Pitchúguin. O animal vai pulando sobre três patas e nem olha para trás. Persegue-o um homem de camisa engomada de chita e colete desabotoado. Em dado momento, inclinando o corpo para frente, cai por terra e agarra o cachorro pelas patas traseiras. Ouve-se novamente um ganido e o grito: "Não deixe escapar!". Fisionomias sonolentas assomam à porta das vendas. Pouco depois, reúne-se junto do depósito de madeira uma multidão, que parece ter brotado da terra.

— Temos desordem, Vossa Nobreza!... — diz o guarda.

Otchumielov dá meia-volta para esquerda e dirige-se ao ponto de reunião. Vê, bem junto ao portão do depósito, o homem acima descrito, de colete desabotoado, e que ergue a

[1] Derivado de *otchumiét*, ficar pesteado.

mão direita, mostrando ao povo o dedo ensanguentado. Em seu rosto meio bêbado, parece escrito: "Você me paga, canalha!". O próprio dedo lembra o pavilhão da vitória. Otchumielov reconhece naquele homem o ourives Khriúkin.[2] No meio da multidão, tremendo com todo o corpo e tendo bem separadas as patas dianteiras, está sentado o próprio culpado do escândalo: um filhote de galgo russo, branco, de focinho pontiagudo e mancha amarela nas costas. Seus olhos lacrimejantes têm uma expressão de horror e angústia.

— O que está acontecendo? — pergunta Otchumielov, penetrando de chofre no centro do ajuntamento. — Por que está todo mundo aqui? O que há com teu dedo? Quem foi que gritou?

— Eu estava andando, Vossa Nobreza, sem fazer mal a ninguém... — começa Khriúkin, tossindo para dentro do punho cerrado. — Ia tratar de madeira com Mítri Mítritch, quando, de repente, este infame, sem mais nem menos, me agarra o dedo... O senhor vai me desculpar, sou homem de trabalho... E meu trabalho é de coisas miúdas. Que me paguem, porque eu talvez passe uma semana sem poder mexer com este dedo... Vossa Nobreza sabe que a lei não obriga a gente a tolerar coisas assim de um bicho... Se cada um morder, será melhor nem viver mais neste mundo...

— Hum!... Está bem... — diz Otchumielov com severidade, tossindo e movendo as sobrancelhas. — Está bem... De quem é o cachorro? Não vou deixar isso assim! Vou mostrar a vocês o que acontece, quando se deixam cachorros à solta! Chegou a hora de se dirigir a atenção para tais senhores, que não querem submeter-se aos regulamentos! Quando ele for multado, o canalha, vai aprender de mim o que significa ter um cachorro e outros bichos ambulantes! Vou-lhe mostrar!... Ieldírin — dirige-se o inspetor ao guarda —, informe-se de quem é o cachorro e comece a preparar o registro da ocor-

[2] De *khriukat*, grunhir.

rência! Quanto ao cachorro, é preciso eliminá-lo. Sem perda de tempo! Com certeza, é cão danado... Estou perguntando: de quem é o cachorro?

— Parece que é do general Jigalov! — diz alguém, no meio da multidão.

— Do general Jigalov? Hum!... Tira-me este capote, Ieldírin... Está um calor horrível! Penso que vai chover... Eu só não compreendo uma coisa: como foi que ele pôde te morder? — diz Otchumielov, dirigindo-se a Khriúkin. — Será que ele pode alcançar o dedo? Ele é pequeninho e você, um grandalhão! Vai ver que você andou cutucando o dedo com um preguinho e, depois, teve a ideia de criar este caso. Eu já sei quem você é! Conheço vocês todos, diabos!

— Pois é, para se divertir, Vossa Nobreza, ele ia metendo o charutinho na cara do bicho e o outro, que não é bobo, agarrou-lhe o dedo... É um homem absurdo, Vossa Nobreza!

— É mentira, caolho! Se você não viu, por que fica mentindo? Sua Nobreza é uma pessoa inteligente e sabe quem mente e quem diz a verdade, como se estivesse diante de Deus... E se eu estou mentindo, que o juiz de paz julgue o caso... Ele tem aquela lei que diz que somos, agora, todos iguais... Eu mesmo tenho um irmão na polícia militar... se vocês querem saber...

— Chega de conversa!

— Não, o cachorro não é do general... — observa o guarda, profundamente pensativo. — O general não tem cachorros assim. Os dele são quase todos perdigueiros...

— Tem certeza?

— Sim, Vossa Nobreza...

— Eu também já sabia. O general tem cachorros caros, de raça, e este sabe o diabo que bicho é! Nem pelo que preste, nem apresentação... uma verdadeira patifaria... Imaginem, manter um cachorro desses... Onde está a cabeça de vocês? Se em Petersburgo ou Moscou encontra-se um cachorro desses, vocês sabem o que acontece? Lá, ninguém ia consultar a lei, mas acabaria com a raça dele na hora! Você, Khriúkin, sofreu uma injustiça e não deve deixar o caso assim... É preciso dar uma lição! Já não é sem tempo...

— Mas, pode ser que seja do general... — pensa o guarda, em voz alta. — Ele não tem escrito no focinho a quem pertence... Outro dia, vi um cachorro assim no quintal dele.

— Claro que é do general! — diz uma voz, no meio do povo.

— Hum! Vista-me o capote, Ieldírin, meu filho... Estou sentindo um vento... um frio no corpo... Você vai levar o cachorro à casa do general, contar que eu o encontrei e mandei perguntar se é deles... E diga que não o soltem na rua... Pode ser um animal caro e, se todos os porcos se lembrarem de lhe meter um charutinho na cara, vão estragá-lo em pouco tempo. Cachorro é bicho delicado... E você, imbecil, abaixe essa mão! Não tem nada que ficar mostrando esse dedo cretino! Você mesmo é culpado!...

— Lá vem o cozinheiro do general, vamos perguntar... Eh, Prokhor! Vem cá, meu caro! Olha este cachorro... É de vocês?

— Que ideia! Nunca tivemos cachorro assim!

— Nem há muito que perguntar — diz Otchumielov. — É um cão vadio! Não se conversa mais... Se eu disse que é vadio, quer dizer que é vadio mesmo... Deve-se eliminá-lo, é tudo.

— Não é nosso, não — continua Prokhor. — É do irmão do general, que chegou outro dia. O patrão não aprecia galgos, mas o irmão dele, sim...

— Então, chegou o irmão dele? Vladímir Ivânitch? — pergunta Otchumielov e um sorriso comovido espraia-se por seu rosto. — Meu Deus, e eu nem sabia! Ficou hospedado lá?

— Sim...

— Meu Deus... Quer dizer que ficou com saudades do irmão... E eu não estou sabendo de nada! Então, o cachorro é dele? Com muito prazer... Pode levá-lo... O cachorrinho não é mau... muito espertinho... E, nheque, agarrou o dedo deste aqui! Ha-ha-ha... Bem, por que é que está tremendo? Rrr... rr... Está bravinho...

Prokhor chama o cachorro e leva-o para longe do depósito de madeira... O povo dá gargalhadas, caçoando de Khriúkin.

— Você ainda vai ver uma coisa, algum dia! — ameaça-o Otchumielov e, fechando bem o capote, prossegue em seu caminho, através da praça do mercado.

(1884)

CASA-SE A COZINHEIRA

Gricha,[1] meninote de sete anos, estava de pé junto à porta da cozinha, de ouvido atento, e espiava pelo buraco da fechadura. Acontecia na cozinha algo extraordinário na sua opinião, algo que jamais tinha visto. Diante da mesa da cozinha, sobre a qual se costumava picar a carne e a cebola, estava sentado um mujique grande, gordo, com cafetã de cocheiro, ruivo, barbudo, tendo uma grande gota de suor sobre o nariz. Tomava chá, segurando o pires, em cima dos cinco dedos da mão direita e, ao mesmo tempo, mordia com som tão alto os torrões de açúcar que um frio percorreu os ombros de Gricha. Em frente dele, estava sentada, sobre um tamborete sujo, a velha ama-seca Aksínia Stiepânovna, que também tomava chá. O rosto da ama-seca parecia sério e, ao mesmo tempo, resplandecia de triunfo. A cozinheira Pielagueia afanava-se junto ao fogão e, pelo visto, procurava esconder o rosto em algum lugar afastado. Mas Gricha pôde ver toda uma iluminação naquele rosto: ardia e matizava-se de todas as cores, a começar pelo carmesim e a terminar por uma palidez mortal. Agarrava sem cessar, com mãos trêmulas, facas, garfos, lenha, trapos, movia-se, resmungava, ruidosa, mas, na realidade, não fazia nada. Não olhou uma vez sequer para a mesa em que estavam tomando chá, e respondia de modo abrupto, severo, sem voltar o rosto, às perguntas que lhe fazia a ama-seca.

[1] Diminutivo de Grigóri.

— Sirva-se, Danilo Siemiônitch! — dizia a ama-seca ao cocheiro. — O senhor só está tomando chá. Sirva-se de vodca!

E a ama-seca colocou perto do visitante uma garrafinha e um cálice, enquanto seu rosto adquiria uma expressão extremamente maliciosa.

— Não costumo beber... não — recusava o cocheiro. — Não me force, Aksínia Stiepânovna.

— O senhor é muito esquisito... um cocheiro e não bebe... Um homem solteiro não pode passar sem bebida. Sirva-se!

O cocheiro olhou de viés para a vodca, depois para o rosto malicioso da ama-seca, e seu rosto adquiriu uma expressão não menos maliciosa, como se dissesse: "Não, você não me pilha, bruxa velha!".

— Não bebo, me desculpe... Na nossa profissão, esta fraqueza é um perigo. Um artesão pode beber, porque fica sempre sentado no mesmo lugar, mas a nossa gente está sempre à vista do público. Não é verdade? Se a gente vai ao botequim, o cavalo pode fugir. Se a gente se embebeda, o caso piora ainda: quando menos se espera, pode-se adormecer ou cair do assento. Assim é o nosso ofício.

— Quanto é que o senhor tira por dia, Danilo Siemiônitch?

— Conforme o dia. Acontece, às vezes, ganhar uma verdinha,[2] e outras vezes, volta-se sem um *groch*.[3] Variam os dias. Atualmente, o ofício não vale nada. A senhora mesma sabe que existe por aí um mundo de cocheiros, o feno está caro, e a freguesia não vale nada, sempre procura tomar o bonde.[4] Mas, graças a Deus, não posso me queixar, apesar de tudo. Tenho o que comer e o que vestir e... posso ainda fazer a felicidade de mais alguém (o cocheiro olhou de viés para Pielagueia)... se for de seu agrado.

[2] Nota de três rublos.

[3] Meio copeque.

[4] Na época, eram puxados por cavalos.

Gricha não ouviu o resto da conversa. Sua mãe chegara à porta e o mandara para o quarto.

— Vai estudar. Não é da tua conta ficar aqui espiando! Chegando ao quarto, Gricha colocou diante de si a *Língua Pátria*, mas não conseguiu ler. Tudo o que vira e ouvira, instantes atrás, provocou em sua cabeça uma multidão de problemas.

"A cozinheira se casa...", pensava. "É esquisito. Não compreendo para que casar. A mamãe se casou com papai, a prima Viérotchka,[5] com Pável Andriéitch. Mas, realmente, uma pessoa pode-se casar com papai ou com Pável Andriéitch: eles têm correntinha de ouro, roupas boas, estão sempre de botas limpas; mas, se casar com este horrível cocheiro, de nariz vermelho e botas de feltro... ih! E por que é que a ama-seca quer que a coitada da Pielagueia se case?"

Depois que o visitante saiu da cozinha, Pielagueia se pôs a arrumar os quartos. Não lhe passara ainda a perturbação. Seu rosto estava vermelho e parecia assustado. Mal tocava o chão com a vassoura e varria cinco vezes cada canto. Passou muito tempo no quarto em que estava a mamãe. Oprimia-a, ao que parece, a solidão e tinha vontade de desabafar, partilhar com alguém as impressões.

— Foi embora! — resmungou, vendo que mamãe não dava início à conversa.

— Parece boa pessoa — disse mamãe, sem tirar os olhos do bordado. — É sóbrio, equilibrado.

— Por Deus, patroa, não vou me casar! — gritou, de repente, Pielagueia, muito vermelha. — Não vou me casar, juro por Deus!

— Não seja boba, você não é mais criança. É um passo sério, precisa pensar direito, mas não há motivo para gritar assim, à toa. Ele agrada a você?

— Está inventando coisas, patroa! — Pielagueia ficou envergonhada. — Diz às vezes umas coisas que... por Deus...

[5] Diminutivo de Viera.

"Seria melhor ela dizer: não me agrada!", pensou Gricha.

— Mas, como você é dengosa... Agrada-lhe?

— Se ele é velho, patroa! Chi-i!

— Mente mais, mente! — disse de um outro quarto a ama-seca, enraivecida contra Pielagueia. — Ainda não fez quarenta anos. E, para que é que precisa de um homem moço? Beleza não põe mesa, boba... Casa-te, e é tudo!

— Por Deus, não vou-me casar! — exclamou esganiçadamente Pielagueia.

— Está dizendo bobagem! Que diabo precisa mais? Uma outra ia se ajoelhar, dizendo obrigada, e você só sabe dizer: não me caso! Você só quer ficar piscando os olhos para os carteiros e os *lepetidores*! Ela está até com calos nos olhos, senhora, de tanto olhar para o lepetidor que vem dar aula a Gríchenka.[6] Irra, desavergonhada!

— Você já tinha visto antes esse Danilo? — perguntou a patroa a Pielagueia.

— Onde é que eu ia vê-lo? Foi hoje, pela primeira vez, que a Aksínia trouxe, não sei de onde... este diabo danado... E de onde é que ele foi cair sobre a minha cabeça?

Durante o almoço, enquanto Pielagueia servia os pratos, todos lhe fixavam o rosto e faziam gracejos sobre o cocheiro. Ela ficava muito vermelha e emitia um *hi-hi* forçado.

"Com certeza, é vergonhoso casar-se...", pensava Gricha. "Terrivelmente vergonhoso!"

A comida estava muito salgada, dos frangos mal assados saía sangue e, cumulando tudo, os pratos e as facas caíam, durante o almoço, das mãos de Pielagueia, como de uma prateleira carcomida, mas ninguém lhe disse uma palavra de censura, pois todos compreendiam seu estado de espírito. Somente uma vez, papai atirou para longe, enfurecido, o guardanapo, dizendo a mamãe:

[6] Outro diminutivo de Grigóri.

— Não sei que gosto você tem em casar todo mundo! Que é que você tem com isso? Que se casem sozinhos, quando quiserem.

Depois do almoço, começaram a aparecer na cozinha as cozinheiras e arrumadeiras da vizinhança e ouviram-se ali cochichos, até o anoitecer. Deus sabe como elas tiveram notícia do casamento em perspectiva. Acordando à meia-noite, Gricha ouviu murmurarem entre si, em seu quarto, atrás da cortina, a ama-seca e a cozinheira. A primeira esforçava-se por convencer de algo a segunda, e esta ora soluçava, ora emitia um risinho. Adormecendo depois disso, Gricha viu em sonho o rapto de Pielagueia por Tchernomor[7] e por uma bruxa...

No dia seguinte, o ambiente sossegou. A vida na cozinha entrou na rotina, como se aquele cocheiro nem existisse. Somente, de raro em raro, a ama-seca vestia um xale novo, adquiria uma expressão solene e severa, e ia passar em algum lugar umas duas horas, certamente para conversações preliminares... Pielagueia não viu mais o cocheiro e, quando alguém se referia a ele, ficava vermelha e gritava:

— Que seja três vezes maldito, vou lá pensar nele! Irra!

Certa vez, ao anoitecer, a mamãe entrou na cozinha, quando lá estavam Pielagueia e a ama-seca, cortando um tecido, muito concentradas, e disse:

— Está claro que você pode se casar com ele, isto é da sua conta, mas saiba, Pielagueia, que ele não poderá morar aqui... Você sabe que eu não gosto quando está alguém estranho na cozinha. Olhe, lembre-se bem... E também não vou deixar que você durma fora.

— Deus sabe o que a senhora inventa, patroa! — exclamou esganiçadamente a cozinheira. — Por que está me jogando sempre o nome dele na cara? Ele que se rale! Caiu sobre a minha cabeça...

Espiando para a cozinha, certa manhã de domingo, Gri-

[7] Personagem de um conto popular russo.

cha ficou estarrecido. Havia gente de sobra. Estavam ali as cozinheiras de todos os apartamentos do edifício, o zelador, dois guardas-civis, um subtenente com divisas, o menino Filka...[8] Ele costumava ficar largado junto à lavanderia, brincando com os cachorros, mas agora aparecia penteado, lavado, e segurava um ícone, em que a veste do santo era de aplicações douradas.

No centro da cozinha, estava Pielagueia, de vestido novo de chita e uma florzinha no cabelo. A seu lado, o cocheiro. Ambos vermelhos, suados, piscavam os olhos sem parar.

— Bem... parece que já está na hora... — começou o subtenente, depois de um prolongado silêncio.

Pielagueia piscou com todo o rosto e rompeu em pranto... O subtenente apanhou sobre a mesa um grande pão, pôs-se ao lado da ama-seca e começou a abençoar os noivos. O cocheiro aproximou-se do subtenente, prostrou-se a seus pés e deu-lhe um beijo sonoro na mão. Depois, fez o mesmo diante de Aksínia. Pielagueia acompanhou-o maquinalmente, executando também saudações até o chão. Finalmente, abriu-se a porta para fora, uma neblina branca penetrou na cozinha e todos se dirigiram ruidosamente para o pátio.

"Coitada, coitada", pensou Gricha, prestando atenção aos soluços da cozinheira. "Para onde a levaram? Por que papai e mamãe não a defendem?"

Depois do ofício religioso, ressoaram na lavanderia, até o anoitecer, cantos e sons de sanfona. Mamãe estava todo o tempo irritada, porque a ama-seca cheirava a vodca e porque, com aqueles casamentos, não havia ninguém para pôr o samovar. Quando Gricha deitou-se para dormir, Pielagueia ainda não havia regressado.

"Coitada, deve agora estar chorando em algum lugar, no escuro!", pensava ele. "E o cocheiro vai gritar: quieto! quieto!"

[8] Diminutivo de Filariét ou Filarión.

No dia seguinte, de manhã, a cozinheira já estava na cozinha. O cocheiro veio à casa, por um instante. Agradeceu à mamãe e, olhando com severidade para Pielagueia, disse:

— A senhora deve olhar por ela, patroa. Substitua para ela o pai e a mãe. E a senhora também, Aksínia Stiepana, não a abandone, vigie para que se comporte dignamente... que não faça bobagens... Além disso, patroa, permita-me levar uns cinco rublos, por conta do ordenado dela. Preciso comprar arreios novos.

Novo problema para Gricha: Pielagueia tinha vivido em liberdade, do modo que mais lhe aprazia, sem prestar contas a ninguém, e, de repente, sem se saber por que, apareceu um homem estranho, que recebeu o direito, advindo igualmente sem se saber de onde, sobre seu comportamento e sua propriedade. Gricha sentiu-se amargurado. Quis apaixonadamente, até as lágrimas, acarinhar aquela, como ele pensava, vítima da violência humana. Tendo escolhido na despensa a maior maçã, esgueirou-se até a cozinha, enfiou-a na mão de Pielagueia e voltou correndo, a toda velocidade.

(1885)

CRIME PREMEDITADO

Diante do juiz de instrução, está um mujique pequeno, extremamente magro, de camisa sarapintada e calças com remendos. Seu rosto coberto de pelos e comido de picadas e os olhos, mal aparecendo sob as sobrancelhas espessas e que aparecem suspensas, têm uma expressão de gravidade taciturna. Sobre a cabeça, um verdadeiro chapéu de cabelos embaraçados, que há muito não se penteiam, imprime-lhe uma severidade ainda maior, lembrando aranha. Está descalço...

— Dienis Grigóriev! — começa o juiz. — Chegue-se mais perto e responda às minhas perguntas. No dia sete de julho do corrente ano, o guarda ferroviário Ivan Siemionov Akinfov, percorrendo a estrada de manhã, surpreendeu você, na versta 141, ocupado em desatarraxar uma porca, necessária para unir os trilhos aos dormentes. Aqui está a porca! Quando ele o prendeu, você estava na posse dela. Está certo?

— Quê?

— Tudo aconteceu conforme está relatando Akinfov?

— Sim, foi.

— Está bem. Mas, para que estava desatarraxando a porca?

— Quê?

— Deixe de lado esses *quês* e responda à minha pergunta: para que estava você desatarraxando a porca?

— Se não precisasse dela, não ia desatarraxar — rouqueja Dienis, olhando de viés para o teto.

— Mas, para que precisou dessa porca?

— A porca? Com essas porcas, nós fazemos pesos.

— Quem são esses *nós*?

— Nós, a gente... Os mujiques de Klimov, quer dizer.

— Escute, irmão, não se finja de idiota e responda-me com jeito. Não precisa mentir sobre aqueles pesos!

— Nunca menti na vida e agora dizem que estou mentindo... — balbucia Dienis, piscando os olhos. — Vossa Nobreza pensa que se pode passar sem um peso? Se a gente põe no anzol uma minhoca ou outro bicho, pensa que ele irá para o fundo, sem um peso? Diz que estou mentindo... — Dienis sorri com ironia. — Que diabo de proveito vai-se tirar da minhoca, se ficar boiando em cima! A perca, o lúcio, a lampreia, vão sempre para o fundo, mas aqueles que ficam nadando em cima, o barbo acaba comendo... Mas em nosso rio, não existe barbo... Esse peixe gosta de espaço.

— Para que me conta essa história de barbo?

— Quê? Mas, o senhor está perguntando! Lá onde eu moro, até os senhores pescam conforme eu contei. O último dos moleques não vai pescar sem um peso. Está claro que alguém que não entende pode ir pescar mesmo sem peso nenhum. Não foi para os tolos que se fizeram as leis...

— Então, você diz que desatarraxou esta porca para fazer dela um peso?

— Está claro, não ia brincar com ela!

— Mas, para fazer pesos, você podia apanhar um pouco de chumbo, uma bala... um prego qualquer...

— Chumbo a gente não encontra jogado na estrada, é preciso comprar, e prego não serve. Não se pode achar nada melhor que uma porca... É pesada e tem um buraco.

— Está se fingindo de tolo! Como se nasceu ontem ou caiu do céu. Será que você não compreende, cabeça de imbecil, em que resulta esse negócio de desatarraxar porcas? Se o guarda não tivesse vigiado direito, um trem podia ter saído dos trilhos, haveria gente morta! Você teria matado gente!

— Deus me livre, Vossa Nobreza! Para que matar! Pensa

que não somos batizados, que somos gente malvada? Graças a Deus, meu bom senhor, sou de bem, já vivi bastante e nunca nem pensei em matar... Deus nos livre e guarde, Virgem Santíssima... Que diz?

— E por que pensa você acontecem desastres de trem? Desatarraxe duas ou três porcas e terá um desastre!

Dienis sorri com sarcasmo e olha para o juiz com desconfiança, entrecerrando os olhos.

— Ora! Faz tantos anos, toda a aldeia desatarraxa porcas e Deus me livre... agora vêm me dizer que pode dar desastre... matar gente... Se eu levasse embora um trilho ou, vamos fazer de conta, punha um tronco de árvore atravessado na linha, bem, então, pode ser que atrapalhasse o trem, mas assim... irra! Uma porca!

— Mas, compreenda uma coisa: as porcas servem para ligar o trilho aos dormentes!

— Isso a gente compreende... Mas, nós não desatarraxamos todas as porcas... Deixamos algumas... A gente não faz as coisas sem pensar... compreende-se...

Dienis boceja e faz um sinal da cruz sobre a boca.

— No ano passado, um trem descarrilhou no mesmo lugar — diz o juiz. — Agora se compreende por que foi...

— Que está dizendo?

— Eu disse que se compreende agora o motivo por que, no ano passado, descarrilhou um trem no mesmo lugar... Agora compreendo!

— Para isso os senhores são instruídos, para compreender as coisas, nossos benfeitores... Deus sabia a quem dar o saber... O senhor julgou direito como sucederam as coisas, mas o guarda é mujique como a gente, não tem qualquer conhecimento. Sem mais nem menos, agarrou-me pelo cangote e me arrastou preso... Antes, é preciso julgar e depois arrastar preso! Não é à toa que se diz: "cabeça de mujique...". Queira anotar também, Vossa Nobreza, que ele me bateu duas vezes na cara e ainda no peito.

— Durante a busca em sua casa, encontrou-se mais uma porca... Quando e em que lugar você desatarraxou esta outra?

— O senhor está falando daquela porca que estava debaixo do bauzinho vermelho?

— Eu não sei onde ela estava guardada, mas sei que foi encontrada. Quando foi que você a desatarraxou?

— Eu não desatarraxei aquela, quem me deu foi Ignachka,[1] filho de Siemion-torto. Estou falando daquela que deixei debaixo do bauzinho, mas aquela que estava no quintal, dentro de um trenó, eu desatarraxei junto com Mitrofan.

— Quem é esse Mitrofan?

— Mitrofan Pietróv... Não ouviu falar dele? Faz redes e vende para os senhores. Ele precisa de muitas daquelas porcas. Cada rede leva umas dez...

— Escuta... O artigo 1081 do Código Penal diz que, em caso de estrago premeditado de estrada de ferro, quando tal estrago possa acarretar dano ao tráfego, e se o culpado sabia que, em resultado de seu ato, poderia acontecer um desastre... se o culpado sabia... Está compreendendo? Sabia! E você não podia deixar de saber que resultados traz essa história de desatarraxar porcas... o culpado deve ser condenado a degredo, com trabalhos forçados.

— O senhor sabe melhor, está claro... Somos gente ignorante... será que nós compreendemos essas coisas?

— Você compreende tudo! Está mentindo, é fingimento!

— Para que mentir? O senhor pode perguntar aos outros na aldeia, se não me acredita... Sem peso, só se pode apanhar chorão, que é pior que leporino, e este mesmo não se pode apanhar sem peso.

— Agora, só falta você me falar de novo naquele barbo — sorriu o juiz.

[1] Diminutivo de Ignáti.

— Em nosso lugar, não existe barbo... Se a gente solta o anzol sem peso, à flor da água, com uma borboleta como isca, apanha-se bagrinho e, mesmo assim, só de vez em quando.

— Agora, fica quieto...

Segue-se um silêncio. Dienis apoia-se ora sobre um pé, ora sobre outro, olha para a mesa forrada de pano verde e pisca os olhos com força, como se estivesse vendo diante de si o sol, em lugar daquele pano verde. O juiz escreve depressa.

— Posso ir? — pergunta Dienis, depois de algum silêncio.

— Não. Tenho que deixar você sob vigilância e mandar para a prisão.

Dienis deixa de piscar os olhos e, erguendo as sobrancelhas espessas, olha para o funcionário com ar interrogativo.

— Como assim, para a prisão? Vossa Nobreza! Não tenho tempo agora, preciso ir à feira. Tenho a receber de Iegor três rublos pelo toucinho...

— Fique quieto, não me atrapalhe.

— Para a prisão... Se fosse por alguma razão, eu ia sem reclamar, mas foi assim... sem mais nem menos... Por quê? Parece que não roubei, não bati em ninguém... Mas, se o senhor tem dúvidas sobre meu lançamento de imposto, Vossa Nobreza, não acredite no estaroste... Pergunte melhor ao coletor... Aquele estaroste não tem alma de cristão...

— Fique quieto!

— Estou quieto... — balbucia Dienis. — Mas, que o estaroste mentiu quanto àquele lançamento, posso até prestar juramento... Somos três irmãos: Kuzmá Grigóriev, Iegor Grigóriev e eu, Dienis Grigóriev...

— Você está me atrapalhando... Eh, Siemion! — grita o juiz. — Leva-o embora!

— Somos três irmãos — balbucia Dienis, enquanto dois soldados reforçados levam-no para fora da sala. — Um irmão não deve responder por outro... Kuzmá não paga imposto e você, Dienis, é que deve responder... E são juízes! Morreu o falecido patrão-general, que descanse em paz, senão ele ia mostrar uma coisa a vocês, juízes... É preciso saber julgar e não assim, sem mais nem menos... Que se mande bater, vá lá, mas que seja por algum motivo, de acordo com a consciência...

(1885)

SUBTENENTE PRICHIBIÉIEV[1]

— Subtenente Prichibiéiev! O senhor é acusado de haver ofendido, no dia 3 de setembro do corrente ano, por palavras e atos, o comissário de polícia Jíguin, o superintendente de distrito Aliápin, o guarda rural Iefimov, as testemunhas Ivanóv e Gavrilov e mais seis camponeses, sendo que os três primeiros foram ofendidos pelo senhor em exercício de função. O senhor se reconhece culpado?

Prichibiéiev, subtenente enrugado, de rosto ouriçado, coloca-se em posição de sentido e responde com voz rouquenha, abafada, escandindo cada palavra, como se estivesse comandando:

— Vossa Alta Nobreza, senhor juiz de paz! Compreende-se que, de acordo com todos os artigos da lei, cada circunstância deve ser verificada, segundo um sentido de reciprocidade. Não sou eu o culpado, mas todos os demais. Todo esse caso surgiu por causa de um cadáver morto, que Deus o tenha em Sua paz. Naquele dia 3, estava eu caminhando com minha mulher Anfissa, de modo quieto, nobremente, quando vi, na margem do rio, um mundo de gente. Com que direito todo aquele povo se reuniu ali? — pergunto eu. Para quê? Será que a lei manda que o povo ande assim, aos bandos? Gritei: "Saiam daí!". Comecei a dispersar o povo, para que cada um fosse para casa, e ordenei ao guarda rural que lhes desse uns pinotes...

[1] Derivado de *prichibit*, ferir, matar, acabar de matar.

— Perdão, mas o senhor não é comissário de polícia nem estaroste. É da sua conta dispersar o povo?

— Não é da conta dele! Não é da conta dele! — ouvem-se vozes, em diferentes cantos da sala. — Não se pode mais viver por causa dele, Vossa Alta Nobreza! Há quinze anos que sofremos! Desde que voltou do serviço militar, dá até vontade de fugir da aldeia. Judiou de todos nós!

— Exatamente isso, Vossa Alta Nobreza! — diz o estaroste do povoado, convocado como testemunha. — Não se pode mais viver com ele! Se saímos com as imagens em procissão, se há casamento ou se, vamos fazer de conta, há uma ocorrência qualquer, está sempre gritando, fazendo barulho, querendo impor a ordem. Puxa as orelhas dos garotos, vigia o mulherio, para que nada aconteça, como se fosse sogro delas... Outro dia, foi andando pelas isbás, ordenando que não cantassem canções e não acendessem fogo. Dizia que não há uma lei que mande cantar.

— Espere um pouco, o senhor vai ter tempo de prestar depoimento — diz o juiz de paz. — E agora, deixe que Prichibiéiev continue. Prossiga, Prichibiéiev!

— Muito bem — rouqueja o subtenente. — O senhor disse, Vossa Alta Nobreza, que não é da minha conta dispersar o povo... Está bem... Mas, se surge alguma desordem? Será que a gente pode deixar o povo fazer coisas indignas? Onde é que está escrito, na lei, que se possa deixar o povo fazer o que queira? Eu não posso permitir. Se eu não os for dispersar e fazer exigências, quem é que fará isto? Ninguém conhece os regulamentos certos e, em todo o povoado, sou o único, pode-se dizer, Vossa Alta Nobreza, que sei como a gente deve tratar com pessoas de baixa condição, e, Vossa Alta Nobreza, eu posso compreender tudo a respeito disso. Não sou mujique, mas subtenente reformado, servi em Varsóvia, no estado-maior; depois disso, se deseja saber, quando dei baixa, fui bombeiro; saí do corpo de bombeiros, por motivo de doença, e fui, durante dois anos, porteiro de um ginásio clássico... Conheço todos os regulamentos. O mujique é uma pessoa simples, que não entende nada e deve me obedecer, porque isso é para seu próprio bem. Tomemos para exemplo o presente caso... Estou dispersando o povo e vejo, sobre a areia da margem, o cadáver afogado de um homem morto. Baseado em que, pergunto eu, ele está deitado aí? Isto se chama ordem? O que é que está vendo o comissário de polícia? Por que você, comissário, digo eu, não informa disso as autoridades? Pode ser que este defunto afogado se afogou sozinho e pode ser que o caso esteja cheirando a Sibéria. Pode ser que seja um assassínio criminoso... Mas o comissário Jíguin não deu atenção ao que eu dizia, só ficou fumando um cigarrinho. "Que mandão", diz ele, "vocês me arranjaram? Por que ele é assim? Será que não sabemos, sem ele, o que devemos fazer?". Quer dizer, digo eu, você não sabe as coisas, imbecil, porque está aí sem prestar atenção. "Eu", diz ele, "comuniquei ainda ontem ao delegado militar". Para que, pergunto eu, informar o delegado militar? Em que artigo do código de leis se manda fazer isso? Será que nesses casos, em que se trata de gente afogada ou enforcada, o delegado militar adianta alguma coisa? Aí, digo eu, é um caso criminal, civil... Aí, digo, deve-se mandar o quanto antes um mensageiro para o senhor juiz de instrução e aos demais juízes. Em primeiro lugar, digo eu, você deve compor uma ata e enviar ao senhor juiz de paz. E ele, comissário, só fica me ouvindo, dando risada. E os mujiques também. Todos riram, Vossa Alta Nobreza. Posso dizer isto sob juramento. Este deu risada, e aquele também, Jíguin também riu. Por que, digo eu, vocês estão aí arreganhando os dentes? E o comissário diz: "Casos assim não estão sob a jurisdição do juiz de paz". Com essas palavras, fiquei ardendo em febre. Você não disse isso, comissário? — dirige-se o subtenente ao comissário Jíguin.

— Disse.

— Todos ouviram como você disse, perante a gente simples: "Casos assim não estão sob a jurisdição do juiz de paz".

Todos ouviram você dizer isso... Vossa Alta Nobreza, fiquei até ardendo em febre. Repita, digo eu, repita, seu isso, seu aquilo, o que você falou! Ele repete então aquelas mesmas palavras... Como é que você pode, digo eu, falar assim do senhor juiz de paz? Você, um comissário de polícia, colocar-se contra uma autoridade? Hem? Não sabe você, digo eu, que o senhor juiz de paz, querendo, pode te encaminhar para a polícia militar por causa de tua conduta inconveniente? Sabe você, digo eu, para onde, por essas palavras políticas, pode te mandar o senhor juiz de paz? E o superintendente de distrito diz: "O juiz de paz não pode agir fora de determinados limites. Somente os casos de pouca importância estão sob sua jurisdição". Falou assim mesmo, todos ouviram... Como é que você se atreve, digo eu, a diminuir as autoridades? Bem, digo eu, nada de brincadeira comigo, senão a coisa vai mal, meu velho. Noutros tempos, em Varsóvia, ou quando era porteiro do ginásio clássico masculino, se ouvia palavras inconvenientes, logo procurava encontrar na rua algum guarda. "Vem cá", dizia eu, "seu cavalheiro" — e relatava tudo. Mas, aqui na aldeia, a quem é que a gente vai relatar as coisas?... A raiva tomou conta de mim. Fiquei ofendido, porque o povo de hoje em dia está entregue a sua própria vontade e à desobediência, levantei o braço e... naturalmente, não é que fosse com força, mas assim, direitinho, de leve, para que não se atrevesse mais a dizer coisas assim de Vossa Alta Nobreza... O comissário pôs-se a defender o superintendente do distrito. Naturalmente, bati também no comissário... E aí foi... Exaltei-me, Vossa Alta Nobreza, e aí, naturalmente, não se pode deixar de bater. Se a gente não bate num homem estúpido, acaba carregando o pecado para a própria alma. Principalmente, se é com razão... se há alguma desordem...

— Desculpe, mas há pessoas encarregadas de zelar para que não aconteça desordem. Para isso, existe o comissário, o estaroste, o guarda rural...

— O comissário não pode estar a par de tudo e, além disso, ele não compreende as coisas como eu...

— Mas, compreenda que não lhe compete isso!

— Como? Como é que não me compete? Coisa esquisita... As pessoas cometem indignidades e não é da minha conta! Que devo fazer, então? Elogiar essa gente? Eles se queixaram ao senhor de que eu proibi cantar canções... E que é que existe de bom, nessas canções? Em vez de se ocupar de alguma coisa, eles ficam cantando... E ainda arranjaram a moda de ficarem sentados à noite, junto do fogo. É preciso ir dormir e eles ficam conversando e rindo. Eu tomei nota!

— Tomou nota do quê?

— De quem fica sentado junto do fogo.

Prichibiéiev tira do bolso um papelzinho sujo, põe os óculos e lê:

— Camponeses que ficam sentados junto do fogo. Ivan Prokhorov, Sava Mikiforov, Piotr Pietróv. A viúva de soldado, Chústrova, vive imoralmente, amasiada com Siemion Kislóv. Ignát, o Grilo, ocupa-se de feitiçaria e a mulher dele, Mavra, é bruxa, vai à noite ordenhar vacas alheias.

— Basta! — diz o juiz e começa a interrogar as testemunhas.

O subtenente Prichibiéiev ergue os óculos para a testa e olha admirado o juiz de paz, que, evidentemente, não está a seu favor. Os olhos arregalados do subtenente fulguram, o nariz torna-se carmesim. Olha para o juiz de paz, para as testemunhas e não pode, de modo algum, compreender por que o juiz está assim irritado e por que se ouve, de todos os cantos da sala, ora um murmúrio, ora um riso contido. Não consegue compreender, também, a sentença: um mês de prisão!

— Por quê?! — diz, sem compreender, agitando os braços. — Baseado em que lei?

Torna-se claro para ele que o mundo já está mudado e que ficou impossível viver nele. Pensamentos sombrios e tristes tomam conta de Prichibiéiev. Mas, saindo da sala e vendo os mujiques aglomerados, comentando algo, ele não consegue dominar o antigo costume e, colocando-se em posição de sentido, grita com voz rouquenha e zangada:

— Dispersa, gente! Não se aglomerem! Vão para casa!

(1885)

AFLIÇÃO

O torneiro Grigóri Pietróv, conhecido há muito como um mestre excelente e, ao mesmo tempo, como o mujique mais destrambelhado do departamento de Gáltchinsk, está conduzindo para o hospital rural sua velha mulher enferma. Tem que percorrer umas trinta verstas e, no entanto, a estrada está horrível, de modo que seria difícil vencê-la, mesmo para um funcionário dos correios com seu carro, quanto mais para um moleirão como Grigóri. Bate-lhe no rosto um vento frio, cortante. Em todas as direções, rodopiam no ar nuvens de flocos de neve, de modo que não se percebe se vêm do céu ou da terra. Não se consegue ver, por trás da névoa, o campo, os postes telegráficos, a mata e, quando uma rajada de vento particularmente intensa bate contra Grigóri, não se pode perceber sequer o arco do trenó. A égua fraca e esquálida mal consegue se arrastar. Toda a sua energia foi consumida em ir arrancando os pés da neve profunda e sacudir a cabeça. O torneiro tem pressa. Inquieto, vai pulando sobre o assento e, a cada momento, fustiga o dorso do cavalo.

— Não chore, Matriona... — balbucia. — Vá aguentando um pouco. Se Deus quiser, vamos chegar daqui a pouco ao hospital e eles tratarão de você... Pável Ivânitch te dará umas gotas, ou talvez mande fazer uma sangria, vai te esfregar com álcool e então... vai aliviar aí do lado. Pável Ivânitch vai providenciar... Vai gritar, bater com o pé, mas providenciará tudo... É um senhor muito distinto, muito amável, que Deus lhe dê saúde... Logo que a gente chegar, ele vai pular para fora e começará a xingar. "Como? Que foi isso?", vai gritar, "Por que chega fora de hora? Pensa que eu sou algum cachorro, para me ocupar de vocês, diabos, o dia inteiro? Por que não chegou de manhã? Vá embora! Não quero ver aqui nem sombra de você. Volte amanhã". E eu vou dizer: "Senhor doutor! Pável Ivânitch! Vossa Alta Nobreza!". Mas, anda mais depressa, diabo! Anda!

O torneiro fustiga o rocim e, sem olhar para a velha, continua a balbuciar entre dentes:

— Vossa Alta Nobreza! Estou lhe falando como se estivesse diante de Deus... posso jurar sobre esta cruz... saí de casa mal amanheceu. Como podia chegar na hora, se Deus... se Nossa Senhora... ficaram zangados e mandaram uma tempestade dessas? O senhor mesmo está vendo... Até um cavalo mais decente não chegava a tempo, e o senhor mesmo pode ver, o cavalo que eu tenho é uma vergonha! Pável Ivânitch vai franzir a testa e gritar: "Conheço vocês! Sempre arranjam uma desculpa! principalmente você, Grichka![1] Te conheço há muito! Certamente, entrou no botequim umas cinco vezes!". E eu vou dizer: "Vossa Alta Nobreza! Pensa que sou algum malfeitor, algum pagão? Minha velha está morrendo, entregando a alma a Deus, e eu vou correr pelos botequins! Que é que está dizendo! Diabo que os carregue, esses botequins!". Então, Pável Ivânitch vai mandar levar-te para o hospital. Vou me ajoelhar... "Pável Ivânitch! Vossa Alta Nobreza! Eu lhe agradeço humildemente! Perdoa-nos, não nos condene, mujiques que somos, imbecis excomungados! Merecemos é muita pancada, e o senhor se digna a inquietar-se, sujar de neve os pezinhos!" Pável Ivânitch vai me olhar como quem quer bater e vai dizer: "Em vez de se jogar no chão, seria melhor que você, imbecil, não se encharcasse de vodca e tivesse pena da velha. Merece pancada!". "Verdade, Pável Ivânitch, que Deus me castigue, o que mereço mesmo é pancada! Mas, como é

[1] Diminutivo de Grigóri.

que a gente não vai se ajoelhar, se vocês são nossos benfeitores, nossos pais? Vossa Alta Nobreza! É a pura verdade... estou falando como se estivesse diante de Deus... pode cuspir-me na cara se o engano: logo que a minha Matriona ficar boa, voltar ao que era antes, vou fazer tudo o que Vossa Mercê mandar! Se quiser, vou lhe tornear uma cigarreira de bétula da Carélia... bolas para críquete ou, então, tacos estrangeiros de verdade para o jogo... vou fazer tudo para o senhor! Não vou lhe cobrar nada! Em Moscou, uma cigarreira dessas lhe custaria quatro rublos, e eu não lhe cobro nada." O doutor vai rir e dizer: "Ora, está bem, está bem... Obrigado! Pena que seja um beberrão...". Eu, minha velha, compreendo como se deve agir com os senhores. Não existe um senhor com quem eu não saiba conversar. Queira Deus, somente, que eu não perca o caminho. Como neva! Enche até os olhos da gente.

O torneiro balbucia sem cessar. Vai tagarelando maquinalmente, para abafar um pouco ao menos seu penoso sentimento. Há muitas palavras sobre a língua, mas são ainda mais numerosas as ideias e questões em sua cabeça. A aflição caiu sobre o torneiro de chofre, inesperadamente, e agora ele não consegue voltar a si, refletir um pouco. Vivera sem cuidados, numa espécie de semi-olvido de bêbado, sem conhecer aflições, nem alegrias, e, de repente, sente em si uma terrível dor. O homem vadio, ébrio, descuidado, ficara de súbito na situação de pessoa ocupada, preocupada, que tem pressa de chegar a um lugar e até luta com a natureza.

Lembra-se de que a aflição começou na tarde anterior. Voltara para casa, bêbado como de costume e, conforme um velho hábito, pusera-se a discutir e agitar os punhos, quando a velha olhou para seu barulhento marido como jamais olhara. Comumente, seus olhos senis tinham uma expressão sofredora, humilde, como a de cachorros que os donos espancam muito e alimentam mal, mas, naquele momento, estava olhando de modo severo e imóvel, como costumam olhar os santos dos ícones ou os moribundos. A aflição começou justamente com aquele olhar estranho, ruim. Atordoado, o torneiro suplicou ao vizinho que lhe emprestasse o rocim e, agora, está levando a velha para o hospital, na esperança de que Pável Ivânitch aplique pomadas e pós e devolva à velha o primitivo olhar.

— Escuta, Matriona... — balbucia ele. — Se Pável Ivânitch perguntar a você se eu te bati, diga que não! E eu não vou mais bater. Aqui está a cruz para jurar. Pensa que eu te batia por mal? Batia assim, à toa. Tenho pena de ti. Um outro não se afligiria assim e eu estou te levando ao hospital... estou me esforçando. E como neva! Senhor, seja feita Tua vontade! Que Deus nos dê somente não sair do caminho... Que é, está doendo aí do lado? Por que não fala, Matriona? Estou perguntando: dói aí do lado?

Parece-lhe estranho que a neve não se derreta sobre o rosto da velha e que o próprio semblante apareça mais alongado, com uma cor cinzento-pálida, de cera suja, e se tenha tornado sério, severo.

— Que boba! — murmura o torneiro. — Estou falando com você como se estivesse perante Deus e você fica aí assim Que boba! Agora, pego e não te levo para Pável Ivânitch!

O torneiro solta as rédeas e fica pensativo. Não ousa espiar para trás e olhar a velha: dá medo! Dá medo também fazer-lhe uma pergunta e não receber resposta. Finalmente, procurando pôr fim à incerteza, apalpa a mão fria da velha, sem olhar para esta. A mão, que ele tinha erguido, torna a cair como um chicotinho.

— Quer dizer que morreu. Que coisa!

E o torneiro chora. Sente mais despeito que pena. Pensa: como as coisas acontecem depressa neste mundo! Sua aflição mal tivera tempo de começar e já estava pronto o desfecho. Mal tivera tempo de viver com a velha, expressar-lhe sua compaixão, e já estava morta... Vivera com ela quarenta anos, mas aqueles anos haviam decorrido como em meio de uma névoa. Não se sentia passar a vida, através da bebedeira, das brigas e da miséria. E, como se fora de propósito, a velha morria exatamente quando ele percebera que se compadecia dela e que, terrivelmente culpado, não podia viver sem a sua companhia.

— E ela andou pelo mundo! — lembra-se. — Eu mesmo mandei que andasse de casa em casa, pedindo esmola, que coisa! Aquela boba devia viver uns dez anos mais, senão vai pensar que eu sou mesmo assim. Virgem Santíssima, para onde, diabo, eu estou indo? Agora, não preciso mais curar, mas enterrar. Meia-volta!

O torneiro dá meia-volta e bate com toda a força no cavalinho. O caminho está ficando cada vez pior. Já não se enxerga absolutamente o arco do trenó.

Este, de raro em raro, atropela um jovem pinheiro, um objeto frio arranha as mãos do torneiro, algo passa ante seus olhos, e o campo visual torna-se de novo branco e turbilhona.

"Se pudesse viver de novo...", pensa o torneiro.

Lembra-se de que, uns quarenta anos atrás, Matriona era jovem, bonita, alegre, vinda de uma casa rica. Haviam-na casado com ele, atraídos pela vantagem de seu ofício. Tudo parecia prometer uma vida boa, mas a desgraça consistiu em que, tendo-se embriagado após o casamento, estirou-se em cima do fogão e foi como se não tivesse acordado até agora. Recorda-se do casamento, mas, quanto ao que sucedeu após o matrimônio, podem matá-lo, que ele de nada se lembra, a não ser que bebia, ficava deitado, brigava. E assim se perderam quarenta anos.

As nuvens brancas de neve começam, pouco a pouco, a ficar cinzentas. Anoitece.

— Para onde estou indo? — lembra-se, de repente. — É preciso enterrar e estou indo para o hospital... Parece que fiquei tonto!

Torna a dar meia-volta e a bater no cavalo. A eguinha concentra suas forças, funga e inicia um trote miúdo. O torneiro fustiga-a no dorso... Ouvem-se atrás umas pancadas e, embora sem se voltar, ele sabe que é a cabeça da defunta batendo no trenó. Enquanto isso, o ar vai ficando cada vez mais escuro, o vento, mais frio e cortante...

"Se pudesse viver de novo...", pensa o torneiro. "Providenciar uma ferramenta nova, receber encomendas... entregar o dinheiro à velha... sim!"

Mas, eis que deixa cair as rédeas. Procura-as, quer erguê-las, mas não consegue; as mãos não funcionam...

"Tanto faz...", pensa. "O cavalo acertará sozinho, ele conhece o caminho. Seria bom dormir agora... Deitar um pouco, durante o enterro, a missa..."

O torneiro fecha os olhos e cochila. Pouco depois, sente que o cavalo parou. Abre os olhos e vê diante de si algo escuro, que lembra uma isbá ou meda de feno...

Seria bom descer do trenó e verificar do que se tratava, mas sente em todo o corpo tamanha preguiça, que parece melhor ficar congelado, mas não sair do lugar... E ele adormece tranquilo.

Acorda numa sala ampla, de paredes pintadas. Raios fortes de sol penetram pela janela. Vê gente diante de si e, em primeiro lugar, quer mostrar que é sério e compreende as coisas.

— É preciso rezar missa pela velha! Mandar chamar o padre...

— Ora, está bem, está bem! Fica deitado aí! — interrompe-o a voz de alguém.

— Paizinho! Pável Ivânitch! — estranha o torneiro, vendo diante de si o doutor. — Vossa Alta Nobreza! Benfeitor nosso!

Quer levantar-se de um salto e ajoelhar-se diante do médico, mas sente que as pernas e os braços não lhe obedecem.

— Vossa Alta Nobreza! Onde estão as minhas pernas? Onde estão meus braços?

— Diga adeus às pernas e aos braços... Congelados! Ora, ora, por que está chorando?! Já viveu bastante e foi graças a Deus! Vai ver que já viveu uns sessenta anos, chega para você!

— Que aflição!... Vossa Alta Nobreza, que aflição! Seja generoso e perdoe-me. Uns cinco, seis anos mais...

— Para quê?

— O cavalo não é meu, preciso devolver... Enterrar a velha... E como tudo acontece depressa neste mundo! Vossa Alta Nobreza! Pável Ivânitch! Vou tornear a melhor cigarreira de bétula da Carélia! Vou fazer para o senhor um jogo de críquete...

O doutor faz um gesto de desalento com a mão e sai da enfermaria. Quanto ao torneiro — amém!

(1885)

UM DIA NO CAMPO (CENAZINHA)

São mais de oito da manhã.

Algo enorme, plúmbeo, arrasta-se de encontro ao sol. Sobre este algo enorme, irrompe um raio, ora aqui, ora ali, em zigue-zagues vermelhos. Ouvem-se ribombos longínquos de trovão. Um vento tépido passeia sobre a erva, inclina as árvores e ergue poeira. Daqui a pouco, vai desabar uma chuva de maio e começará uma tempestade verdadeira.

A mendiga de seis anos, Fiokla, corre pela aldeia, à procura do sapateiro Tieriênti. Descalça e de cabelos muito claros, está pálida, de olhos arregalados e lábios trêmulos.

— Titio, onde está Tieriênti? — pergunta a cada transeunte. Ninguém lhe responde. Todos estão ocupados com a tempestade que se aproxima e escondem-se nas isbás. Por fim, encontra o sacristão, Silânti Sílitch, amigo e companheiro de Tieriênti. Caminha, balançando-se ao vento.

— Titio, onde está Tieriênti?

— Nas hortas — responde Silanti.

A mendiga corre para as hortas, além das isbás, e lá encontra Tieriênti. O sapateiro Tieriênti, um velho alto, de rosto macilento, marcado de varíola, e pernas muito compridas, descalço e com jaqueta rasgada de sua mulher, está de pé, junto aos canteiros, e olha a nuvem escura, com olhos ébrios, perturbados. Sobre as pernas compridas, que lembram pernas de cegonha, balança-se ao vento, como uma vara.

— Tio Tieriênti — dirige-se a ele a mendiga de cabelos muito claros. — Titio, queridinho!

Tieriênti debruça-se sobre Fiokla e seu rosto ébrio, severo, cobre-se com um sorriso, desses que ocorrem no rosto das pessoas, quando veem diante de si algo pequeno, tolo, ridículo, mas ardentemente amado.

— A-aa... Fiokla, escrava de Deus! — diz ele, ciciando com carinho. — De onde Deus te trouxe?

— Titio Tieriênti — soluça Fiokla, puxando o sapateiro pela aba. — Aconteceu uma desgraça ao irmãozinho Danilka![1] Vamos!

— Desgraça, como assim? U-uh, que trovoada! Santo, santo, santo... Que desgraça?

— No bosque do conde, Danilka enfiou a mão no vazio de uma árvore e, agora, não pode tirar. Vamos, titio, vai tirar a mão dele de lá, faça a caridade!

— Mas, como foi que ele enfiou lá a mão? Para quê?

— Ele quis apanhar para mim um ovo de cuco.

— O dia ainda nem teve tempo de começar e vocês já têm uma desgraça... — meneia a cabeça Tieriênti, cuspindo vagaroso. — Bem, que vou fazer agora com você? Preciso ir... Preciso, o lobo que entenda vocês, folgazões! Vamos, órfã.

Tieriênti dirige-se para fora da horta e começa a caminhar pela rua, erguendo alto as pernas compridas. Caminha depressa, sem olhar para os lados e sem se deter, como se alguém o empurrasse por trás ou o assustasse com a perseguição. A mendiga Fiokla quase não consegue alcançá-lo.

Os caminhantes saem da aldeia e dirigem-se, pela estrada poenta, para o bosque do conde, que azula à distância. Fica a cerca de duas verstas. As nuvens já ocultaram o sol e, daqui a pouco, não sobrará no céu um só pedacinho de azul. Escurece.

— Santo, santo, santo — murmura Fiokla, apressando-se, para acompanhar Tieriênti.

[1] Diminutivo de Daniil.

Os primeiros pingos, grandes e pesados, tombam como pontos pretos sobre a estrada poenta. Uma gota grande cai sobre a face de Fiokla e desliza-lhe para o queixo, como uma lágrima.

— Começou a chuva — balbucia o sapateiro, erguendo poeira com os pés descalços e ossudos. — Isso, graças a Deus, irmão Fiokla. A chuva alimenta a erva e as árvores, como a nós, o pão. E você não deve ter medo do trovão, orfãzinha. Para que te iria matar, assim pequenininha?

Iniciada a chuva, sossega o vento. O ruído vem da chuva, que bate, como chumbo miúdo de caça, sobre o centeio novo e a estrada ressequida.

— Vamos ficar molhados, Fiókluchka[2] — balbucia Tieriênti. — Não vai ficar um só lugarzinho seco... Ei, irmão! Está escorrendo água para baixo do pescoço! Mas, não tenha medo, tola... A erva secará, a terra há de secar e nós dois também secaremos. O sol é para todos.

Sobre as cabeças dos caminhantes, fulge um raio de uns dois *sajens*[3] de comprimento. Reboa um trovão prolongado e Fiokla tem a impressão de que algo grande, pesado e como que redondo rola pelo céu e perfura-o, justamente sobre sua cabeça!

— Santo, santo, santo... — persigna-se Tieriênti. — Não tenha medo, orfãzinha! Ele faz barulho, mas não é por mal.

As pernas do sapateiro e de Fiokla cobrem-se de barro pesado e molhado. É difícil caminhar, escorrega-se, mas Tieriênti anda cada vez mais depressa... A pequena e fraca mendiga vai ofegando e por pouco não cai.

Enfim, ei-los que entram no bosque do conde. As árvores lavadas, irrequietas com as lufadas de vento, soltam sobre eles uma enxurrada de respingos. Tieriênti tropeça nos tocos e passa a caminhar mais lento.

[2] Diminutivo carinhoso de Fiokla.

[3] *Sajem* — medida correspondente a 2,13 m.

— Mas onde está Danilka? — pergunta. — Leva-me até ele!

Fiokla guia-o para a parte mais espessa do bosque e, depois de andar cerca de um quarto de versta, mostra-lhe o irmão, Danilka. O menino, pequeno, de oito anos, com uma cabeça ruiva como ocre e rosto pálido, doentio, está de pé, encostado na árvore, e olha o céu, a cabeça inclinada para um lado. Uma das mãos segura um chapeuzinho muito usado, a outra está escondida no oco de uma velha tília. Danilka olha para o céu que reboa e, ao que parece, não se dá conta do próprio infortúnio. Ouvindo os passos e vendo o sapateiro, sorri com expressão doentia e diz:

— Que trovão, Tieriênti! Desde que nasci, não aconteceu um trovão assim...

— E onde está tua mão?

— No vazio da árvore... Tira-a por caridade, Tieriênti!

A beirada da árvore fendeu-se e comprimiu a mão de Danila: dá para estender a mão para frente, mas não para puxá-la de volta. Tieriênti rompe um pedaço da beirada e a mão do menino aparece fora, vermelha e machucada.

— Que trovão! — repete o menino, coçando a mão. — E por que faz barulho, Tieriênti?

— Uma nuvem choca-se com outra... — diz o sapateiro.

Os caminhantes saem do bosque e andam pela clareira, em direção à estrada, que preteja. O trovão aquieta-se pouco a pouco e seu reboar já se ouve apenas ao longe, na direção da aldeia.

— Aqui, Tieriênti, outro dia, uns patos passaram voando... — diz Danilka, sempre coçando a mão. — Certamente, vão pousar no pântano, em Gnilie-Zaimischa.[4] Quer que eu mostre a você, Fiokla, um ninho de rouxinol?

— Não ponha a mão aí, vai espantá-lo... — diz Tieriênti, espremendo água do chapéu. — O rouxinol é um pássaro

[4] Literalmente, Alagados-Podres.

canoro, sem pecado. Foi-lhe dada uma voz assim na garganta, para louvar a Deus e alegrar o homem. É pecado espantá-lo.

— E o pardal?

— O pardal pode, é um pássaro mau, malicioso. Tem na cabeça pensamentos de trapaceiro. Não gosta que o homem esteja bem. Quando Cristo era crucificado, ele ficou carregando pregos para os judeus, gritando: "Vivo, vivo!".

Surge no céu mancha azul-clara.

— Olha aqui — diz Tieriênti. — A água destruiu o formigueiro! Afogou essas velhacas.

Os caminhantes inclinam-se sobre o formigueiro. A enxurrada lavou a habitação das formigas; os insetos correm inquietos sobre a lama, tomando providências junto a seus coinquilinos afogados.

— Não é nada, vocês não vão morrer! — sorri o sapateiro. — Logo que o solzinho esquente, virão a si... Que isso sirva a vocês de lição, seus tolos. Da próxima vez, não vão montar residência em lugar baixo...

Caminham mais.

— E aqui estão as abelhas! — exclama Danilka, apontando o ramo de um carvalho jovem.

Sobre aquele ramo, estão abelhas encharcadas e friorentas, que se apertam entre si. São tantas, que não se consegue ver a casca, nem as folhas. Muitas estão sobre as companheiras.

— É um enxame de abelhas — ensina Tieriênti. — Estava voando, à procura de habitação. Quando a chuva o molhou, pousou aqui. Se um enxame está voando, basta jogar nele água, para que pouse. Agora, vamos fazer de conta que vocês querem levá-lo. É só enfiar o ramo com as abelhas num saco e sacudir, elas todas cairão dentro.

A pequena Fiokla faz, de repente, uma careta e coça com força o pescoço. O irmão olha para aquele pescoço e vê um grande calombo.

— He-he! — ri o sapateiro. — Sabe, irmão Fiokla, de onde surgiu essa praga? Em algum lugar, no bosque, umas moscas-espanholas[5] estão pousadas num galho. A água escorreu delas e pingou no teu pescoço, daí o calombo.

O sol surge por trás das nuvens e envolve a mata, o campo e os nossos caminhantes, com sua luz que aquece. A nuvem escura, ameaçadora, já está longe e carregou a tempestade. O ar torna-se tépido, aromático. Cheira a cereja-do-mato, trigo-sarraceno e junquilho.

— Tira-se disso um extrato, para usar quando sai sangue pelo nariz — diz Tieriênti, apontando uma flor felpuda. — Resolve...

Ouvem-se um assobio e um reboar, mas diferente daquele que, ainda há pouco, as nuvens levaram consigo. Ante os olhos de Tieriênti, Danila e Fiokla, corre um trem de carga. A locomotiva, que resfolega e expele fumaça negra, arrasta mais de vinte vagões. É uma força maravilhosa. As crianças gostariam de saber de que modo a locomotiva, que não é viva, pode se mover sem ajuda de cavalos e arrastar tamanha carga. Tieriênti põe-se a explicá-lo.

— Aqui, meus filhos, todo o segredo está no vapor... O vapor funciona... Ele, quer dizer, empurra em baixo desta coisa, que está junto das rodas... e ela... faz assim... e funciona...

Os caminhantes atravessam o leito da estrada de ferro e, em seguida, descendo o aterro, dirigem-se para o rio. Não caminham com um fim determinado, mas aonde os conduzem os olhos, e conversam o tempo todo. Danila faz perguntas, Tieriênti responde...

Responde a todas as perguntas e não existe na natureza mistério que o deixe embaraçado. Conhece tudo. Sabe o nome de todas as ervas do campo, animais e pedras. Sabe com que ervas se curam doenças, não terá dificuldade em dizer a idade de um cavalo ou de uma vaca. Olhando para o pôr do sol ou para a lua, para os pássaros, poderá dizer que tempo fará no dia seguinte. Mas Tieriênti não é o único assim judicioso.

[5] Cantáridas.

Silânti Sílitch, o botequineiro, o hortelão, o pastor e, de um modo geral, toda a aldeia, sabem tanto quanto ele. Estes homens não estudaram nos livros, mas no campo, na mata, à margem do rio. Instruíram-nos os próprios pássaros, quando gorjeavam para eles; o sol, que se punha e deixava atrás de si uma aurora purpúrea; as próprias ervas e árvores.

Danilka olha para Tieriênti e presta uma atenção ansiosa a cada palavra. Na primavera, quando ainda não nos cansaram a tepidez do tempo e o verde monótono dos campos, quando tudo é novo e ressuma frescor, quem não se interessa em ouvir algo sobre os besourinhos dourados, sobre as cegonhas, sobre o trigo granando e sobre os múrmuros riachos?

O sapateiro e o órfão caminham pelo campo, falam sem parar e não se cansam. Poderiam caminhar sem fim pelo mundo. Caminham sozinhos e, em meio a suas conversas sobre a beleza da terra, não percebem que os segue, apressada, a mendiga pequena e débil. Ela coloca pesadamente os pés e ofega. Há lágrimas pendentes em seus olhos. Ficaria contente de deixar aqueles incansáveis andarilhos, mas, para onde e à casa de quem poderia ir? Não tem casa, nem parentes. Queira ou não, resta-lhe andar e ouvir aquelas conversas.

Antes do meio-dia, sentam-se os três à margem do rio. Danila tira do saco um pedaço de pão encharcado, transformado em mingau, e os caminhantes põem-se a comê-lo. Depois de comer o pão, Tieriênti reza a Deus. Em seguida, estende-se na margem arenosa e adormece. Enquanto ele dorme, o menino olha a água e pensa. Tem muitos pensamentos diversos. Há pouco, viu a tempestade, as abelhas, as formigas, o trem; agora, peixinhos pululam ante seus olhos.

Uns peixes têm um *vierchók*[6] e mais, outros não chegam ao comprimento de uma unha. Uma cobra passa nadando, de cabeça erguida, de uma a outra margem.

Nossos caminhantes regressam à aldeia somente ao anoi-

[6] Medida correspondente a 4,45 cm.

tecer. As crianças vão pernoitar num barracão abandonado, onde se despejava antes a farinha comunal, enquanto Tieriênti, depois de se despedir delas, encaminha-se para o botequim. As crianças estão deitadas na palha, aconchegadas entre si, e cochilam.

O menino não dorme. Olha a escuridão e tem a impressão de rever tudo o que viu durante o dia: as nuvens, o fúlgido sol, os pássaros, os peixinhos, o esguio Tieriênti. A pletora de impressões, o cansaço e a fome acabam prevalecendo. Ele se abrasa, como se estivesse sobre uma fogueira, e revira-se de um lado para outro. Tem vontade de contar para alguém tudo o que está vendo mesmo agora, na treva, tudo o que lhe perturba a alma, e não há com quem conversar. Fiokla é ainda criança e não pode compreender aquilo.

— Bem, amanhã vou contar ao Tieriênti... — cisma o menino.

As crianças adormecem, pensando no sapateiro sem lar. E, de noite, Tieriênti vem vê-las, faz sobre elas o sinal da cruz, coloca-lhes sob a cabeça alguns pães. E ninguém vê tamanho amor. A não ser, talvez, a lua, que desliza pelo céu e espia carinhosa, através do telhado cheio de furos, para o barracão abandonado.

(1886)

A CORISTA

Um dia, quando ela era mais jovem, mais bonita e de voz mais sonora, estava sentado em sua casa de campo seu admirador, Nikolai Pietróvitch Kolpakóv. Fazia um calor sufocante, intolerável. Kolpakóv acabava de almoçar e havia bebido uma garrafa inteira de vinho do Porto ordinário, sentia-se de mau humor e adoentado. Aborreciam-se ambos e esperavam que passasse o calor, para ir passear.

De súbito, a campainha ressoou na saleta de entrada. Kolpakóv, que estava sem sobrecasaca e de chinelos, ergueu-se de um salto e dirigiu um olhar interrogador para Pacha.[1]

— Deve ser o carteiro ou, talvez, uma amiga — disse a cantora.

Kolpakóv não se acanhava diante do carteiro, nem das amigas de Pacha. Em todo caso, apanhou a roupa e foi para o quarto ao lado, enquanto Pacha corria para abrir a porta. Para seu grande espanto, quem estava no umbral não era o carteiro, nem a amiga, mas uma mulher desconhecida, moça, bonita, vestida com distinção e, segundo as aparências, uma senhora direita.

A desconhecida estava pálida e respirava com dificuldade, como se tivesse percorrido uma escada íngreme.

— Que deseja? — perguntou Pacha.

A senhora não respondeu imediatamente. Deu um passo para frente, examinou devagar a sala e sentou-se, com ar de

[1] Diminutivo de Prascóvia.

quem não pudesse permanecer de pé, por cansaço ou doença. Depois, durante bastante tempo, ficou movendo os lábios pálidos, tentando dizer algo.

— Meu marido está em sua casa? — perguntou finalmente, erguendo em direção de Pacha seus grandes olhos de pálpebras vermelhas, com sinais de pranto.

— Que marido? — murmurou Pacha e, de repente, assustou-se, a ponto de lhe ficarem gelados os pés e as mãos. — Que marido? — repetiu, começando a tremer.

— O meu marido... Nikolai Pietróvitch Kolpakóv.

— Nã...ão, minha senhora... Eu... eu... não conheço nenhum marido.

Decorreu um minuto de silêncio. A desconhecida passou várias vezes o lenço sobre os lábios pálidos e, para vencer o tremor íntimo, continha a respiração, enquanto Pacha permanecia imóvel, petrificada diante dela, olhando-a com assombro e temor.

— Então, a senhora diz que ele não está aqui? — perguntou a recém-chegada, já com voz firme e um sorriso estranho.

— Eu... eu não sei sobre quem está perguntando.

— Mulher má, infame, vil... — balbuciou a desconhecida, examinando Pacha com ódio e repugnância. — Sim, sim... é sórdida. Estou muito contente de poder, finalmente, dizer-lhe isto!

Pacha sentiu que estava causando àquela senhora de preto, com olhos zangados e dedos brancos e delgados, a impressão de algo sórdido, horrível, e teve então vergonha de suas faces vermelhas, rechonchudas, das pintas que tinha no nariz e da mecha de cabelo, que não conseguia deixar penteada para cima. Tinha a impressão de que, se ela fosse magrinha, não estivesse empoada e não tivesse aquela mecha de cabelo, seria possível esconder que não era mulher direita e não sentiria aquele terror e aquela vergonha, ao permanecer diante da senhora desconhecida e misteriosa.

— Onde está meu marido? — prosseguiu a senhora. —

Aliás, é indiferente para mim saber se está aqui ou não, mas eu devo dizer-lhe que foi descoberto um desfalque e que Nikolai Pietróvitch está sendo procurado... Querem prendê-lo. Eis o que a senhora fez!

Ergueu-se e deu alguns passos pela sala, muito perturbada. Pacha olhava para ela e nada compreendia, tamanho era seu pavor.

— Ele será encontrado e preso, hoje mesmo — disse a senhora e soluçou, percebendo-se, naquele som, um sentimento de ofensa e mágoa. — Eu sei quem o levou a este horror. Sórdida, infame! Repugnante, vendida criatura! (A senhora torceu os lábios e franziu o nariz com repugnância.) Eu não posso fazer nada... escute-me, baixa mulher!... Sou impotente, você é mais forte que eu, mas há quem me defenda e a meus filhos! Deus está vendo tudo! Ele é justo! Ele há de cobrar cada uma de minhas lágrimas e todas as minhas noites de insônia! Chegará o dia em que há de se lembrar de mim!

Fez-se novamente silêncio. A senhora caminhava pelo quarto, torcendo as mãos, e Pacha continuava a olhá-la com expressão embotada, perplexa, sem compreender coisa alguma, esperando dela algo terrível.

— Eu não sei de nada, minha senhora — disse e, de repente, prorrompeu em pranto.

— Mente! — gritou a senhora, fazendo fulgir, com rancor, os olhos em sua direção. — Sei de tudo! Há muito que a conheço! Sei que, neste último mês, ele vinha diariamente a sua casa!

— Sim. E daí? Recebo muitas visitas, mas não obrigo ninguém a vir a minha casa. Cada um é livre de fazer o que entende.

— Estou-lhe dizendo: foi descoberto um desfalque! Ele gastou fundos da repartição! Por causa de uma como você... por sua causa, ele se decidiu a um crime. Ouça-me — disse a senhora, com voz decidida, estacando diante de Pacha. — Você não pode ter princípios, vive unicamente para fazer o mal, esta é a finalidade de sua vida, mas não se pode pensar que haja decaído a tal ponto, que não lhe tenha ficado sequer um vestígio de sentimento humano! Ele tem mulher, filhos... Se for condenado ao degredo, vou morrer de fome, juntamente com os filhos... Compreenda isso! No entanto, há um meio de salvá-lo, bem como a nós, da miséria e da vergonha. Se eu depositar hoje novecentos rublos, vão deixá-lo em paz. Apenas novecentos rublos!

— Que novecentos rublos? — perguntou Pacha, baixinho. — Eu... eu não sei... Não os tomei...

— Não lhe estou pedindo novecentos rublos... você não tem dinheiro e eu não preciso de nada do que é seu. Peço-lhe outra coisa. Geralmente, os homens presenteiam mulheres como você com objetos preciosos. Devolva-me apenas as joias que meu marido lhe deu!

— Minha senhora, ele nunca me presenteou com nada — exclamou Pacha, com voz esganiçada, começando a compreender tudo.

— Mas, onde está o dinheiro? Ele gastou o que era dele, o meu e ainda o alheio... Onde é que foi parar tudo aquilo? Escute-me, eu lhe peço! Eu estava indignada e disse-lhe muitas coisas desagradáveis, mas estou pedindo desculpas. Deve odiar-me, eu sei, mas, se é capaz de compaixão, coloque-se na minha situação! Imploro-lhe, devolva-me as joias!

— Hum... — disse Pacha, com um movimento de ombros. — Eu faria isto com prazer, mas, que Deus me castigue, ele nunca me deu nada. Acredite na minha consciência. Aliás, a senhora tem razão — a cantora ficou perturbada —, certa vez, ele me trouxe duas coisinhas. Se quiser, pois não, vou lhe devolver...

Puxou uma das gavetinhas do toucador e tirou de lá uma pulseira oca de ouro e um anelzinho miúdo, com rubi.

— Aqui estão! — disse, entregando os objetos à visitante.

A senhora ficou vermelha e seu rosto começou a tremer. Estava ofendida.

— O que é que me está dando? — disse. — Não lhe peço

esmola, mas aquilo que não lhe pertence... aquilo que você, aproveitando-se de sua situação, extorquiu de meu marido... este homem fraco, infeliz... Quinta-feira, quando eu a vi no cais, em companhia de meu marido, você estava usando broches e braceletes caros. Não precisa representar para mim o papel do cordeirinho inocente! Pergunto-lhe pela última vez: vai me entregar as joias ou não?

— Palavra, que a senhora é muito estranha... — disse Pacha, começando a ficar ofendida. — Asseguro-lhe que o seu Nikolai Pietróvitch não me deu nada, além desse bracelete e desse anelzinho. Trazia-me apenas docinhos.

— Docinhos... — sorriu com amargura a desconhecida. — Em casa, as crianças não têm o que comer e aqui há docinhos. Decididamente, você se recusa a devolver-me as joias?

Não recebendo resposta, a senhora sentou-se e, pensando em algo, fixou os olhos num ponto.

— Que fazer agora? — disse. — Se eu não arranjar os novecentos rublos, ele estará perdido, e também eu com as crianças. Matar esta mulher infame ou ajoelhar-me diante dela?

A senhora apertou um lenço contra o rosto e rompeu em pranto.

— Eu lhe peço! — ouvia-se, através de seus soluços. — Você arruinou e desgraçou meu marido, salve-o agora... Não tem por ele compaixão, mas as crianças... as crianças... De que é que elas são culpadas?

Pacha imaginou criancinhas chorando de fome na rua, e pôs-se a chorar também.

— Mas, que posso fazer, minha senhora? A senhora diz que eu sou uma mulher infame e que arruinei Nikolai Pietróvitch, mas estou-lhe falando como se estivesse diante do próprio Deus... asseguro-lhe que não tirei dele nenhum proveito... Em nosso coro, somente a Mótia[2] tem amante rico, as outras todas passam miséria. Nikolai Pietróvitch é um senhor

[2] No caso, diminutivo de Matriona.

delicado e instruído, por isso eu o recebia. Nós não podemos deixar de receber as pessoas.

— Estou lhe pedindo as joias! Dê-me as joias! Estou chorando... me rebaixando... Vou me ajoelhar, olhe!

Pacha deixou escapar uma exclamação de susto e agitou os braços. Sentia que aquela senhora pálida, bonita, que se expressava nobremente, como num teatro, era realmente capaz de se ajoelhar diante dela e faria isto por orgulho, por dignidade, para se elevar e rebaixar a corista.

— Está bem, vou entregar os objetos à senhora — apressou-se a dizer Pacha, enxugando os olhos. — Aqui estão. Mas eles não são de Nikolai Pietróvitch... Recebi-os de outros visitantes. Como queira...

Pacha abriu a gaveta superior da cômoda e tirou dali um brochinho de diamantes, uma fieira de coral, alguns anéis e braceletes, e entregou tudo à senhora.

— Tome-o, se quiser, mas saiba que não tirei qualquer proveito de seu marido. Tome, fique rica! — prosseguiu Pacha, ofendida com aquela ameaça de se ajoelhar. — Mas, já que a senhora é nobre... uma esposa legítima, devia mantê-lo perto de si! Não o chamei a minha casa, ele veio sozinho...

A senhora examinou, através das lágrimas, os objetos oferecidos e disse:

— Não é tudo... Isso não dá nem quinhentos rublos.

Pacha atirou com um gesto abrupto, para fora da cômoda, ainda um relógio de ouro, uma cigarreira, um par de abotoaduras e disse, abrindo os braços:

— Não me resta mais nada... nem que me reviste!

A visitante emitiu um suspiro, embrulhou os objetos num lenço, com mãos trêmulas, e saiu, sem dizer palavra, sem fazer ao menos um gesto com a cabeça.

Abriu-se a porta do quarto ao lado e apareceu Kolpakóv. Estava pálido e sacudia nervosamente a cabeça, como se acabasse de beber algo muito amargo. Lágrimas brilhavam-lhe nos olhos.

— Que objetos o senhor me trouxe? — voltou-se contra ele Pacha. — Quando foi? Permita que eu lhe pergunte.

— Os objetos... que tolice! — exclamou Kolpakóv e sacudiu a cabeça. — Meu Deus! Ela chorou, rebaixou-se diante de ti...

— Estou lhe perguntando: que objetos o senhor me trouxe? — gritou Pacha.

— Meu Deus, ela é tão digna, orgulhosa, pura... quis até ajoelhar-se diante... diante dessa rapariga! E fui eu que a levei a esse ponto! Eu tolerei isto.

Levou as mãos à cabeça e disse, gemendo:

— Não, nunca hei de perdoá-lo a mim mesmo! Jamais! Vai embora... imunda! — gritou com repugnância, procurando recuar para longe de Pacha e afastando-a de si com mãos trêmulas. — Ela quis ajoelhar-se e... diante de quem? Diante de ti! Oh, meu Deus!

Vestiu-se apressadamente, dirigiu-se para a porta, procurando sempre manter-se afastado de Pacha, com expressão de repugnância, e saiu.

Pacha deitou-se e pôs-se a chorar alto. Agora, tinha pena de haver entregue, com a precipitação, aqueles objetos e sentia-se ofendida. Lembrou-se de como, três anos atrás, um comerciante a havia espancado, sem razão alguma, e chorou ainda mais alto.

(1886)

CRIANÇADA

Papai, mamãe e tia Nádia[1] não estão em casa. Foram a um batizado, em casa daquele velho oficial, que montava geralmente um cavalo pequeno e cinzento. À espera de que voltem, Gricha, Ânia,[2] Aliocha,[3] Sônia[4] e o filho da cozinheira, Andriéi, estão sentados à mesa da sala de jantar, jogando víspora. A dizer verdade, eles já deviam ir dormir, mas quem é que pode adormecer, sem ter sabido antes, por intermédio de mamãe, que tipo de criancinha foi batizada e o que se serviu no jantar? A mesa, iluminada por um lampião suspenso, ostenta cores vivas, devido aos números, às cascas de noz, aos papeizinhos e vidrilhos. Diante de cada um dos jogadores, há duas cartelas e um montinho daqueles vidrilhos, para cobertura dos números. No meio da mesa, branqueja um pires com cinco moedas de um copeque. Ao lado do pires, há uma maçã comida pela metade, uma tesoura e um prato, em que foi ordenado colocar as cascas de noz. As crianças jogam a dinheiro. Cada aposta vale um copeque. Combinou-se que, se alguém trapaceasse no jogo, seria imediatamente expulso. Ninguém está na sala, além dos jogadores. A babá, Agáfia Ivânovna, permanece na cozinha, lá embaixo, dando lição de

[1] Diminutivo de Nadiejda.

[2] Diminutivo de Ana.

[3] Diminutivo de Aleksiéi.

[4] Diminutivo de Sófia.

corte à cozinheira, enquanto o irmão mais velho, Vássia,[5] aluno do quinto ano, fica deitado no divã da sala de visitas, aborrecendo-se.

Estão jogando com grande paixão. No rosto de Gricha, essa paixão reflete-se com particular intensidade. É um menino pequeno, de nove anos, cabelo cortado, deixando nua a cabeça, faces rechonchudas e gordos lábios de negro. Já está no curso de admissão ao ginásio e, por isso, é considerado um adulto e o mais inteligente. Joga por causa do dinheiro, exclusivamente. Se não houvesse copeques naquele pires, já estaria dormindo há muito. Seus olhos castanhos correm inquietos e ciumentos as cartelas dos parceiros. O medo de perder, a inveja e considerações de ordem financeira, que enchem sua cabeça raspada, não lhe permitem ficar sossegado e concentrar-se. Parece sentar-se sobre alfinetes. Ao ganhar, agarra o dinheiro com sofreguidão e esconde-o imediatamente no bolso. Sua irmã, Ânia, de uns oito anos, com queixo pontudo e olhos inteligentes, brilhantes, também tem medo de que algum outro ganhe. Fica vermelha, empalidece e vigia com atenção os jogadores. Não se interessa pelos copeques. A sorte no jogo é para ela uma questão de amor-próprio. A outra irmã, Sônia, de seis anos, cabecinha encaracolada e uma cor de face que existe somente em crianças muito sadias, em bonecas caras e em rostos que enfeitam bomboneiras, joga víspora visando o próprio processo do jogo. Uma expressão comovida espraia-se em seu rosto. Quando alguém ganha, seja quem for, ela ri e bate palmas do mesmo jeito. Aliocha, pimpolho rechonchudo, que lembra uma bola, fica bufando e fungando e arregala os olhos para as cartas. Não tem ambição, nem amor-próprio. Não o expulsam da mesa, não o deitam para dormir, e isso já é bom. À primeira vista, parece fleumático, mas é boa bisca, no fundo. Sentou-se à mesa não tanto pela víspora, mas devido às confusões, inevitáveis durante o jogo. Fica muito

[5] Diminutivo de Vassíli.

contente quando dois jogadores discutem ou se batem. Há muito, já devia ter saído correndo para certa parte, mas não se afasta da mesa por um instante sequer, com medo de que alguém lhe roube os vidrilhos ou os copeques. Visto que ele só conhece as unidades e os números terminados em zero, Ânia cobre em seu lugar os números da cartela. O quinto parceiro, Andriéi, filho da cozinheira, menino bem moreno, de ar doentio, com uma camisa de chita e uma cruzinha de cobre sobre o peito, está de pé, imóvel, e olha os números com expressão sonhadora. É indiferente a seus próprios ganhos e aos êxitos alheios, por estar completamente absorvido pela aritmética do jogo e pela filosofia singela deste: quantos números existem no mundo e como é que eles não se confundem?!

Cada um por vez lê em voz alta os números, com exceção de Sônia e Aliocha. Para evitar a monotonia das cifras, elaboraram-se, com o uso, muitos termos e apelidos engraçados. Assim, os jogadores chamam o sete de gancho, onze, de pauzinhos, setenta e sete, de Siemion Siemiônitch, noventa, de vovô etc. O jogo desenvolve-se com animação.

— Trinta e dois! — exclama Gricha, extraindo do chapéu de seu pai os cilindrozinhos amarelos. — Dezessete! Gancho! Vinte e oito — cortamos feno!

Ânia está vendo que Andriéi deixou escapar o 28. Noutra ocasião, ela lhe teria apontado sua distração, mas agora, quando no pires, juntamente com os copeques, está seu amor-próprio, ela se sente triunfante.

— Vinte e três! — continua Gricha. — Siemion Siemiônitch! Nove!

— Uma barata, uma barata! — exclama Sônia, apontando para uma barata, que atravessa correndo a mesa. — Ai!

— Não bata nela — diz Aliocha, com voz de baixo. — Ela pode ter filhinhos...

Sônia acompanha a barata com os olhos e pensa nos filhos do inseto: como devem ser miúdas as baratinhas!

— Quarenta e três! Um! — continua Gricha, sofrendo

com a ideia de que Ânia já está com duas fileiras cobertas. — Seis!

— Partida! Ganhei a partida! — grita Sônia, movendo com faceirice a menina dos olhos e dando gargalhada.

Alongam-se os rostos dos parceiros.

— Verificar! — diz Gricha, olhando com ódio para Sônia.

Na qualidade de mais velho e mais inteligente, Gricha reservou para si o direito das decisões. Os demais obedecem a sua vontade. Durante muito tempo e com grande atenção, as crianças verificam o jogo de Sônia e, com grande lástima dos parceiros, constata-se que ela não fez trapaça. Inicia-se nova partida.

— Ih, o que eu vi ontem à noite! — diz Ânia, como se estivesse falando sozinha. — Filip Filípitch virou as pálpebras e seus olhos ficaram vermelhos, de fazer medo, parecia o diabo.

— Eu vi também — diz Gricha. — Oito! E nós temos um colega que sabe mexer as orelhas. Vinte e sete!

Andriéi levanta os olhos para Gricha, reflete um pouco e diz:

— Eu também sei mexer as orelhas...

— Então mexe!

Andriéi movimenta os olhos, os lábios e os dedos e tem a impressão de que suas orelhas também se mexem. Riso geral.

— Este Filip Filípitch não é boa pessoa — suspira Sônia. — Ontem, ele entrou em nosso quarto e eu estava só de camisola... Eu me senti tão indecente!

— Partida! — grita de repente Gricha, agarrando o dinheiro que estava no pires. — Ganhei a partida! Verifiquem, se quiserem!

O filho da cozinheira levanta os olhos e fica pálido.

— Quer dizer que não posso mais jogar — murmura.

— Por quê?

— Porque... porque não tenho mais dinheiro.

— Sem dinheiro, não pode! — diz Gricha.

Em todo caso, Andriéi vasculha mais uma vez os bolsos. Não tendo encontrado nada, além de migalhas e um pequeno lápis todo mordido, entorta a boca e começa a piscar os olhos com ar sofredor. Mais um pouco, e vai romper em pranto...

— Eu vou apostar em teu lugar! — diz Sônia, que não pôde suportar seu olhar de mártir. — Mas, olha, vai me devolver mais tarde.

Deposita-se o dinheiro e continua o jogo.

— Parece que estão tocando a campainha — diz Ânia, arregalando os olhos.

Todos interrompem o jogo e olham, boquiabertos, para a janela escura. Além da treva, aparece o reflexo do lampião.

— Foi impressão.

— De noite, é só no cemitério que se toca... — diz Andriéi.

— E por que tocam lá?

— Para que os bandidos não entrem na igreja. Eles têm medo dos sinos tocando.

— E para que os bandidos querem entrar na igreja? — pergunta Sônia.

— É claro: para matar os guardas!

Passa um minuto de silêncio. Todos se entreolham, estremecem e continuam o jogo. Dessa vez, ganha Andriéi.

— Ele fez trapaça — ressoa, de repente, a voz cavernosa de Aliocha.

— É mentira, não fiz trapaça!

Andriéi empalidece, entorta a boca e — lepte! — na cabeça de Aliocha! Este arregala os olhos com raiva, levanta-se de um salto, coloca um joelho sobre a mesa e, por sua vez — lepte! na face de Andriéi. Trocam mais um bofetão e ficam chorando. Sônia, que não suporta aqueles horrores, começa também a chorar e um pranto em vozes variadas ressoa na sala de jantar. Mas, não pensem que o jogo acabe por causa disso. Nem cinco minutos passaram e as crianças estão dando novamente gargalhada e conversando em paz. Os rostos ficaram cobertos de lágrimas, mas isso não os impede de sorrir. Aliocha está até feliz: aconteceu uma confusão!

Entra na sala Vássia, aluno do quinto ano. Parece sonolento e desiludido.

"É uma indignidade!", pensa, ao ver como Gricha apalpa o bolso em que tilintam moedas de um copeque. "Como se pode dar dinheiro a crianças? Como se pode lhes permitir jogos de azar? Bela pedagogia! Uma indignidade!"

Mas as crianças estão jogando com tanto gosto que lhe surge também vontade de se juntar a elas e tentar a sorte.

— Esperem um pouco, vou também jogar com vocês.

— Tem que depositar um copeque!

— Um instantinho — diz ele, apalpando os bolsos. — Não tenho um copeque, mas aqui está um rublo. Vou apostar um rublo.

— Não, não, não... põe aí um copeque!

— Bobos que vocês são. Um rublo vale mais que um copeque — explica o ginasiano. — Quem ganhar vai me dar troco.

— Não, faça o favor! Vá embora!

O aluno do quinto ano encolhe os ombros e vai à cozinha, para apanhar, com as empregadas, dinheiro trocado. Mas, não há um copeque na cozinha.

— Neste caso, troca-me o dinheiro — insiste ele com Gricha. — Vou pagar-te o troco. Não quer? Então vende-me dez copeques por um rublo.

Gricha olha de viés, com desconfiança, para Vássia: não será alguma trapaça?

— Não quero — diz, segurando o bolso.

Vássia começa a ficar nervoso, grita, chama os jogadores de imbecis e cabeças de papelão.

— Vássia, eu vou apostar por você! — diz Sônia. — Sente-se!

O ginasiano senta-se e coloca diante de si duas cartelas. Ânia começa a ler os números.

— Deixei cair um copeque! — declara de repente Gricha, com voz alterada. — Esperem um instante!

Tiram da mesa o lampião e vão procurar o copeque debaixo da mesa. Suas mãos agarram ora coisas cuspidas, ora cascas de noz, eles se chocam entre si com as cabeças, mas não encontram a moeda. Põem-se novamente a procurar e fazem-no até que Vássia arranque o lampião das mãos de Gricha e coloque no lugar primitivo. Gricha continua a procurar no escuro a moeda.

Mas, eis que finalmente encontraram o copeque. Os jogadores sentam-se à mesa, querendo continuar o jogo.

— Sônia está dormindo! — anuncia Aliocha.

Com efeito, tendo posto a cabeça encaracolada sobre as mãos, Sônia dorme doce, plácida e profundamente, como se tivesse começado a dormir uma hora atrás. Na realidade, adormecera sem querer, enquanto os demais procuravam a moeda.

— Vai deitar na cama da mamãe! — diz-lhe Ânia, conduzindo-a para fora da sala de jantar. — Anda!

Conduzem-na todos, em tropel, e uns cinco minutos depois a cama da mamãe apresenta um espetáculo curioso. Dorme Sônia. Ao lado, vai roncando Aliocha. As cabeças sobre as pernas daqueles dois, dormem Gricha e Ânia. Ali mesmo, ajeitou-se também o filho da cozinheira, Andriéi. Ao lado deles, estão esparramadas as moedinhas, que perderam o valor, até novo jogo. Boa noite!

(1886)

SONHOS

Dois guardas-civis, sendo um de barba negra, atarracado, de pernas extraordinariamente curtas, que dão a impressão, olhando-se para ele por trás, de se inserirem muito mais baixo que nos demais homens, o outro comprido, magro, perpendicular como um pau, com uma barbicha rala, ruivo-escura, escoltam para a cidadezinha próxima um vagabundo, que esqueceu a filiação. O primeiro tem um passo largado, vai olhando para os lados, mastiga ora uma palhinha, ora a manga, vai dando tapas sobre as próprias cadeiras, ronrona e, de um modo geral, tem ar despreocupado e volúvel; o outro, porém, apesar do rosto esquálido e dos ombros magros, parece grave, sério, uma pessoa em quem se possa confiar; sua compleição, a própria expressão de seu vulto, fazem lembrar os popes do Rito Antigo[1] ou um daqueles guerreiros, que aparecem em ícones antigos; "por sua sabedoria, Deus lhe fez maior a fronte", quer dizer, é calvo, o que aumenta mais ainda a referida semelhança. O primeiro chama-se Andréi Ptakha, o segundo, Nicandr Sapójnikov.[2]

O homem por eles escoltado não corresponde de modo algum à ideia que se tem geralmente sobre vagabundos. É miúdo, débil, enfermiço, com traços do rosto pequenos, incolores, extremamente indefinidos. Tem as sobrancelhas ra-

[1] A seita do Rito Antigo não aceitava as reformas introduzidas no culto, no século XVII, pelo patriarca Níkon.

[2] *Ptakha* significa "pássaro" e *sapójnik*, "sapateiro".

las, o olhar dócil e plácido, mal lhe despontam os bigodes, embora já passe dos trinta. Caminha sem afoiteza, curvado e com as mãos encolhidas nas mangas. A gola de seu capotinho, puído, de lã, que não parece de mujique, está erguida até a borda do boné, de tal modo que apenas seu narizinho vermelho atreve-se a olhar para este mundo de Deus. Fala com vozinha de tenor, que parece bajuladora, e vai tossindo com frequência. É difícil, muito difícil, reconhecer nele um vagabundo que oculte o próprio nome. Seria mais fácil tomá-lo por um filho de pope, fracassado na vida, indigente e esquecido por Deus, um escriturário demitido por embriaguez, um filho ou sobrinho de comerciante, que tivesse ensaiado no teatro a modesta capacidade e estivesse voltando para casa, a fim de representar o último ato do apólogo do filho pródigo; a resignação embotada, com que ele procurava vencer a lama intransitável do outono, fazia suspeitar um fanático, um servidor de mosteiros, que vagasse pelos conventos russos, buscando, com tenacidade e em vão, *uma vida em paz e sem pecado*...

Faz muito tempo que os caminhantes iniciaram a marcha, mas percorreram apenas um trecho pequeno. Na frente deles, estendem-se uns cinco *sajens* de estrada suja, negro-pardacenta, outro tanto atrás, e, além, em todas as direções, aparece muralha opaca de neblina branca. Vão caminhando, caminhando, mas é sempre o mesmo chão, a mesma muralha de neblina, o mesmo trecho de caminho. Aparecem de raro em raro uma pedra branca, pontuda, uma valeta, um feixe de feno, caído de algum carro, reverbera por pouco tempo uma grande poça de água turva, ou, de repente, surge na frente uma sombra de contornos indefinidos; quanto mais próxima, menor e mais escura ela aparece; no entanto, aproximando-se ainda mais, os caminhantes veem crescer, diante de si, um marco torto, com um número gasto, ou uma pobre bétula, encharcada, desnuda, como um mendigo de estrada. A betulazinha balbucia algo, com os restos de sua folhagem amarela, uma folhinha destaca-se e voa preguiçosa para o chão... Depois, novamente a névoa, a lama, a erva pardacenta nas margens da estrada. A erva tem suspensas lágrimas turvas, más. Não são as lágrimas de doce alegria, que verte a terra, ao receber o sol estivo ou despedir-se dele, e com as quais ela dessedenta, ao alvorecer, as codornas, as perdizes e os esbeltos grous, de comprido bico. As pernas dos caminhantes se atolam na lama pesada, visguenta. Cada passada representa um esforço.

Andriéi Ptakha está um tanto excitado. Examina o vagabundo e procura compreender como é que um homem vivo, em estado de sobriedade, pode não se lembrar do nome.

— Você é ortodoxo? — pergunta.

— Ortodoxo — responde mansamente o vagabundo.

— Hum!... Quer dizer que foi batizado?

— Claro que sim. Não sou turco. Vou à missa, confesso e comungo, observo o jejum. Cumpro fielmente os deveres *lerigiosos*.

— Bem, mas como é que você se chama?

— Pode chamar-me como quiser, rapaz.

Ptakha encolhe os ombros e, extremamente intrigado, dá um tapa nas próprias cadeiras. Enquanto isso, Nicandr Sapójnikov, o outro guarda, permanece num silêncio grave. Não é ingênuo como Ptakha e, evidentemente, conhece muito bem os motivos que levam uma pessoa ortodoxa a ocultar o nome. Seu rosto expressivo permanece frio e severo. Caminha sozinho, não se digna a participar da tagarelice fútil dos companheiros e parece procurar mostrar a todos, ao nevoeiro inclusive, sua severidade e discernimento.

— Deus sabe o que pensar de você — continua Ptakha. — Não é mujique, nem senhor, mas qualquer coisa intermediária... Outro dia, lavando as redes no açude, apanhei uma cobrinha, do tamanho de um dedo, com guelras e rabo. No começo, pensei que fosse peixe, depois olhei e — raios a partam! — tinha patas. Não se percebia bem se era peixe, cobra ou diabo sabe que bicho... Assim é você... Qual é sua condição?

— Sou mujique, de condição camponesa — suspira o vagabundo. — Minha mamãezinha era serva, agregada à casa dos senhores. Não pareço mujique, é verdade, mas isso porque assim quis o destino, meu bom homem. Minha mamãezinha era babá dos patrões, tinha do bom e do melhor, e eu, como carne de sua carne e sangue de seu sangue, vivia ao lado dela, que me tratava com muito mimo, sempre com a intenção de me tirar da condição humilde, de me fazer gente de verdade. Eu dormia em cama,[3] comia todos os dias jantar de verdade, usava calças e botinas à moda fidalga. Mamãe me dava para comer tudo o que lhe serviam. Os patrões davam-lhe dinheiro para se vestir, e ela então me comprava roupa... Como era boa a vida! Se a gente pudesse vender os bombons e bolos que eu comi em meu tempo de criança, dava para comprar um bom cavalo. Mamãezinha ensinou-me as letras, inspirou-me desde cedo o temor a Deus e me preparou de tal maneira que, atualmente, sou incapaz de dizer uma palavra indelicada, de mujique. Não bebo vodca, rapaz, visto roupa limpa e sei comportar-me devidamente em sociedade. Se ela é viva, que Deus lhe dê saúde, mas, se morreu, que Deus lhe receba a alma em Seu reino, entre os justos!

O vagabundo descobre a cabeça, com os cabelinhos raros nela espetados, como cerdas, ergue os olhos e faz duas vezes o sinal da cruz.

— Que Deus lhe conceda o repouso eterno! — diz com voz arrastada, que mais parece de uma velha. — Ilumina, Senhor, a Tua serva Ksiênia com a Tua misericórdia! Se não fosse minha cara mamãezinha, eu seria um simples mujique, sem qualquer compreensão! Mas, agora, rapaz, compreendo tudo o que me perguntam: livros sacros e profanos, ora-

[3] Os mujiques dormiam, geralmente, em cima do fogão ou no chão.

ções, o catecismo. E vivo de acordo com as Escrituras... Não ofendo os homens, mantenho o corpo em limpeza e virtude, respeito o jejum e como à hora devida. Outras pessoas encontram prazer somente na vodca e em palavrões, mas eu, sempre que tenho tempo, sento-me num cantinho, com um livro. Leio e fico chorando, chorando...

— Mas, por que chora?

— Escrevem de um modo tão triste! A gente, às vezes, paga cinco copeques por um livrinho, mas dá para chorar até não poder mais.

— Teu pai já morreu? — pergunta Ptakha.

— Não sei, rapaz. Não conheço meu pai, não vou esconder esse pecado. Penso que eu era, para mamãezinha, um filho natural. Minha mamãezinha passou toda a vida em casa dos patrões e não quis casar com um simples mujique...

— E tropeçou no patrão — sorri Ptakha.

— Não soube se guardar, é verdade. Ela era piedosa, devota, mas não conservou a virgindade. É pecado, está claro, um grande pecado, nem se fala, mas, em compensação, é possível que eu tenha sangue fidalgo. Pode ser que eu seja mujique apenas de nome, mas, na verdade, um nobre senhor.

O *nobre senhor* diz tudo isso com uma vozinha tranquila e melíflua de tenor, franzindo a frontezinha estreita e emitindo sons rangentes com o nariz vermelho de frio. Ptakha ouve o que ele diz, olha-o surpreendido, de viés, e não para de encolher os ombros.

Depois de umas seis verstas, os guardas e o vagabundo sentam-se sobre um montículo para descansar.

— Até um cachorro se lembra do nome — balbucia Ptakha. — Eu me chamo Andriuchka[4] e ele, Nicandr, cada um tem seu nome de batismo e não se pode esquecer esse nome! Nunca!

[4] Diminutivo de Andriéi.

— Quem é que tem alguma precisão de saber meu nome? — suspira o vagabundo, apoiando a face no punho pequeno. — E que proveito eu tiro disso? Se me deixassem ir aonde quero, ainda bem, mas, se eu dissesse o nome, seria ainda pior. Conheço a lei, meus irmãos ortodoxos. Agora, sou um vagabundo que não se lembra da filiação. Por isso, o pior que pode me acontecer é condenarem-me a degredo na Sibéria Oriental e me darem 30 ou 40 chibatadas. Mas, se disser meu verdadeiro nome e condição, vão mandar-me para trabalhos forçados. Eu sei!

— E você já esteve nos trabalhos forçados?

— Estive, meu caro amigo. Andei, durante quatro anos, de cabeça raspada e com grilheta.

— Mas, por quê?

— Por homicídio, meu velho! Quando era ainda rapazinho, tinha uns dezoito anos, minha mamãezinha, por descuido, pôs arsênico, em lugar de ácido e bicarbonato, no copo do patrão. Havia muitas caixinhas na despensa, era fácil fazer confusão...

O vagabundo solta um suspiro, balança a cabeça e diz:

— Ela era piedosa, mas — quem pode saber? — o coração alheio é floresta espessa! É possível que fosse por descuido, mas pode ser, também, que não se conformasse com a ofensa de que o patrão aproximara de si uma nova criada... Pode ser que ela lhe desse de propósito aquele pó, Deus sabe! Eu era então pequeno e não compreendia as coisas... Agora me lembro que o patrão realmente tomou amante nova e que mamãezinha ficou muito sentida. O nosso julgamento durou, depois, uns dois anos... Mamãezinha foi condenada a vinte anos de trabalhos forçados e eu, por ser menor, a sete apenas.

— Mas, por que você?

— Como cúmplice. Fui eu que dei o copo para o patrão beber. Era sempre assim: a mamãezinha preparava o bicarbonato e quem levava o copo era eu. Mas, irmãos, eu lhes estou dizendo tudo isso como cristão, como se fosse perante Deus, não contem isso a ninguém...

— Ora, ninguém vai nos perguntar isso — diz Ptakha. — Quer dizer que você fugiu dos trabalhos forçados, não?

— Fugi, meu caro amigo. Fomos uns quatorze que fugimos. Que Deus lhes dê saúde, os homens fugiram e me levaram junto. Agora, julgue em consciência, rapaz, que motivo eu tenho para revelar o nome? Iam mandar-me novamente para os trabalhos forçados! E eu não tenho jeito para forçado. Sou homem delicado, doente, gosto de dormir e de comer em lugar limpo. Quando rezo a Deus, gosto de acender um lampiãozinho ou uma velinha, e que não se faça barulho em volta. Quando me ajoelho para beijar o chão, diante das imagens, gosto de que não haja lixo e que ninguém tenha cuspido ali. E cada dia, eu beijo o chão quarenta vezes, em intenção de minha mamãezinha, de manhã e ao anoitecer.

O vagabundo tira o boné e faz o sinal da cruz.

— E que me mandem para a Sibéria Oriental — diz —, não tenho medo!

— Pensa que é melhor?

— Aí, a história é completamente diferente! Nos trabalhos forçados, a gente fica que nem camarão no cesto: é abafado, apertado, todo mundo se empurra, não se pode respirar! É um inferno, um verdadeiro inferno, que dele nos livre a Virgem Santíssima! É como se dissessem à gente: você é bandido e vamos te tratar como bandido, pior que a um cachorro. Nem comer, nem dormir, nem rezar a Deus! E no povoamento, na Sibéria, é outra história. Em primeiro lugar, vou inscrever-me na comunidade, como os demais. De acordo com a lei, as autoridades têm que me dar uma ajuda em dinheiro... Si-im! Dizem que a terra lá não custa nada, é como se fosse neve: tome, quanto quiser! Vão me dar, rapaz, terra para lavrar, para fazer horta e para moradia... Farei como todo mundo: arar, semear, vou criar gado e terei ainda abelhinhas, ovelhas, cachorros... Vou arranjar um gato siberiano, para que os ratos e camundongos não comam o que é meu... Construirei uma casa, meus irmãos, comprarei imagens... Se Deus quiser, vou me casar, terei filhinhos.

O vagabundo continua balbuciando e olha não para seus interlocutores, mas para algum ponto distante. Por mais ingênuos que sejam seus sonhos, expressa-os num tom sincero e comovido, de modo que é difícil não acreditar neles. Um sorriso torce-lhe a boca pequena e seus olhos, o narizinho, o rosto todo imobilizam-se numa expressão embotada, no pressentimento, pleno de beatitude, da felicidade longínqua. Os guardas ouvem-no e olham para ele com seriedade, não isenta de simpatia. Acreditam também.

— Não tenho medo da Sibéria — continua balbuciando o vagabundo. — A Sibéria é Rússia também, tem o mesmo Deus, o mesmo tsar, fala-se lá a mesma língua ortodoxa que eu com você. O que existe lá é mais liberdade, as pessoas vivem mais ricamente. Lá, tudo é melhor. Os rios de lá, se querem um exemplo, são muito melhores que os daqui! É um mundo de peixe e de caça! E o meu maior prazer, irmãos, está em pescar. Podem me deixar sem pão, mas deem-me anzol e linha. Juro por Deus! Costumo pescar de vara, de nassa e, quando há gelo no rio, uso rede. Não tenho força para puxar o arrastão, por isso contrato um mujique por cinco copeques. Meu Deus, isto é que é prazer de verdade! Apanha-se por exemplo uma lampreia ou um bagrinho, é como se a gente encontrasse o próprio irmão. E vejam uma coisa, para cada tipo de peixe, existe uma ciência: uns se apanham com minhoca, outros com lesma, outros ainda com uma rã ou um grilo. É preciso compreender tudo isso! Quer se apanhar, vamos dizer, uma lampreia. É um peixe grosseiro, pode-se apanhá-lo até com lambarizinho, o lúcio gosta de bogardo, o barbo, de borboletas. Não há prazer maior que pescar bagrinho num rodamoinho. A gente solta umas vinte varas de linha, sem peso, com uma borboleta ou um besouro, para que a isca fique boiando na superfície. Você fica na água sem calças e deixa a linha descer a correnteza e, de repente, o bagrinho: nheque! Aí, é preciso tomar cuidado para que o maldito não arranque a isca. É preciso puxar logo que ele morda, não se pode esperar. Já pesquei uma quantidade enorme de peixes! Quando estávamos fugindo, os outros ficavam dormindo no mato, mas eu não conseguia dormir, queria ir para o rio. E os rios de lá são largos, rápidos, as margens altas — um despropósito! — cobertas de mata espessa. As árvores são tão altas que se tem vertigem, quando se olha para a ponta. Se a gente considerar os preços daqui, cada pinheiro pode dar uns dez rublos.

Sob a invasão desordenada dos devaneios, das imagens poéticas do passado e de um doce pressentimento de felicidade, o pobre homem cala-se e apenas move ligeiramente os lábios, como se estivesse murmurando para si mesmo. Não lhe sai do rosto um sorriso embotado de beatitude. Os guardas permanecem em silêncio. Ficaram pensativos e deixaram pender a cabeça. Na quietude outonal, quando uma névoa gélida passa da terra para o coração humano, quando ela se alça como uma parede de prisão e testemunha ao homem a limitação de sua vontade, torna-se doce pensar nos rios largos e rápidos, de margens amplas e escarpadas, nas florestas impenetráveis, nas estepes sem fim. A imaginação desenha, lenta e tranquilamente, a imagem de um homem que, de manhã cedo, quando ainda não sumiu do céu o rubor da aurora, atravessa, qual mancha, a margem deserta e escarpada. Os pinheiros seculares, que parecem mastros e se agrupam como em terraços, de ambos os lados da torrente, olham com severidade para aquele homem livre e resmungam taciturnos. Vedam-lhe o caminho raízes, pedras enormes e arbustos espinhosos, mas ele é forte de corpo e espírito, não teme os pinheiros, nem as pedras, nem sua solidão, nem o retumbar do eco, que repete cada uma de suas passadas.

Também a imaginação dos guardas delineia quadros de uma vida livre, que nunca tiveram. Evocam acaso, confusamente, imagens de algo que ouviram há muito, ou herdaram, porventura, de seus distantes e livres antepassados, com o corpo e o sangue, aquelas ideias sobre uma vida em liberdade? Deus sabe!

Quem rompe primeiro o silêncio é Nicandr Sapójnikov, que ainda não deixou escapar uma palavra sequer. Teria invejado a felicidade ilusória do vagabundo ou, talvez, sentido, no fundo do coração, que os sonhos de felicidade não combinam com aquela névoa cinzenta e a lama negro-pardacenta? Em todo caso, olha severo para o vagabundo e diz:

— Assim é, tudo está muito bem, mas, irmão, você não chegará até aquelas terras livres. Como pode? Vai passar umas trezentas verstas e entregar a alma a Deus. Você é tão fraquinho! Andamos apenas seis verstas e não consegue recobrar fôlego!

O vagabundo volta-se lentamente em direção de Nicandr, e o sorriso de beatitude desaparece-lhe do rosto. Olha com expressão de culpa e de terror para o semblante compenetrado do guarda. Lembra-se, provavelmente, de algo e deixa pender a cabeça. Segue-se novo silêncio... Ficam cismando os três. Os guardas fazem um esforço mental, procurando abarcar com a imaginação aquilo que talvez Deus somente possa conceber, ou seja, a terrível imensidão que os separa das terras livres. Mas, na mente do vagabundo, acumulam-se imagens claras, nítidas e mais terríveis que aquela imensidão. Aparecem-lhe, com vivacidade, os trâmites judiciários, as prisões intermediárias e de trabalhos forçados, os barracões dos presidiários, as cansativas paradas na estrada, os gélidos invernos, as doenças, a morte de companheiros...

Pisca os olhos com ar de culpa, enxuga com a manga a testa, em que surgem gotas miúdas, e fica ofegando, como se acabasse de sair correndo de uma casa de banhos fortemente aquecida. Em seguida, enxuga ainda a testa, com a outra manga, e olha em redor, assustado.

— De fato, você não chega até lá! — concorda Ptakha.

— Não é um andarilho. Olhe bem para si: tem só pele e ossos! Vai morrer, irmão!

— Está claro que vai morrer! A coisa não é para ele! — diz Nicandr. — Logo, vão metê-lo no hospital... é verdade!

O homem que não se lembra da filiação olha aterrorizado para os rostos severos, impassíveis, de seus sinistros companheiros e começa a fazer rapidamente o sinal da cruz, sem tirar o boné e arregalando os olhos... Treme com todo o corpo, sacode a cabeça e começa a contorcer-se, como uma lagarta pisada...

— Bem, está na hora — diz Nicandr, levantando-se. — Já descansamos!

Pouco depois, reiniciam a marcha pela estrada lamacenta. O vagabundo está mais curvado ainda e enfiou mais fundo as mãos nas mangas. Ptakha permanece em silêncio.

(1886)

VANKA[1]

Vanka Jukov, de nove anos, e que fora deixado três meses antes em casa do sapateiro Aliákhin, para que aprendesse o ofício, não se deitara para dormir na noite de Natal. Depois de esperar que os patrões e aprendizes saíssem para a missa, tirou do armário um frasco de tinta, uma caneta com pena enferrujada, estendeu na frente uma folha amassada de papel e pôs-se a escrever. Antes de traçar a primeira letra, olhou algumas vezes, assustado, para as portas e janelas, espiou de viés para o ícone escuro, de ambos os lados do qual se estendiam prateleiras com formas de sapato, e emitiu um suspiro entrecortado. O papel estava sobre um banco e ele de joelhos, ao lado.

"Querido vovô, Constantin Macáritch! — escreveu. — Te escrevo uma carta. Dou-lhe os parabéns pelo Natal e desejo a ti tudo o que te possa dar Deus, Nosso Senhor. Não tenho pai nem mãezinha, só me ficou você no mundo."

Vanka dirigiu os olhos para a janela escura, em que brilhava o reflexo da vela, e imaginou com nitidez seu avô, Constantin Macáritch, que trabalhava de guarda-noturno para os senhores Jivarióv. É um velhinho miúdo, magricela, mas extraordinariamente vivo e ligeiro, de uns 65 anos, com rosto sempre risonho e olhos ébrios. Passa os dias dormindo na cozinha da criadagem ou gracejando com as cozinheiras e, de noite, vai caminhando em volta da propriedade, batendo a

[1] Diminutivo de Ivan.

matraca, enrolado num amplo casaco de pele de carneiro. Caminham atrás dele, cabisbaixos, a velha Kaschtanka, e o machinho Viun,[2] assim chamado, por causa de sua cor preta e do corpo comprido, como de uma lontra. Esse Viun é extraordinariamente respeitoso e terno, olha com a mesma expressão comovida tanto as pessoas da casa como os estranhos, mas não lhe concedem crédito. Atrás daquela respeitosa submissão, oculta-se a mais jesuítica hipocrisia. Ninguém melhor que ele sabe aproximar-se em silêncio e agarrar alguém pela perna, penetrar numa geladeira ou roubar a galinha de um mujique. Mais de uma vez, quase lhe esmagaram as patas traseiras, foi enforcado umas duas vezes, cada semana espancavam-no quase à morte, mas revivia sempre.

Agora, certamente, o vovô está junto ao portão, franzindo os olhos para as janelas carmesins da igreja da aldeia, batendo o chão com suas botas de feltro e gracejando com a criadagem. Tem a matraca amarrada ao cinto. Vai movendo os braços, encolhe-se de frio e, com um risinho senil, belisca ora uma arrumadeira, ora uma cozinheira.

— Um pouco de rapé? — pergunta, oferecendo a tabaqueira às camponesas.

As mulheres cheiram e espirram. O avô é tomado, então, de um entusiasmo indescritível e grita, sacudido por um riso alegre:

— Arranca daí a tabaqueira, congelou-se com o dedo!

Dão também aos cachorros rapé para cheirar. Kaschtanka espirra, move o focinho e afasta-se para o lado, ofendida. Mas Viun, por respeito, abstém-se de espirrar e fica sacudindo o rabo. E o tempo está magnífico; o ar quieto, translúcido, fresco. A noite é escura; vê-se, no entanto, toda a aldeia, com seus telhados brancos e os fiapos de fumaça, saindo das chaminés, as árvores, prateadas pela geada, os montes de neve. O céu todo está marchetado de estrelas, que vão piscando ale-

[2] Enguia.

gres, e a Via Láctea destaca-se com tamanha nitidez, que parece ter sido lavada e esfregada com neve, em vista do feriado...

Vanka suspirou, molhou a pena e continuou escrevendo:

"E ontem eu apanhei. O patrão me arrastou pelos cabelos para o quintal e me surrou de cinto porque eu estava balançando o filhinho dele no berço e adormeci sem querer. E esta semana a patroa me mandou limpar um arenque e eu comecei pelo rabo e ela ficou empurrando a cabeça do arenque na minha fuça. Os aprendizes caçoam de mim, mandam eu comprar vodca no botequim e mandam roubar pepinos dos patrões e o patrão me bate depois com o que encontra. E não dão nenhuma comida. De manhã dão pão, no almoço, um prato de trigo-sarraceno e de noite, mais uma vez, pão, mas chá ou sopa de repolho eles papam sozinhos. Mandam-me dormir no quarto da frente, mas quando a criança chora, eu não durmo nada e fico balançando o berço. Querido vovozinho faz para mim uma caridade de Deus leva eu embora daqui para casa para a aldeia, não posso mais... Te saúdo e me ajoelho a teus pés e vou sempre rezar a Deus por você, leva-me embora daqui senão eu morro..."

Vanka entortou a boca, esfregou os olhos com o punho preto e soltou um soluço.

"Vou te preparar o rapé", continuou ele, "vou rezar a Deus mas se eu fizer alguma coisa, bate-me como um bicho. E se você pensa que não encontro uma ocupação, eu vou pedir, pelo amor de Deus, me deixem engraxar as botas do administrador ou então vou pastar o gado em lugar de Fiedka.[3] Vovozinho querido, não aguento mais, vou morrer. Eu já quis fugir para ir a pé até a aldeia, mas não tenho botas estou com medo do frio. E quando eu ficar grande, vou alimentar você, por isso mesmo, e não vou deixar ninguém ofender você e quando morreres vou rezar por tua alma, do jeito que rezo por minha mamãezinha Pielagueia.

[3] Diminutivo de Fiódor.

E Moscou é uma cidade grande. Todas as casas são de senhores, tem muitos cavalos, mas não tem ovelhas e os cachorros não são maus. Aqui a rapaziada não anda com a estrela[4] e não deixam ninguém ir cantar no coro e uma vez eu vi na janela de uma venda vendem anzóis já com a linha e para tudo que é peixe, são muito bons, vi um anzol que pode apanhar uma lampreia de um *pud*.[5] E vi umas vendas em que tem tudo que é arma como aquelas dos patrões da aldeia, penso que devem custar cem rublos cada uma... E nos açougues tem codornas, perdizes, lebres e onde os caçam os empregados não querem dizer.

Querido vovozinho, e quando os patrões na aldeia tiverem árvore de Natal com presentes, você me apanha uma noz dourada e esconde no bauzinho verde. Pede à mocinha Olga Ignátievna, diz que é para o Vanka."

Vanka suspirou convulsivamente e fixou de novo os olhos na janela. Lembrou-se de que era o avô quem sempre ia à mata, a fim de apanhar uma árvore de Natal para os patrões, e que levava consigo o neto. Tempo feliz aquele! O avô fungava, as coisas todas fungavam com o frio e, olhando para aquilo, Vanka fungava também. Às vezes, antes de derrubar o pinheiro, o avô fumava cachimbo, ficava muito tempo cheirando rapé e ria de Vanka, que sentia muito frio... Os jovens pinheiros, revestidos de geada, permanecem imóveis, esperando: qual deles vai morrer? De repente, uma lebre passa como flecha sobre os montes de neve... O avô não pode se conter e grita:

— Segura, segura... segura! Eh, diabo cotó!

O avô arrastava o pinheiro cortado para a casa senhorial e lá todos se punham a enfeitá-la... Mais que todos, afanava-se a mocinha Olga Ignátievna, a predileta de Vanka. Quan-

[4] Era costume, entre os camponeses russos, andar, na noite de Natal, de casa em casa, carregando uma estrela e entoando hinos ao nascimento de Jesus.

[5] Medida de peso, correspondente a 40 libras russas ou 16.380 g.

do ainda era viva a mãe de Vanka, Pielagueia, e trabalhava de arrumadeira em casa dos senhores, Olga Ignátievna dava caramelos a Vanka e, por não ter o que fazer, ensinara-lhe as letras, contar até cem e, mesmo, dançar quadrilha. Mas, depois que Pielagueia morreu, Vanka foi encaminhado para junto do avô, na cozinha da criadagem, e da cozinha para Moscou, à casa do sapateiro Aliákhin...

"Vem, querido vovozinho — continuou Vanka. — Peço a você em nome de Jesus Cristo, Nosso Senhor, leva-me embora daqui. Tenha pena deste órfão infeliz e me batem sempre e tenho muita fome e a tristeza é tão grande que nem sei dizer, fico sempre chorando. Outro dia, o patrão me bateu na cabeça com a forma com tanta força que eu caí e a custo voltei a mim. Minha vida é uma perdição, pior que de um cachorro... Estou mandando lembranças para Aliona, ao torto Iegorka[6] e ao cocheiro, não dá para ninguém a minha harmônica. Aqui fica teu neto Ivan Jukov, querido vovozinho, vem."

Vanka dobrou em quatro a folha escrita e enfiou-a no envelope, comprado na véspera por um copeque... Depois de pensar um pouco, molhou a pena e escreveu o endereço:

Para o vovô na aldeia.

Em seguida, coçou-se, pensou um pouco e acrescentou: "Para Constantin Macáritch". Satisfeito por não ter sido atrapalhado por alguém enquanto escrevia, pôs o chapéu e, sem vestir o abrigo, saiu para a rua em mangas de camisa...

Os empregados do açougue, que ele interrogara na véspera, haviam-lhe dito que as cartas se deixam em caixas de correio e que, daquelas caixas, são distribuídas por toda a terra, em troicas postais, com cocheiros bêbados e guizos sonoros. Vanka acercou-se correndo da primeira caixa de correio e enfiou pela fenda a carta preciosa...

[6] Diminutivo de Iegor.

Uma hora mais tarde, dormia profundamente, embalado por doces esperanças... Sonhava com um fogão. Em cima, está sentado o avô, os pés descalços e pendentes, e lê a carta às cozinheiras... Viun está dando voltas junto ao fogão, sacudindo o rabo...

(1886)

UM CONHECIDO

A encantadora Vanda ou, segundo os documentos, a respeitável cidadã Nastássia Kanávkina achou-se, ao sair do hospital, numa situação em que jamais estivera: sem abrigo e sem vintém. Que fazer?

Em primeiro lugar, dirigiu-se ao monte de socorro e empenhou um anel com turquesa, sua única joia. Deram-lhe, pelo anel, um rublo, mas... que se pode comprar com um rublo? Não se compra com ele um casaquinho curto, desses que estão na moda, nem um chapéu alto, nem sapatinhos cor de bronze e, sem esses objetos, ela se sentia como se estivesse nua. Tinha a impressão de que não somente as pessoas, mas até os cavalos e cachorros olhavam para ela e riam da simplicidade de seu vestido. Era só o que a preocupava. A questão de como ia comer e onde passaria a noite não a inquietou um pouco sequer.

"Se ao menos encontrasse um conhecido...", pensou, "pediria dinheiro... Ninguém me recusaria, porque..."

Mas os conhecidos não apareciam. Não seria difícil encontrá-los, à noitinha, no *Renaissance*, mas não iriam deixá-la entrar lá com aquele vestido simples e sem chapéu. Que fazer, então? Depois de se extenuar na indecisão, quando já se aborrecera de andar, de ficar sentada e de pensar, Vanda resolveu lançar mão do recurso derradeiro: ir simplesmente à casa de algum conhecido e pedir dinheiro.

"Ir à casa de quem?", refletiu. "À do Micha[1] não se pode, ele tem família... O velho ruivo está na repartição..."

[1] Diminutivo de Mikhail.

Vanda lembrou-se do dentista Finkel, judeu convertido, que a presenteara com uma pulseira, uns três meses atrás, e sobre cuja cabeça ela derramara certa vez, no clube alemão, um copo de cerveja. A lembrança desse Finkel causou-lhe extraordinária alegria.

"Certamente, ele me dará dinheiro, o importante é encontrá-lo em casa...", pensou, dirigindo-se à casa do dentista. "E se não me der, vou quebrar-lhe todas as lâmpadas."

Ao aproximar-se da casa, havia já elaborado um plano: subiria a escada correndo, às gargalhadas, entraria voando no consultório e exigiria 25 rublos... Mas, pondo a mão sobre a campainha, esse plano pareceu evolar-se de sua cabeça. Vanda ficou, de repente, amedrontada, o que jamais lhe acontecera. Era ousada e atrevida somente em turma de gente bêbada, mas, naquele momento, com aquele traje comum, e no papel de uma solicitante qualquer, e que poderia não ser sequer recebida, sentiu-se tímida e insignificante. Teve vergonha e medo.

"Pode ser que ele já me esqueceu...", pensou, não se atrevendo a puxar o cordão da campainha. "E como posso visitá-lo com esse vestido? Pareço uma mendiga ou uma pequeno-burguesa pobre..."

Tocou a campainha, com indecisão.

Ouviram-se passos além da porta. Era o porteiro.

— O doutor está em casa? — perguntou ela.

Sentir-se-ia melhor se o porteiro lhe dissesse "não", mas este, em vez de lhe responder, deixou-a entrar no vestíbulo e tirou-lhe o casaco. A escada pareceu-lhe luxuosa, magnífica, mas, em todo aquele luxo, o que mais lhe chamou a atenção foi um grande espelho, em que viu uma pequena maltrapilha, sem chapéu alto, sem casaquinho da moda e sem sapatos cor de bronze. Vanda achou estranho o fato de que, estando ela pobremente vestida, lembrando uma costureira ou lavadeira, despertara nela um sentimento de vergonha e não havia mais, em seus pensamentos, valentia, nem insolência, e ela não se chamava mais a si mesma de Vanda, mas, como antes, Nástia[2] Kanávkina...

— Faça o favor de entrar! — disse a empregada, acompanhando-a ao gabinete. — O doutor não demora... Sente-se.

Vanda deixou cair o corpo na poltrona macia.

"Vou dizer assim mesmo: empreste-me dinheiro!", pensou. "É uma coisa decente, pois ele me conhece. O importante é que a empregada se retire. Em sua presença, não dá jeito... E por que fica ela aqui?"

A porta abriu-se depois de uns cinco minutos e apareceu Finkel, um judeu convertido, alto, muito moreno, de faces gordas e olhos saltados. As faces, os olhos, a barriga, as cadeiras largas, tudo aquilo parecia bem-nutrido, asqueroso, severo. No *Renaissance* e no clube alemão, ele estava geralmente embriagado, gastava muito com mulheres e suportava com resignação as suas brincadeiras (por exemplo, quando Vanda lhe derramou cerveja na cabeça, ele apenas sorriu e ameaçou-a com o dedo), mas, agora, parecia taciturno e sonolento, com uma expressão de sobranceria e frieza, como se fosse chefe dela, e estava mastigando algo.

— O que manda? — perguntou, sem olhar para Vanda.

A moça espiou o rosto sério da empregada, depois, a fisionomia nutrida de Finkel, que, segundo parecia, não a reconhecera, e ficou vermelha...

— O que manda? — repetiu o dentista, dessa vez com irritação.

— Me... do... em os dentes... — murmurou Vanda.

— Muito bem... Que dentes? Onde?

Vanda lembrou-se de que tinha um dente cariado.

— Em baixo, à direita... — disse.

— Hum!... Abra a boca.

Finkel franziu o sobrecenho, reteve a respiração e começou a examinar o dente estragado.

[2] Diminutivo de Nastássia ou Anastacia.

— Dói? — perguntou, mexendo dentro dele com um ferrinho.

— Dói... — mentiu ela. "Preciso lembrar-lhe", pensou. "Então, ele me reconheceria certamente... Mas... a empregada! Para que fica ela aí?"

Finkel pôs-se, de repente, a resfolegar dentro da boca de Vanda, como uma locomotiva, e disse:

— Não lhe aconselho obturar o dente... Não vai lhe servir para nada.

Depois de remexer mais um pouco dentro daquele dente, e de sujar os lábios e as gengivas de Vanda com seus dedos marcados de fumo, reteve mais uma vez a respiração e enfiou-lhe na boca um objeto frio... Vanda sentiu, de repente, uma dor terrível, soltou um grito e agarrou a mão de Finkel.

— Não é nada, não é nada... — murmurou ele. — Não se assuste... Este dente não ia adiantar nada à senhora. Precisa ter coragem.

E os dedos marcados de tabaco, ensanguentados, colocaram diante de seus olhos o dente arrancado, enquanto a empregada aproximava-se dela e punha-lhe uma taça perto da boca.

— Em casa, a senhora deve fazer bochecho com água fria... — disse Finkel — assim, o sangue vai parar...

Ficou diante dela, como se esperasse que fosse embora e o deixasse em paz...

— Adeus... — disse Vanda, voltando-se para a porta.

— Hum... E quem é que vai me pagar o serviço? — perguntou Finkel, com voz risonha.

— Ah, sim... — lembrou-se Vanda, ficou vermelha e entregou ao judeu convertido o rublo que recebera pelo anel com turquesa.

Saindo para a rua, sentiu uma vergonha ainda maior que antes, mas não era mais da pobreza que se envergonhava. Não reparava mais em que não estava usando chapéu alto e casaquinho da moda. Caminhou pela rua, cuspindo sangue, e cada cusparada vermelha falava-lhe de sua vida, uma vida má, difícil, e das ofensas, que havia suportado e ainda haveria de suportar, no dia seguinte e dentro de uma semana, dentro de um ano, durante toda a vida, até a morte...

— Oh, como é terrível! — murmurou. — Como é terrível, meu Deus!

Aliás, no dia seguinte, já estava no *Renaissance* e dançava. Usava um enorme chapéu vermelho e novo, um novo casaquinho da moda e sapatos cor de bronze. Quem lhe oferecia o jantar era um jovem negociante, recém-chegado de Kazan.

(1886)

GENTE SUPÉRFLUA

São mais de seis de uma tarde de junho. Da estação de Khílkovo, arrasta-se para o povoado de veraneio um grupo de veranistas, recém-saídos do trem, quase todos pais de família, sobrecarregados de embrulhos, pastas e caixas de papelão com objetos de mulher. Todos têm uma expressão de cansaço, de fome e raiva, como se não fosse para eles que brilhava o sol e verdejava a erva.

Arrasta-se, entre os demais, Pável Matviéievitch Záikin, membro de um tribunal distrital, homem alto e algo encurvado, com um terno barato e um distintivo sobre o boné desbotado. Está suado, vermelho, taciturno.

— O senhor vem todos os dias ao campo? — dirige-se para ele um veranista de calças ruivas.

— Não, diariamente não — responde Záikin carrancudo. — Minha mulher e meu filho estão residindo aqui e eu venho duas vezes por semana. Não tenho tempo para vir todos os dias e sairia caro.

— Realmente, sai caro — suspiram as calças ruivas. — Na cidade, a gente não se conforma em ir a pé até a estação, é preciso tomar um carro; a passagem custa quarenta e dois copeques... compra-se um jornal pelo caminho, incorre-se na fraqueza de tomar um cálice de vodca. São despesas insignificantes, mas, acumuladas, dão uns duzentos rublos durante o verão. Está claro que mais valor que isso tem o fato de se estar no seio da natureza, não nego... o bucólico etc., mas, com nossos ordenados de funcionário, o senhor mesmo sabe, é preciso contar cada vintém. A gente gasta por descuido uma bagatela e, depois, passa-se a noite acordado... Sim... Eu, meu caro senhor, que não tenho a honra de saber seu nome e patronímico,[1] recebo uns dois mil rublos por ano, cheguei ao posto de conselheiro-civil, mas fumo tabaco de segunda e não tenho dinheiro sequer para comprar água de Vichy, que me foi receitada contra cálculos na vesícula.

— Falando de um modo geral, é abominável — disse Záikin, depois de algum silêncio. — Sou de opinião, meu senhor, que a vida de veraneio foi inventada pelos diabos e pelas mulheres. O diabo, no caso, foi movido pela maldade e a mulher, por uma futilidade extrema. Desculpe, mas isto não é vida, são trabalhos forçados, o inferno! Aqui está abafado, faz calor, é difícil respirar, e a gente fica andando de um lugar para outro, como um excomungado, e não encontra abrigo em parte alguma. Lá na cidade, não se tem mobília, nem criados... Levaram tudo para o campo... A gente se alimenta diabo sabe com que, não toma chá, porque não há quem ponha o samovar, fica sem se lavar. E quando se chega a este seio da natureza, é preciso ir a pé, com todo esse calor e poeira... irra! O senhor é casado?

— Sim... com três filhinhos — suspiram as calças ruivas.

— De um modo geral, é abominável... É de se admirar que ainda estejamos vivos.

Finalmente, os veranistas chegam ao povoado. Záikin despede-se das calças ruivas e encaminha-se para sua casa de campo. Chegando ali, encontra um silêncio mortal. Ouvem-se apenas o zum-zum dos mosquitos e os apelos de socorro de uma mosca, que vai servir de almoço a uma aranha. Pendem das janelas cortinas de musselina, através das quais se divisam gerânios vermelhos, que começam a murchar. Moscas cochilam junto às oleografias nas paredes de madeira, sem pintar. Nem viva alma no quarto de entrada, na cozinha, na

[1] Constitui tratamento respeitoso o uso do primeiro nome, seguido do patronímico.

sala de jantar. Na sala, que chamam, ao mesmo tempo, de salão e sala de visitas, Záikin encontra o filho, Piétia,[2] garotinho de seis anos. Está sentado à mesa e, soprando fortemente pelo nariz, tendo o lábio inferior estendido para frente, recorta um valete de ouros.

— Ah, é você, papai! — diz, sem se voltar. — Boa tarde!

— Boa tarde... Onde está mamãe?

— Mamãe? Ela foi, com Olga Kirílovna, para um ensaio de teatro. Vai ter um espetáculo depois de amanhã. Vão me levar também... Você vai?

— Hum!... Quando é que ela volta?

— Disse que volta à noitinha.

— E onde está Natália?

— Mamãe levou a Natália para ajudá-la a se vestir, durante o ensaio. A Akúlina foi apanhar cogumelos no mato. Papai, por que, quando os mosquitos mordem a gente, ficam com a barriga vermelha?

— Não sei... Porque chupam sangue. Quer dizer que ninguém está em casa?

— Não tem ninguém. Só eu.

Záikin senta-se na poltrona e fica, por algum tempo, olhando com expressão embotada para a janela.

— E quem é que vai nos servir o jantar? — pergunta ele.

— Hoje, não fizeram jantar, papai! Mamãe pensou que você não ia chegar hoje e não mandou fazer janta. Ela vai jantar com Olga Kirílovna no ensaio.

— Muito obrigado. E você comeu alguma coisa?

— Eu comi leite. Compraram para mim seis copeques de leite. Papai, por que os mosquitos chupam sangue?

Záikin percebe, de súbito, que algo pesado vai rodando dentro dele, aproxima-se de seu fígado e começa a sugá-lo. Sente-se aborrecido, ofendido e amargurado, a ponto de ficar ofegante e trêmulo. Tem vontade de se levantar de um salto,

[2] Diminutivo de Piotr (Pedro).

jogar no chão algo pesado e dizer impropérios, mas, lembrando-se de repente de que os médicos lhe proibiram terminantemente ficar exaltado, levanta-se e, fazendo violência consigo mesmo, põe-se a assobiar um trecho de *Os huguenotes*.[3]

— Papai, você sabe trabalhar no teatro? — ouve ele a voz de Piétia.

— Ah, não me amole com perguntas tolas! — irrita-se Záikin. — É cacete que nem visgo! Você já está com seis anos e é tolo como três anos atrás... Menino estúpido, malcriado! Para que, por exemplo, estraga essas cartas? Como se atreve a estragá-las?

— Essas cartas não são tuas — diz Piétia, voltando-se. — Foi Natália que me deu.

— É mentira, é mentira, porqueirinha de menino! — irrita-se Záikin cada vez mais. — Você está sempre mentindo! Seria preciso te surrar, bacorinho! Vou te arrancar as orelhas!

Piétia levanta-se de um salto, estende o pescoço e olha fixamente para o rosto vermelho e irado do pai. Os olhos graúdos do menino primeiro piscam, depois se toldam de névoa e, por fim, seu rosto se contorce.

— Por que você me xinga? — esganiça-se Piétia. — Por que me amola, bobo? Eu não incomodo ninguém, não faço travessuras, obedeço e você... fica bravo! Escuta, por que você me xinga?

O menino fala num tom convicto e chora com tamanha amargura que Záikin sente-se envergonhado.

"É verdade, para que implico com ele?", pensa.

— Bem, chega... chega — diz, tocando o ombro do menino. — Eu não devia, Pietiukha...[4] me desculpe. Você é meu menino inteligente, simpático, eu gosto de você.

Piétia enxuga os olhos com a manga, senta-se com um suspiro no lugar primitivo e começa a recortar uma dama.

[3] Ópera de Meyerbeer.

[4] Outro diminutivo de Piotr.

Záikin dirige-se para seu escritório. Estende-se sobre o divã e fica pensativo, as mãos embaixo da cabeça. As recentes lágrimas do menino atenuaram-lhe a cólera e seu fígado aliviou-se, pouco a pouco. Sente apenas cansaço e fome.

— Papai! — ouve Záikin, além da porta. — Posso te mostrar minha coleção de bichos?

— Mostra!

Piétia entra no escritório e passa ao pai uma comprida caixinha verde. Ainda antes de levá-la ao ouvido, Záikin ouve um zumbido desesperado e o arranhar de patinhas contra as paredes da caixa. Levantando a tampa, vê uma infinidade de borboletas, besouros, grilos e moscas, pregados com alfinete ao fundo da caixa. Com exceção de duas ou três borboletas, estão ainda todos vivos e se mexem.

— E o grilo ainda vive! — surpreende-se Piétia. — Foi apanhado ontem de manhã e não morreu até agora!

— Quem foi que te ensinou a espetá-los? — pergunta.

— Olga Kirílovna.

— Devia-se espetar assim essa Olga Kirílovna! — diz Záikin, com repugnância. — Leva isso daqui! É uma vergonha judiar de bichos!

"Meu Deus, que educação abominável ele está recebendo", pensa, depois que Piétia saiu do quarto.

Pável Matviéievitch já esqueceu o cansaço e a fome e está pensando somente no destino de seu menino. Entretanto, a luz diurna empalidece pouco a pouco... Ouve-se como os veranistas regressam, em grupos, do banho da tarde. Alguém para diante da janela aberta da sala de jantar e grita: "Não quer cogumelos?" — e, não recebendo resposta, afasta-se, chapinhando com os pés descalços... Mas, quando as trevas se adensam a tal ponto que o gerânio, além da cortina de musselina, perde os contornos, e começa a penetrar, pela janela, o frescor da noite, a porta de entrada abre-se com estrépito e ouvem-se passadas rápidas, conversas, risos...

— Mamãe! — exclama Piétia esganiçadamente.

Záikin espia para fora do escritório e vê sua mulher, Nadiejda Stiepânovna, com ar sadio, rosada, como sempre... Acompanham-na Olga Kirílovna, loira seca e com sardas graúdas, e dois homens desconhecidos: um é jovem, comprido, com uma cabeça ruiva e crespa e um grande pomo de Adão, o outro, baixo, atarracado, com rosto escanhoado de ator e um queixo torto e azulado.

— Natália, põe o samovar! — grita Nadiejda Stiepânovna, fazendo um fru-fru sonoro com o vestido. — Então, dizem que Pável Matviéievitch chegou? Pável, onde está você? Boa noite, Pável! — diz ela e entra correndo, ofegante, no escritório. — Você chegou? Estou muito contente... Vieram comigo dois de nossos amadores... venha, vou te apresentar... aquele, mais comprido, é Koromislov... ele canta admiravelmente, e o outro, esse pequeno... é um tal de Smierkalov, um ator de verdade... um declamador maravilhoso. Ih, estou tão cansada! Há pouco, tivemos um ensaio... Está indo maravilhosamente! Vamos representar *O inquilino com trombone* e *Ela o espera*... O espetáculo é depois de amanhã...

— Por que foi que você os trouxe? — pergunta Záikin.

— É indispensável, pomponzinho! Depois do chá, temos que repetir os papéis e cantar umas coisas... Eu vou cantar em dueto com Koromislov... Sim, é preciso não esquecer! Manda, meu bem, a Natália buscar sardinhas, vodca, queijo e mais alguma coisa. Eles vão, provavelmente, cear aqui... Oh, como estou cansada!

— Hum!... Estou sem dinheiro!

— Mas, não pode, pomponzinho! Não fica bem! Não me faça corar!

Meia hora mais tarde, Natália é enviada em busca de vodca e frios. Depois de tomar chá e comer todo um filão de pão francês, Záikin vai para o quarto de dormir e deita-se na cama, enquanto Nadiejda Stiepânovna e suas visitas iniciam, numa algazarra e às gargalhadas, a repetição de seus papéis. Pável Matviéievitch ouve, por muito tempo, a leitura fanhosa de Koromislov e as exclamações teatrais de Smierkalov... Segue-se à leitura uma longa conversa, interrompida pelo riso esganiçado de Olga Kirílovna. Na qualidade de ator de verdade, Smierkalov explica os papéis, numa atitude aprumada e com entusiasmo...

Sobrevém o dueto e, depois, um tinir de pratos... Em meio do sono, Záikin ouve como procuram convencer Smierkalov a declamar "A pecadora" e como, depois de muito rogado, ele começa a poesia. Vai sibilando, bate no peito, chora, dá gargalhada com a voz rouca de baixo... Záikin torce a cara e esconde a cabeça sob o cobertor.

— Vocês moram longe e está escuro — ouve ele, uma hora mais tarde, a voz de Nadiejda Stiepânovna. — Por que não ficam aqui para dormir? Koromislov vai se deitar aqui, na sala de visitas, no divã, e o senhor, Smierkalov, na cama de Piétia... A gente pode deitar o Piétia no escritório de meu marido... Realmente, não vão embora!

Finalmente, quando o relógio bate duas horas, vem o silêncio... Abre-se a porta do quarto e surge Nadiejda Stiepânovna.

— Pável, você está dormindo? — murmura ela.

— Não, por quê?

— Vai, meu bem, para o teu escritório e deita-te no divã, que eu vou dar tua cama para Olga Kirílovna dormir. Vai, querido! Eu podia deitá-la no escritório, mas ela tem medo de dormir sozinha... Levanta-te de uma vez!

Záikin ergue-se, joga um roupão sobre os ombros e, tomando um travesseiro, arrasta-se para o escritório... Alcançando o divã às apalpadelas, acende um fósforo e vê que lá está deitado Piétia. O menino não dorme e fixa o fósforo com os olhos graúdos.

— Papai, por que é que os mosquitos não dormem de noite? — pergunta ele.

— Porque... porque — balbucia Záikin —, porque nós dois estamos sobrando aqui... Nem se tem onde dormir!

— Papai, e por que é que Olga Kirílovna tem sardas na cara?

— Ah, deixe-me! Que cacete!

Depois de refletir um pouco, Záikin veste-se e sai de casa, para se refrescar... Olha o cinzento céu matinal, as nuvens imóveis, ouve o grito preguiçoso do sonolento codornigão e começa a sonhar com o dia seguinte, quando, novamente na cidade e tendo regressado do tribunal, ele se jogará na cama para dormir... De repente, surge de uma esquina um vulto humano.

"Deve ser um guarda...", pensa Záikin.

Mas, prestando atenção e chegando mais perto, reconhece naquele vulto o veranista da véspera, de calças ruivas.

— O senhor não dorme? — pergunta ele.

— É, não sei, não consigo dormir... — suspiram as calças ruivas. — Estou me deliciando com a natureza... Sabe, lá em casa, chegou com o noturno uma hóspede querida... a mãe de minha mulher. Com ela, vieram minhas sobrinhas... umas moças encantadoras. Fiquei muito contente, embora... está um tempo tão úmido! E o senhor, também se delicia com a natureza?

— Sim — muge Záikin —, também com a natureza... O senhor não conhece, aqui por perto, algum botequim ou restaurante?

As calças ruivas erguem os olhos para o céu e ficam profundamente pensativas...

(1886)

NA PRIMAVERA

A neve ainda não se derreteu sobre a terra, mas a primavera já pede entrada na alma. Se você, alguma vez, esteve convalescendo de uma doença grave, certamente conhece esse estado de beatitude, que nos deixa enleados, imersos em vagos pressentimentos, e nos faz sorrir sem motivo. Um estado semelhante vive, agora, sem dúvida, a natureza. A terra está fria, ressoa o lepte-lepte dos pés na lama com neve, mas como, em volta, tudo é alegre, carinhoso, acolhedor! O ar é tão claro e translúcido que, tem-se a impressão, se a gente subisse ao pombal ou ao campanário, veria o Universo, de ponta a ponta. O sol brilha intensamente e seus raios banham-se, brincando e sorrindo, nas poças de água em companhia dos pardais. O riacho aparece turvo, intumescido; já acordou e, hoje ou amanhã, começará a rugir. As árvores estão nuas, mas já vivem, respiram.

Num tempo assim, é bom empurrar com a vassoura ou com a pá a água suja das valas, soltar naviozinhos na água ou bater com os tacões o gelo teimoso. É bom, igualmente, fazer voar os pombos até pertinho do céu, ou trepar nas árvores, para deixar ali casinhas de estorninho. Sim, tudo é bom, nessa quadra feliz do ano, especialmente se você é jovem, ama a natureza, não é manhoso, histérico, e se não é obrigado, por dever de ofício, a permanecer entre quatro paredes, de manhã à noite. Não é bom, certamente, se você é doente, se está se exaurindo numa repartição ou se vive em contato com as musas.

Sim, na primavera, não se deve privar com as musas.

Veja como se sentem bem as pessoas comuns. Aí está o jardineiro Pantieliéi Pietróvitch, que se enfeitou desde cedo com um chapéu de palha, de abas largas, e não consegue se desprender do pequeno toco de cigarro, que apanhou de manhãzinha na alameda. Vejam como fica de pé, a mão na ilharga, sob a janela da cozinha, relatando ao cozinheiro que par de botas ele comprou ontem. Todo o seu vulto comprido e esguio, que lhe valeu, entre a criadagem, o apelido de *esticado*, expressa dignidade e satisfação consigo mesmo. Olha para a natureza com a consciência de sua superioridade sobre ela, e em seu olhar há qualquer coisa de senhoril, de impositivo, e, mesmo, certo desprezo, como se, ao permanecer sentado em sua estufa ou mexendo no jardim, ele tivesse descoberto, em relação ao reino vegetal, algo que ninguém mais conhecesse.

Seria inútil explicar-lhe que a natureza é majestosa, terrível, e encerra prodigiosos encantos, diante dos quais deve baixar a cabeça o homem altivo. Tem a impressão de conhecer todos os mistérios, magias e maravilhas, e a primavera encantadora constitui para ele uma escrava, do mesmo modo que aquela mulher magra, de peito estreito, que está sentada no pavilhão anexo à estufa e dá de comer a seus filhos sopa de repolho sem carne.

E o caçador Ivan Zakharov? Este, vestido com uma jaqueta de pano puído, e tendo galochas nos pés descalços, está sentado junto à cocheira, sobre um barrilzinho virado, e confecciona, com rolhas usadas, buchas de espingarda. Está se preparando para caçar. Em sua imaginação, aparece o caminho a percorrer, com todos os atalhos, pântanos e riachos. Fechando os olhos, vê uma fila comprida e reta de árvores altas, aprumadas, sob as quais ficará com sua espingarda, tremendo com o frescor do anoitecer e invadido de uma doce inquietação, tendo, ao mesmo tempo, atento o ouvido apurado; imagina perceber o som que emite o galo da campina e ouve já soarem as vésperas em todos os sinos no mosteiro vizinho, enquanto ele permanece no mato... E o caçador sente-se ilimitada e tontamente feliz.

Mas, agora, olhe para Macar Dieníssitch, jovem que desempenha, junto ao general Striemoúkhov, um cargo que não se sabe bem se é de escriturário ou de administrador-auxiliar. Tem salário duas vezes superior ao do jardineiro, usa camisa branca, fuma tabaco de dois rublos, está invariavelmente bem alimentado e vestido e, sempre que encontra o general, tem o prazer de apertar aquela mão branca, rechonchuda, com um grande anel de brilhantes, mas, apesar de tudo, como é infeliz! Está sempre lidando com livros, assina vinte e cinco rublos de revistas e escreve, escreve... Diariamente, escreve à noitinha, e também de tarde, quando todos dormem, e esconde as folhas escritas em seu grande baú. No fundo deste, jazem calças e coletes meticulosamente dobrados; sobre eles, um pacote de fumo ainda fechado, umas dez caixinhas vazias de pílulas, um xalezinho encarnado, um pedaço de sabonete de glicerina, embrulhado em papel amarelo, e muitas outras coisas; dos lados, acumulam-se, timidamente, maços de papel escrito, junto a dois ou três números de *Nossa Província*, onde estão publicados os contos e as correspondências de Macar Dieníssitch. Todo o distrito considera-o um literato, um poeta, todos veem nele algo diferente, não gostam dele e têm sempre comentários a fazer sobre seu modo de falar, de andar e de fumar. E ele próprio, numa reunião da assembleia distrital, para a qual fora chamado como testemunha, deixou escapar, fora de propósito, que se ocupava de literatura e, ao mesmo tempo, ficou vermelho, como se tivesse roubado uma galinha.

Ei-lo caminhando placidamente pela alameda, de sobretudo azul, um gorro de pelúcia e uma bengalinha na mão... Dá uns cinco passos, para e fixa os olhos no céu ou numa velha gralha, pousada num pinheiro.

O jardineiro está de pé, a mão na ilharga, a severidade vem estampada no rosto do caçador; Macar Dieníssitch, porém, curvou-se, vai tossindo timidamente e olha para as coisas com uma expressão azeda, como se a primavera pesasse sobre ele e o sufocasse com suas emanações, com sua beleza!... Seu coração está repleto de timidez. Em lugar de entusiasmo, alegria e esperança, a primavera desperta nele certos desejos confusos, que o inquietam, e ele fica andando, sem poder perceber o que precisa. E realmente, de que é que ele precisa?

— Bom dia, Macar Dieníssitch! — ouve, de repente, a voz do general Striemoúkhov. — Então, ainda não voltou gente do correio?

— Ainda não, Vossa Excelência — responde Macar Dieníssitch, examinando a carruagem em que está sentado o general, de ar sadio e alegre, com sua pequena filha.

— Um tempo maravilhoso! É primavera de verdade! — diz o general. — E o senhor, está passeando? Inspirando-se, não?

Mas, em seus olhos, pode-se ler:

"Mediocridade! Sem talento!"

— Ah, meu velho — diz o general, tomando as rédeas —, que coisinha encantadora eu li hoje, durante o café! Uma bagatela, umas duas páginas, mas, que beleza! É pena que não saiba francês, senão eu lhe daria para ler...

O general conta-lhe às pressas, saltando de uma passagem a outra, o conteúdo do conto que lera, e Macar Dieníssitch, ouvindo-o, sente-se perturbado, como se tivesse culpa de não ser um escritor francês, que escreve coisinhas miúdas.

"Não compreendo o que ele encontrou lá de bom", pensa, olhando para a carruagem, que vai sumindo. "O assunto é vulgar, batido... Meus contos têm muito mais conteúdo."

E um verme começa a sugar Macar por dentro. O amor-próprio de um autor é uma dor, um catarro d'alma. Quem sofre dessa doença, não ouve mais o gorjeio dos pássaros, não vê o brilho do sol, não vê a primavera... Basta tocar bem de leve neste abcesso para que todo o organismo se contraia, contaminado. O envenenado Macar vai caminhando e, atravessando o portão do jardim, sai para a estrada lamacenta.

Ali, pulando com todo o corpo numa caleça alta, o senhor Bubientzóv dirige-se apressadamente a alguma parte.

— Eh, meus cumprimentos ao senhor escritor! — grita ele.

Fosse Macar Dieníssitch apenas um escriturário ou ajudante de administrador, e ninguém ousaria falar-lhe naquele tom protetor, depreciativo, mas ele é *escritor*, uma mediocridade, um homem sem talento.

Pessoas como o senhor Bubientzóv nada entendem de arte e pouco se interessam por ela, mas, em compensação, quando têm ocasião de encontrar mediocridades sem talento, tornam-se impiedosas, inexoráveis. Estão prontas a perdoar seja quem for, com exceção de Macar, este original e fracassado, que tem manuscritos guardados no baú. O jardineiro quebrou o velho *Ficus* e estragou muitas plantas caras, o general nada faz e esbanja o que é dos outros, o senhor Bubientzóv, quando foi juiz de paz, examinava os casos somente uma vez por mês, e examinando-os, gaguejava, confundia as leis e dizia bobagens: tudo isto se desculpa e nem chama a atenção. Mas não se pode, de modo algum, passar junto ao medíocre Macar, que escreve contos e versos fracos, sem reparar nele, sem lhe dizer algo ofensivo. Se a cunhada do general bate as empregadas no rosto e esbraveja durante o jogo, como uma lavadeira, se a mulher do pope nunca paga o que perde, se o fazendeiro Fliúguin roubou um cachorro do fazendeiro Sivobrazov, ninguém tem nada com isso, mas se, recentemente, a redação de *Nossa Província* devolveu a Macar um conto ruim, todo o distrito sabe do fato, que provoca zombarias, longas conversas, indignação, e Macar Dieníssitch já é chamado de Macarka.[1]

Se alguém escreve mal, não se procura explicar-lhe em que consiste o defeito, mas dizem simplesmente:

[1] Diminutivo de Macar, geralmente depreciativo.

— De novo, este filho da mãe escreveu bobagem!

Saber que não o compreendem, que não querem e não podem compreendê-lo, impede Macar de se deliciar com a primavera. Tem a impressão de que, se o compreendessem, tudo se tornaria maravilhoso. Mas, como podem compreender se é talentoso ou não, se, em todo o distrito, ninguém lê coisa alguma, e, se lê, seria melhor que não o fizesse. Como fazer compreender ao general Striemoúkhov que aquela coisinha francesa é insignificante, vulgar, banal, surrada, como explicar-lhe isto, se ele nada leu na vida, a não ser tais coisinhas vulgares?

E como irritam Macar as mulheres!

— Ah, Macar Dieníssitch! — costumam dizer-lhe. — Pena que o senhor não esteve hoje na feira! Se visse como era engraçada uma briga que houve entre dois mujiques, certamente ia descrevê-la!

Tudo isso, naturalmente, é bobagem, um filósofo não lhe prestaria atenção, mas Macar sente-se como se estivesse sobre brasas. Sua alma está repleta de solidão, de orfandade, de angústia, daquela mesma angústia que experimentam somente os homens muito solitários e os grandes pecadores. Nunca na vida ele ficou de mão na ilharga, como está aquele jardineiro. Somente de raro em raro, talvez uma vez em cinco anos, ao encontrar em alguma parte, na mata, na estrada ou num vagão de estrada de ferro, um outro original e fracassado como ele, olhando de relance em seus olhos, ele revive, de repente, por alguns instantes, o mesmo acontecendo ao companheiro. Ficam muito tempo conversando, discutindo, extasiam-se, dão gargalhada, a tal ponto que, olhando-se para eles, poder-se-ia julgá-los dois dementes.

Mas, geralmente, mesmo aqueles raros instantes encerram peçonha. Como se fosse uma zombaria, Macar e o outro fracassado, com quem se encontrou, passam a negar os respectivos talentos, invejam-se, odeiam-se, irritam-se e separam-se como inimigos. Assim transcorre, desgastando-se e esvaindo-se, a mocidade, sem alegria, sem amor, sem amizade, sem tranquilidade de espírito, sem tudo aquilo que o taciturno Macar ama descrever à noitinha, nos momentos de inspiração.

E, com a mocidade, passa também a primavera.

(1886)

ANGÚSTIA

A quem confiar minha tristeza?[1]

Crepúsculo vespertino. Uma neve úmida, em grandes flocos, remoinha preguiçosa junto aos lampiões recém-acesos, cobrindo com uma camada fina e macia os telhados das casas, os dorsos dos cavalos, os ombros das pessoas, os chapéus. O cocheiro Iona Potapov está completamente branco, como um fantasma. Encolhido o mais que pode se encolher um corpo vivo, está sentado na boleia, sem se mover. Tem-se a impressão de que, mesmo que caísse sobre ele um montão de neve, não consideraria necessário sacudi-la... Seu rocim está igualmente branco e imóvel. Graças a sua imobilidade, à angulosidade das formas e ao perpendicular de estaca de suas patas, parece mesmo, de perto, um cavalinho de pão de ló de um copeque. Seguramente, ele está imerso em meditação. Não pode deixar de meditar quem foi arrancado do arado, da paisagem cinzenta e familiar, e atirado nessa voragem, repleta de luzes monstruosas, de um barulho incessante e de gente correndo...

Faz muito tempo que Iona e seu rocim não se mexem do lugar. Saíram de casa ainda antes do jantar, e, até agora, não apareceu trabalho. Mas, eis que a treva noturna desce sobre a cidade. A palidez das luzes dos lampiões cede lugar a cores vivas e a confusão das ruas torna-se mais barulhenta.

— Cocheiro, para a Víborgskaia! — ouve Iona. — Cocheiro!

[1] Versículo de um canto da Igreja Russa.

Estremece e vê, através das pestanas cobertas de neve, um militar de capote com capuz.

— Para a Víborgskaia! — repete o militar. — Está dormindo? Para a Víborgskaia!

Em sinal de consentimento, Iona puxa as rédeas, e a neve cai em camadas de seus ombros e do dorso do cavalo... O militar senta-se no trenó. O cocheiro faz ruído com os lábios, estende o pescoço à feição de cisne, ergue-se um pouco e agita o chicote, mais por hábito que por necessidade. O cavalinho estica também o pescoço, entorta as pernas, que parecem estacas, e desloca-se com indecisão...

— Onde vai, demônio?! — ouve, logo depois, Iona exclamações partidas da massa escura de gente, que se desloca em ambos os sentidos. — Para onde te empurram os diabos? Mantenha-se à direita!

— Não sabe dirigir! Olha a direita — zanga-se o militar.

O cocheiro de uma carruagem solta impropérios; um transeunte, que atravessou a rua correndo e chocou-se com o ombro contra a cara do rocim, lança um olhar rancoroso e sacode a neve da manga. Na boleia, Iona parece sentado sobre alfinetes e aponta com os cotovelos para os lados; seus olhos tontos perpassam pelas coisas, como se não compreendesse onde se encontra e o que está fazendo ali.

— Que gente canalha! — graceja o militar. — Eles se esforçam em chocar-se contra você ou cair embaixo do cavalo. Combinaram isso.

Iona volta-se para o passageiro e move os lábios... Sem dúvida, quer dizer algo, mas apenas uns sons vagos lhe saem da garganta.

— O quê? — pergunta o militar.

Iona torce a boca num sorriso, faz um esforço com a garganta e cicia:

— Pois é, meu senhor, assim é... perdi um filho esta semana.

— Hum!... De que foi que morreu?

Iona volta todo o corpo na direção do passageiro e diz:

— Quem é que pode saber! Acho que foi de febre... Passou três dias no hospital e morreu... Deus quis.

— Dá a volta, diabo! — ressoa nas trevas uma voz. — Não está mais enxergando, cachorro velho? É com os olhos que tem que olhar!

— Anda, anda... — diz o passageiro. — Assim, não chegamos nem amanhã. Mais depressa!

O cocheiro estica novamente o pescoço, ergue-se um pouco e agita o chicote, com uma graça pesada. Depois, torna a olhar algumas vezes para o passageiro, mas este fechou os olhos e parece pouco disposto a ouvir. Depois de deixá-lo na Víborgskaia, para diante de uma taverna, encurva-se sobre a boleia e fica novamente imóvel... A neve molhada torna a pintá-lo de branco, juntamente com o rocim. Decorre uma hora... outra...

Três jovens passam pela calçada, fazendo muito barulho com as galochas e trocando impropérios: dois deles são altos e magros, o terceiro é pequeno e corcunda.

— Cocheiro, para a Ponte Politzéiski! — grita o corcunda, com voz surda. — Damos vinte copeques... os três!

Iona sacode as rédeas e faz ruído com os lábios. Vinte copeques são um preço inadequado, mas, agora, pouco lhe importa o preço... Tanto faz seja um rublo ou cinco copeques, contanto que haja passageiros... Empurrando-se e soltando palavrões, os jovens acercam-se do trenó e sobem para os assentos, os três ao mesmo tempo. Começam a discutir a questão: dois deles irão sentados, e quem vai ficar de pé? Depois de uma longa troca de insultos, manhas e recriminações, chegam à conclusão de que o corcunda é quem deve ficar de pé, por ser o menor.

— Bem, faz o cavalo andar! — grita com voz trêmula o corcunda, ajeitando-se de pé e soprando no pescoço de Iona. — Dá nele! Que chapéu você tem, irmão! Não se encontra um pior em toda Petersburgo...

— Hi-i... hi-i... — ri Iona. — Assim é...

— Ora, você assim é, bate no cavalo! Vai andar desse jeito o tempo todo? Sim? E se eu te torcer o pescoço?

— Estou com a cabeça estalando... — diz um dos moços compridos. — Ontem, em casa dos Dukmassov, eu e Vaska[2] tomamos quatro garrafas de conhaque.

— Não compreendo para que mentir! — irrita-se o outro moço comprido. — Mente como um animal.

— Que Deus me castigue, é verdade...

— Tão verdade como um piolho tossindo.

— Hi-i! — ri Iona entre dentes. — Que senhores alegres!

— Irra, com todos os diabos!... — indigna-se o corcunda. — Você vai andar ou não, velha peste? É assim que se anda? Estala o chicote no cavalo! Eh, diabo! Eh! Dá nele!

Iona sente, atrás de si, o corpo agitado e a voz trêmula do corcunda. Ouve os insultos que lhe são dirigidos, vê gente, e o sentimento de solidão começa, pouco a pouco, a deixar-lhe o peito. O corcunda continua os impropérios e, por fim, engasga com um insulto rebuscado, descomunal, e desanda a tossir. Os moços compridos começam a falar de uma certa Nadiejda Pietrovna. Iona volta a cabeça para olhá-los. Aproveitando uma pausa curta, olha mais uma vez e balbucia:

— Esta semana... assim... perdi meu filho!

— Todos vamos morrer — suspira o corcunda, enxugando os lábios, após o acesso de tosse. — Bem, bate nele, bate nele! Minha gente, decididamente, não posso continuar andando assim! Esta corrida não acaba mais?

— Você deve animá-lo um pouco... umas pancadas no pescoço!

— Está ouvindo, velha peste? Vou te moer o pescoço de pancada! Não se pode fazer cerimônia com gente como você,

[2] Diminutivo de Vassíli.

senão é melhor andar a pé! Está ouvindo, Zmiéi Gorínitch?[3] Ou você não se importa com o que a gente diz?

E Iona ouve, mais que sente, os sons de uma pancada no pescoço.

— Hi-i... — ri ele. — Senhores alegres... que Deus lhes dê saúde!

— Cocheiro, você é casado? — pergunta um dos compridos.

— Eu? Hi-i... que senhores alegres! Agora, só tenho uma mulher, a terra fria... Hi-ho-ho... O túmulo, quer dizer!... Meu filho morreu, e eu continuo vivo... Coisa esquisita, a morte errou de porta... Em vez de vir me buscar, foi procurar o filho...

E Iona volta-se, para contar como lhe morreu o filho, mas, nesse momento, o corcunda solta um suspiro de alívio e declara que, graças a Deus, chegaram ao destino. Tendo recebido vinte copeques, Iona fica por muito tempo olhando os pândegos, que vão desaparecendo no escuro saguão. Está novamente só e, de novo, o silêncio desce sobre ele... A angústia que amainara por algum tempo torna a aparecer, inflando-lhe o peito com redobrada força. Os olhos de Iona correm, inquietos e sofredores, pela multidão que se agita de ambos os lados da rua: não haverá, entre esses milhares de pessoas, uma ao menos que possa ouvi-lo? Mas a multidão corre, sem reparar nele, nem na sua angústia... Uma angústia imensa, que não conhece fronteiras. Dá a impressão de que, se o peito de Iona estourasse e dele fluísse para fora aquela angústia, daria para inundar o mundo e, no entanto, não se pode vê-la. Conseguiu caber numa casca tão insignificante, que não se pode percebê-la mesmo de dia, com muita luz...

Iona vê o zelador de uma casa, carregando um embrulho, e resolve travar conversa.

[3] Nas lendas russas, um dragão que representa o mal. No entanto, o nome Gorínitch dá também ideia de tristeza, aflição.

— Que horas são, meu caro? — pergunta.

— Mais de nove... Por que você parou aqui? Passa!

Iona afasta-se alguns passos, torce o corpo e entrega-se à angústia... Considera já inútil dirigir-se às pessoas. Mas, decorridos menos de cinco minutos, endireita-se, sacode a cabeça, como se houvesse sentido uma dor aguda e puxa as rédeas... Não pode mais.

"Para casa", pensa, "para casa".

E o cavalinho, como se tivesse compreendido seu pensamento, começa a trotar ligeiramente. Uma hora e meia depois, Iona está sentado junto ao fogão grande e sujo. Há gente roncando em cima do fogão, no chão e sobre os bancos. O ar é abafado, sufocante... Iona olha para os que dormem, coça a cabeça e lamenta haver voltado tão cedo para casa...

"Não ganhei nem para a aveia", pensa. "Daí essa angústia. Uma pessoa que conhece o ofício... que está bem alimentada e tem o cavalo bem nutrido também, está sempre calma..."

Num dos cantos, levanta-se um jovem cocheiro, funga, sonolento, e arrasta-se para o balde d'água.

— Ficou com sede? — pergunta Iona.

— Com sede, sim!

— Bem... Que lhe faça proveito... Pois é, irmão, e eu perdi um filho... Está ouvindo? Foi esta semana, no hospital... Que coisa!

Iona procura ver o efeito que causaram suas palavras, mas não vê nada. O jovem se cobriu até a cabeça e já está dormindo. O velho suspira e se coça... Assim como o jovem quis beber, assim ele quer falar. Vai fazer uma semana que lhe morreu o filho e ele ainda não conversou direito com alguém sobre aquilo... É preciso falar com método, lentamente...

É preciso contar como o filho adoeceu, como padeceu, o que disse antes de morrer e como ele morreu... É preciso descrever o enterro e a ida ao hospital, para buscar a roupa do defunto. Na aldeia, ficou a filha Aníssia... É preciso falar sobre ela também... De quantas coisas mais poderia falar agora? O ouvinte deve soltar exclamações, suspirar, lamentar... E é ainda melhor falar com mulheres. São umas bobas, mas desandam a chorar depois de duas palavras.

"É bom ir ver o cavalo", pensa Iona. "Sempre há tempo para dormir..."

Veste-se e vai para a cocheira, onde está seu cavalo. Iona pensa sobre a aveia, o feno, o tempo... Estando sozinho, não pode pensar no filho... Pode-se falar sobre ele com alguém, mas pensar nele sozinho, desenhar mentalmente sua imagem, dá um medo insuportável...

— Está mastigando? — pergunta Iona ao cavalo, vendo seus olhos brilhantes. — Ora, mastiga, mastiga... Se não ganhamos para a aveia, vamos comer feno... Sim... Já estou velho para trabalhar de cocheiro... O filho é que devia trabalhar, não eu... Era um cocheiro de verdade... Só faltou viver mais...

Iona permanece algum tempo em silêncio e prossegue:

— Assim é, irmão, minha eguinha... Não existe mais Kuzmá Iônitch... Foi-se para o outro mundo... Morreu assim, por nada... Agora, vamos dizer, você tem um potrinho, que é teu filho... E, de repente, vamos dizer, esse mesmo potrinho vai para o outro mundo... Dá pena, não é verdade?

O cavalinho vai mastigando, escuta e sopra na mão de seu amo... Iona anima-se e conta-lhe tudo...

(1886)

SENHORAS

Fiódor Pietróvitch, diretor das escolas públicas do governo de N, e que se considerava um homem justo e bondoso, recebeu certo dia, em seu gabinete, o professor Vriêmienski.

— Não, senhor Vriêmienski — disse ele —, a exoneração é inevitável. Não se pode continuar lecionando com uma voz como a sua. Mas, como foi que a perdeu?

— Estava suado e bebi cerveja gelada... — ciciou o professor.

— Que pena! Ter prestado serviços durante quatorze anos e, de repente, acontecer-lhe uma desgraça dessas! Imagine, diabos, estragar a carreira por causa de uma bobagem! Que pretende fazer agora?

O professor não respondeu.

— Tem família? — perguntou o diretor.

— Mulher e dois filhos, Vossa Excelência... — ciciou o professor.

Seguiu-se um silêncio. O diretor ergueu-se da mesa e caminhou, perturbado, de um canto a outro da sala.

— Não consigo imaginar o que possa fazer com o senhor! — disse ele. — Não pode mais ser professor, mas não serviu o bastante para aposentar-se com vencimentos... ao mesmo tempo, não é muito certo deixá-lo partir assim, entregue a seu próprio destino. O senhor, para nós, é pessoa da casa, serviu durante quatorze anos, quer dizer que nos compete prestar-lhe uma ajuda... Mas, ajudar como? Que posso fazer pelo senhor? Ponha-se na minha situação: que posso fazer pelo senhor?

Seguiu-se novo silêncio. O diretor caminhava pela sala,

pensativo o tempo todo, e Vriêmienski, esmagado por seu infortúnio, permanecia sentado na beiradinha da cadeira, pensativo também. De repente, resplandeceu o rosto do diretor e ele até estalou os dedos.

— Admiro-me de não ter lembrado isso há mais tempo! — disse apressado. — Escute, veja o que lhe posso oferecer... Na semana que vem, aposenta-se o escriturário de nosso asilo. Querendo, pode ocupar a vaga! Aí está!

O rosto de Vriêmienski, que não esperava tal ato de magnanimidade, resplandeceu também.

— É magnífico — disse o diretor. — Escreva hoje mesmo um requerimento...

Depois que Vriêmienski saiu, Fiódor Pietróvitch sentiu um alívio e, mesmo, certo prazer: diante dele, não estava mais o vulto curvado do pedagogo ciciante, e era agradável reconhecer que, tendo oferecido aquela vaga a Vriêmienski, agira com justiça e de acordo com a consciência, como um homem bondoso e absolutamente correto. Mas, não durou muito aquela boa disposição. Ao voltar para casa e sentar-se para jantar, sua mulher, Nastássia Ivânovna, lembrou-se, de repente:

— Ah, sim, eu ia esquecendo! Ontem, veio ver-me Nina Sierguéievna, que pediu proteção para certo jovem. Dizem que vai haver uma vaga no asilo...

— Sim, mas o lugar já está prometido a outra pessoa — disse o diretor, franzindo o sobrolho. — E você conhece minha norma: nunca dou empregos por recomendação.

— Sei, mas penso que se pode fazer uma exceção a favor de Nina Sierguéievna. Ela gosta de nós como se fôssemos parentes e, até hoje, não fizemos nada por ela. Nem pense em recusar isto, Fiédia! Com esses caprichos, você vai ofendê-la e a mim também.

— E quem é que ela recomenda?

— Polzúkhin.[1]

[1] De *polzti*, arrastar-se.

— Que Polzúkhin? Aquele que, na noite de Ano Bom, representou, numa reunião social, o papel de Tchátzki?[2] Aquele *gentleman*? Por nada deste mundo!

O diretor parou de comer.

— Por nada deste mundo! — repetiu. — Que Deus me livre e guarde!

— Mas, por quê?

— Compreenda, mãezinha, que, se um jovem age por intermédio de mulheres, em vez de fazê-lo diretamente, só pode ser boa bisca! Por que não veio em pessoa falar comigo?

Depois do jantar, o diretor deitou-se no sofá de seu escritório e pôs-se a ler jornais e cartas recém-chegadas.

"Meu caro Fiódor Pietróvitch!", escrevia-lhe a mulher do prefeito. "Certa vez, o senhor me disse que sou uma conhecedora dos corações humanos. Chegou a ocasião de comprová-lo na prática. Por esses dias, irá pedir-lhe a vaga de escriturário em nosso asilo um certo C. N. Polzúkhin, que eu conheço como um jovem excelente. O rapaz é muito simpático. Interessando-se por ele, o senhor se convencerá..." etc.

— Por nada deste mundo! — exclamou o diretor. — Que Deus me livre e guarde!

Depois disso, não passava um dia sem que recebesse cartas, recomendando Polzúkhin. Certa manhã, apareceu o próprio Polzúkhin, jovem corpulento, com rosto escanhoado de jóquei e trajando roupa negra nova...

— Trato de assuntos de serviço não aqui, mas na repartição — disse o diretor secamente, depois de ouvir seu pedido.

— Desculpe, Vossa Excelência, mas nossos conhecidos comuns aconselharam-me a visitá-lo aqui.

— Hum!... — mugiu o diretor, olhando com ódio para os sapatos de bico fino do rapaz. — Que eu saiba, seu pai dispõe de recursos e o senhor não precisa ganhar dinheiro. Para que vem, então, pedir essa vaga? O ordenado é insignificante!

[2] Personagem da peça de Griboiédov, *A desgraça de ter espírito*.

— Não é pelo ordenado que eu quero o lugar, mas assim... Apesar de tudo, é um emprego público...

— Assim... Parece-me que o senhor vai enjoar do emprego dentro de um mês e abandoná-lo, mas, ao mesmo tempo, há candidatos a quem essa vaga representa uma carreira para toda a vida. Há gente pobre, para a qual...

— Não enjoarei dele, Vossa Excelência! — interrompeu-o Polzúkhin. — Palavra de honra que vou me esforçar!

O diretor explodiu.

— Escute — perguntou ele, com um sorriso de desdém —, por que não me procurou diretamente, mas achou necessário incomodar previamente as senhoras?

— Não sabia que isto lhe seria desagradável — respondeu Polzúkhin, encabulado. — Mas, Vossa Excelência, se o senhor não dá importância às cartas de recomendação, posso apresentar-lhe atestados...

Tirou do bolso um papel e passou-o ao diretor. Sob o atestado, escrito em estilo e com letra oficiais, havia a assinatura do governador. Tudo parecia indicar que este assinara o papel sem ler, somente para se livrar de alguma senhora insistente.

— Nada me resta fazer, submeto-me... obedeço... — disse o diretor, depois de ler o atestado, e emitiu um suspiro. — Encaminhe amanhã o requerimento... Nada a fazer...

Depois que Polzúkhin saiu, o diretor entregou-se completamente a um sentimento de repugnância.

— Que bisca! — ciciou, caminhando de um canto para outro. — Conseguiu o que queria, este infame galo de salão, adulador de mulheres! Torpe criatura!

O diretor cuspiu ruidosamente para a porta, atrás da qual havia sumido Polzúkhin e, de repente, ficou encabulado, pois, naquele instante, estava entrando em seu gabinete uma senhora, mulher do coletor...

— Eu venho por um instante, um instantinho apenas... — começou a senhora. — Sente-se, compadre, e ouça-me com atenção... Bem, dizem que o senhor tem uma vaga... Hoje ou amanhã, virá vê-lo um jovem, um certo Polzúkhin...

A senhora ficou gorjeando, enquanto o diretor dirigia-lhe olhares turvos e apagados, como alguém em vias de desmaiar; olhava-a e sorria, como ordena a boa educação.

No dia seguinte, recebendo na repartição Vriêmienski, o diretor ficou por muito tempo sem se atrever a dizer-lhe a verdade. Procurava as palavras, confundia-se e não encontrava meio de começar a falar, não sabia o que dizer. Apesar da vontade de pedir desculpas ao professor e contar-lhe toda a verdade, tinha presa a língua, como se estivesse embriagado, ardiam-lhe as orelhas e, de repente, sentiu ofensa e despeito por ser obrigado a desempenhar um papel tão absurdo, em sua própria repartição, diante de seus subordinados. Subitamente, deu um soco na mesa, levantou-se de um salto e gritou zangado:

— Não tenho vaga para o senhor! Não e não! Deixe-me em paz! Não me atormente! Deixe-me, afinal, faça-me o favor!

E saiu do gabinete.

(1886)

GRICHA

Gricha, menino pequeno, rechonchudo, que nasceu há dois anos e oito meses, está passeando na avenida com a babá. Veste um longo albornozinho forrado de lã, um xale, um grande chapéu com borla felpuda e galochas quentes. Sente calor e falta de ar; e ainda o alegre sol de abril bate-lhe bem nos olhos e belisca-lhe as pálpebras.

Toda a sua figurinha desajeitada, que vai caminhando com timidez e indecisão, reflete uma perplexidade extrema.

Até agora, Gricha conhecia apenas o mundo quadrangular, onde, num dos cantos, fica sua cama, noutro, o baú da babá, no terceiro, uma cadeira e, no quarto, um velador sob uma imagem. Espiando-se para baixo da cama, veem-se uma boneca de braço quebrado e um tambor. Atrás do baú da babá, existem muitos objetos diferentes: carretéis de linha, papeizinhos, uma caixinha sem tampa e um palhaço quebrado. Além da babá e de Gricha, aparecem com frequência, neste mundo, mamãe e o gato. Mamãe parece uma boneca e o gato parece a peliça do papai, só que a peliça não tem olhos, nem rabo. No mundo chamado quarto de criança, há uma porta que dá para um espaço, onde as pessoas jantam e tomam chá. Ali, ficam a cadeirinha alta de Gricha e o relógio de parede, que existe unicamente para balançar o pêndulo e soar de vez em quando. Da sala de jantar, pode-se passar para um quarto com poltronas vermelhas. Ali, sobre o tapete, aparece uma grande mancha, por causa da qual se costuma, até hoje, ameaçar Gricha com o dedo. Além desse quarto, há um outro, onde não deixam entrar e onde aparece papai, uma personagem extremamente misteriosa! A babá e mamãe são compreensíveis: elas vestem Gricha, servem-lhe comida e deitam-no para dormir, mas para que existe o papai, não se sabe. Existe ainda outra personagem misteriosa: a tia que presenteou Gricha com o tambor. Ora aparece, ora desaparece. Para onde é que ela vai? Mais de uma vez, Gricha espiou embaixo da cama, atrás do baú e debaixo do divã, mas ela não estava lá...

Todavia, nesse novo mundo em que o sol pica os olhos, há tantos papais, mamães e titias, que não se sabe sobre quem precipitar-se correndo. E o mais estranho e absurdo de tudo são os cavalos. Gricha olha para suas pernas, que se movem, e não consegue compreender nada. Olha para a babá, esperando que resolva sua situação de perplexidade, mas ela permanece calada.

De repente, ouve umas pisadas terríveis... Caminha ritmadamente pela avenida, bem na sua direção, uma multidão de soldados de rostos vermelhos e com vassouras de banho seguras na axila.[1] Gricha fica todo frio de horror e lança um olhar interrogador para a babá: não será perigoso? Mas a babá não foge, nem chora, quer dizer que não há perigo. Gricha acompanha os soldados com os olhos e começa a marchar no mesmo ritmo.

Dois grandes gatos, de focinho comprido, língua pendente e rabo levantado, atravessam a avenida correndo. Gricha pensa que ele também deve correr e sai atrás dos gatos.

— Espera! — grita-lhe a babá, agarrando-o, de modo grosseiro, pelos ombros. — Onde vai? Pensa que te deixaram fazer travessura?

Há uma outra babá, sentada, segurando uma gamela com laranjas. Gricha passa por ela e apanha silenciosamente uma laranja.

[1] A utilização destas vassouras está explicada no conto “Nos banhos”, o primeiro deste livro.

— Para que isso? — grita a acompanhante, dando-lhe um tapa na mão e arrancando-lhe a laranja. — Bobo!

Nesse momento, Gricha apanharia com prazer um vidrinho, jogado sob os pés dos transeuntes e que brilha como uma lamparina, mas tem medo de que lhe batam novamente na mão.

— Meus cumprimentos! — ouve, de repente, Gricha, quase sobre seu ouvido, a voz sonora, cheia, de alguém e vê um homem alto, com botões claros.

Para seu grande prazer, este homem dá a mão à babá, para ao lado dela e começa a conversar. O brilho do sol, o barulho das carruagens, os cavalos, os botões claros, tudo isso é tão admiravelmente novo e nada assustador, que o coração de Gricha enche-se de uma sensação de delícia e ele se põe a dar gargalhadas.

— Vamos! Vamos! — grita para o homem dos botões claros, puxando-o pela aba.

— Vamos para onde? — pergunta o homem.

— Vamos! — insiste Gricha.

Tem vontade de dizer que não seria mau levar igualmente papai, mamãe e o gato, mas a língua diz coisa completamente diversa do necessário.

Um pouco depois, a babá afasta-se da avenida e introduz Gricha num grande pátio, onde ainda há neve. Segue-os o homem dos botões claros. Evitam cautelosamente os torrões de neve e as poças de água, sobem uma escada suja e escura e entram num quarto. Ali há muita fumaça, sente-se um cheiro de assado, e uma mulher, junto ao fogão, frita bolinhos de carne. A cozinheira e a babá se beijam, sentam-se num banco com o homem de botões claros e põem-se a conversar em voz baixa. Gricha, que está muito agasalhado, começa a sentir um calor insuportável e falta de ar.

"Por que será?", pensa, olhando ao redor.

Vê o teto escuro, um atiçador com dois chifres, o fogão que escancara a bocarra negra...

— Ma-mã-e! — choraminga ele.

— Ora, ora, ora! — grita a babá. — Você pode esperar!

A cozinheira põe sobre a mesa uma garrafa, dois cálices e um empadão. As duas mulheres e o homem dos botões claros fazem chocar-se os cálices e bebem diversas vezes, e o homem abraça ora a babá, ora a cozinheira. Depois, os três começam a cantarolar.

Gricha arrasta-se na direção do empadão e ganha um pedacinho. Come e vê como a babá vai bebendo. Gostaria de beber também.

— Me dá! Babá, me dá! — pede.

A cozinheira lhe dá para beber um pouco de seu cálice. Ele arregala os olhos, enruga o rosto, tosse e passa muito tempo agitando os braços, enquanto a cozinheira olha para ele, dando risada.

Voltando para casa, Gricha põe-se a contar a mamãe, às paredes e à cama, onde ele esteve e o que viu. Fala, usando a língua menos que o rosto e as mãos. Faz gestos, mostrando como brilha o sol, como correm os cavalos, como aparece o terrível fogão e como bebe a cozinheira...

À noite, não consegue adormecer. Os soldados com vassouras, os grandes gatos, os cavalos, o vidrinho, a gamela com laranjas, os botões claros — tudo se aglomerou num bloco e aperta-lhe o crânio. Vira-se de um lado para outro, tagarela e, não suportando por fim aquela excitação, começa a chorar.

— Você está com febre! — diz a mãe, encostando a palma da mão em sua fronte. — Por que será?

— Fogão! — chora Gricha — Vai embora daqui, fogão!

— Deve ter comido demais... — decide mamãe.

E Gricha, que está sob o impacto de uma vida nova, recém-descoberta, recebe de mamãe uma colherada de óleo de rícino.

(1886)

O ACONTECIMENTO

Manhã. A rutilante luz do sol penetra no quarto das crianças, através do rendado de gelo que cobre os vidros das janelas. Vânia, menino de uns seis anos, cabelo cortado e nariz que lembra um botão, e sua irmã Nina, menina de quatro, de cachinhos, rechonchuda e pequena para a idade, acordam e olham zangados um para o outro, através das grades das camas.

— U-u-u, gente sem vergonha! — resmunga a babá. — As pessoas decentes já tomaram chá, e vocês sem abrir os olhos até agora...

Os raios de sol fazem travessuras alegres sobre o tapete, as paredes, a orla da saia da babá, e parecem convidar para que se brinque com eles, mas as crianças não os percebem. Acordaram de mau humor. Nina infla os lábios, faz uma cara azeda e começa, arrastando as palavras:

— Chá-á! Babá, chá-á!

Vânia franze a testa e pensa num pretexto para romper em pranto. Começou já a piscar os olhos e abriu a boca, mas, nesse instante, ouve-se da sala de visitas a voz de mamãe:

— Não se esqueça de dar leite à gata, ela já tem gatinhos!

Vânia e Nina alongam os rostos e olham perplexos um para o outro; em seguida, soltam ao mesmo tempo uma exclamação, pulam para fora das caminhas e, enchendo o ar com seus gritinhos agudos, correm de camisola e descalços para a cozinha.

— A gata deu cria! — gritam. — A gata deu cria!

Na cozinha, sob um banco, há um caixotinho, o mesmo em que Stiepan carrega o coque, para acender a lareira. A gata espia para fora do caixote. Sua carinha cinzenta expressa um cansaço extremo, os olhos verdes, de pupilas estreitas e negras, têm uma expressão lânguida, sentimental... Vê-se por sua cara que, para a plenitude de sua felicidade, falta apenas, no caixote, a presença *dele*, do pai de seus filhos, a quem ela se entregou de modo tão cabal! Tem vontade de miar um pouco e abre desmesuradamente a boca, mas apenas um ronco lhe sai da garganta... Ouvem-se os pios dos gatinhos.

As crianças ficam de cócoras ao lado do caixote, sem se mexer, de respiração presa, e olham a gata... Estão surpreendidas, perplexas, e não ouvem os resmungos da babá, que se lançou em sua perseguição. A alegria mais sincera fulge nos olhos de ambos.

Os animais domésticos desempenham um papel quase imperceptível, mas indiscutivelmente benévolo, na educação e na vida das crianças. Quem de nós não se lembra dos cães fortes, mas generosos, dos lulus-parasitas, dos pássaros que morrem no cativeiro, dos perus estúpidos, mas vaidosos, das humildes gatas-velhotas, que nos perdoavam, quando, apenas por divertimento, pisávamos seus rabos e lhes causávamos uma dor cruciante? Tenho, às vezes, a impressão, até, de que a paciência, a fidelidade, a capacidade de perdoar e a sinceridade, inerentes aos nossos bichos caseiros, atuam sobre o cérebro infantil de modo muito mais forte e positivo que as longas homilias do seco e pálido Karl Kárlovitch ou as digressões nebulosas da governante, procurando demonstrar à garotada que a água é composta de hidrogênio e oxigênio.

— Que pequenos que são! — diz Nina, arregalando os olhos e sacudindo o corpo, numa alegre risada. — Parecem ratinhos!

— Um, dois, três... — conta Vânia. — Três gatinhos. Quer dizer, um para mim, um para você e um para mais alguém.

— Murrum... murrum... — ronrona a parturiente, lisonjeada com a atenção que lhe dispensam — murrum.

Depois de olhar por bastante tempo os filhotes que aparecem sob a gata, as crianças retiram-nos e começam a amassá-los nas mãos; em seguida, não se satisfazem com isso, colocam-nos na fralda da camisola e correm para os quartos da casa.

— Mamãe, a gata deu cria! — gritam.

A mãe está sentada na sala de visitas, com um senhor desconhecido. Vendo as crianças por lavar e por vestir, de fraldas arregaçadas, fica encabulada e seus olhos adquirem expressão severa.

— Abaixem a camisola, desavergonhados! — diz. — Saiam daqui, senão vou castigar vocês.

Mas as crianças não ligam importância, quer às ameaças maternas, quer à presença de uma pessoa estranha. Põem os gatinhos sobre o tapete e fazem um alarido esganiçado, ensurdecedor. A parturiente vai andando ao lado deles, miando súplice. Um pouco depois, as crianças são arrastadas para o quarto, vestidas, colocadas para rezar e servidas de chá, enquanto desejam ardentemente livrar-se dessas obrigações prosaicas e correr novamente para a cozinha.

As ocupações e jogos habituais são relegados a um plano bem secundário.

Os gatinhos, com sua aparição, ofuscam tudo e surgem como uma notícia viva, de última hora. Se Vânia ou Nina recebessem, por gatinho, a oferta de um *pud* de balas ou de mil moedas de dez copeques, recusariam tal barganha, sem a menor vacilação. Apesar dos vivos protestos da babá e da cozinheira, eles ficam sentados na cozinha, ao lado do caixote, até a hora do jantar, entretidos com os gatinhos. Seus rostos são sérios, concentrados, e refletem preocupação. O que os inquieta não é apenas o presente, mas também o futuro dos gatinhos. Resolveram que um gatinho ficará em casa, com a velha gata, para consolar a mãe, outro irá para a casa de campo e o terceiro vai viver na adega, onde há muitos ratos.

— Mas, por que eles não enxergam? — surpreende-se Nina. — Têm olhos cegos, como os mendigos.

Vânia também fica preocupado com essa questão. Tenta abrir os olhos de um dos gatinhos, passa muito tempo soprando, resfolegando, mas a operação não logra êxito. Outro motivo de considerável preocupação reside no fato de que os gatinhos recusam, teimosamente, a carne e o leite que lhes são oferecidos. Tudo o que se coloca diante de seus focinhos é comido pela mãe cinzenta.

— Olha, vamos construir casinhas para os gatinhos — propõe Vânia. — Eles vão morar nas casas e a gata vai fazer visita a eles...

Chapeleiras de papelão são colocadas nos cantos da cozinha e instalam-se nelas os gatinhos. No entanto, aquela distribuição familiar resulta prematura: conservando no rosto uma expressão súplice e sentimental, a gata passa por todas as chapeleiras e carrega os filhos para o local primitivo.

— A gata é mãe deles — diz Vânia —, mas, quem é o pai?

— Sim, quem é o pai? — repete Nina.

— Eles não podem viver sem pai.

Vânia e Nina ficam por muito tempo resolvendo quem será o pai dos gatinhos e, por fim, a escolha recai num grande cavalo, vermelho-escuro, de rabo cortado, que jaz na despensa, sob a escada, ao lado de outros brinquedos, que terminarão ali sua vida, como trastes velhos. Arrastam-no para fora da despensa e colocam-no ao lado do caixote.

— Olha! — ameaçam-no. — Fica aqui e cuida para que eles se comportem direito.

Tudo isto se diz e executa do modo mais sério e com uma expressão preocupada no rosto. Vânia e Nina não querem saber de outro mundo, a não ser o caixote com os gatinhos. Sua alegria não tem limites. Mas, torna-se preciso viver também momentos difíceis, penosos.

Pouco antes do jantar, Vânia está sentado no escritório

do pai e olha sonhador para a mesa. Um gatinho espoja-se sobre papel timbrado, ao lado do abajur. Vânia vigia-lhe os movimentos e cutuca-lhe o focinho, ora com um lápis, ora com um fósforo... De repente, como se brotasse da terra, o pai aparece junto à mesa.

— O que é isto? — escuta Vânia uma voz zangada.

— Isto... isto é um gatinho, papai...

— Vou-te mostrar um gatinho! Veja o que você fez, menino impossível! Você me sujou todo o papel!

Para grande estranheza de Vânia, papai não partilha sua simpatia pelos gatinhos e, em vez de se alegrar e entusiasmar, puxa a orelha de Vânia, gritando:

— Stiepan, tira daqui esta porcaria!

Ao jantar, outro escândalo... Quando se serve o segundo prato, os presentes ouvem, de repente, uns pios. Pesquisando-se as causas do ruído, encontra-se um gatinho sob o avental de Nina.

— Ninka, já para fora! — irrita-se o pai. — Joguem imediatamente os gatinhos na lata de lixo! Que não haja mais dessa porcaria em casa!...

Vânia e Nina ficam horrorizados. A morte na lata de lixo, além de seu caráter impiedoso, ameaça tirar os filhos à gata e ao cavalinho de pau, esvaziar o caixote, destruir os planos de futuro, aquele futuro magnífico, em que um dos gatos ficará consolando a velha mãe, o outro morará na casa de campo e o terceiro caçará os ratos da adega... As crianças põem-se a chorar e imploram misericórdia para os gatinhos. O pai concorda, mas com a condição de que as crianças não se atrevam mais a ir para a cozinha e mexer nos bichos.

Depois do jantar, Vânia e Nina ficam vagando, desalentados, por todos os quartos. Enche-os de tristeza a proibição de ir à cozinha. Recusam doces, fazem manha e respondem à mãe com grosseria. Quando, à noite, o tio Pietrucha[1] vem de

[1] Diminutivo de Piotr (Pedro).

visita, eles o chamam para um canto e fazem queixa do pai, que pretendeu atirar os gatinhos na lata de lixo.

— Tio Pietrucha — pedem —, diga à mamãe para a empregada levar os gatinhos no nosso quarto. Di-iga!

— Ora, ora... está bem! — responde o tio, procurando livrar-se deles. — Muito bem.

Geralmente, tio Pietrucha não vem sozinho. Acompanha-o Nero, cão dinamarquês, grande, negro, de orelhas pendentes e cauda dura como um pau. Esse cachorro é silencioso, de ar sombrio e convicto da própria dignidade. Não presta a mínima atenção às crianças e, passando ao lado, bate nelas com a cauda, como se fossem cadeiras. As crianças odeiam-no de todo o coração, mas, dessa vez, considerações de ordem prática sobrepujam aquele sentimento.

— Sabe, Nina? — diz Vânia, arregalando os olhos. — Nero vai ser o pai, em lugar do cavalo! O cavalo é morto e ele é vivo.

O anoitecer transcorre na espera do momento em que papai vai se sentar para o uíste e se poderá conduzir, imperceptivelmente, Nero para a cozinha... Finalmente, papai senta-se à mesa com o baralho, mamãe está ocupada com o samovar e não vê as crianças... Chega o momento feliz.

— Vamos! — murmura Vânia para a irmã.

Mas, nesse momento, Stiepan entra na sala e exclama, rindo:

— Patroa, Nero comeu os gatinhos!

Nina e Vânia empalidecem e olham horrorizados para Stiepan.

— Juro por Deus... e devorou todos.

As crianças esperam que todas as pessoas da casa se agitem e se atirem sobre o criminoso Nero. Mas as pessoas permanecem sentadas calmamente e apenas se admiram do apetite do enorme cão. Papai e mamãe riem... Nero vai caminhando junto à mesa, agita a cauda e lambe-se, satisfeito consigo mesmo... Unicamente a gata está intranquila. Andando pelos quartos, de rabo espichado, olha com desconfiança para as pessoas e mia tristemente.

— Crianças, já são mais de nove horas! Hora de dormir! — grita mamãe.

Vânia e Nina deitam-se para dormir, choram e passam muito tempo pensando na gata ofendida e no cruel, pérfido, impune Nero.

(1886)

BILHETE PREMIADO

Ivan Dmítritch, homem de condição mediana, que vive com a família nos limites de um orçamento anual de 1.200 rublos, e muito satisfeito com a própria sorte, sentou-se, certa vez, depois da ceia, no divã e começou a ler o jornal.

— Esqueci de espiar hoje o jornal — disse a mulher, enquanto tirava os pratos da mesa — Veja se foi publicada a lista do sorteio.

— Foi, sim — respondeu Ivan Dmítritch. — Mas, você não empenhou o bilhete? Não está perdido?

— Não, já paguei os juros, terça-feira.

— Qual é o número?

— Série 9499, bilhete 26.

— Bem... Vamos ver... 9499 e 26.

Ivan Dmítritch não acreditava na felicidade lotérica. Noutra ocasião, nem olharia para a lista, mas, daquela vez, como estivesse desocupado e com o jornal diante dos olhos, correu o dedo, de alto a baixo, sobre os números das séries. E no mesmo instante, como a zombar de sua incredulidade, já na segunda coluna, em cima, o número 9499 surgiu abruptamente a seus olhos! Sem verificar o número do bilhete, nem atentar se lera direito, deixou cair rapidamente o jornal sobre os joelhos e sentiu um friozinho agradável no fundo do estômago, como se lhe tivessem jogado água fria. Parecia uma cócega irritante e gostosa, mas que, ao mesmo tempo, desse medo.

— Macha[1] — disse baixinho — está aí o 9499!

[1] Diminutivo de Mária.

A mulher olhou para seu rosto surpreso, assustado, e compreendeu que o marido não estava brincando.

— 9499? — perguntou ela, empalidecendo e deixando cair sobre a mesa a toalha dobrada.

— Sim, sim... Realmente, está aí!

— E o número do bilhete?

— Ah, sim! É preciso ver ainda o número do bilhete. Aliás, espere um pouco...

— Então, que tal? Apesar de tudo, está aí o número de nossa série! Apesar de tudo, você compreende...

Ivan Dmítritch olhava para a mulher com um sorriso grande e vago, como uma criança a quem se mostrasse um objeto brilhante. A mulher sorria também, era-lhe agradável, como a ele, que o marido tivesse lido apenas a série e não se apressasse a conhecer o número do feliz bilhete. É tão aprazível, tão angustiante, alguém espicaçar e extenuar a si mesmo, na esperança de uma felicidade possível!

— A nossa série está aí — disse Ivan Dmítrich, depois de prolongado silêncio. — Isto quer dizer que existe uma possibilidade de recebermos o prêmio. Apenas uma possibilidade, mas existe!

— Bem, agora olhe.

— Espere. Ainda teremos tempo de nos desiludir. É na segunda coluna, em cima — quer dizer que se trata de um prêmio de 75.000. Isto não é dinheiro, mas uma força, um capital! E se eu, de repente, olhar a lista e lá estiver o 26! Hem? Escuta, e se nós realmente ganhamos?

O casal pôs-se a rir e olharam-se por muito tempo, em silêncio. Aquela felicidade possível nublou-lhes o espírito, não podiam sequer sonhar, dizer para que precisavam daqueles 75.000, o que comprariam com aquilo, para onde viajariam. Estavam apenas pensando nos números 9499 e 75.000, representavam-nos em sua imaginação e nem chegavam a pensar na própria felicidade, que era tão viável.

Ivan Dmítritch caminhou algumas vezes de um canto a

outro da sala, com o jornal nas mãos, mas, somente depois de passada a primeira impressão, começou, aos poucos, a sonhar.

— E que tal, se nós ganhamos? — disse. — Isto significa uma nova vida, uma coisa descomunal! O bilhete é teu, mas, se fosse meu, em primeiro lugar, compraria naturalmente algum imóvel, qualquer coisa como uma propriedade no campo, no valor de 25.000; uns 10.000 iriam para despesas com mobília nova... uma viagem, pagamento de dívidas e coisas assim... Os 40.000 restantes iam para o banco, render juros...

— Sim, é bom ter uma propriedade — disse a mulher, sentando-se, as mãos sobre os joelhos.

— É, lá pelo governo de Tula ou de Orlóv... Em primeiro lugar, evita-se alugar uma casa de campo no verão; em segundo lugar, é sempre uma renda.

E as visões aglomeraram-se na imaginação dele, cada qual mais aprazível e poética. Em todas aquelas imagens, via-se bem alimentado, tranquilo, sadio, sentia uma tepidez, calor até! Tendo comido uma sopa gelada, ei-lo deitado de ventre para o ar, na areia quente, à margem do rio, ou no jardim, sob uma tília... Faz calor... Perto dele, o filho e a filha rolam na areia, fazem túneis ou apanham bichinhos na relva. Ele cochila docemente, não pensa em nada, sente, com todo o corpo, que não precisa ir para o serviço, nem hoje, nem amanhã, nem depois de amanhã. E fartando-se de ficar deitado, vai ver a fenação, ou dirige-se para o mato, apanhar cogumelos, ou, ainda, fica observando como os mujiques pescam de rede. Ao pôr do sol, apanha um lençol, sabonete e arrasta-se para a casa de banho, onde se despe sem pressa, passa muito tempo alisando o peito nu, e entra, depois, na água. O sabão forma círculos foscos, ao lado dos quais pululam peixinhos e balançam-se plantas aquáticas. Depois do banho, toma-se chá com nata e pão de leite... À noite, passeia-se ou joga-se uíste com os vizinhos.

— Sim, é bom comprar uma propriedade — diz a mulher, sonhando também, e vê-se, em seu rosto, que está arrebatada com os pensamentos.

Ivan Dmítritch imagina o outono com muita chuva, com noites frias e, depois, um veranico. Nessa época, é preciso caminhar o mais longamente possível, pelo jardim, pela horta, pela margem do rio, para ficar bem transido de frio, e, em seguida, tomar um bom cálice de vodca e saborear cogumelo salgado ou pepino com funcho; depois, emborcar outro cálice. As crianças estão correndo de volta da horta, trazendo cenoura e nabo, que cheira a terra fresca... A seguir, estirar-se sobre o divã e examinar, sem pressa, alguma revista ilustrada, depois cobrir o rosto com a revista, desabotoar o colete, deixar-se envolver pela modorra...

Segue-se ao veranico um tempo cinzento, feio. Chove dia e noite, lacrimejam as árvores despidas, o vento é úmido e frio. Cachorros, cavalos, galinhas, estão todos molhados, tristonhos, assustados. Não há onde passear, não se pode sair de casa, não resta senão caminhar o dia todo de um canto a outro, olhando com angústia para as janelas embaciadas. Aborrece!

Ivan Dmítritch parou um instante e olhou para a mulher.

— Sabe, Macha, eu viajaria para o estrangeiro.

E começou a pensar que seria bom, no fim do outono, viajar para o estrangeiro, para o Sul da França, a Itália, a Índia!

— Eu também — disse a mulher — iria, sem falta, para o estrangeiro. Bem, olha o número do bilhete!

— Espere, mais um instante...

Ele caminhava pela sala, cismando sempre. Veio-lhe o pensamento: e se a mulher viajasse realmente para o estrangeiro? Viajar é agradável sozinho, ou em companhia de mulheres sem compromissos, despreocupadas, que vivam apenas o momento presente, e não daquelas que, durante toda a viagem, falem de filhos, suspirem, assustem-se com as despesas. Ivan Dmítritch imaginou a mulher no trem, carregada de cestos e pacotinhos, suspirando sempre por alguma coisa e queixando-se de que a viagem lhe deu dor de cabeça, que já gastou muito dinheiro; a cada momento, é preciso correr para a estação, arranjar água quente, sanduíches, água potável... Ela não quer jantar, porque a refeição é cara...

"Iria controlar cada copeque de minhas despesas", pensou, olhando para a mulher. "O bilhete é dela, não é meu! E para que precisa ela viajar para o estrangeiro? O que deixou de ver lá de importante? Vai ficar o tempo todo no quarto do hotel e não me deixará sair também... Eu sei!"

E, pela primeira vez na vida, reparou em que a mulher envelhecera, ficara mais feia, estava impregnada de cheiro de cozinha, enquanto ele ainda era moço, sadio, viçoso, bom para casar novamente.

"Está claro que tudo isto é bobagem", pensou, "mas, para que iria ela ao estrangeiro? O que entende daquilo? E eu sei que iria mesmo... Imagino... Mas, na verdade, para ela tanto faz estar em Nápoles ou na aldeia. Serviria apenas para me atrapalhar. Eu dependeria dela. Mal recebesse o dinheiro, ia metê-lo a sete chaves, como fazem as mulheres... Procuraria escondê-lo de mim... Presentearia os parentes dela e, para mim, contaria os copeques."

Ivan Dmítritch lembrou-se da parentela. Todos aqueles irmãozinhos, irmãzinhas, titias e titios, apenas tivessem recebido a notícia da sorte grande, viriam arrastando-se, começariam a mendigar, sorrir untuosamente, tratá-los com hipocrisia. Gente ridícula, desprezível! Se recebem algo, logo pedem mais; e se a gente recusar, vão maldizer, rogar pragas, desejar-nos todas as desgraças possíveis.

Ivan Dmítritch lembrou-se dos parentes, e seus rostos, para os quais olhara antes com indiferença, já lhe pareciam repulsivos, odiosos.

"É uma gentalha!", pensou.

E o rosto da mulher começou a parecer-lhe também repulsivo, odioso. Em seu íntimo, borbulhou um rancor contra ela. Pensou com perversidade:

— Não entende nada de dinheiro e, por isso, é avarenta. Ganhando o prêmio, me daria 100 rublos, o restante iria para o cofre.

E ele já olhava para a mulher não com um sorriso, mas com ódio. Ela possuía seus próprios sonhos radiantes, seus projetos e ideias. Compreendia perfeitamente em que consistiam os sonhos do marido, percebia sua intenção de avançar na bolada.

"— É bom sonhar por conta alheia", dizia o olhar dela. "Não, você não pode!"

O marido compreendeu aquele olhar; o ódio ferveu-lhe no peito e, para contrariar a mulher, para causar-lhe mal, olhou rapidamente para a quarta página do jornal e anunciou, triunfante:

— Série 9499, bilhete 46! Não é 26!

A esperança e o ódio desapareceram no mesmo instante e, imediatamente, pareceu a Ivan Dmítritch e a sua mulher que seus quartos eram escuros, pequenos e baixos, que a ceia, comida há pouco, não satisfazia e apenas fazia peso no fundo do estômago, que as noites eram longas e cacetes...

— É o diabo — disse Ivan Dmítritch, começando a implicar. — Por onde ando, piso sempre uns papeizinhos, migalhas, não sei que casquinhas. Nunca se varrem estes quartos! Será preciso deixar esta casa, diabo que me carregue. Vou-me embora, para me enforcar na primeira árvore!

(1887)

VOLÓDIA[1]

Num domingo de verão, a umas cinco da tarde, Volódia, de dezessete anos, feio, tímido e de ar doentio, estava sentado num caramanchão da casa de campo dos Chumíkhin, aborrecendo-se. Seus tristes pensamentos orientavam-se em três direções. Em primeiro lugar, deveria submeter-se no dia seguinte, segunda-feira, a um exame de Matemática. Sabia que seria excluído se não conseguisse resolver o problema escrito, pois repetira o sexto ano de ginásio e tivera nota anual, em Álgebra, de 2,75. Em segundo lugar, sua permanência em casa dos Chumíkhin, gente rica e com pretensões de nobreza, magoava-lhe constantemente o amor-próprio. Tinha a impressão de que *madame* Chumíkhina e suas sobrinhas olhavam para ele e para *maman* como para uns parentes pobres e parasitas e que elas não respeitavam *maman*, e riam dela. Uma vez, ouviu sem querer como *madame* Chumíkhina dizia no terraço à prima, Ana Fiódorovna, que a *maman* dele continuava querendo fazer-se bonita e passar por mocinha, que jamais pagava as perdas no jogo e tinha um gosto especial pelo calçado e pelo fumo alheios. Diariamente, Volódia implorava a *maman* que não fosse à casa dos Chumíkhin, descrevia-lhe o triste papel que ela desempenhava junto àqueles senhores, procurava convencê-la, dizia-lhe grosserias, mas ela, fútil, mimada, que havia malbaratado sua fortuna e a do marido, e que sempre se sentia atraída pela alta sociedade, não o compreendia e, duas

[1] Diminutivo de Vladímir.

vezes por semana, Volódia precisava acompanhá-la à odiosa casa de campo.

Em terceiro lugar, o jovem não podia se livrar, um instante sequer, de um sentimento esquisito, desagradável, absolutamente novo para ele... Tinha a impressão de estar apaixonado por Ana Fiódorovna, prima e hóspede de Chumíkhina. Era uma senhorazinha ágil, de voz sonora, risonha, de uns trinta anos, sadia, forte, rosada, de ombros redondos, um queixo arqueado e gordo e um sorriso permanente nos lábios delgados. Volódia compreendia muito bem que não era bonita, nem jovem, mas, sem saber por que, não tinha forças para deixar de pensar nela ou deixar de olhá-la, quando, jogando críquete, ela erguia os ombros redondos e fazia mover-se a espádua lisa, ou quando, depois de rir durante muito tempo e correr pelas escadarias, caía numa poltrona e, franzindo o sobrolho e respirando pesadamente, aparentava estar com o peito abafado, comprimido. Era casada. O marido, um arquiteto conceituado, chegava à casa de campo uma vez por semana, passava muito tempo dormindo e, depois, voltava à cidade. O sentimento estranho surgiu em Volódia a partir do momento em que odiou sem justificativa aquele arquiteto e passou a alegrar-se sempre que ele partia para a cidade.

Agora, sentado no caramanchão e pensando no exame do dia seguinte e em *maman*, que estava sendo objeto de mofa, sentiu um desejo intenso de ver Niuta (assim os Chumíkhin chamavam Ana Fiódorovna), de ouvir seu riso, o farfalhar de seu vestido... Tal desejo não se assemelhava ao amor puro, poético, que ele conhecia dos romances e que era objeto de seus devaneios, todas as noites, antes de dormir; aquele desejo era esquisito, incompreensível, tinha vergonha de senti-lo e temia-o, como algo muito ruim e impuro, difícil de confessar a si mesmo...

— Isto não é amor — repetia no íntimo. — Ninguém se apaixona por mulheres de trinta anos e casadas... Isto não passa de uma intriguinha amorosa... Sim, uma intriguinha...

Pensando na intriguinha, lembrava-se, de repente, de sua invencível timidez, da ausência de bigodes, das sardas, dos olhos estreitos, colocava-se, em imaginação, ao lado de Niuta, e aquele par lhe parecia impossível; apressava-se então a imaginar-se bonito, ousado, espirituoso, trajado segundo a moda...

No mais intenso daqueles devaneios, quando, encolhido e com os olhos dirigidos para o chão, permanecia sentado num canto escuro do caramanchão, ouviram-se passos leves. Alguém estava caminhando sem pressa pela alameda. Pouco depois, não se ouviram mais aqueles passos e algo branco surgiu na entrada.

— Alguém está aqui? — perguntou uma voz feminina.

Volódia reconheceu aquela voz e ergueu a cabeça, assustado.

— Quem está aqui? — perguntou Niuta, entrando no caramanchão. — Ah, é você, Volódia? Que está fazendo aqui? Está pensando? Como é que se pode sempre pensar, pensar, pensar... deste jeito, pode-se ficar louco!

Volódia levantou-se e olhou para Niuta, perturbado. Ela estava regressando da casa de banhos. Pendiam-lhe dos ombros um lençol e uma toalha felpuda e, sob o lenço branco, de seda, que tinha sobre a cabeça, espiavam cabelos molhados, colados à testa. Desprendia-se dela um cheiro úmido, fresco, de casa de banhos e sabonete de amêndoa. Caminhara depressa e ofegava. Estava desabotoado o botão superior de sua blusa, de modo que o jovem podia lhe ver o pescoço e o peito.

— Por que está quieto? — perguntou Niuta, examinando Volódia. — É falta de educação ficar calado, quando uma senhora lhe está falando. Mas, que bicho do mato é você, Volódia! Está sempre sentado, quieto, pensativo, parece um filósofo. Não tem nenhuma vida, nenhum fogo! Você chega a ser repulsivo, realmente... Na sua idade, é preciso viver, pular, tagarelar, namorar, apaixonar-se.

Volódia ficou olhando para o lenço seguro por aquela mão branca, rechonchuda, e continuou pensativo...

— Está quieto! — admirou-se Niuta. — Isto é até esquisito... Escute, seja homem! Ora, sorria ao menos! Ih, filósofo repugnante! — riu ela. — Mas, sabe, Volódia, por que é assim bicho do mato? Por que não faz corte a mulheres? Por que não corteja? É verdade que aqui não há mocinhas, mas ninguém o impede de cortejar senhoras! Por que, por exemplo, não me faz a corte?

Volódia continuava a escutá-la e coçava as têmporas, com ar de profunda concentração.

— Apenas gente muito orgulhosa permanece em silêncio e ama a solidão — prosseguiu Niuta, agarrando a mão dele e afastando-a das têmporas. — Você é orgulhoso, Volódia. Por que olha sempre de sobrecenho franzido? Queira olhar-me de frente no rosto! Eia, bicho do mato!

Volódia decidiu-se, finalmente, a falar. Querendo esboçar um sorriso, pôs-se a entortar o lábio inferior e a piscar os olhos e, novamente, estendeu a mão em direção das têmporas.

— Eu... eu a amo! — disse.

Niuta ergueu as sobrancelhas, admirada, e pôs-se a rir.

— Que ouço?! — cantou, como as cantoras de ópera, quando ouvem algo terrível. — Como? O que foi que disse? Repita, repita...

— Eu... eu a amo! — repetiu Volódia.

E agora já sem qualquer participação de sua vontade, sem compreender, sem premeditar coisa alguma, deu meio passo em direção de Niuta e tomou-lhe o braço, acima do punho. Turvou-se-lhe a visão e apareceram-lhe lágrimas, o mundo inteiro se transformou numa grande toalha felpuda, que recendia a casa de banhos.

— Muito bem, muito bem! — ouviu ele um riso alegre. — Por que fica silencioso? Eu quero que fale! Hem?

Vendo que não era impedido de segurar aquele braço, Volódia olhou para o rosto risonho de Niuta e envolveu-lhe a cintura de modo tão desajeitado e incômodo que suas mãos se reuniram sobre a espádua da mulher. Permaneceu naquela posição, enquanto ela, com as mãos atrás da cabeça, numa atitude que permitia ver as covinhas dos cotovelos, arrumava o cabelo sob o lenço e dizia com voz tranquila:

— Volódia, é preciso ser jeitoso, amável, delicado, e uma pessoa torna-se assim unicamente sob a influência de companhias femininas. Mas, que rosto mau... malvado, que você tem. É preciso conversar, dar risada... Sim, Volódia, não seja assim caladão, é jovem e terá muito tempo ainda para filosofar. Bem, deixe-me, vou embora! Deixe-me de uma vez!

Ela retirou sem esforço a cintura daquele abraço e saiu do caramanchão, cantarolando. Volódia ficou sozinho. Alisou os cabelos, sorriu e caminhou umas três vezes, de um canto a outro, depois se sentou no banco e sorriu mais uma vez. Sentia uma vergonha intolerável, a tal ponto que até se surpreendeu como a vergonha humana pode atingir tamanha agudez e intensidade. De vergonha, sorria, murmurava palavras sem nexo e gesticulava.

Tinha vergonha de haver sido tratado, pouco antes, como uma criança, vergonha de sua timidez e, principalmente, de haver ousado segurar a cintura de uma mulher honesta, casada, embora, a seu ver, não tivesse qualquer direito de fazê-lo, tanto por sua idade, como pelas qualidades exteriores e posição social.

Levantou-se num pulo, saiu do caramanchão e, sem olhar para trás, caminhou em direção do extremo do jardim, para longe da casa.

"Ah, sair daqui o quanto antes!", pensava, pondo as mãos à cabeça. "Meu Deus, o quanto antes!"

O trem, em que deviam viajar Volódia e *maman*, saía às oito e quarenta. Faltavam ainda perto de três horas, mas ele iria com muito gosto para a estação, imediatamente, sem esperar *maman*.

Acercou-se da casa depois das sete. Todo o seu vulto

expressava decisão: o que vier, será! Resolveu entrar em casa com ar decidido, olhar as pessoas de frente, falar alto, sem consideração a coisa alguma.

Atravessou o terraço, uma sala grande, a sala de visitas, e ali parou, a fim de recobrar fôlego. Ouvia-se dali a conversa dos que estavam tomando chá na sala de jantar contígua. *Madame* Chumíkhina, *maman* e Niuta falavam de algo, dando risada.

Volódia prestou atenção.

— Eu lhes asseguro que foi assim! — dizia Niuta. — Não quis acreditar em meus olhos! Quando ele começou a fazer-me uma declaração de amor e até, imaginem, segurou-me a cintura, não o reconheci. Sabem, ele tem temperamento! Quando disse que me amava, apareceu-lhe no rosto algo selvagem, como nos circassianos.

— Será possível! — exclamou *maman*, prorrompendo num riso prolongado. — Será possível! Como ele me lembra o pai!

Volódia correu para trás e saiu para o ar livre.

"E como elas podem falar disso em voz alta!", torturava-se, erguendo os braços e olhando, aterrorizado, para o céu. "Falam em voz alta, a sangue-frio... E *maman* estava rindo... *maman*! Meu Deus, por que me deste semelhante mãe? Por quê?"

Mas, era preciso entrar em casa, impreterivelmente. Caminhou umas três vezes pela alameda, acalmou-se um pouco e entrou.

— Por que não chega a tempo para o chá? — perguntou-lhe severamente *madame* Chumíkhina.

— Perdão, eu... já está na hora de minha partida — balbuciou ele, sem levantar os olhos. — *Maman*, já são oito horas!

— Vai sozinho, meu caro — disse *maman*, com ar lânguido. — Vou passar a noite em casa de Lili. Até a vista, meu bem... Deixa que eu te faça o sinal da cruz.

Fez sobre o filho o sinal da cruz e disse em francês, dirigindo-se para Niuta:

— Ele se parece, um pouco, com Liérmontov...[2] Não é verdade?

Depois de se despedir atabalhoadamente, Volódia saiu da sala, sem olhar para o rosto de ninguém. Passados dez minutos, caminhava já pela estrada, em direção da estação, e estava contente com isto. Não sentia mais temor, nem vergonha e respirava ligeira e livremente.

A meia versta da estação, sentou-se numa pedra, junto à estrada, e pôs-se a olhar para o sol, que se escondera mais que pela metade, atrás do aterro. Na estação, já estavam acesas algumas luzes, apareceu com intermitência um foco enevoado de luz verde, mas ainda não se via o trem. Volódia sentia prazer em ficar sentado, sem se mover, e prestar atenção à noite que chegava lentamente. O lusco-fusco do caramanchão, os passos, o cheiro de casa de banhos, o riso, aquela cintura — tudo surgiu com surpreendente nitidez em sua imaginação, mas já não era tão terrível, de tamanha significação como antes...

"Tolices... Ela não retirou a mão e ficou rindo, enquanto eu a segurava pela cintura", pensou, "quer dizer que ela gostou daquilo. Se lhe repugnasse, ficaria zangada..."

E então Volódia lastimou não ter sido suficientemente ousado, no caramanchão. Lamentou estar indo embora, de modo tão estúpido, e veio-lhe a convicção de que, se aquela oportunidade se repetisse, ele seria mais ousado e encararia as coisas com maior simplicidade.

E não era difícil repetir-se a ocasião. Em casa dos Chumíkhin, costumavam passear até tarde, após a ceia. Se Volódia fosse passear com Niuta no jardim escuro, aí estaria a oportunidade!

[2] Poeta romântico russo.

"Vou voltar", pensou, e "viajarei amanhã, com o trem da manhã... Vou dizer que perdi o trem".

E ele voltou... *Madame* Chumíkhina, *maman*, Niuta e uma das sobrinhas estavam no terraço, jogando uíste. Quando Volódia lhes mentiu que havia perdido o trem, mostraram-se preocupadas com a possibilidade de faltar ao exame do dia seguinte e aconselharam-lhe que se levantasse bem cedo. Enquanto elas jogavam, ficou sentado ao lado, olhando cobiçosamente para Niuta e esperando... Já tinha um plano elaborado mentalmente: aproximar-se-ia dela no escuro, tomar-lhe-ia a mão, abraçá-la-ia em seguida e não precisaria dizer nada, pois ambos compreenderiam tudo, sem uma palavra.

Mas, depois da ceia, as senhoras não foram passear no jardim e continuaram o jogo. Ficaram assim até uma da madrugada e, em seguida, separaram-se para dormir.

"Como é estúpido tudo isso!", lamentou Volódia, deitando-se. "Mas, não faz mal, vou esperar o dia de amanhã... Amanhã, estarei novamente no caramanchão. Não faz mal..."

Não tentou adormecer e permaneceu sentado na cama, abraçando os joelhos, pensativo. Repugnava-lhe a lembrança do exame. Já resolvera que seria excluído e que nada havia de terrível naquela exclusão. Pelo contrário, tudo estava muito bem, excelente mesmo. A partir do dia seguinte, ia ser livre como um pássaro, envergar traje comum,[3] fumar às claras, frequentar a casa de campo e cortejar Niuta sempre que lhe aprouvesse; não seria mais ginasiano, mas um jovem senhor. Aparecia também evidente o resto, aquilo que se chama uma carreira, um futuro: alistar-se-ia no exército como voluntário, seria telegrafista, depois iria para a farmácia do regimento, finalmente chegaria a farmacêutico... pode-se chegar a muitos cargos. Passou uma hora, depois outra, e ele não cessava de pensar, sentado...

[3] O uso do uniforme era obrigatório para os ginasianos.

Depois das duas, quando já estava começando a amanhecer, ouviu-se um rangido cauteloso da porta e *maman* entrou no quarto.

— Você não está dormindo? — perguntou, bocejando. — Durma, durma, eu entrei por um instante só... Vou levar as gotas...

— Para quê?

— A coitada da Lili está novamente com espasmos. Dorme, filhinho, você tem exame amanhã...

Tirou do armariozinho um frasco, aproximou-se da janela, leu o rótulo e saiu.

— Mária Lieôntievna, não é este o remédio! — ouviu Volódia, depois de um instante, uma voz feminina. — É junquilho e Lili está pedindo morfina. Seu filho está dormindo? Peça-lhe que procure...

Era a voz de Niuta. Volódia sentiu calafrios. Vestiu apressadamente as calças, jogou sobre os ombros o capote e foi até a porta.

— Compreende? Morfina! — estava explicando Niuta, num murmúrio. — No frasco, deve estar escrito em latim. Acorde o Volódia, ele vai encontrar...

Maman abriu a porta e Volódia viu Niuta. Estava com a mesma blusa com que fora ao banho. Tinha os cabelos desgrenhados, soltos sobre os ombros, o rosto sonolento, que, no escuro, parecia moreno...

— Bem, Volódia não está dormindo... — disse ela. — Volódia, meu caro, queira procurar morfina no armário! Temos um castigo com essa Lili... Sempre sofre de alguma coisa.

Maman balbuciou algo, bocejou e saiu do quarto.

— Procure — disse Niuta. — Por que está aí de pé?

Volódia foi até o armariozinho, ajoelhou-se e começou a examinar os frascos e caixinhas de remédio. Tremiam-lhe as mãos e tinha no peito e no estômago uma sensação de ondas frias que lhe percorriam todas as entranhas. Sentia falta de ar e girar a cabeça, por causa do cheiro de éter, de ácido carbólico e de ervas diversas, que ele agarrava sem necessidade, com as mãos trêmulas, e que ficavam, por causa disso, espalhadas.

"Parece que *maman* se afastou", pensou. "Isto é bom... muito bom..."

— Falta muito? — perguntou Niuta, devagar.

— Um instantinho... Isto parece que é morfina... — disse Volódia, depois de ler, num dos rótulos, *morph*... — Aí está!

Niuta estava parada à porta, com um dos pés no corredor, o outro no quarto dele. Ficou arrumando os cabelos, que estavam difíceis de ajeitar, tão densos e compridos! — e olhava distraída para Volódia. Sonolenta, de blusa folgada, cabelos soltos, à luz escassa, que penetrava no quarto, proveniente do céu branco, mas ainda não iluminado pelo sol, ela pareceu a Volódia sedutora, magnífica... Encantado, completamente trêmulo, lembrando com deleite como havia abraçado no caramanchão aquele corpo maravilhoso, deu-lhe as gotas e disse:

— Como a senhora é...

— O quê?

Ela entrou no quarto.

— O quê? — perguntou, sorrindo.

Ele permaneceu em silêncio, olhando-a; depois, tomou-lhe a mão, como fizera no caramanchão... E ela ficou a olhá-lo, sorridente, na expectativa.

— Eu a amo... — murmurou ele.

Ela deixou de sorrir, pensou um instante e disse:

— Espera, parece que alguém vem aí. Oh, esses ginasianos! — disse a meia-voz, indo até a porta e espiando para o corredor. — Não, não se vê ninguém...

Voltou.

Em seguida, Volódia teve a impressão de que o quarto, Niuta, o alvorecer e ele próprio — tudo se confundira numa única sensação de felicidade aguda, extraordinária, inexistente até então, pela qual se poderia dar toda a vida e entregar-se, depois, a um sofrimento eterno, mas, decorridos alguns instantes, tudo aquilo desapareceu de repente. Volódia estava vendo apenas um rosto gordo, feio, alterado por uma expressão de repugnância, e ele próprio, de súbito, sentiu aversão pelo que sucedera.

— Agora, preciso ir — disse Niuta, examinando Volódia com asco. — Como é feio, ridículo... ih, um patinho feio!

Como pareciam, agora, feios a Volódia seus cabelos compridos, a blusa folgada, os passos, a voz!...

"Patinho feio...", pensou ele, depois que ela saiu do quarto. "Realmente, sou feio... Tudo é feio."

Fora, já despontava o sol, gorjeavam alto os pássaros. Ouviam-se, no jardim, os passos do jardineiro e o ranger de seu carrinho... Pouco depois, ressoaram o mugido das vacas e uma charamela de pastor. Os raios de sol e aqueles sons diziam que, em alguma parte, nesse mundo, havia uma vida pura, elegante, poética. Mas, onde ela está? Nunca falaram dela a Volódia, quer *maman*, quer as demais pessoas que o rodeavam.

Quando o criado veio acordá-lo para tomar o trem matinal, ele fingiu que estava dormindo...

"Ora, que vá tudo para o diabo!", pensou.

Levantou-se depois das dez. Penteando-se em frente do espelho e olhando para seu rosto feio, pálido da noite de vigília, pensou:

"Exatamente... um patinho feio."

Quando *maman* o viu e ficou horrorizada com a perda do exame, Volódia disse:

— Perdi a hora, *maman*... Mas, não se preocupe, vou apresentar atestado médico.

Madame Chumíkhina e Niuta acordaram depois do meio-dia. Volódia ouviu como madame Chumíkhina, apenas acordou, abriu com estrépito a janela de seu quarto e como Niuta respondeu à sua voz rude com um riso retumbante. Ele viu abrir-se a porta e arrastar-se, da sala de visitas, para o café da manhã, uma longa fila de sobrinhas e parasitas (no meio das quais estava *maman*), viu surgir o rosto lavado e sorridente de Niuta e, ao lado daquele rosto, as sobrancelhas negras e a barba do arquiteto, que acabava de chegar.

Niuta estava com um vestido ucraniano, que absolutamente não lhe ia bem e a tornava desajeitada. O arquiteto gracejava de modo chulo e sem espírito. Havia muita cebola nos bolinhos. Tais eram as impressões de Volódia. Pareceu-lhe, igualmente, que Niuta soltava intencionalmente sonoras gargalhadas, e olhava em sua direção, para dar-lhe a compreender que a lembrança daquela noite não a incomodava um pouco sequer e que ela nem reparava na presença, à mesa, daquele patinho feio.

Depois das três, Volódia foi com *maman* à estação. As recordações indecentes, a noite de vigília, a iminente exclusão do ginásio, a dor de consciência, tudo isto despertava nele, agora, um rancor sombrio, pesado. Olhou o perfil magro de *maman*, seu narizinho, a capa impermeável com que Niuta a presenteara, e balbuciou:

— Por que a senhora usa pó de arroz? Isto não fica bem na sua idade! A senhora procura fazer-se bonita, não paga dívidas de jogo, fuma tabaco alheio... é repugnante! Eu não gosto da senhora... não gosto!

Ficou a ofendê-la, enquanto ela movia assustada os olhos, agitava as mãozinhas e murmurava horrorizada:

— Que é isso, meu bem? Meu Deus, o cocheiro vai ouvir! Fica quieto, senão o cocheiro escuta! Ele ouve tudo!

— Não gosto... não gosto! — prosseguiu ele, perdendo o fôlego. — A senhora não tem moral, não tem coração... Não se atreva mais a usar esta capa! Está ouvindo? Senão, vou fazê-la em pedaços...

— Volte a si, filhinho! — chorou *maman*. — O cocheiro vai ouvir!

— E onde está a fortuna de meu pai? Onde está o dinheiro da senhora? A senhora esbanjou tudo! Eu não me envergonho de minha pobreza, mas de ter semelhante mãe... Quando meus amigos me perguntam pela senhora, fico sempre vermelho.

O trem passou por duas estações, antes de chegar à cidade. Volódia ficou parado o tempo todo na plataforma, o corpo completamente trêmulo. Não tinha vontade de entrar no vagão, pois lá estava sua mãe, que ele odiava. Odiava também a si mesmo, os condutores, a fumaça da locomotiva, o frio a que atribuía o tremor de seu corpo... E quanto mais opresso tinha o coração, com mais força sentia que, em algum lugar deste mundo, junto a certa gente, havia uma vida pura, nobre, cálida, elegante, cheia de amor, de carinho, de alegria, de liberdade... Aquele sentimento era acompanhado de uma angústia tão intensa que um dos passageiros, depois de lhe fixar o rosto, perguntou:

— Está com dor de dente, não?

Na cidade, *maman* e Volódia residiam em casa de Mária Pietrovna, senhora da nobreza, e que havia alugado um grande apartamento, sublocando-o a diversos inquilinos. *Maman* ficara com dois quartos: o dela própria tinha janelas, duas camas e dois quadros de molduras douradas; o de Volódia, ao lado, era pequeno e escuro. Ali ficava o divã em que ele dormia e além do qual não havia qualquer outro móvel: todo o quarto estava ocupado com cestos de roupa, caixas de chapéu e tralha variada, que *maman* guardava não se sabia bem para quê. Volódia preparava as lições no quarto da mãe ou na geral, como se chamava a grande sala, onde todos se reuniam na hora do almoço e à noitinha.

Chegando em casa, ele se deitou no divã e cobriu-se, para fazer passar aqueles tremores. As caixas de chapéu, os cestos e a tralha variada lembraram-lhe que não tinha um quarto seu, não tinha um cantinho, onde pudesse esconder-se de *maman*, de suas visitas e das vozes que vinham agora da *geral*. A mochila de colegial e os livros, espalhados pelos cantos, lembraram-lhe o exame ao qual faltara... Sem saber por que, de modo absolutamente inoportuno, veio-lhe à lembrança Menton, onde residira, com seu falecido pai, aos sete anos; lembrou-se também de Biarritz e de duas meninas inglesas, com quem corria sobre a areia... Quis repetir na memória a cor do céu e do oceano, a altura das ondas e seu estado de espírito então, mas não conseguiu. As meninas inglesas perpassaram-lhe pela imaginação, como se as estivesse vendo diante de si, mas tudo o mais confundiu-se, esvaneceu-se em desordem...

"Não, está fazendo frio aqui", pensou Volódia, levantou-se, vestiu o capote e foi para a geral.

Ali, havia gente tomando chá. Junto ao samovar, estavam sentadas *maman*, a professora de música, velhinha de *pince-nez* de tartaruga, e Avgustin Mikháilitch,[4] um francês idoso e muito gordo, que trabalhava na fábrica de perfumes.

— Não jantei hoje — disse *maman*. — Seria bom mandar a empregada comprar pão.

— Duniách![5] — gritou o francês.

Mas, a dona da casa havia mandado a empregada para alguma parte.

— Oh, não quer dizer nada — disse o francês com um sorriso largo. — Agora mesmo, vou buscar o pão! Oh, não é nada!

Depositou o charuto forte, fedorento, num lugar bem visível, pôs o chapéu e saiu. *Maman* começou, então, a contar à professora de piano como havia sido hóspede dos Chumíkhin e como fora bem recebida.

— Imagine que a Lili Chumíkhina é minha parenta... Seu falecido marido, general Chumíkhin, era primo do meu. E ela própria, em solteira, era Baronesa Kolbe...

— *Maman*, é mentira! — disse Volódia, irritado. — Para que mentir?

[4] Na Rússia, costuma-se nacionalizar os nomes dos estrangeiros residentes no país.

[5] Corruptela afrancesada de Dúnia.

Ele sabia muito bem que *maman* dizia a verdade. Em seu relato sobre o general Chumíkhin e a Baronesa Kolbe, não havia sequer uma palavra de mentira e, apesar de tudo, Volódia sentiu que ela estava mentindo. Sentia-se a mentira em seu modo de falar, na expressão do rosto, no olhar, em tudo.

— A senhora mente! — repetiu Volódia e bateu com o punho na mesa, com tal força que fez estremecer toda a louça e espalhar-se o chá de *maman*. — Para que a senhora conta essas histórias de generais e baronesas? É tudo mentira!

A professora de música ficou perturbada e tossiu dentro de um lenço, fingindo que engasgara, e *maman* pôs-se a chorar.

"Para onde ir?", pensou Volódia.

Já estivera na rua e tinha vergonha de ir à casa de amigos. Mais uma vez, inoportunamente, vieram-lhe à memória as duas meninas inglesas... Caminhou pela *geral*, de um canto a outro, e entrou no quarto de Avgustin Mikháilitch. Havia ali um cheiro intenso de óleos eterizados e sabão de glicerina. Na mesa, nos parapeitos das janelas e mesmo sobre as cadeiras, havia uma infinidade de frascos, copinhos e cálices com líquidos multicores. Volódia apanhou sobre a mesa um jornal, abriu-o e leu o cabeçalho: *Figaro*... O jornal recendia um perfume forte e agradável. Em seguida, apanhou sobre a mesa um revólver...

— Chega, não se incomode com isso! — dizia a professora de música, no quarto contíguo, consolando *maman*. — Ele é tão jovem ainda! Na sua idade, os moços sempre se permitem certas liberdades. É preciso conformar-se com isto.

— Não, Ievguênia Andréievna, ele está muito corrompido! — respondeu *maman*, com voz cantante. — Não há uma pessoa mais velha para cuidar dele, eu sou fraca e não posso fazer nada. Como sou infeliz!

Volódia enfiou na boca o cano do revólver, apalpou algo semelhante a gatilho e apertou com o dedo... Depois, apalpou mais uma saliência qualquer e apertou-a também. Tirando o cano da boca, enxugou-o na aba do capote, examinou a trava. Antes, nunca havia segurado na mão uma arma...

— Parece que é preciso levantar isto... — pensou. — Sim, parece...

Avgustin Mikháilitch entrou na geral e começou a contar algo, às gargalhadas. Volódia enfiou mais uma vez o cano na boca, apertou-o entre os dentes e empurrou alguma coisa com o dedo. Ressoou um tiro... Algo bateu em Volódia com uma força terrível no occipício e ele caiu sobre a mesa, com o rosto sobre os cálices e frascos. Em seguida, viu como seu falecido pai, de cartola e com um largo fumo negro, e que estivera em Menton de luto por certa senhora, envolveu-o de repente com os braços e ambos voaram para dentro de um abismo bem negro e profundo.

Depois, tudo se confundiu e desapareceu...

(1887)

TIFO

O jovem tenente Klimov estava viajando no compartimento para fumantes, do trem de correio de Petersburgo a Moscou. Em frente dele, ia sentado um senhor de idade, de rosto escanhoado, e que lembrava um capitão de barco mercante. Pela aparência, devia ser um sueco ou finlandês abastado e ficou, durante toda a viagem, chupando o cachimbo e falando sobre o mesmo tema:

— Ah, o senhor é oficial! Tenho um irmão que é oficial também, só que é da marinha... Está servindo em Kronstadt.[1] O que vai fazer em Moscou?

— Sirvo lá.

— Ah! O senhor tem família?

— Não, vivo com minha irmã e uma tia.

— Meu irmão é também oficial, mas ele tem família, mulher e três filhos. Ah!

O finlandês ficava admirado com algo, fazia um sorriso largo e idiota, ao exclamar "ah!" e, a cada momento, limpava o cachimbo fedorento, soprando dentro dele. Klimov, que estava adoentado e sentia dificuldade de responder às perguntas, odiou-o de todo o coração. Sonhava como seria bom arrancar-lhe das mãos o ciciante cachimbo, atirá-lo sob o assento e expulsar o próprio finlandês para outro vagão.

"Gente asquerosa esses finlandeses e... gregos", pensou ele. "Gente asquerosa, desnecessária, que está sobrando no

[1] Base naval no Báltico, perto de São Petersburgo.

mundo. Não fazem mais que ocupar lugar sobre a terra. Para que existem?"

E aqueles pensamentos sobre finlandeses e gregos provocaram em seu corpo algo semelhante à náusea. A fim de estabelecer uma comparação, quis pensar em franceses e italianos, mas a lembrança desses povos despertava nele, sem que soubesse por que, somente a imagem de tocadores de realejo, mulheres nuas e oleografias estrangeiras, pregadas em casa da tia, por cima da cômoda.

Realmente, o oficial não se sentia bem. Seus braços e pernas não encontravam posição adequada sobre o divã, embora o móvel estivesse inteiramente à sua disposição; tinha uma sensação de secura e de algo pegajoso na boca, uma densa névoa pairava-lhe na cabeça; seus pensamentos pareciam vagar não somente na cabeça, mas também fora do crânio, entre os divãs do trem e as pessoas imersas na treva noturna. Através da névoa mental, como através de um sonho, percebia o balbuciar de vozes, o ruído das rodas, o bater de portas. Os toques de sino, os assobios do condutor e a correria de gente sobre as plataformas de estação ouviam-se com maior frequência que de ordinário. O tempo corria depressa, imperceptível, dando a impressão de que o trem parasse de minuto em minuto junto às estações, de cada uma das quais vinham vozes metálicas:

— Está pronto o correio?

— Pronto!

Tinha a impressão de que o encarregado da calefação entrava com demasiada frequência no vagão, para olhar o termômetro, e que se ouviam sem intervalos o estrépito das rodas sobre uma ponte e o ruído de outro trem, vindo de direção contrária. O barulho, os assobios, o finlandês, a fumaça de cigarros, tudo isso, misturado às ameaças e ao perpassar de vultos nevoentos, cujas formas e natureza não podem ser lembradas por uma pessoa saudável, pressionava Klimov como um pesadelo insuportável. Terrivelmente angustiado, erguia a cabeça pesada, lançava uma espiada para o lampião, entre cujos raios turbilhonavam sombras e manchas enevoadas, queria pedir água, mas a língua ressequida mal se movia e mal sobravam forças para responder às perguntas do finlandês. Esforçava-se por se deitar de modo mais cômodo e adormecer, mas não conseguia. O finlandês adormeceu várias vezes, depois acordava, acendia o charuto, dirigia-se a Klimov com seu "ah!" e tornava a dormir, enquanto as pernas do tenente não conseguiam ajeitar-se sobre o divã e as imagens ameaçadoras persistiam ante seus olhos.

Em Spirov, desceu à estação, para tomar água. Viu gente sentada à mesa, apressando-se a comer.

"Como é que eles podem comer!", pensou, procurando não cheirar o ar, impregnado de carne frita, e não olhar para as bocas em mastigação, pois tudo isto lhe provocava uma repugnância raiando a náusea.

Uma senhora bonita conversava ruidosamente com um militar de quepe vermelho e mostrava sorrindo os magníficos dentes brancos; no entanto, o sorriso, os dentes e a própria senhora causaram a Klimov a mesma impressão repulsiva que o pernil de porco e os bolinhos fritos. Não compreendia como aquele militar de quepe vermelho não temia ficar sentado ao lado dela e olhar seu rosto sadio, sorridente.

Tendo tomado água e regressado ao vagão, encontrou o finlandês, sentado, fumando. Seu cachimbo ciciava e emitia soluços, como uma galocha esburacada, em tempo chuvoso.

— Ah! — admirou-se ele. — Que estação é esta?

— Não sei — respondeu Klimov, deitando-se e cerrando a boca, para não aspirar a penetrante fumaça do cachimbo.

— Quando é que vamos chegar a Tvier?

— Não sei. Desculpe, eu... eu não posso responder. Estou doente, resfriei-me hoje.

O finlandês bateu o cachimbo no caixilho da janela e ficou falando sobre seu irmão marinheiro. Klimov não o escutava mais e lembrava-se com saudade de sua cama confortável, macia, do jarro de água fria, de sua irmã Cátia,[2] que sabia tão bem deitar alguém para dormir, acalmar, dar água. Chegou a sorrir até, quando em sua imaginação perpassou a ordenança Pável, tirando de seu superior as botas pesadas, opressoras, e colocando água sobre a mesinha. Parecia-lhe que bastaria deitar-se em sua própria cama, tomar água, e o pesadelo cederia lugar a um sono forte, sadio.

— Está pronto o correio? — chegou de longe uma voz surda.

— Pronto! — respondeu outra voz, de baixo, quase junto à janela.

Era já a segunda ou terceira estação, depois de Spirov.

O tempo corria veloz, aos saltos, e parecia que não teriam mais fim os toques de sino, os assobios e as paradas. Desesperado, Klimov afundou o rosto num canto do divã, envolveu a cabeça com as mãos e ficou novamente pensando em sua irmã Cátia e na ordenança Pável, mas em seguida, a irmã e a ordenança confundiram-se com imagens enevoadas, turbilhonaram e desapareceram. Seu hálito quente refletia-se contra o espaldar do divã e abrasava-lhe o rosto, as pernas estavam numa posição incômoda, o vento incidia da janela sobre suas costas, mas, por mais que tudo aquilo o atormentasse, não tinha vontade de mudar de posição... Uma preguiça pesada, de pesadelo, apoderou-se dele pouco a pouco e acorrentou-lhe os membros.

Quando se decidiu a erguer a cabeça, já havia claridade no vagão. Os passageiros vestiam as peliças e movimentavam-se. O trem estava parado. Carregadores de avental branco e com insígnias metálicas afanavam-se junto aos passageiros e apossavam-se das malas. Klimov vestiu o capote, saiu maquinalmente do vagão, acompanhando os demais, e teve a impressão de que, em seu lugar, estava andando um estra-

[2] Diminutivo de Iecatierina.

nho; sentiu também que haviam saído com ele do vagão sua febre, a sede e as imagens ameaçadoras que, durante toda a noite, não lhe permitiram dormir. Recebeu a bagagem, também maquinalmente, e alugou um carro. O cocheiro pediu-lhe até a Póvarskaia um rublo e um quarto, mas ele não regateou e sentou-se obediente no trenó. Ainda compreendia a diferença entre os números, mas o dinheiro perdera para ele qualquer valor.

Em casa, Klimov foi recebido pela tia e pela irmã, Cátia, moça de dezoito anos. Esta, ao saudá-lo, tinha nas mãos um caderninho e um lápis e ele se lembrou de que ela estava se preparando para o exame de professora. Sem responder às perguntas e saudações, e somente arquejando com força, por causa da febre, caminhou sem qualquer objetivo pelos quartos e, chegando a sua cama, deixou-se cair sobre o travesseiro. O finlandês, o boné vermelho, a senhora de dentes brancos, o cheiro de carne frita, as manchas que piscavam, ocuparam-lhe a consciência, e ele não sabia mais onde se achava, nem ouvia as vozes alarmadas.

Voltando a si, viu-se despido em sua cama, viu o jarro de água e Pável, mas não sentiu, por causa disso, maior frescor, nem maciez ou conforto. As pernas e as mãos continuavam a não encontrar uma posição adequada, a língua colava-se ao céu da boca e ouvia-se o resfolegar do cachimbo finlandês... Junto à cama, empurrando Pável com a larga espádua, afanava-se um corpulento médico, de barba negra.

— Não é nada, não é nada, jovem! — balbuciava ele. — Excelente, excelente... Essim, essim...

O médico chamava Klimov de jovem e dizia "essim" em vez de "assim".

— Sim, sim, sim — derramava-se ele. — Essim, essim... Excelente, jovem... Não precisa desanimar!

Klimov irritou-se com a fala rápida, descuidada, do doutor, com seu rosto nutrido e com aquele condescendente "jovem".

— Por que o senhor me chama de jovem? — gemeu ele. — Que familiaridades são essas? Diabo que o carregue!

Assustou-se com a própria voz. Era tão seca, débil e cantante que não se podia reconhecê-la.

— Excelente, excelente — balbuciou o médico, sem se ofender. — Não precisa ficar zangado... Sim, sim, sim...

Em casa, o tempo estava correndo com a mesma velocidade surpreendente que no vagão... A luz diurna era substituída no quarto de dormir, volta e meia, pela treva noturna. O médico parecia não se afastar da cama e a cada momento ouvia-se o seu "sim, sim, sim". Uma série de rostos arrastava-se incessantemente através do quarto. Estavam ali: Pável, o finlandês, o capitão Iarochévitch, o sargento Maksímienko, o quepe vermelho, a senhora de dentes brancos, o médico. Todos eles falavam, agitavam os braços, fumavam, comiam. Uma vez, com luz diurna, Klimov viu até o capelão do regimento, padre Aleksandr, de casula e com o missal nas mãos, e que balbuciava algo junto à cama, com um rosto tão sério como Klimov jamais observara nele. O tenente lembrou-se de que o padre Aleksandr apelidava amistosamente todos os oficiais católicos de "polacos" e, querendo diverti-lo, gritou:

— Padre, Iarochévitch, o polaco, caiu no buraco!

No entanto, padre Aleksandr, homem alegre e risonho, não deu risada, mas adquiriu uma expressão ainda mais séria e fez o sinal da cruz sobre Klimov. De noite, duas sombras entravam e saíam, alternadamente. Eram a tia e a irmã. A sombra da irmã ajoelhava-se e rezava: inclinava-se diante da imagem e sua sombra cinzenta inclinava-se também sobre a parede, de modo que eram duas as sombras que rezavam a Deus. Todo o tempo, havia um cheiro de carne frita e o do cachimbo do finlandês, mas, uma vez, Klimov sentiu um perfume penetrante de incenso. Agitou-se, nauseado, e pôs-se a gritar:

— O incenso! Levem embora o incenso!

Não houve resposta. Ouvia-se apenas, em alguma parte, um canto abafado de clérigos e a correria de alguém na escada.

Quando voltou a si, estava sozinho no quarto. O sol matinal batia na janela, através da cortina baixada, e um raio trêmulo, fino e gracioso como um fio de lâmina, parecia brincar sobre a jarra. Ouvia-se um ruído de rodas: portanto, não havia mais neve na rua. O tenente olhou para aquele raio, para a mobília conhecida, para a porta e, em primeiro lugar, soltou uma risada. O peito e a barriga tremeram-lhe de riso doce, feliz, que fazia cócegas. Todo o seu ser, da cabeça aos pés, foi tomado por uma sensação de felicidade infinita e de humana alegria, tal como, provavelmente, sentira o primeiro homem, quando fora criado e vira pela primeira vez o mundo. Klimov desejou ardentemente sentir em torno de si movimento, gente, conversa. Seu corpo estava deitado, como uma camada imóvel, somente os braços se mexiam, mas ele mal o percebeu e concentrou toda a atenção em coisas sem importância. Alegrava-se com sua própria respiração, com seu riso, com a existência da jarra, do teto, do raio de sol, da tira de fita sobre a cortina. O mundo de Deus parecia-lhe magnífico, variado e grande, mesmo num cantinho tão pequeno como o seu quarto de dormir. Quando apareceu o doutor, o tenente estava pensando em como a medicina era bonita, em como o médico era simpático e em como, de um modo geral, os homens eram bons e interessantes.

— Sim, sim, sim... — expandia-se o doutor. — Excelente, excelente... Agora, já estamos com saúde... Essim, essim.

O tenente ouvia-o e ria alegre. Lembrou-se do finlandês, da senhora de dentes brancos, do pernil de porco e sentiu vontade de fumar, de comer.

— Doutor — disse ele —, mande que me sirvam uma côdea de pão preto com sal e... e sardinhas.

O médico negou-se, Pável também não obedeceu à ordem e não foi buscar pão. O tenente não suportou aquilo e chorou, como uma criança manhosa.

— Que pequenino! — riu o médico. — Mamãe, nina-nana, a-a!

Klimov deu também risada e, após a saída do médico, adormeceu profundamente. Despertou com a mesma alegria e uma sensação de felicidade. A tia estava sentada junto à cama.

— Ah, titia! — alegrou-se ele. — O que foi que eu tive?

— Tifo exantemático.

— Sim? E agora estou bem, muito bem! Onde está Cátia?

— Não está em casa. Provavelmente, foi a alguma parte, depois do exame.

A velha disse aquilo e inclinou-se sobre a meia que trabalhava; tremeram-lhe os lábios, afastou o rosto e, de repente, rompeu em pranto. Desesperada, esquecendo a proibição do médico, exclamou:

— Ah, Cátia, Cátia! Já não temos o nosso anjo! Não!

Deixou cair a meia e inclinou-se para apanhá-la. Naquele instante, perdeu a touca. Olhando para sua cabeça grisalha e nada compreendendo, Klimov assustou-se por Cátia e perguntou:

— Mas, onde é que ela está? Titia!

A velha, que já se esquecera de Klimov e lembrava-se somente de sua aflição, disse:

— Apanhou de você o tifo e... e morreu. Faz três dias que a enterramos.

Aquela notícia terrível, inesperada, penetrou por completo a consciência de Klimov, mas, por mais terrível e intensa, não pôde dominar a alegria animal, que invadia o oficial convalescente. Ele chorava, ria e, dentro em pouco, começou a reclamar porque não lhe davam comida.

Somente uma semana mais tarde, quando, de roupão, acercou-se da janela, apoiado em Pável, olhou para o céu cinzento de primavera e prestou atenção ao som desagradável dos trilhos velhos que eram transportados sob a sua janela, sentiu apertar-se de dor o coração, começou a chorar e apoiou a testa no caixilho da janela.

— Infeliz que sou! — balbuciou. — Meu Deus, que infeliz!

E a alegria cedeu lugar ao tédio vulgar da vida cotidiana e ao sentimento de uma perda irreparável.

(1887)

INIMIGOS

Num escuro anoitecer de setembro, depois das nove, falecia de difteria, em casa do médico regional Kirilov, seu único filho, Andriéi, de seis anos. No momento em que a mulher do doutor caía de joelhos ante a caminha da criança morta e entregava-se ao primeiro acesso de desespero, a campainha ressoou com som agudo na saleta de entrada.

Em virtude da difteria, a criadagem fora dispensada ainda pela manhã. Por isso, Kirilov foi abrir pessoalmente a porta, como estava, sem sobrecasaca, de colete desabotoado, sem enxugar o rosto molhado e as mãos queimadas de ácido carbólico. No escuro da antessala, podia-se apenas distinguir, no homem que havia entrado em casa, uma estatura média, um *cache-nez* branco e um rosto grande, excepcionalmente pálido, tão pálido que parecia tornar mais iluminada a saleta...

— O doutor está? — perguntou apressadamente o recém-chegado.

— Estou em casa — respondeu Kirilov. — Que deseja?

— Ah, é o senhor? Muito prazer! — alegrou-se o outro, pondo-se a procurar, no escuro, a mão do médico e, tendo-a encontrado, estreitou-a fortemente nas suas. — Muito... muito prazer! Já nos conhecemos!... Sou Abóguin... tive o prazer de conhecer o senhor, no verão, em casa de Gnutchóv. Estou muito contente de tê-lo encontrado... Pelo amor de Deus, não se recuse a acompanhar-me agora... Minha mulher adoeceu gravemente... Estou de carro...

A voz e os movimentos que fazia o recém-chegado indicavam um estado de extrema agitação. Como alguém assustado por um incêndio ou por um cão raivoso, mal continha a respiração precipitada, falava rapidamente, com voz trêmula, e percebia-se em sua voz algo realmente sincero, algo de temor infantil. Como toda pessoa assustada e atordoada, falava com frases curtas, entrecortadas, e proferia muitas palavras supérfluas, que nada tinham a ver com o caso.

— Tive medo de não encontrar o senhor — prosseguiu. — A caminho de sua casa, tinha o coração opresso de sofrimento... Vista-se e vamos, pelo amor de Deus... Isto aconteceu da seguinte maneira. Chegou em minha casa Aleksandr Siemiônovitch Páptchinski, que o senhor conhece... Ficamos conversando... depois nos sentamos para tomar chá. De repente, minha mulher solta um grito, põe a mão ao coração e cai contra o espaldar da cadeira. Nós a carregamos para a cama e... eu lhe esfrego as têmporas com amoníaco, borrifo-lhe o rosto com água... mas continua imóvel, como se estivesse morta... Tenho medo de que seja um aneurisma... Vamos... O pai dela morreu também de aneurisma...

Kirilov ouviu-o em silêncio, como se não compreendesse o russo.

Depois que Abóguin referiu-se novamente a Páptchinski e ao sogro e começou a procurar mais uma vez, no escuro, a mão do médico, este sacudiu a cabeça e disse, alongando apaticamente cada palavra:

— Desculpe-me, não posso ir... Faz uns cinco minutos que... perdi meu filho...

— Será possível? — murmurou Abóguin, recuando um passo. — Meu Deus, que hora inconveniente para vir procurá-lo! Que dia assombrosamente infeliz... assombroso! Que coincidência... parece de propósito!

Abóguin segurou a maçaneta da porta e deixou pender a cabeça, pensativo. Parecia vacilar, ignorando se devia retirar-se ou insistir naquele pedido ao médico.

— Escute-me — disse com ardor, agarrando Kirilov pela

manga —, eu compreendo muito bem a sua situação! Deus é testemunha de que tenho vergonha de estar tentando, numa hora dessas, obter a sua atenção, mas, que me resta fazer? Julgue sozinho: quem é que vou procurar? Não há outro médico na redondeza. Vamos, pelo amor de Deus! Não estou lhe pedindo para mim... Não sou eu que estou doente!

Seguiu-se um silêncio. Kirilov deu as costas a Abóguin, permaneceu por algum tempo parado e, em seguida, passou vagarosamente para a sala. A julgar por seu andar nervoso, maquinal, pela atenção com que, na sala, arrumou, sobre a lâmpada apagada, o abajur felpudo e espiou dentro do livro grosso, que estava sobre a mesa, não tinha naqueles momentos qualquer intenção ou vontade, em nada pensava e, provavelmente, não se lembrava mais de que havia uma pessoa estranha na saleta de entrada. Sem dúvida, o crepúsculo e a quietude da sala aumentaram seu atordoamento. Indo da sala para o escritório, erguia a perna direita mais que o necessário, procurava com as mãos as ombreiras das portas e, naqueles momentos, todo o seu vulto expressava perplexidade, como se tivesse ido parar numa casa alheia ou se houvesse embriagado pela primeira vez na vida e estivesse completamente entregue às novas sensações. Uma faixa larga de luz aparecia sobre uma das paredes do escritório e atravessava os armários de livros. Essa luz vinha, com um cheiro denso, concentrado, de éter e ácido carbólico, através da porta ligeiramente entreaberta, entre o escritório e o quarto de dormir... O médico deixou-se cair na poltrona diante da escrivaninha. Ficou olhando por alguns instantes, de modo vago, para seus livros iluminados, depois se levantou e caminhou para o quarto.

Reinava ali um silêncio mortal. Tudo, até o derradeiro pormenor, falava ali com eloquência da tormenta recentemente vivida, do cansaço, tudo descansava ali. Uma vela, colocada sobre um tamborete, em meio a um aglomerado de frascos, caixinhas e latinhas, e uma grande lâmpada, sobre a cômoda, iluminavam vivamente todo o quarto. Na cama colocada bem junto da janela, estava deitado o menino, de olhos abertos e uma expressão de surpresa no rosto. Não se movia, mas seus olhos abertos pareciam tornar-se a cada momento mais escuros e penetrar mais fundo no crânio. Diante da cama, permanecia ajoelhada a mãe, com as mãos sobre o corpo dele e o rosto escondido nas dobras da roupa de cama. Ainda que imóvel como o menino, que intensidade de vida sentia-se nas curvas de seu corpo e em suas mãos! Estava pregada àquela cama com todo o seu ser, com todas as suas forças e ansiedade, como se temesse perder a tranquila e cômoda postura que, finalmente, havia encontrado para seu corpo exausto. As cobertas, os trapos, as bacias, as poças no chão, os pincéis e colheres espalhados por toda parte, a garrafa branca com uma solução de cal, o próprio ar pesado, sufocante, tudo parecia paralisado, imerso em quietude.

O médico parou junto à mulher, enfiou as mãos nos bolsos da calça e, pendendo a cabeça para o lado, dirigiu o olhar para o filho. Seu rosto expressava indiferença e somente pelas gotículas, que lhe fulgiam na barba, podia-se perceber que chorara havia pouco.

Estava ausente do quarto o horror repulsivo, em que se pensa quando se fala em morte. Naquela petrificação geral, na postura da mãe, na indiferença do semblante do médico, havia algo atraente, comovedor, aquela beleza sutil, apenas perceptível, da aflição humana, que ainda se tardará a compreender e descrever e que somente a música, ao que parece, sabe transmitir. Sentia-se a beleza, mesmo naquela quietude sombria. Kirilov e a mulher permaneciam calados, sem chorar, como se compreendessem, além da grave perda, todo o lirismo da situação em que se encontravam: do mesmo modo que, outrora, havia passado a mocidade de ambos, naquele momento passava, para a eternidade, o seu direito a filhos! O médico tinha 44 anos, estava grisalho e parecia um velho; sua mulher doente, murcha, tinha 35. Andriéi não era apenas o único filho, mas também o derradeiro.

Ao contrário da mulher, o médico pertencia ao número das pessoas que, por ocasião de uma dor moral, sentem necessidade de movimento. Depois de permanecer uns cinco minutos ao lado dela, passou, levantando alto a perna direita, do quarto de dormir para um quarto pequeno, ocupado pela metade por um divã grande e largo e, daí, foi à cozinha. Vagueou um pouco junto ao fogão e à cama da cozinheira, abaixou-se e saiu, pela porta pequena, para a antessala. Ali, tornou a ver o *cache-nez* branco e o rosto pálido.

— Finalmente! — suspirou Abóguin, segurando a maçaneta da porta. — Vamos, por favor!

O médico estremeceu, olhou para ele e lembrou-se...

— Escute, eu já lhe disse que não posso ir! — disse ele, tornando-se mais vivo. — É estranho!

— Doutor, não sou de pedra, compreendo muito bem a sua situação... compadeço-me! — disse Abóguin com voz súplice, pondo a mão sobre o *cache-nez*. — Mas, não estou pedindo para mim... Minha mulher está à morte! Se o senhor tivesse ouvido aquele grito e visse o seu rosto, compreenderia a minha insistência! Meu Deus, e eu que pensei que o senhor tivesse ido vestir-se! Doutor, o tempo é precioso! Vamos, eu lhe peço!

— Não posso ir! — disse pausadamente Kirilov e deu um passo para a sala.

Abóguin seguiu-o e agarrou-o pela manga.

— O senhor está em aflição, eu compreendo, mas eu não o convido para tratar os dentes de alguém ou para uma peritagem, trata-se de salvar uma vida humana! — continuou implorando, como um mendigo. — Essa vida está acima de qualquer aflição individual! Estou lhe pedindo que tenha valor, que faça um sacrifício sublime! Em nome do amor à humanidade!

— O amor à humanidade é uma faca de dois gumes — disse irritado Kirilov. — Em nome do mesmo amor à humanidade, eu lhe peço que não me leve daqui. Como é estranho, meu Deus! Mal consigo me manter em pé e o senhor me ameaça com o amor à humanidade! Não sirvo para nada, neste momento... não irei, por nada nesse mundo. Além disso, quem cuidaria de minha mulher? Não, não...

Kirilov agitou as mãos e recuou um pouco.

— E... e nem me peça! — prosseguiu, com ar assustado. — Desculpe... O capítulo treze do Código obriga-me a ir, e o senhor tem o direito de me arrastar pelo cangote... Pois não, pode me arrastar, mas... eu estou imprestável... Sou incapaz de falar sequer... Desculpe...

— É inútil o senhor falar comigo nesse tom, doutor — disse Abóguin, segurando novamente o médico pela manga. — Não se trata agora do capítulo treze! Não tenho direito de forçar sua vontade. Se quiser, venha comigo, se não quiser, fique com Deus; não me dirijo a sua vontade, mas ao sentimento. Está morrendo uma mulher jovem! O senhor diz que há pouco lhe morreu um filho; quem, então, poderá compreender melhor minha situação terrível?

A voz de Abóguin estava trêmula de emoção. Aquele tremor e aquele tom de voz tinham muito mais força de persuasão que as palavras. Abóguin era sincero, mas, estranhamente, fossem quais fossem as frases que dizia, brotavam-lhe artificiais, sem alma, inconvenientemente floridas, e pareciam até ofender tanto a atmosfera da residência do doutor, como a mulher que estava morrendo longe. Ele próprio sentia aquilo e, temendo tornar-se incompreensível, procurava com todas as forças imprimir à voz algo terno e brando, para vencer, se não pelas palavras, ao menos pela sinceridade do tom. A frase, geralmente, por mais bela e profunda, atua unicamente sobre os indiferentes, mas nem sempre pode satisfazer àqueles que são felizes ou infelizes, pois o silêncio constitui, com maior frequência, a mais elevada expressão da felicidade ou do infortúnio. Os que se amam compreendem-se melhor quando calados, e um discurso ardente, apaixonado, proferido sobre o túmulo de alguém, comove unicamente as pessoas estranhas ao defunto, parecendo frio e insignificante a sua viúva e filhos.

Kirilov permanecia em silêncio. Depois que Abóguin disse mais algumas frases sobre a elevada vocação do médico, sobre a abnegação etc., o doutor perguntou-lhe com ar sombrio:

— É longe?

— Treze a quatorze verstas. Tenho cavalos excelentes, doutor! Dou-lhe a palavra de honra que estará de volta dentro de uma hora. Apenas uma hora!

As últimas palavras atuaram sobre o doutor com mais força que as referências ao amor à humanidade ou à vocação do médico. Pensou um pouco e disse, com um suspiro:

— Está bem, vamos!

Caminhou rapidamente, e agora já com passo seguro, para seu escritório e, um pouco depois, voltava envergando uma longa sobrecasaca. Regozijando-se, Abóguin foi dando passos miúdos a seu lado, batendo os tacões dos sapatos. Ajudou-o a vestir o sobretudo e saiu com ele.

Fora, estava escuro, mas havia mais claridade que na antessala. Na treva, delineava-se já nitidamente o vulto alto, ligeiramente encurvado, do médico, sua barba comprida e fina, seu nariz aquilino. Além do rosto pálido de Abóguin, via-se também sua grande cabeça e um chapeuzinho de estudante, que lhe cobria o cocuruto. O *cache-nez* destacava-se apenas na frente, com sua brancura, mas, atrás, estava oculto pelos cabelos compridos.

— Acredite que saberei apreciar devidamente sua generosidade — balbuciava Abóguin, ajudando o médico a subir para a carruagem. — Chegaremos em pouco tempo. Lucá, meu caro, trate de andar o mais depressa possível! Por favor!

O carro ia depressa. A princípio, arrastou-se uma fileira de construções medíocres, situadas ao longo do pátio do hospital. Estava escuro em toda parte; somente no fundo do pátio, havia uma luz intensa saindo de uma das janelas e esgueirando-se pelo tapume, e três janelas do andar superior do hospital pareciam mais esmaecidas que o ar ambiente. Em seguida, a carruagem penetrou numa treva densa. Sentia-se ali umidade de cogumelos e ouvia-se o murmúrio das árvores. Corvos, despertados pelo barulho das rodas, alvoroçaram-se entre a folhagem e emitiram gritos lastimosos, alarmados, como se soubessem que o médico perdera o filho e que Abóguin tinha a mulher doente. Mas, eis que perpassaram árvores isoladas, arbustos; depois, com um brilho sombrio, a represa, em que dormiam grandes sombras negras, e a carruagem passou a correr por uma planície lisa. O crocitar dos corvos ouvia-se já de modo abafado, muito ao longe e, pouco depois, cessava de vez.

Kirilov e Abóguin permaneceram calados quase todo o tempo. Apenas uma vez, Abóguin emitiu um suspiro profundo e balbuciou:

— Situação acabrunhante! Nunca se ama tanto os que nos são próximos como na ocasião em que estão em perigo de vida.

Depois, quando a carruagem vadeava lentamente um rio, Kirilov estremeceu de repente, como se ficasse assustado com o ruído da água, e começou a mexer-se.

— Escute, deixe-me ir embora — disse angustiado. — Irei a sua casa mais tarde. Eu precisaria mandar o enfermeiro fazer companhia a minha mulher. Está sozinha!

Abóguin permanecia calado. A carruagem atravessou a margem arenosa, oscilando e batendo sobre as pedras, e rodou adiante. Kirilov agitou-se angustiado e lançou um olhar ao redor. Atrás, viam-se, através da luz mesquinha das estrelas, a estrada e os salgueiros da margem do rio, que desapareciam na treva. À direita, havia uma planície, lisa e infinita como o céu. Ao longe, aqui e ali, ardiam luzes pálidas, provavelmente sobre pântanos turfosos. À esquerda, paralelamente à estrada, estendia-se uma colina, que parecia frisada, devido ao arvoredo miúdo, e, sobre aquela colina, mantinha-se imóvel uma grande meia-lua, vermelha, ligeiramente velada pela bruma e cercada de nuvenzinhas, que pareciam vigiá-la de todos os lados, para que não fosse embora.

Sentia-se, em toda a natureza, algo enfermo, sem esperança. Tal como uma mulher decaída, que está sentada sozinha num quarto escuro e procura não pensar em seu passado, a terra lembrava-se languidamente da primavera e do verão e esperava com apatia o inverno inevitável. Para onde se olhasse, a natureza aparecia como uma fossa escura, infinitamente profunda e fria, e da qual não conseguiriam sair Kirilov, nem Abóguin, nem a meia-lua vermelha...

Quanto mais a carruagem se aproximava do destino, mais impaciente se tornava Abóguin. Ora se mexia, ora se levantava de um salto e olhava para frente, por cima do ombro do cocheiro. Quando, por fim, a carruagem estacou diante de um alpendre, lindamente adornado com uma cortina listada de guingão, e ele olhou para as janelas iluminadas do primeiro andar, podia se ouvir como lhe tremia a respiração.

— Se acontecer alguma coisa, eu... eu não sobreviverei — disse, entrando com o médico na antessala e esfregando, perturbado, as mãos. — Mas, não se ouve barulho, quer dizer que, por enquanto, as coisas ainda vão bem — acrescentou, prestando atenção ao silêncio da casa.

No vestíbulo, não se ouviam vozes, nem passos, e toda a casa parecia adormecida, apesar da intensa iluminação. O médico e Abóguin, que até então só haviam estado no escuro, já se podiam ver. O primeiro era alto, algo encurvado, vestido com desleixo e de rosto feio. Seus lábios grossos, como os de um negro, o nariz aquilino e o olhar desanimado, indiferente, expressavam algo desagradavelmente brusco, severo e pouco afetuoso. Sua cabeça em desalinho, as têmporas reentrantes, o grisalho prematuro da barba comprida e estreita, através da qual transparecia o queixo, a cor cinzento-pálida da pele e os modos descuidados, angulosos, a crueza de todo esse conjunto faziam pensar nas privações sofridas, nos infortúnios, num cansaço da vida e dos homens. Olhando--se para aquele vulto seco, não se acreditava que aquele homem tivesse mulher e que pudesse chorar um filho. Quanto a Abóguin, expressava algo diferente. Era um louro corpulento, robusto, de cabeça grande e traços do rosto graúdos, mas suaves, que se trajava com elegância e segundo a moda. Sentia-se algo nobre, leonino, em seu porte, na sobrecasaca justa, no cabelo jubado, na expressão do rosto. Andava com a cabeça bem erguida e o peito projetado para frente, falava com voz agradável de barítono e, no modo pelo qual tirava o *cache-nez* ou arrumava o cabelo, transparecia uma elegância sutil, quase feminina. Mesmo a palidez e o temor infantil com que, tirando o sobretudo, olhava para o alto da escada, não lhe prejudicavam o porte e não diminuíam a expressão de saciedade, de saúde e aprumo, que todo o seu vulto ressumava.

— Não está ninguém aí e não se ouve nada — disse, subindo a escada. — Não há barulho. Queira Deus!

Conduziu o médico, através do vestíbulo, para uma grande sala, em que se destacava fortemente o negro de um piano de cauda e havia um lustre, pendente sob uma capa branca. Dali, passaram para uma sala de visitas pequena, muito aprazível e bonita, imersa num lusco-fusco róseo e agradável.

— Bem, fique sentado aí, doutor — disse Abóguin —, que eu... não demoro. Vou ver o que há e avisar que o senhor chegou.

Kirilov ficou sozinho. Parecia indiferente ao luxo daquela sala de visitas, ao agradável lusco-fusco e a sua própria presença, com caráter de aventura, numa casa estranha, desconhecida. Sentado na poltrona, examinava as mãos queimadas de ácido carbólico. Apenas de passagem, viu um abajur vermelho-vivo, um estojo de violoncelo e, olhando de viés para a direção de onde vinha um tique-taque de relógio, reparou num lobo empalhado, que era vigoroso e bem-nutrido como o próprio Abóguin.

Havia silêncio... Mais longe, em algum quarto contíguo, alguém exclamou alto "ah!", tilintou uma porta de cristal, provavelmente de algum armário, e novamente se fez silêncio. Depois de esperar uns cinco minutos, Kirilov deixou de examinar as mãos e ergueu os olhos para a porta, atrás da qual desaparecera Abóguin.

Este surgira no umbral, mas não era o mesmo que havia saído por ali. Perdera a expressão de saciedade, o ar de elegância sutil, seu rosto, as mãos, a postura, estavam desfigurados por uma expressão repulsiva, de espanto ou de cruciante dor física. Seu nariz, os lábios, o bigode, todos os traços do rosto moviam-se e pareciam querer saltar, enquanto os olhos davam a impressão de estar rindo de tanta dor...

Abóguin deu uma passada grande e pesada para o centro da sala de visitas, curvou-se, gemeu e agitou os punhos cerrados.

— Enganou-me! — gritou, acentuando fortemente a sílaba "nou". — Enganou-me! Foi embora! Ficou doente e me mandou chamar o médico, somente para fugir com aquele palhaço de Páptchinski! Meu Deus!

Abóguin deu uma passada larga em direção do médico, estendeu para seu rosto os punhos brancos, macios, e, sacudindo-os, continuou a berrar:

— Foi embora!! Enganou-me! Mas, para que essa mentira? Meu Deus! Meu Deus! Para que essa trapaça imunda, esse jogo diabólico, de réptil? Que foi que eu lhe fiz? Foi embora!

Lágrimas jorraram-lhe dos olhos. Fez girar o corpo sobre uma perna e pôs-se a caminhar pela sala. Agora, com sua sobrecasaca curta, suas calças estreitas, de acordo com a moda, nas quais as pernas apareciam desproporcionalmente finas, com sua grande cabeça de cabelo jubado, parecia-se extraordinariamente com um leão. A curiosidade luziu no rosto indiferente do médico.

Ele se levantou e examinou Abóguin.

— Perdão, mas onde está a doente? — perguntou.

— A doente! A doente! — gritou Abóguin, rindo, chorando e continuando a sacudir os punhos cerrados. — Ela não é uma doente, é uma amaldiçoada! Que baixeza! Uma perfídia que o próprio Satanás não inventaria pior! Mandou-me chamar o senhor, para fugir, para fugir com um palhaço, um fantoche, um rufião! Oh, meu Deus, seria melhor que estivesse morta! Não posso suportá-lo! Não vou suportá-lo!

O médico endireitou o corpo. Seus olhos pestanejaram, marejaram-se, a barba estreita moveu-se para a direita e para a esquerda, juntamente com o maxilar.

— Perdão, como é possível? — perguntou, olhando em volta, com curiosidade. — Eu perdi meu filho, tenho a mulher angustiada, que está sozinha em casa... eu mesmo mal me mantenho em pé, não durmo há três noites... e o que sucede? Obrigam-me a desempenhar um papel numa comédia vulgar, um papel ridículo! Não... não entendo!

Abóguin descerrou um dos punhos, atirou ao chão um bilhete amassado e pisou-o, como a um inseto que se quer esmagar.

— E eu não via... não compreendia! — disse ele, através dos dentes cerrados, agitando o punho perto do rosto e com uma expressão como se lhe tivessem pisado um calo. — Eu não reparava em que ele vinha todos os dias, não reparei também que hoje havia chegado de carruagem! Para que a carruagem? E eu não via! Imbecil!

— Não... não compreendo! — balbuciava o médico. — Mas, que é isso, afinal? É um escárnio à personalidade, uma zombaria ao sofrimento humano! É algo impossível... estou vendo isto pela primeira vez na vida!

Com o espanto estúpido de alguém que houvesse compreendido naquele momento que fora ofendido gravemente, o médico encolheu os ombros, fez um gesto vago com as mãos e, não sabendo o que dizer, o que fazer, deixou-se cair esgotado, numa poltrona.

— Bem, deixou de me amar, amou um outro, que vá com Deus, mas, para que a mentira, para que esta infame e traiçoeira armadilha? — disse Abóguin com voz chorosa. — Para quê? E por quê? O que foi que eu te fiz? Escute, doutor — disse com ardor, acercando-se de Kirilov —, o senhor foi testemunha involuntária de minha desgraça e não vou lhe esconder a verdade. Juro-lhe que amei essa mulher religiosamente, como um escravo! Sacrifiquei-lhe tudo: briguei com a família, deixei o emprego, abandonei a música, perdoava-lhe o que não perdoaria a minha mãe ou a uma irmã... Nenhuma vez a olhei com desconfiança... Não lhe dei motivo de queixa! Para que, então, essa mentira? Não exijo amor, mas, para que este miserável engano? Se não me amava, que me dissesse tudo francamente, tanto mais que sabia de meu ponto de vista sobre o assunto...

Tremendo com todo o corpo, os olhos marejados, Abóguin abria a alma para o médico, com toda a sinceridade. Falava com ardor, apertando as mãos contra o coração, desvendava seus segredos de família sem a mínima vacilação e parecia até contente, porque, finalmente, esses segredos saíam-lhe para fora do peito. Se falasse assim durante uma hora, duas, se pudesse desafogar o coração, indiscutivelmente se sentiria melhor. Quem sabe? Se o médico o escutasse, se se compadecesse dele como amigo, talvez, como sucede com frequência, ele se conformasse com o infortúnio, sem um protesto, sem fazer tolices desnecessárias... Mas, aconteceu algo diferente. Enquanto Abóguin falava, ocorria uma evidente transformação no médico ofendido. A indiferença e a surpresa cederam pouco a pouco lugar, em seu semblante, a uma expressão de amarga ofensa, indignação e ira. Os traços de seu semblante tornaram-se ainda mais agudos, crus e desagradáveis. Depois que Abóguin aproximou-lhe dos olhos a fotografia de uma mulher jovem, de rosto bonito, mas frio e inexpressivo como o de uma freira, e perguntou-lhe se era possível, olhando para aquele rosto, admitir que ele pudesse expressar mentira, o médico ergueu-se de um salto, os olhos fulgurantes, e disse, escandindo com grosseria cada palavra:

— Por que me diz tudo isto? Não quero ouvir! Não quero! — gritou e bateu com o punho na mesa. — Não preciso de seus vulgares segredos, diabo que os carregue! Não se atreva mais a dizer-me essas vulgaridades! Talvez o senhor pense que eu não fui ainda suficientemente ofendido? Que eu seja um lacaio, que possa ser ofendido até o fim? É isso?

Abóguin recuou de perto de Kirilov e fixou nele um olhar de assombro.

— Por que o senhor me trouxe para cá? — prosseguiu o médico, fazendo tremer a barba. — Se vocês casam-se por fastio, fazem loucuras por fastio e depois representam melodramas, que tenho eu com isso? Que tenho eu com os romances de vocês? Deixem-me em paz! Continuem exercitando-se no papel de nobres açambarcadores de terras, procurem apresentar-se com ideias humanitárias, toquem... (o médico olhou de viés para o estojo de violoncelo)... toquem contrabaixo e trombone, engordem como capados, mas não se atrevam a zombar da personalidade humana! Se não sabem respeitá-la, isentem-na, pelo menos, da atenção de vocês!

— Perdão, que significa tudo isto? — perguntou Abóguin, corando.

— Significa que é uma baixeza, uma infâmia, brincar assim com as pessoas! Sou médico e vocês consideram os médicos (e, de um modo geral, todos os que trabalham e não cheiram a perfumes e prostituição) como seus lacaios e gente de mau-tom; pois bem, continuem a julgar-nos assim, mas ninguém concedeu a vocês o direito de transformar um homem que sofre num objeto desnecessário, ridículo!

— Como se atreve a dizer-me isto? — perguntou baixo Abóguin, em cujo rosto algo recomeçou a agitar-se, dessa vez evidentemente de ira.

— Não, como é que o senhor, sabendo que eu estava em aflição, atreveu-se a trazer-me até aqui, para ouvir vulgaridades? — gritou o médico e bateu novamente com o punho na mesa. — Quem lhe deu o direito de escarnecer assim da aflição alheia?

— O senhor ficou louco! — gritou Abóguin. — Não é generoso de sua parte! Eu mesmo estou profundamente infeliz e... e...

— Infeliz — sorriu com desdém o médico. — Não pronuncie esta palavra, ela não tem nada a ver com o senhor. Patifes que não conseguem arranjar dinheiro com uma nota promissória também se dizem infelizes. Um capão, sob o excesso de banha, também é infeliz. Nulidades!

— Meu senhor, está perdendo a cabeça! — exclamou esganiçadamente Abóguin. — Por palavras assim... bate-se num homem! Está compreendendo?

Abóguin enfiou apressadamente a mão num bolso lateral, tirou de lá uma carteira e jogou duas notas sobre a mesa.

— Aí está por sua visita! — disse, movendo as narinas. — Está pago!

— Não se atreva a oferecer-me dinheiro! — gritou o médico e empurrou as notas para o chão. — Não se paga com dinheiro uma ofensa!

Abóguin e o médico ficaram parados um em face do outro e, irados, continuaram a lançar-se ao rosto ofensas imerecidas. Em sua vida, seguramente, mesmo em delírio, jamais haviam dito tantas palavras injustas, cruéis e absurdas. Pela boca de ambos, falava o egoísmo dos infelizes. Os infelizes são egoístas, maus, injustos, cruéis e menos capazes de se entender entre si que os imbecis. A infelicidade não une, mas separa os homens e, mesmo nos ambientes em que, parece, eles deveriam ficar unidos pela paridade do infortúnio, cometem-se muito mais injustiças e crueldades que num meio de gente relativamente satisfeita.

— Queira mandar conduzirem-me para casa! — gritou o médico, ofegante.

Abóguin tocou rispidamente a sineta. Como ninguém

atendesse a seu chamado, tornou a tocar e atirou, enraivecido, a sineta ao chão. Esta bateu surdamente sobre o tapete e emitiu um queixume lastimoso, de agonizante. Apareceu um criado.

— Onde é que vocês se esconderam, diabo os carregue! — investiu contra ele o patrão, de punhos cerrados. — Onde é que você estava ainda há pouco? Anda, vai dizer para que mandem a caleça para este senhor e, para mim, manda preparar a carruagem! Espera! — gritou ele, depois que o criado deu meia-volta para sair da sala. — Quero que amanhã não fique nenhum traidor nesta casa! Todos embora! Vou contratar nova criadagem! Répteis!

Esperando os carros, Abóguin e o médico permaneciam em silêncio. O primeiro já havia recuperado a expressão de saciedade e elegância sutil. Ficou caminhando pela sala de visitas, sacudindo graciosamente a cabeça, certamente tramando algo. Sua ira não se acalmara, mas procurava aparentar que nem notava o inimigo... O médico, no entanto, apoiava a mão na beirada da mesa e olhava para Abóguin com aquele desdém profundo, algo cínico e feio, com que somente o infortúnio e a penúria sabem olhar para a elegância e a saciedade.

Quando, um pouco mais tarde, o médico sentou-se na caleça e partiu, a expressão de desdém não havia deixado seu olhar. A noite estava escura, muito mais escura que uma hora atrás. A rubra meia-lua já se ocultara atrás da colina, e as nuvens, que a vigiavam, permaneciam qual manchas escuras, junto às estrelas. A carruagem de faróis vermelhos passou ruidosamente pela estrada, adiantando-se à caleça do médico. Era Abóguin que estava indo protestar, fazer tolices...

Durante a viagem, o médico não pensou em sua mulher, nem no Andriéi, mas em Abóguin e nas pessoas da casa que ele acabava de deixar. Seus pensamentos eram injustos, desumanos, cruéis. Condenou Abóguin e a mulher deste, Páptchinski e todos os que viviam no lusco-fusco róseo e cheiravam a perfume. Durante toda a viagem, odiou-os e desprezou-os, a ponto de sentir dolorido o coração. E em seu cérebro formou-se uma firme convicção a respeito daquela gente.

Passará o tempo, passará também a aflição de Kirilov, mas aquela convicção, injusta, indigna do coração humano, permanecerá gravada na mente do doutor e vai acompanhá-lo até a morte.

(1887)

ILEGALIDADE

Durante o passeio que costumava dar à noitinha, o assessor-colegial[1] Migúiev parou junto a um poste telegráfico e suspirou profundamente. Uma semana atrás, quando estava regressando, ao anoitecer, de um passeio, fora alcançado, naquele mesmo lugar, por sua antiga empregada, Agnia, que lhe dissera com rancor:

— Vai esperando! Vou te arranjar uma complicação tão grande, que você vai se arrepender de desencaminhar moças inocentes! Vou deixar a criancinha à porta de tua casa, irei ao tribunal, vou explicar tudo a tua mulher...

E exigiu que depositasse no banco, em nome dela, cinco mil rublos. Migúiev lembrou aquilo, suspirou e censurou-se mais uma vez, sinceramente arrependido, aquele envolvimento passageiro, que lhe causara tão grande soma de preocupação e sofrimento.

Chegando a sua casa de campo, sentou-se na entrada para descansar. Eram dez em ponto e um pedacinho de lua espiava para fora das nuvens. Não havia viva alma na rua ou junto às casas de campo: os veranistas velhos já estavam dormindo e os moços passeavam no bosque. Procurando em ambos os bolsos um fósforo, para acender o cigarro, Migúiev tocou com o cotovelo em algo macio. Por desfastio, espiou por baixo do cotovelo direito e, de repente, seu rosto se torceu de hor-

[1] Posto relativamente importante da administração civil, no regime tsarista.

ror, como se houvesse visto junto a si uma cobra. Bem junto à porta da casa, havia um embrulho. Algo com saliências estava enrolado em uma coisa que parecia, ao tato, um cobertorzinho forrado de algodão. Uma das extremidades do embrulho estava ligeiramente aberta e, enfiando a mão por aquela abertura, o assessor-colegial sentiu algo quente e úmido. Horrorizado, pôs-se de pé num salto e olhou ao redor, como um criminoso que se preparasse para fugir dos guardas...

— Deixou-o mesmo, aqui! — disse rancoroso, entre dentes, e apertando os punhos. — Aí está deitada... está deitada a ilegalidade! Oh, meu Deus!

O medo, a ira e a vergonha deixaram-no petrificado... Que fazer agora? Que dirá a mulher, se souber? Que dirão os colegas de repartição? Sua Excelência, certamente, há de lhe dar uma palmadinha na barriga e dirá fungando: "Meus parabéns... He-he-he... Tem barba grisalha e o diabo no corpo... que traquinas, Siemión Erástovitch!". Todo o povoado de veranistas conhecerá agora seu segredo e as respeitáveis mães de família serão capazes de lhe recusar entrada em casa. Todos os jornais publicam notícias sobre crianças enjeitadas e, desse modo, o modesto nome de Migúiev ressoará por toda a Rússia...

Estava aberta a janela central da casa de campo e, através dela, ouvia-se nitidamente como Ana Filípovna, mulher de Migúiev, preparava a mesa para a ceia. No pátio, do outro lado do portão, o zelador Iermolai tirava sons plangentes da balalaica... Bastava que o pequerrucho acordasse e desse um pio e estaria descoberto o segredo. Migúiev sentiu uma vontade invencível de se apressar.

— Mais depressa, mais depressa... — balbuciou — nesse momento, enquanto ninguém está vendo. Vou levá-lo a alguma parte, vou deixá-lo junto à porta de outra casa...

Migúiev tomou o embrulho numa das mãos e caminhou pela rua, lentamente, com passo regular, para não parecer suspeito...

"Uma situação assombrosamente ignóbil!", pensava, esforçando-se em adotar um ar de indiferença. "Um assessor-colegial vai pela rua, carregando um pequerrucho! Oh, meu Deus, se alguém me vir e compreender do que se trata, estou perdido... Vou deixá-lo aqui, junto a essa porta... Não, espera, aqui as janelas estão abertas e talvez haja alguém olhando. Aonde levá-lo? Ah, já sei, vou levá-lo à casa do negociante Miélkin... Os negociantes são gente rica, de bom coração. Talvez ainda digam obrigado e tomem-no para criar."

E Migúiev resolveu levar, sem falta, o pequerrucho à casa de Miélkin, embora esta ficasse na rua da extremidade do povoado, junto ao rio.

"Contanto que ele não se ponha a chorar e não caia fora do embrulho!", pensou o assessor-colegial. "Aí está: muito obrigado, isto eu não esperava! Estou carregando, debaixo do braço, uma pessoa viva, como se fosse uma pasta de couro. Uma pessoa viva, dotada de alma, de sentimento, como os demais... Se, felizmente, os Miélkin tomarem-no para criar, talvez ele chegue a ser alguém... talvez um professor, um chefe militar, um escritor... Tudo acontece neste mundo! Agora, eu o estou carregando debaixo do braço, como uma porcaria qualquer e, daqui a uns trinta ou quarenta anos, será preciso talvez ficar em posição de sentido diante dele..."

Enquanto Migúiev estava atravessando bequinhos estreitos e desertos, passando ao lado de compridos muros, sob a sombra densa e negra das tílias, pareceu-lhe, de repente, que fazia algo muito cruel e criminoso.

"Mas, como isso, na realidade, é infame!", pensou. "Tão infame, que não se pode, mesmo, imaginar coisa pior... Bem, para que ficamos jogando um infeliz pequerrucho de porta em porta? Terá culpa de haver nascido? E o que foi que ele nos fez de ruim? Os infames somos nós... Gostamos das frutas maduras, mas quem acaba carregando o cesto são as criancinhas inocentes... É preciso meditar um pouco sobre toda essa litania! O prevaricador sou eu e a criaturinha é que terá um cruel destino... Vou deixá-lo à porta dos Miélkin, que o mandarão para um internato, e lá só haverá gente estranha, um ambiente burocrático... sem carinho, sem amor, sem mimos... Farão dele, depois, um sapateiro... vai beber, aprenderá palavrões, morrerá de fome... Sapateiro, ele que é filho de assessor-colegial, ele que tem sangue nobre... É minha carne e meu sangue..."

Migúiev deixou a sombra das tílias e saiu para a estrada, banhada de luar; abrindo o embrulho, olhou o pequerrucho.

— Está dormindo — murmurou. — O sem-vergonha tem nariz com uma corcova, puxou ao pai... Dorme e não sente que é o próprio pai quem está olhando para ele... Um drama, irmão... Bem — que se vai fazer? — desculpe... Desculpe-me, irmão... Assim é o teu destino...

O assessor-colegial piscou os olhos e sentiu escorrer pela face algo semelhante a formigas... Embrulhou então o pequerrucho, colocou-o debaixo do braço e continuou a caminhar. Por todo o caminho, até a casa de campo de Miélkin, questões sociais ficaram aglomerando-se em sua cabeça e a consciência arranhava-lhe o peito. "Fosse eu uma pessoa correta, honesta", pensava, "não me importaria com coisa alguma, iria com o pequerruchinho à presença de Ana Filípovna, ajoelhar-me-ia diante dela e diria: 'Perdoa-me! Sou pecador! Martiriza-me, mas não vamos destruir a vida do inocentinho. Não temos filhos, vamos criá-lo!'. Ela é boa mulher e concordaria... E meu filho ficaria então comigo... Eh!"

Acercou-se da casa de campo de Miélkin e parou, indeciso... Imaginou-se sentado na sala de sua casa, lendo jornal, e, ao lado dele, um garoto de nariz em corcova, que brinca com as borlas de seu roupão. Ao mesmo tempo, penetravam-lhe na imaginação os colegas de repartição, piscando os olhos; e Sua Excelência, fungando e dando-lhe palmadinhas na barriga... Em seu coração, porém, ao lado da consciência que o arranhava, havia algo terno, tépido e triste...

O assessor-colegial colocou cuidadosamente o pequerrucho sobre o degrau do terraço e fez um gesto de despedida. Novamente, formigas minúsculas deslizaram-lhe pelo rosto, de cima a baixo...

— Perdoa-me, irmão, canalha que sou! — balbuciou. — Não me queiras mal!

Deu um passo para trás, mas, no mesmo instante, fungou decididamente e disse:

— Eh, o que tem que ser, será! Não importa! Vou levá-lo comigo e que as pessoas digam o que quiserem!

Migúiev apanhou o pequerrucho e caminhou rapidamente para trás.

"Que digam o que quiserem", pensou. "Vou, agora mesmo, ajoelhar-me e dizer: 'Ana Filípovna!'. Ela é boa mulher, compreenderá... E vamos criá-lo... Se for menino, vamos chamá-lo de Vladímir, se for menina, Ana... Ao menos, teremos um consolo na velhice..."

E ele o fez, assim como resolvera. Chorando, meio morto de medo e de vergonha, repleto de esperança e de um entusiasmo indefinido, entrou em sua casa de campo, dirigiu-se para a mulher e ajoelhou-se diante dela...

— Ana Filípovna! — disse, soluçando e colocando o pequerrucho no chão. — Não me castigue, antes que eu me explique. Pequei! Este é meu filho... Você se lembra da Agniuchka, pois bem... foi o diabo que me tentou...

Completamente atordoado de vergonha e medo, ergueu-se de um salto e, sem esperar resposta, correu, como se o tivessem espancado, para o ar livre...

"Vou ficar aqui fora, enquanto ela não me chamar", pensou. "Vou dar tempo, até que ela venha a si e reflita um pouco..."

O zelador Iermolai passou ao lado dele, com a balalaica, lançou-lhe um olhar e encolheu os ombros... Alguns instantes depois, tornou a passar por ali e a encolher os ombros.

— Que história, imagine! — balbuciou ele, com um sorriso. — Há pouco chegou, Siemión Erástitch, uma mulher, a lavadeira Aksínia. A boba colocou o filho aqui na entrada e, enquanto estava em minha casa, alguém levou a criança... Acontece cada uma!

— O quê? O que está dizendo? — gritou Migúiev a plenos pulmões.

Iermolai, que interpretou a seu modo a ira do patrão, coçou a nuca e emitiu um suspiro.

— Desculpe, Siemión Erástich — disse —, mas estamos de veraneio... não se pode passar sem isso... sem mulher, quero dizer...

E, fixando por um instante os olhos arregalados do patrão, que expressavam surpresa e rancor, fungou com ar de culpa e prosseguiu:

— Está claro que é pecado, mas, que se vai fazer... O senhor proibiu a entrada de mulheres estranhas no quintal, é verdade, mas onde é que se vai arranjar mulheres que sejam da gente? Antigamente, no tempo de Agniuchka, eu não deixava entrar mulheres estranhas, porque tinha a minha própria, mas agora, o senhor mesmo teve ocasião de ver... não se consegue passar sem as de fora... Em vida de Agniuchka, é verdade, não acontecia desordem, porque...

— Sai daqui, canalha! — gritou Migúiev, batendo os pés, e voltou para dentro de casa.

Ana Filípovna, surpresa e irada, estava sentada no mesmo lugar e não tirava do pequerrucho os olhos marejados...

— Ora, ora... — balbuciou Migúiev, pálido, torcendo a boca num sorriso. — Estive brincando... A criança não é minha, mas... mas da lavadeira Aksínia. Eu... eu estava brincando... Leva-a para o zelador.

(1887)

OLHOS MORTOS DE SONO

É noite. A babá Varka,[1] de uns treze anos, embala o berço da criança e vai ronronando, quase imperceptivelmente:

Báiu-báiuchki-baiú,
Vou cantar-te uma canção...

Arde, em frente da imagem, um candeeiro verde. Estende-se, através do quarto, de um canto a outro, uma corda com cueiros e um enorme par de calças negras. O candeeiro projeta no teto uma grande mancha verde, enquanto os cueiros e as calças lançam sombras compridas sobre o fogão, sobre o berço e sobre Varka... Quando a luz começa a bruxulear, a mancha e as sombras animam-se e põem-se em movimento, como tangidas pelo vento. Falta ar. Cheira a sopa de repolho e couro de botas.

A criança chora. Seu pranto há muito já se tornou rouco e cansado, mas continua gritando e não se sabe quando vai parar. Mas Varka está com sono. Seus olhos grudam, a cabeça pende, dói-lhe o pescoço. Não consegue mover as pálpebras, nem os lábios, e tem a impressão de que seu rosto secou e lenhificou-se, que a cabeça ficou pequena como uma cabeça de alfinete.

— Báiu-báiuchki-baiú — ronrona —, vou fazer-te um mingauzinho...

[1] Diminutivo de Varvara.

Um grilo ruida no fogão. Atrás da porta, no quarto vizinho, roncam o patrão e o aprendiz Afanássi... O berço range, como se fora um lamento, Varka vai ronronando — e tudo isto funde-se num canto noturno, acalentador, que é tão doce ouvir, quando se vai para a cama. Agora, porém, esse canto apenas irrita e constrange, porque traz um entorpecimento, e dormir é impossível. Se isto, Deus não o permita, acontecer, os patrões vão moê-la de pancada.

Bruxuleia o candeeiro. A mancha verde e as sombras põem-se em movimento, entram pelos olhos entrecerrados, imóveis, de Varka, confundem-se, em seu cérebro meio adormecido, em imagens nebulosas. Ela vê nuvens escuras, que se perseguem pelo céu, gritando como aquela criança. Mas eis que soprou o vento, sumiram as nuvens, e Varka vê uma estrada larga de macadame, coberta de lama quase líquida. Sobre aquela estrada, carroças deslocam-se devagar em fila, arrastam-se homens de alforje ao ombro e perpassam sombras estranhas. De ambos os lados, vê-se uma floresta, através do nevoeiro gélido. De repente, os homens de alforje e as sombras caem por terra, na lama semilíquida. "Para que isso?", pergunta Varka. "Dormir, dormir!", respondem-lhe. E eles adormecem profunda e docemente. Pegas e corvos estão pousados sobre os fios telegráficos, gritam como a criança e procuram acordar os homens.

— Báiu-báiuchki-baiú, vou cantar-te uma canção... — ronrona Varka e já se vê em certa isbá escura, abafada.

Revolve-se no chão o seu falecido pai, Iefim Stiepanov. Ela não o vê, mas ouve como rola de dor e geme. Como diz o doente, a hérnia "tomou conta dele". A dor é tão forte que ele não pode, agora, dizer palavra e somente sorve o ar e bate os dentes como se bate num tambor:

— Bu-bu-bu-bu...

Mãe Pielagueia correu à casa senhorial, para avisar os patrões de que Iefim estava morrendo. Já saiu há muito e está demorando demais. Varka fica deitada sobre o fogão, sem dormir, prestando atenção àquele "bu-bu-bu". Mas, eis que se ouve um carro chegar à isbá. Os patrões enviaram para ver o doente um médico jovem, hóspede deles. O médico entra na isbá. Não se consegue vê-lo no escuro, mas ouve-se como tosse e faz barulho com a fechadura.

— Acendam a luz — diz ele.

— Bu-bu-bu... — responde Iefim.

Pielagueia corre para o fogão, à procura dos fósforos. Depois de um minuto de silêncio, o médico encontra um no bolso e o acende.

— Nesse instante, paizinho, nesse mesmo instante — diz Pielagueia e corre para fora, um pouco depois, e volta com um toco de vela.

Iefim está com as faces coradas, brilham-lhe os olhos, e o olhar parece estranhamente penetrante, como se pudesse ver através do médico e das paredes.

— E então? O que foi que você inventou? — pergunta-lhe o médico, inclinando-se sobre ele. — O quê! Faz muito tempo que tem isso?

— Como? Chegou a hora da morte, Vossa Nobreza... Vou deixar o mundo dos vivos...

— Chega de bobagem... Vamos curá-lo!

— Seja como quiser, Vossa Nobreza, agradecemos humildemente, mas a gente compreende... Se já chegou a hora da morte, que se vai fazer?

O médico passa um quarto de hora lidando com Iefim, depois se levanta e diz:

— Não posso fazer mais nada... Você deve ir para o hospital, eles vão te operar lá. Vá agora mesmo... Sem falta! Já é um pouco tarde, no hospital estão todos dormindo, mas não faz mal, vou dar a você um bilhetinho. Está ouvindo?

— Mas, como é que ele pode ir, paizinho? — diz Pielagueia. — Não temos cavalo.

— Não faz mal, falarei com os patrões, eles vão emprestar um.

O médico sai, apaga-se a vela e escuta-se novamente: "bu-bu-bu"... Depois de meia hora, ouve-se chegar à isbá uma telega pequena, enviada pelos patrões. Iefim apronta-se e vai...

Mas, eis que chega uma clara, luminosa manhã. Pielagueia foi ao hospital para se informar sobre Iefim. Uma criança chora e Varka ouve alguém cantar, com a sua voz:

— Báiu-báiuchki-baiú, vou cantar-te uma canção...

Volta Pielagueia, persigna-se e murmura:

— De noite, eles o operaram e, de manhãzinha, entregou a alma a Deus... Que esteja em paz, lá no céu... Dizem que o levamos para lá muito tarde...

Varka vai para o mato e chora lá. Mas, eis que alguém lhe bateu na nuca, com tanta força que sua testa choca-se contra uma bétula. Ergue os olhos e vê, diante de si, o patrão sapateiro.

— Que está fazendo, porca? A criança chora e você está dormindo.

Puxa-lhe a orelha com força. Ela sacode a cabeça e torna a balançar o berço e a ronronar sua canção. A mancha verde e as sombras das calças e dos cueiros balançam-se, piscam-lhe e, pouco depois, dominam-lhe novamente o cérebro. Vê mais uma vez a estrada de macadame, coberta de lama semilíquida. Os homens de alforje às costas e as sombras estão estirados e dormem profundamente. Vendo-os, Varka sente uma vontade louca de dormir, dormir com toda a alma; mãe Pielagueia, porém, caminha a seu lado, apressando-a. Vão à cidade pedir emprego.

— Uma esmolinha, pelo amor de Deus! — implora a mãe aos transeuntes. — Por caridade, meus bons senhores!

— Me dá a criança! — responde-lhe uma voz conhecida. — Me dá a criança! — repete a mesma voz, mas agora já abruptamente, com rancor. — Está dormindo, animal?

Varka levanta-se de um salto e, olhando em redor, compreende o que sucedeu: não há mais estrada, nem Pielagueia, nem gente, mas, no meio do quarto, está a patroa, que veio amamentar a criança. Enquanto a patroa gorda, de ombros largos, alimenta e acalma a criança, Varka olha-a de pé, esperando que acabe. Além das janelas, o ar já está se tornando azul, empalidecem as sombras e a mancha verde no teto. Não demora a manhã.

— Toma! — diz a patroa, abotoando a camisola sobre o peito. — Está chorando. Deve ser mau-olhado.

Varka apanha a criança, deita-a no berço e recomeça a embalá-la. A mancha verde e as sombras desaparecem pouco a pouco e já não há ninguém que se esgueire para dentro de sua cabeça e enevoe-lhe o cérebro. Mas não passou o sono, um sono terrível! Varka deita a cabeça na beirada do berço e balança-se com todo o corpo, a fim de dominar este sono, mas, apesar de tudo, seus olhos estão grudando e pesa-lhe a cabeça.

— Varka, vai acender o fogão! — ressoa a voz do patrão, atrás da porta.

Quer dizer que já é tempo de se levantar e começar o trabalho. Varka deixa o berço e corre a buscar lenha no depósito. Está contente. Quando se anda ou corre, não se tem tanto sono. Traz lenha, acende o fogão e sente voltar a si o rosto lenhificado e aclararem-se as ideias.

— Varka, vai pôr o samovar! — grita a patroa.

Varka pica a lenha em gravetos, mas apenas tem tempo de acendê-los e enfiá-los no samovar, já se ouve nova ordem:

— Varka, limpa as galochas do patrão!

Senta-se no chão, limpa as galochas e pensa em como seria bom enfiar a cabeça numa galocha grande e funda e cochilar um pouco... De repente, a galocha cresce, fica inchada, enche todo o quarto. Varka deixa cair a escova, mas, no mesmo instante, sacode a cabeça, arregala os olhos, procura fazer com que os objetos não cresçam e não se movam em seus olhos.

— Varka, vai lavar a escada lá fora, que até dá vergonha perante os fregueses!

Varka lava a escada, arruma os quartos, depois acende

outro fogão e corre à venda. Há muito serviço, não sobra um instante de lazer.

Mas, não há nada tão difícil como ficar parada, diante da mesa da cozinha, e descascar batata. A cabeça tende a pender sobre a mesa, a batata parece saltitar-lhe nos olhos, a faca tomba-lhe da mão. Ao lado dela, vai andando de um lado para outro a patroa gorda e zangada, de mangas arregaçadas, e fala tão alto que sua voz reboa no ouvido. É outra tortura servir à mesa, um inferno lavar roupa, costurar. Há momentos em que se tem vontade de não ligar a coisa alguma, arremessar-se ao chão e dormir.

Passa o dia. Vendo a escuridão chegar às janelas, Varka aperta com as mãos as têmporas, que tendem a lenhificar-se e sorri, sem saber por quê. A treva acaricia-lhe os olhos que grudam e promete-lhe um sono forte, para daqui a pouco. De noite, chegam visitas.

— Varka, vai pôr o samovar! — grita a patroa.

O samovar é pequeno e, antes que as visitas se deem por satisfeitas, torna-se necessário esquentá-lo umas cinco vezes. Depois do chá, Varka passa uma hora inteira, parada, olhando as visitas e esperando ordens.

— Varka, corre para comprar três garrafas de cerveja!

Levanta-se de um salto e procura correr o mais depressa possível, para enxotar o sono.

— Varka, vai buscar vodca! Varka, onde está o saca-rolhas? Varka, limpa os arenques!

Mas, eis que as visitas se foram, finalmente. Apagam-se as luzes, os patrões vão dormir.

— Varka, embala a criança! — ressoa a ordem derradeira. Um grilo trila no fogão. A mancha verde no teto e as sombras das calças e dos cueiros esgueiram-se novamente para os olhos entrecerrados de Varka, bruxuleiam e enevoam-lhe a cabeça.

— Báiu-báiuchki-baiú — ronrona —, vou cantar-te uma canção...

Mas a criança grita, extenua-se de tanto berrar. Varka vê novamente o macadame lamacento, os homens de alforje às costas, Pielagueia, pai Iefim. Compreende tudo, reconhece a todos, mas, através da modorra, somente não consegue compreender aquela força que lhe amarra pés e mãos, que a esmaga e impede-lhe a vida. Olha ao redor, procura aquela força, para se livrar dela, mas não a encontra. Por fim, extenuada, concentra todas as energias e todo o seu olhar, espia para cima, para a mancha verde que bruxuleia e, prestando atenção aos gritos, encontra o inimigo que a impede de viver.

O inimigo é a criança.

Ri. Acha estranho que, até então, não tenha compreendido uma coisa tão simples. A mancha verde, as sombras e o grilo parecem rir igualmente, surpreendidos.

A ideia absurda toma conta de Varka. Ergue-se do tamborete e passeia pelo quarto, sem piscar, um sorriso largo no rosto. Está contente e excitada com a ideia de que, dentro de um instante, vai livrar-se da criança, que a deixa amarrada de pés e mãos... Matar a criança e, depois, dormir, dormir, dormir...

Rindo, pestanejando e ameaçando a mancha verde com os dedos, Varka aproxima-se cautelosa do berço e inclina-se sobre a criança. Depois de estrangulá-la, deita-se rapidamente no chão, ri de alegria porque já pode dormir e, um instante depois, dorme profundamente, como se estivesse morta...

(1888)

O SAPATEIRO E A FORÇA MALIGNA

Era véspera de Natal. Fazia tempo que Mária roncava sobre o fogão. Todo o querosene queimara-se na lâmpada, mas Fiódor Nilov continuava sentado, trabalhando. Teria deixado há muito o trabalho e saído para a rua, mas o freguês do Beco dos Sinos, que lhe encomendara, duas semanas atrás, uns canos de bota, viera na véspera, discutira e mandara concluir a encomenda, sem falta, ainda antes da Missa do Galo.

— Vida de forçado! — rosnou Fiódor, enquanto trabalhava. — Uns estão dormindo faz muito tempo, outros estão passeando, e você tem que ficar sentado aí, como Caim, cosendo couro, diabo sabe para quem...

Para não adormecer sem querer, tirava a cada momento uma garrafa, que estava sob a mesa, e bebia pelo gargalo; depois de cada gole, balançava a cabeça e dizia alto:

— Por que, digam-me por favor, os fregueses passeiam e eu devo ficar cosendo para eles? Por que eles têm dinheiro e eu sou um mendigo?

Odiava todos os fregueses, especialmente aquele que residia no Beco dos Sinos. Era um senhor de ar sombrio, cabelos compridos, rosto amarelo, de grandes óculos azuis e voz rouquenha. Tinha um sobrenome alemão, difícil de pronunciar. Impossível perceber qual a sua condição social e de que se ocupava. Quando, duas semanas atrás, Fiódor fora a sua casa, para tirar as medidas, encontrara-o sentado no chão, pulverizando algo num gral. Fiódor não tivera tempo de dizer boa-tarde e o conteúdo do gral de repente se incendiou com uma chama vermelha, fulgurante, passando a sentir-se um fedor de enxofre e penas queimadas, enquanto o quarto se enchia de uma fumaça densa e rósea, que fez Fiódor espirrar umas cinco vezes. Voltando para casa, pensou: "Uma pessoa que teme a Deus não se ocupa de coisas assim".

Esvaziada a garrafa, Fiódor colocou as botas sobre a mesa e ficou pensativo. Apoiou a cabeça pesada com o punho e pôs-se a pensar em sua pobreza, em sua vida difícil, miserável, e depois nos ricos, em suas grandes casas, carruagens e notas de cem rublos... Como seria bom, diabo que os carregue, se a essa gente rica se rachassem as casas, morressem os cavalos, desbotassem as peliças e os chapéus de zibelina! Como seria bom, se os ricaços se convertessem, pouco a pouco, em mendigos, não tivessem o que comer, e o pobre sapateiro se tornasse um ricaço, passando ele próprio a mostrar sua valentia contra um pobre sapateiro, numa véspera de Natal.

Devaneando assim, Fiódor lembrou-se, de repente, de seu trabalho e abriu os olhos.

"Que coisa!", pensou, examinando as botas. "Faz muito tempo que terminei os canos de bota e continuo sentado aqui. Tenho que levar a encomenda ao freguês!"

Embrulhou seu trabalho num lenço vermelho, vestiu-se e saiu de casa. Caía neve miúda, áspera, que espetava o rosto como alfinetes. Fazia frio, a noite estava escura, o chão, escorregadio, os lampiões a gás ardiam palidamente e, sem se saber por que, a rua cheirava a querosene, de modo que Fiódor pôs-se a pigarrear e tossir. Gente rica passava de carruagem e cada ricaço tinha nas mãos um pernil de porco e uma garrafinha de vodca. Mocinhas ricas espiavam para Fiódor das carruagens e dos trenós, mostravam-lhe a língua e gritavam, rindo:

— Mendigo! Mendigo!

Atrás de Fiódor, iam oficiais, estudantes, negociantes e generais, que zombavam dele:

— Beberrão! Beberrão! Sapateiro pagão! Alma perdida! Mendigo!

Tudo aquilo era ofensivo, mas Fiódor permanecia calado, apenas cuspia. Quando encontrou, porém, o mestre de sapataria Kuzmá Lebiédkin, de Varsóvia, que lhe disse: "Eu me casei com mulher rica, tenho agora aprendizes trabalhando para mim, e você é um mendigo que não tem o que comer", Fiódor não se conteve e correu atrás dele. Perseguiu-o até alcançar o Beco dos Sinos. Seu freguês morava na quarta casa a partir da esquina, no último andar. Para ir até seu apartamento, era preciso atravessar um pátio comprido e escuro, depois subir uma escada escorregadia e muito alta, que balançava sob os pés. Quando Fiódor entrou ali, o freguês estava, tal como duas semanas atrás, sentado no chão, pulverizando algo no gral.

— Vossa Alta Nobreza, eu trouxe as botinhas! — disse Fiódor, carrancudo.

O freguês levantou-se e pôs-se a experimentar, em silêncio, as botas. Querendo ajudá-lo, Fiódor abaixou-se sobre um dos joelhos e tirou-lhe a bota usada, mas, no mesmo instante, levantou-se de um salto e recuou, horrorizado, para a porta. Em vez de perna, o freguês tinha uma pata de cavalo.

"Aí!", pensou Fiódor. "Nisso é que está a coisa!"

Em primeiro lugar, deveria fazer o sinal da cruz, depois deixar tudo e correr para baixo. No mesmo instante, porém, refletiu em que era a primeira vez, e provavelmente a última, que encontrava a força maligna e que seria estúpido deixar de aproveitar seus serviços. Dominou-se, por conseguinte, e resolveu tentar a sorte. Colocando as mãos atrás, para não se persignar, tossiu respeitosamente e começou:

— Dizem que não há coisa pior, nem mais repugnante no mundo que a força maligna, mas eu penso, Vossa Alta Nobreza, que a força maligna é a mais instruída. O diabo, perdoe-me, tem pata de cavalo e rabo, mas, em compensação, é mais inteligente que muito estudante.

— Você me agrada por essas palavras — disse o freguês, lisonjeado. — Obrigado, sapateiro! Mas, que quer você?

Sem perda de tempo, o sapateiro queixou-se de seu destino. Começou dizendo que, desde a infância, invejara os ricos. Sempre lhe doera o fato de que nem todos os homens vivessem em grandes casas e passeassem sobre bons cavalos. Por que, perguntava, era ele pobre? Em que era pior que Kuzmá Lebiédkin, de Varsóvia, que possuía casa própria e cuja mulher usava chapeuzinho? Ele, Fiódor, tinha o mesmo nariz, as mesmas mãos, pernas, cabeça, costas, que os ricos; por que, então, era obrigado a trabalhar, enquanto os demais passeavam? Por que era casado com Mária e não com uma senhora que cheirasse a perfume? Em casa dos fregueses ricos, acontecia-lhe muitas vezes ver moças bonitas, que não reparavam nele sequer, e apenas às vezes riam, murmurando entre si: "Que nariz vermelho tem esse sapateiro!". Verdade que Mária era uma mulher boa, bondosa, trabalhadeira, mas, realmente, tinha pouca instrução e mão pesada, com a qual sabia machucar de verdade; quando se falava, em presença dela, de política ou de outros assuntos de inteligência, intrometia-se e dizia bobagens tremendas.

— Que é que você quer, então? — interrompeu-o o freguês.

— Peço-lhe, Vossa Alta Nobreza, Diabo Ivânitch, que me faça a bondade de me tornar homem rico!

— Pois não. Mas, para isso, você tem que me entregar a alma! Enquanto os galos ainda não cantaram, vem cá e assina, nesse papel, que você me entrega a alma.

— Vossa Alta Nobreza! — disse Fiódor com delicadeza. — Quando o senhor me encomendou os canos de bota, eu não lhe pedi pagamento adiantado. É preciso, antes, executar a encomenda e só depois exigir dinheiro.

— Ora, está bem! — concordou o freguês.

Uma chama refulgente surgiu de repente no gral, espalhou-se uma fumaça densa e rósea e sentiu-se no quarto um fedor de penas queimadas e enxofre. Depois que a fumaça dissipou-se, Fiódor esfregou os olhos e viu que já não era Fiódor, nem sapateiro, mas uma outra pessoa, de colete e correntinha, de calças novas, e que estava sentado numa poltrona, junto a uma grande mesa. Dois lacaios serviam-lhe comida, com profundas reverências, dizendo:

— Tenha a bondade de comer, Vossa Alta Nobreza!

Que opulência! Os lacaios serviram um grande pedaço de carneiro assado e um prato fundo com pepinos; em seguida, trouxeram ganso assado; um pouco depois, carne cozida de porco e raiz-forte. E como tudo aquilo era nobre, cheio de etiqueta! Fiódor comia e, antes de cada prato, bebia um copázio de excelente vodca, como se fosse um general ou conde. Depois da carne de porco, serviram-lhe *cacha*[1] com gordura de ganso, em seguida, uma omelete com toucinho e fígado frito. Não parava de comer, entusiasmado. Bem, que mais? Serviram ainda pastelão com cebola, nabo cozido a vapor e *kvás*.[2] "Como é que os senhores não estouram com uma comida dessas?", pensou. Por fim, serviram-lhe um grande pote de mel. Depois do jantar, apareceu o diabo de óculos azuis e perguntou-lhe, com profunda reverência:

— Está satisfeito com o jantar, Fiódor Pantieléitch?

Mas, Fiódor não conseguia dizer palavra, tão agoniado sentia-se depois do jantar. Aquela fartura era desagradável, pesada, e, para se distrair, começou a examinar a bota de sua perna esquerda.

— Por botas assim, eu não cobrava menos de sete rublos e meio. Quem foi que as fez? — perguntou.

— Kuzmá Lebiédkin — respondeu o lacaio.

— Chame aquele imbecil!

Pouco depois, chegava Kuzmá Lebiédkin, de Varsóvia. Parou à porta, em atitude respeitosa, e perguntou:

— O que manda, Vossa Alta Nobreza?

— Cale-se! — gritou Fiódor e bateu o pé. — Não se atreva a falar e lembre-se de sua condição de sapateiro, não se es-

[1] Espécie de papa espessa, à base de cereais.

[2] Bebida fermentada, muito popular na Rússia.

queça que tipo de pessoa você é! Idiota! Não sabe fazer botas! Vou te dar em cheio, na cara! O que vem fazer aqui?

— Vim buscar dinheiro.

— Que dinheiro? Fora daqui! Volte no sábado! Homem, dá-lhe um pescoção!

Mas, no mesmo instante, lembrou-se de como ele próprio fora tratado sem consideração pelos fregueses, sentiu o coração opresso e, para se distrair, tirou do bolso a gorda carteira e pôs-se a contar o dinheiro. Havia muito, mas Fiódor queria mais ainda. O diabo de óculos azuis trouxe-lhe outra carteira, mais gorda até, mas ele queria sempre mais, e quanto mais contava, menos satisfeito se sentia.

Ao anoitecer, o maligno trouxe a sua presença uma patroa alta, peituda, de vestido vermelho, e disse-lhe que era sua nova esposa. Até tarde da noite, ficou beijando-a e comendo pão de ló. Depois, deitado sobre colchão macio de penas, virava-se de um lado para outro, não conseguindo adormecer. Vinha-lhe uma sensação de medo.

— Tenho muito dinheiro — dizia à mulher. — Olha que os ladrões são capazes de entrar aqui em casa. Seria bom você ir espiar por aí, com uma vela!

Não dormiu a noite toda, levantando-se a cada momento, para verificar se o baú estava intacto. De manhãzinha, era preciso ir à missa. Na igreja, honra-se do mesmo modo o rico e o pobre. Quando Fiódor era pobre, rezava na igreja assim: “Perdoa, Senhor, a este pecador!”. O mesmo dizia agora, depois de enriquecer. Qual era a diferença então? E, depois da morte, o rico Fiódor não seria enterrado em ouro, nem em diamantes, mas na mesma terra negra em que se enterrava o último dos mendigos. Iria arder no mesmo fogo que os sapateiros. Sentia-se despeitado por tudo aquilo e, ao mesmo tempo, tinha um peso em todo o corpo, em consequência do jantar; em lugar da oração, esgueiravam-se, para dentro de sua cabeça, pensamentos sobre o baú de dinheiro, os ladrões, e sobre a alma que vendera, irremediavelmente perdida.

Saiu da igreja zangado. Para expulsar os pensamentos maus, entoou, como fazia antes, uma canção a plenos pulmões. Mas, apenas começara, acercou-se dele um policial e disse-lhe com uma continência:

— Senhor, os cavalheiros não podem cantar na rua! O senhor não é um sapateiro!

Fiódor encostou os ombros a um muro e pôs-se a pensar no que faria para se distrair.

— Senhor! — gritou-lhe o zelador de uma casa. — Não se apoie muito no muro, vai sujar a peliça!

Fiódor entrou numa venda e comprou a melhor gaita de boca, depois foi andando pela rua, tocando. Todos os transeuntes apontavam-no com o dedo, rindo.

— E é um senhor! — zombavam dele os cocheiros. — Parece um sapateiro...

— Pensa que os cavalheiros podem fazer baderna? — disse-lhe o policial. — Só falta ir a um botequim!

— Senhor, uma esmolinha pelo amor de Deus! — imploravam os mendigos, cercando Fiódor por todos os lados. — Uma esmolinha!

Antes, quando era sapateiro, os mendigos não lhe davam atenção, mas agora não o deixavam passar.

Em casa, foi recebido pela nova mulher, vestida de casaquinho verde e saia vermelha. Quis acariciá-la e já levantara o braço para um safanão nas costas, quando ela disse, zangada:

— Mujique! Ignorante! Não sabe lidar com senhoras! Se gosta de mim, beije-me a mão, mas não vou permitir que me bata.

"Vida de excomungados!", pensou Fiódor. "Como vive essa gente! Não se pode cantar, nem tocar gaita; nem brincar com uma mulher... Irra!"

Apenas se sentara com a patroa para tomar chá, apareceu o maligno de óculos azuis e disse:

— Bem, Fiódor Pantieléitch, eu cumpri fielmente a minha parte. Agora, o senhor vai assinar um papelzinho e fazer o favor de me acompanhar. Já teve ocasião de saber o que significa vida de rico, chega!

E arrastou Fiódor para o inferno, diretamente para a fogueira, e os diabos acorreram de todas as partes, gritando:

— Bobalhão! Imbecil! Burro!

No inferno, havia um fedor horrível de querosene, podia-se sufocar.

Mas, de repente, tudo desapareceu. Fiódor abriu os olhos e viu sua mesa, as botas, a lamparina de latão. O vidro da lamparina estava preto e a pequena chama, que havia sobre o pavio, emitia, como uma chaminé, fumaça fedorenta. Ao lado, estava o freguês de óculos azuis, gritando zangado:

— Bobalhão! Imbecil! Burro! Vou te ensinar uma coisa, trapaceiro! Tomou a encomenda duas semanas atrás e as botas ainda não estão prontas! Pensa que tenho tempo de vir a tua casa cinco vezes por dia, para buscar as botas? Canalha! Animal!

Fiódor sacudiu a cabeça e pôs-se a trabalhar nas botas. O freguês ficou ainda muito tempo dizendo impropérios, ameaçando-o. Depois que ele, finalmente, se acalmou, Fiódor perguntou-lhe, carrancudo:

— Com que se ocupa, patrão?

— Fabrico rojões e fogos de bengala. Sou pirotécnico.

Tocaram a matinas. Fiódor entregou as botas, recebeu o dinheiro e foi à igreja.

Rua acima e abaixo, passavam carruagens e trenós com mantas de pele de urso. Pela calçada, ao lado da gente do povo, caminhavam comerciantes, senhoras, oficiais... Mas Fiódor não sentia já inveja e não maldizia mais a sorte. Pareceu-lhe que ricos e pobres viviam igualmente mal. Uns tinham a possibilidade de andar de carruagem, outros, de cantar a plenos pulmões e tocar gaita, mas, em suma, esperava a todos o mesmo túmulo e nada existia na vida que merecesse a pena de entregar ao maligno a menor partícula sequer da alma.

(1888)

VENTOINHA

I

Todos os amigos e bons conhecidos de Olga Ivânovna estiveram no seu casamento.

— Olhem, não é verdade que há nele qualquer coisa? — dizia ela aos amigos, indicando o marido, como se quisesse explicar por que se havia casado com um homem simples, muito comum e que em nada se distinguia dos demais.

O marido, Óssip Stiepânitch Dimov, era médico e tinha o posto de conselheiro-titular. Trabalhava em dois hospitais, num como interno extranumerário, noutro como médico-legista. Diariamente, recebia os doentes na enfermaria, das nove ao meio-dia, e, depois, ia de bonde para o outro hospital, onde fazia autópsias. Tinha uma clínica particular insignificante, de uns quinhentos rublos por ano. Que mais se poderia dizer dele? No entanto, Olga Ivânovna, bem como seus amigos e bons conhecidos, não eram propriamente gente comum. Cada um distinguia-se por algo, tinha já um nome e era considerado uma celebridade, ou, se ainda não se fizera célebre, dava grandes esperanças: um artista dramático, um grande talento, há muito reconhecido por todos, homem elegante, inteligente e modesto, além de excelente declamador, e que estava ensinando Olga Ivânovna a declamar; um cantor de ópera, gorducho e bonachão, que procurava convencer Olga Ivânovna, com um suspiro, de que ela estava se aniquilando, pois, se não fosse preguiçosa e fizesse um esforço, tornar-se-ia uma cantora admirável; alguns pintores, à frente dos quais estava o pintor de gênero, animalista e paisagista, Riabóvski, moço louro e muito bonito, de uns vinte e cinco anos, que tinha êxito nas exposições e vendera seu último quadro por quinhentos rublos; ele corrigia os estudos de Olga Ivânovna e dizia-lhe que aquilo talvez resultasse em algo; um violoncelista, que fazia chorar o instrumento e confessava francamente que, de todas as mulheres suas conhecidas, somente Olga Ivânovna sabia acompanhá-lo ao piano; um literato jovem, mas já conhecido, que escrevia contos, novelas e peças. Quem mais? Bem, havia ainda Vassíli Vassílitch, um fidalgo e senhor de terras, ilustrador diletante e vinhetista, que sentia com força o estilo russo, as bilinas[1] e o épico em geral, realizava verdadeiras maravilhas em papel, em porcelana e sobre pratos esfumados. No meio daquela gente artística, livre e mimada pelo destino, embora delicada e modesta, mas que se lembrava da existência de médicos somente em ocasião de doença, e para a qual o nome de Dimov soava tão indiferentemente como Sídorov ou Tarassov, no meio daquela gente, Dimov parecia estranho, desnecessário e pequeno, embora fosse alto e tivesse ombros largos. Tinha-se a impressão de que usava fraque emprestado e sua barbicha parecia de caixeiro. Aliás, se fosse escritor ou pintor diriam que aquela barbicha lembrava Zola.

O ator dizia a Olga Ivânovna que, com seus cabelos de linho e vestido de noiva, ela se parecia muito a uma esbelta cerejeira, completamente coberta, na primavera, de flores alvas e delicadas.

— Não, ouça-me! — dizia-lhe Olga Ivânovna, agarrando-lhe a mão. — Como isto pôde acontecer, de repente? Ouça, ouça... Preciso dizer-lhe que meu pai trabalhava no mesmo hospital que Dimov. Quando o coitado do papai adoeceu, Dimov passou dias e noites a seu lado. Tanta abnegação! Escute, Riabóvski... E o senhor também, escritor, ouça-me, é muito

[1] Canções heroicas medievais russas.

interessante. Cheguem mais perto de mim. Quanta abnegação, quanta amizade sincera! Eu também passei noites em claro à cabeceira de meu pai, e, de repente — bom dia, era uma vez um moço livre! Meu Dimov apaixonou-se até a raiz dos cabelos. Realmente, o destino é, às vezes, tão caprichoso!

Bem, depois da morte de meu pai, ele vinha visitar-me de vez em quando, encontrava-se comigo na rua e, uma bela tarde — bumba! — pediu-me a mão... foi como uma bordoada na cabeça... Passei a noite chorando e também me apaixonei que foi um inferno. E agora, estão vendo, tornei-me esposa. Não é verdade que há nele qualquer coisa de forte e poderoso, algo ursino? Agora, tem o rosto voltado de três quartos em nossa direção e mal iluminado, mas, quando ele se virar, olhem para sua testa. Riabóvski, que me diz dessa testa? Dimov, estamos falando de você — gritou para o marido. — Vem cá. Estende para Riabóvski a tua mão honesta... Assim. Sejam amigos.

Sorrindo com expressão bonachona e ingênua, Dimov estendeu a mão a Riabóvski e disse:

— Com muito prazer. Formou-se comigo um certo Riabóvski. Não é seu parente?

II

Olga Ivânovna tinha 22 anos, Dimov, 31. Depois do casamento, viveram muito bem. Olga Ivânovna cobriu as paredes da sala de visitas com estudos seus e alheios, com moldura ou sem ela, e, ao lado do piano de cauda e da mobília, arranjou um amontoado bonito de sombrinhas chinesas, cavaletes, trapinhos multicores, punhais, bustinhos, fotografias... Na sala de jantar, pregou nas paredes quadrinhos populares em madeira, um par de sapatos de tília e foices, colocou num canto um alfanje e um ancinho e ficou uma sala de jantar ao gosto russo. Para que o quarto de dormir lembrasse uma caverna, forrou o teto e as paredes com pano escuro, pendurou sobre as camas uma lanterna veneziana e colocou, junto à porta, uma figura com alabarda. E todos achavam que os jovens esposos tinham um cantinho adorável.

Diariamente, erguendo-se a umas onze horas, Olga Ivânovna tocava piano, ou, se havia sol, pintava algo a óleo. Depois do meio-dia, ia à costureira. Visto que ela e Dimov tinham muito pouco dinheiro, Olga Ivânovna e sua costureira tinham que recorrer a certos expedientes, para que ela pudesse ostentar com frequência roupas novas e espantar a todos com sua elegância no trajar. Muitas vezes, utilizando um velho vestido, que já fora tingido, ou pedacinhos de filó, de renda, de pelúcia e de seda, obtinham-se verdadeiras maravilhas, algo sedutor, que não era vestido, mas um sonho. Da costureira, Olga Ivânovna costumava dirigir-se à casa de alguma atriz conhecida, para saber as novidades teatrais e, a propósito, conseguir um ingresso para a estreia de uma peça nova ou um espetáculo beneficente. Da casa da atriz, era preciso ir ao estúdio de algum pintor ou a uma exposição de pintura, depois à casa de alguma celebridade, para convidá-la à sua casa, pagar uma visita ou, simplesmente, tagarelar um pouco. E em toda parte, recebiam-na alegre e amistosamente, procurando convencê-la de que era boa, querida, extraordinária... Aqueles que ela chamava de grandes e famosos recebiam-na como uma pessoa de seu meio, uma igual, e profetizavam-lhe, em uníssono, que, com seu talento, inteligência e gosto, haveria de se realizar plenamente, contanto que não se dispersasse. Ela cantava, tocava piano, pintava, modelava, participava de espetáculos de amadores, e tudo aquilo não era de um modo qualquer, mas com talento. Se preparava lanterninhas de enfeite, se se fantasiava ou se dava o laço na gravata de alguém, tudo aquilo lhe saía extraordinariamente artístico, simpático e gracioso. Mas em nada o seu talento se revelava com tanta veemência como em sua capacidade de relacionar-se rapidamente e tornar-se íntima de gente célebre. Bastava que alguém ficasse um pouco famoso ao menos, e ela já travava relações com ele, fazia-se amiga no mesmo dia e convidava-o para ir visitá-la. Cada novo conhecimento era para ela verdadeira festa. Bendizia os homens célebres, orgulhava-se deles e via--os em sonho, todas as noites. Era sequiosa deles e jamais conseguia aplacar aquela sede. Os antigos partiam e eram esquecidos, vinham substituí-los outros novos, mas com estes ela se acostumava em pouco tempo ou decepcionava-se deles e recomeçava a procurar sequiosamente novos grandes homens, encontrava-os e tornava a procurar. Para quê?

Depois das quatro, jantava em casa com o marido. Ficava comovida, extasiada, ante sua simplicidade, bom senso e bondade. A cada momento, erguia-se de um salto, abraçava-lhe freneticamente a cabeça e cobria-a de beijos.

— Você, Dimov, é um homem nobre, inteligente — dizia ela —, mas tem um grave defeito. Não se interessa absolutamente por arte. Você nega a música, a pintura.

— Eu não as compreendo — dizia ele com humildade. — Passei a vida ocupando-me de Ciências Naturais e Medicina e não tive tempo de me interessar pelas artes.

— Mas, isto é terrível, Dimov!

— Por quê? Teus conhecidos não sabem Ciências Naturais e Medicina e não os censuras por isso. Cada qual com o que lhe compete. Eu não compreendo paisagens, nem óperas, mas penso assim: se certos homens inteligentes dedicam-lhes toda a vida e outros homens inteligentes pagam por elas verdadeiras fortunas, quer dizer que são necessárias. Eu não compreendo, mas não compreender não significa negar.

— Deixa que eu aperte a tua mão honesta!

Após o jantar, Olga Ivânovna ia visitar gente conhecida; em seguida, ao teatro ou a algum concerto e voltava para casa depois de meia-noite. E assim passava todos os dias.

Recebia às quartas. A dona de casa e as visitas não se ocupavam, então, de baralho ou danças, mas divertiam-se com coisas artísticas. O ator dramático declamava, o cantor cantava, os pintores desenhavam em álbuns, que Olga Ivânovna tinha em quantidade, o violoncelista tocava e a própria dona de casa também desenhava, modelava, cantava e acompanhava ao piano. Nos intervalos da declamação, da música e do canto, falavam e discutiam sobre literatura, teatro e artes plásticas. Não havia senhoras, pois Olga Ivânovna considerava cacetes e banais todas as senhoras, com exceção de sua costureira e das atrizes. Nenhum daqueles saraus passava, sem que a dona de casa estremecesse a cada toque de campainha e dissesse, com expressão triunfal: "É ele!", subentendendo com aquele pronome alguma celebridade recém-convidada. Dimov não ficava na sala de visitas e ninguém se lembrava de sua existência. Mas, às onze e meia em ponto, abria-se a porta para a sala de jantar, aparecia ele, com seu sorriso plácido e bonachão, e dizia, esfregando as mãos:

— Venham, senhores, comer alguma coisa.

Todos se dirigiam para a sala de jantar e, cada vez, viam o mesmo sobre a mesa: uma travessa de ostras, um pedaço de presunto ou vitela, sardinhas, queijo, caviar, cogumelos, vodca e duas jarras de vinho.

— Meu querido *maître-d'hôtel* — dizia Olga Ivânovna, agitando os braços com entusiasmo. — Você é simplesmente encantador! Senhores, olhem para a testa dele! Dimov, fique de perfil. Vejam, meus senhores: um rosto de tigre de Bengala, mas com expressão bondosa e simpática, como uma gazela. Ih, querido!

As visitas comiam e, olhando para Dimov, pensavam: "Realmente, um bom sujeito", mas logo se esqueciam dele e continuavam a falar de teatro, música e pintura.

Os jovens esposos eram felizes. Aliás, a terceira semana de sua lua de mel decorreu de um modo não de todo feliz e, mesmo, triste. Dimov contaminou-se no hospital com erisipela, passou seis dias de cama e teve que raspar completamente os bonitos cabelos negros. Olga Ivânovna ficou sentada à sua cabeceira, chorando amargamente, mas, quando o marido melhorou, ela cobriu-lhe a cabeça com um lenço branco e pôs-se a pintar um beduíno. E ambos ficaram alegres. Uns três dias depois que Dimov, restabelecido, recomeçara a frequentar hospitais, aconteceu com ele um novo equívoco.

— Não tenho sorte, mamãe! — disse, ao jantar. — Fiz hoje quatro autópsias e tenho cortes em dois dedos. Foi somente em casa que percebi isso.

Olga Ivânovna assustou-se. Ele sorriu e disse que era coisa sem importância e que, muitas vezes, acontecia-lhe sair das autópsias com alguns cortes nas mãos.

— Eu me entusiasmo, mamãe, e fico distraído.

Olga Ivânovna esperava, alarmada, uma infecção cadavérica e, à noite, ficava rezando a Deus, mas tudo se passou favoravelmente. E novamente fluiu uma vida pacífica e feliz, sem tristezas nem sustos. O presente era admirável e, para substituí-lo, aproximava-se a primavera, que já sorria ao longe e prometia mil alegrias. A felicidade não teria fim! Em abril, maio e junho, seriam o veraneio longe da cidade, os passeios, a pintura de estudos, a pesca, os rouxinóis; depois, de julho até o outono, os pintores viajariam para o Volga e, membro efetivo da *société*, Olga Ivânovna participaria daquela excursão. Já encomendara dois costumes de viagem, de guingão, comprou tintas, pincéis, telas e uma nova palheta. Quase diariamente, vinha visitá-la Riabóvski, para verificar os progressos que estava fazendo em pintura. Quando ela mostrava-lhe as obras, ele enfiava as mãos bem fundo nos bolsos, cerrava fortemente os lábios, fungava e dizia:

— Bem... Esta nuvem está gritante: ao entardecer, deveria estar iluminada de outro modo. O plano anterior parece que foi mastigado e alguma coisa, compreende, não está bem... Quanto à isbazinha, parece que engasgou com alguma coisa e está piando tristemente... este canto deveria ser mais escuro. Mas, de um modo geral, não está mal... Elogio.

E quanto mais incompreensível era o que ele dizia, mais facilmente o compreendia Olga Ivânovna.

III

No segundo dia da Trindade, Dimov comprou depois do jantar frios e bombons e foi visitar a mulher, na casa de campo. Fazia duas semanas que não a via e estava com muita saudade. No trem e, depois, ao procurar no meio do bosque sua casa de campo, ele sentia incessantemente cansaço e fome e sonhava como haveria de cear com a mulher ao ar livre e, depois, dormir profundamente. Alegrava-se ao olhar para o embrulho em que havia caviar, queijo e salmão branco.

O sol já estava no ocaso, quando ele encontrou e reconheceu sua casa de campo. A velha empregada disse-lhe que a patroa não estava em casa, mas que, certamente, não se demoraria. Havia apenas três quartos na casa de campo, muito pouco atraente à vista, de tetos baixos, forrados de papel ofício, e de chão desigual, com fendas. Num dos quartos, havia uma cama; noutro, telas, pincéis, papel usado e chapéus e sobretudos de homem, jogados sobre as cadeiras e os parapeitos das janelas; no terceiro, Dimov encontrou três homens desconhecidos. Dois eram morenos, de barbicha, e o terceiro, de cabeça completamente raspada, certamente um ator. Sobre a mesa, fumegava um samovar.

— Que deseja? — perguntou o ator com voz de baixo, examinando Dimov de modo pouco acolhedor. — Quer falar com Olga Ivânovna? Espere um pouco, ela não demora.

Dimov sentou-se e começou a esperar. Um dos morenos olhou para ele com expressão sonolenta e desanimada, serviu-se de chá e perguntou:

— Toma chá conosco?

Dimov estava com sede e com fome; todavia, recusou o chá, para não estragar o apetite. Pouco depois, ouviram-se passos e um riso conhecido. Bateu a porta e Olga Ivânovna entrou correndo no quarto, de chapéu com abas largas, uma caixa de pintura na mão. Acompanhava-a Riabóvski, alegre e rosado, carregando um grande para-sol e uma cadeira portátil.

— Dimov! — exclamou Olga Ivânovna e ficou vermelha de alegria. — Dimov! — repetiu, colocando-lhe no peito a cabeça e as mãos. — É você! Por que ficou tanto tempo sem vir aqui? Por quê? Por quê?

— Como é que eu podia, mamãe? Estou sempre ocupado e, quando me sobra algum tempo, acontece que o horário de trem não combina com a folga.

— Como estou contente de ver você! Passei a noite inteira sonhando com você e tive medo de que você ficasse doente. Ah, se soubesse como é querido e como chegou a propósito! Vai ser meu salvador. Só você pode me salvar! Amanhã, vai haver aqui um casamento originalíssimo — continuou rindo e acertando o laço da gravata do marido. — Casa-se o jovem telegrafista da estrada de ferro, um tal Tchikeldiéiev. Um moço bonito, bem, que não é tolo e no rosto tem, sabe, algo forte, ursino... Pode servir de modelo como jovem varegue. Todos nós, veranistas, simpatizamos com ele e demos-lhe nossa palavra de honra de ir ao casamento... É uma pessoa nada rica, solitária, tímida e, naturalmente, seria um pecado negar-lhe nossa participação. Imagine, o casamento será depois da missa; em seguida, todos irão a pé da igreja para a casa da noiva... você compreende, o bosque, o canto dos pássaros, as manchas de sol sobre a erva, e todos nós vamos aparecer como manchas coloridas sobre um fundo verde-vivo. Será muito original, ao gosto dos expressionistas franceses. Mas, Dimov, que vestido vou pôr? — disse Olga Ivânovna e fez uma cara de choro. — Não tenho nada aqui, absolutamente nada! Nem vestido, nem flores, nem luvas... Você deve me salvar. Se você chegou, quer dizer que o próprio destino manda que me salve. Apanhe, meu querido, as chaves, vá para casa e tire lá do guarda-roupa o meu vestido cor-de-rosa. Você se lembra dele, é o primeiro da esquerda... Depois, na despensa, no chão, à direita, verá duas caixas de papelão. Abrindo a de cima, vai ver filó, filó e mais filó e uma porção de trapinhos, mas debaixo deles estão as flores. Tire-as todas com cuidado, faça um esforço, filhote, para não as amassar, depois eu vou escolher... E me compre luvas.

— Está bem — disse Dimov. — Irei amanhã e vou mandar.

— Como assim, amanhã!? — perguntou Olga Ivânovna e olhou para ele, admirada. — Pensa que vai dar tempo amanhã? O primeiro trem sai amanhã às nove horas e o casamento é às onze. Não, querido, é preciso que seja hoje, sem falta hoje! Se você não puder vir amanhã, mande as coisas com um mensageiro. Bem, vá andando... Daqui a pouquinho, vai chegar o trem de passageiros. Não se atrase, filhote.

— Está bem.

— Ah, que pena eu tenho de deixar você partir — disse Olga Ivânovna e seus olhos marejaram-se. — E por que foi que eu, tola, dei minha palavra ao telegrafista?

Dimov tomou depressa um copo de chá, comeu um biscoitinho seco e dirigiu-se para a estação, sorrindo placidamente. O caviar, o queijo e o salmão branco foram comidos pelos dois morenos e pelo gordo ator.

IV

Numa noite de julho, quieta e enluarada, Olga Ivânovna achava-se sobre o convés de um navio do Volga e olhava ora a água, ora as bonitas margens. A seu lado, estava Riabóvski e dizia-lhe que as sombras negras sobre a água não eram sombras, mas um sonho, que, à vista daquela água encantada, de revérberos fantásticos, daquele céu sem limites e das margens tristes, pensativas, que falavam da validade de nossa vida e da existência de algo superior, eterno, pleno de beatitude, seria bom esquecer tudo, morrer, tornar-se apenas uma lembrança. O passado é banal e desinteressante, o futuro, insignificante, e essa maravilhosa noite, única na vida, vai terminar brevemente, derreter-se-á na eternidade. Para que, então, viver?

Olga Ivânovna prestava atenção ora à voz de Riabóvski,

ora à quietude noturna, e imaginava que ela jamais morreria. A cor de turquesa da água, que ela nunca vira antes, o céu, as margens, as sombras negras e a felicidade ilimitada, de que tinha repleta a alma, diziam-lhe que haveria de se tornar uma grande pintora, e que em alguma parte, além daqueles longes, além da noite enluarada, no espaço sem limites, esperavam-na o êxito, a glória, o amor do povo... Olhando por muito tempo, sem pestanejar, para a distância, acreditava ver multidões, luzes, acordes solenes de música, gritos de entusiasmo, ela própria de vestido branco, e flores, que choviam sobre ela de todos os lados. Imaginava também que a seu lado, debruçado sobre o corrimão, estava um verdadeiro grande homem, um gênio, um eleito de Deus... Tudo o que ele criara até então era belo, novo, extraordinário, mas aquilo que produziria mais tarde, quando, com a maturidade, se fortaleceria seu talento raro, seria surpreendente, imensuravelmente elevado, e isto se via em seu rosto, em seu modo de se expressar e em sua relação com a natureza. Ele falava de um modo peculiar, com sua própria linguagem, sobre as sombras, as tonalidades do entardecer, o brilho lunar, e, mesmo contra a vontade, sentia-se o encanto de seu poderio sobre a natureza. Ele próprio era muito bonito, original, e sua vida, livre, independente, alheia ao comum cotidiano, parecia a vida de um pássaro.

— Está ficando frio — disse Olga Ivânovna estremecendo.

Riabóvski agasalhou-a em sua capa e disse, com tristeza:

— Eu me sinto sob o seu poder. Sou escravo. Por que está hoje tão sedutora?

Olhava para ela o tempo todo, sem se desviar, e seus olhos eram terríveis, ela temia lançar-lhe um olhar.

— Eu a amo loucamente... — murmurava ele, soprando na face dela. — Diga-me uma só palavra e eu não viverei mais, abandonarei a arte... — balbuciava, profundamente perturbado. — Queira amar-me, ame...

— Não fale assim — disse Olga Ivânovna, cerrando os olhos. — Dá medo. E Dimov?

— Dimov? Por que Dimov? Que tenho eu com Dimov? Aí estão o Volga, a lua, a beleza, meu amor, meu êxtase, e não existe nenhum Dimov... Ah, eu não sei de nada... Não preciso do passado, dê-me um momento só... um instante!

O coração de Olga Ivânovna bateu precipitadamente. Quis pensar no marido, mas todo o seu passado, com o casamento, com Dimov e com aqueles saraus, parecia-lhe pequeno, insignificante, pálido, desnecessário e distante, distante... Com efeito: Dimov? Por que Dimov? Que tinha ela com Dimov? Existiria ele na natureza e não seria apenas um sonho?

"Para ele, homem simples, comum, basta mesmo aquela felicidade que já recebeu", pensava ela, ocultando o rosto entre as mãos. "Que me condenem lá, que me maldigam, mas eu, por desfeita a todos, vou me perder, vou me perder... É: preciso experimentar tudo na vida. Meu Deus, como é terrível e como é bom!"

— Bem, e então? E então? — balbuciava o pintor, abraçando-a e beijando-lhe com sofreguidão as mãos, com que ela tentava fracamente afastá-lo de si. — Você me ama? Sim? Sim? Oh, que noite! Que maravilhosa noite!

— Sim, que noite! — murmurou ela, fitando-o nos olhos, fulgurantes de lágrimas. Em seguida, espiou rapidamente ao redor, abraçou-o e beijou-lhe com força os lábios.

— Estamos chegando a Kinechmá! — disse alguém, do outro lado do convés.

Ouviram-se passos pesados. Era o garçom, passando perto deles.

— Escute — disse-lhe Olga Ivânovna, rindo e chorando de alegria. — Traga-nos vinho.

O pintor, pálido de emoção, sentou-se no banco, dirigindo para Olga Ivânovna um olhar de adoração e agradecimento. Fechou depois os olhos e disse, com um sorriso lânguido:

— Estou cansado.

E encostou a cabeça no corrimão externo.

V

O dia dois de setembro foi quente e plácido, mas chuvoso. Bem cedinho, uma névoa ligeira pairou sobre o Volga e, depois das nove, começou a chuviscar. E não havia esperança de que o céu clareasse. Ao chá, Riabóvski disse a Olga Ivânovna que a pintura era a mais ingrata e aborrecida das artes, que não era pintor, que somente os imbecis julgavam que ele tivesse talento, e, de súbito, sem mais aquela, apanhou uma faca e arranhou seu melhor estudo. Depois do chá, ficou sentado à janela com ar sombrio, olhando o Volga. O rio não possuía mais brilho, parecia embaciado, fusco, frio. Tudo lembrava a aproximação do angustiante e sombrio outono. Tinha-se a impressão de que a natureza houvesse retirado ao Volga os luxuriantes tapetes verdes das margens, os reflexos diamantinos dos raios, os longes azuis, translúcidos, e tudo o que fosse ostentação e elegância, houvesse retirado tudo aquilo, para guardá-lo em baús até a próxima primavera. Os corvos voavam junto às águas do Volga e zombavam dele: "Está nu! Está nu!". Riabóvski ouvia aquele grasnar e imaginava que ele já se tinha evaporado e perdido o talento, que tudo nesse mundo é convencional, relativo e estúpido e que não valia a pena ligar-se com aquela mulher... Em suma, estava mal-humorado e manhoso.

Sentada atrás do tabique, na cama, e, passando os dedos nos lindos cabelos de linho, Olga Ivânovna imaginava-se ora na sala de jantar de sua casa, ora no quarto de dormir, ora no escritório do marido. A imaginação transportava-a para o teatro, para o ateliê de costura e para junto de seus célebres amigos. Que estariam fazendo? Lembrar-se-iam dela? A estação já começou e é tempo de pensar nos saraus. E Dimov? Querido Dimov! De que maneira doce e infantilmente queixosa ele lhe pede nas cartas que volte mais depressa para casa!

Enviava-lhe cada mês setenta e cinco rublos e, quando ela lhe escreveu que ficara devendo cem aos pintores, ele enviou-lhe também aqueles cem. Que homem bom, que grande coração! Olga Ivânovna estava cansada da viagem, aborrecia-se e tinha vontade de deixar o quanto antes aqueles mujiques, aquele cheiro de umidade fluvial, e tirar de si aquele sentimento de impureza física, que ela experimentava o tempo todo, enquanto morava em isbás camponesas e jornadeava de aldeia em aldeia. Se Riabóvski não tivesse dado aos pintores sua palavra de honra de que haveria de viver com eles ali, até 20 de setembro, poder-se-ia partir naquele mesmo dia. E como seria bom!

— Meu Deus — gemeu Riabóvski —, quando, finalmente, vai sair o sol? Pois eu não posso continuar sem sol minha paisagem ensolarada!...

— Mas você tem um estudo com céu brumoso — disse Olga Ivânovna, saindo de trás do tabique. — Lembra-se? No plano direito, há um bosque e, no esquerdo, gansos e um rebanho de vacas. Poderia terminá-lo agora.

— Ih! — fez uma careta o pintor. — Terminar! Você me acha tão estúpido que não sei o que devo fazer?

— Como você mudou em relação a mim! — suspirou Olga Ivânovna.

— Ora, isto é excelente mesmo.

O rosto de Olga Ivânovna estremeceu, ela afastou-se em direção do fogão e pôs-se a chorar.

— Sim, só estavam faltando lágrimas. Acabe com isto! Tenho milhares de razões para chorar, mas não choro.

— Milhares de razões! — soluçou Olga Ivânovna. — A razão principal é que você já está farto de mim. Sim! — exclamou ela e prorrompeu em soluços. — Para dizer verdade, você se envergonha de nosso amor. Está procurando sempre fazer com que os pintores não o percebam, embora isto não se possa esconder e eles já saibam de tudo há muito tempo.

— Olga, peço-lhe apenas uma coisa — implorou o pintor, pondo a mão sobre o coração —, uma coisinha só: não me atormente! Não quero de você mais nada!

— Jure, então, que ainda me ama!

— Isto é uma tortura! — deixou escapar o pintor, entre dentes, e ergueu-se de um salto. — Vou acabar atirando-me ao Volga ou perdendo o juízo! Deixe-me!

— Mate-me, mate-me, então! — gritou Olga Ivânovna. — Mate-me!

Tornou a romper em pranto e foi para trás do tabique. A chuva farfalhou sobre o telhado de palha da isbá. Riabóvski pôs as mãos à cabeça e caminhou de um canto para outro. Em seguida, com uma expressão decidida no rosto, como se quisesse demonstrar alguma coisa para alguém, cobriu-se com o boné, pôs a carabina a tiracolo e saiu da isbá.

Após sua saída, Olga Ivânovna passou muito tempo deitada na cama, chorando. A princípio, pensou em como seria bom envenenar-se, para que Riabóvski, ao voltar, a encontrasse morta. Em seguida, os pensamentos transportaram-na para a sala de visitas de sua casa, para o escritório do marido, imaginou-se também imóvel, sentada ao lado de Dimov, deliciando-se com a tranquilidade física e com a limpeza do ambiente e, depois, à noite, numa poltrona de teatro, ouvindo Mazzini. A saudade da civilização, do tumulto citadino e das pessoas célebres apertou-lhe o coração. Uma camponesa entrou na isbá e começou a acender sem pressa o fogão, a fim de preparar o jantar. Sentiu-se cheiro de fuligem e o ar ficou azul de fumaça. Vinham pintores, de botas altas e enlameadas e rostos molhados de chuva, examinavam estudos e diziam, para se consolar, que o Volga tinha seu encanto, mesmo com tempo feio. E o relógio barato na parede fazia: tique-tique-tique... Moscas transidas de frio aglomeravam-se no canto da frente, zunindo junto às imagens, e ouvia-se um movimento de baratas nas pastas grossas, deixadas sob os bancos...

Riabóvski voltou para casa quando o sol já estava no ocaso. Atirou o boné sobre a mesa, deixou-se cair sobre um banco e fechou os olhos, pálido, extenuado, de botas enlameadas.

— Estou cansado... — disse e pôs-se a mover as sobrancelhas, esforçando-se por erguer as pálpebras.

Procurando acarinhá-lo e mostrar-lhe que não estava zangada, Olga Ivânovna acercou-se dele, beijou-o em silêncio e passou um pente em seus cabelos claros. Teve vontade de penteá-lo.

— Que é? — perguntou ele, estremecendo, como se tivessem encostado nele algo frio, e abriu os olhos. — Que é? Deixe-me em paz, eu lhe peço.

Repeliu-a com as mãos e afastou-se, e ela teve a impressão de que o rosto dele expressava repugnância e despeito. Naquele momento, a camponesa estava levando para o pintor, cuidadosamente, com ambas as mãos, um prato de sopa de repolho e Olga Ivânovna viu como ela molhara na sopa seus dedos grandes. A camponesa suja, de barriga apertada, a sopa, que Riabóvski se pôs a comer gulosamente, a isbá e toda aquela vida, que a princípio ela amara tanto, por sua simplicidade e pela desordem artística, tudo lhe pareceu terrível. De repente, sentiu-se ofendida e disse com frieza:

— Precisamos separar-nos por algum tempo, senão podemos brigar seriamente, por fastio. Estou enjoada disso. Vou partir hoje.

— De que jeito? Montada numa varinha?

— Hoje é quinta-feira, quer dizer que o navio chega às nove e meia.

— É? Sim, sim... Bem, que é que há, pode ir... — disse com suavidade Riabóvski, enxugando-se com uma toalha, em vez de guardanapo. — Você aborrece-se aqui e não há mesmo o que fazer, seria preciso ser muito egoísta para retê-la. Vá, nós nos veremos depois do dia vinte.

Olga Ivânovna arrumou com alegria suas coisas e até suas faces inflamaram-se de prazer. Seria possível — perguntava-se ela — que, dentro em breve, estaria escrevendo na sala de visitas, dormindo no quarto de dormir e almoçando em mesa com toalha? O peso deixou-lhe o coração e ela não estava mais zangada com o pintor.

— Vou deixar para você, Riabucha, as tintas e os pincéis — disse ela. — Você vai me trazer depois o que tiver sobrado... Olhe, não fique preguiçoso na minha ausência, não se abandone e trabalhe. Você é meu bichão, Riabucha.

Às dez, Riabóvski beijou-a por despedida, para não ser preciso, pensava ela, beijá-la no navio, em presença dos pintores, e acompanhou-a ao cais. Pouco depois, o navio aproximou-se e levou-a.

Ela chegou em casa depois de dois dias e meio. Sem tirar o chapéu e a capa de chuva, respirando pesadamente de perturbação, foi à sala de visitas e, em seguida, à de jantar. Dímov estava sentado à mesa, sem paletó e de colete desabotoado e afiava uma faca, esfregando-a contra um garfo. No prato diante dele, havia uma perdiz. Entrando em casa, Olga Ivânovna estava convencida de que era indispensável esconder tudo do marido e que, para tanto, teria capacidade e força, mas agora, ao ver aquele sorriso largo, plácido, feliz, e os olhos brilhantes de felicidade, sentiu que esconder daquele homem os fatos seria para ela tão ignóbil, repugnante e superior às suas forças, como caluniar, roubar ou matar, e, num instante, resolveu contar-lhe tudo o que acontecera. Tendo-se deixado beijar e abraçar por ele, caiu de joelhos e escondeu o rosto.

— Que foi? Que foi, mamãe? — perguntou ele, com ternura. — Ficou com saudade?

Ela ergueu o rosto, vermelho de vergonha, e olhou para ele com ar culpado e súplice, mas o medo e a vergonha impediram-na de contar a verdade.

— Não é nada... — disse. — Foi à toa...

— Vamos sentar. — disse ele, erguendo-a e fazendo-a sentar-se à mesa. — Assim... Coma perdiz. Você ficou com fome, coitadinha.

Ela aspirava sequiosamente o ar de sua casa e comia perdiz, enquanto ele a olhava comovido e ria alegremente.

VI

A partir da metade do inverno, Dimov começou, ao que parecia, a adivinhar que era enganado. Como se tivesse a consciência pesada, não podia mais fitar a mulher nos olhos, deixou de sorrir alegremente ao encontrá-la, e, para ficar mais raramente a sós com ela, começou a trazer com frequência para jantar o seu amigo Korostielióv, homem pequeno, de cabelo curto e cara amassada. Este, ao conversar com Olga Ivânovna, ficava tão encabulado que desabotoava todos os botões do paletó e tornava a abotoá-los e, depois, começava a beliscar com a mão direita o lado esquerdo do bigode. Ao almoço, os dois médicos ficavam comentando que, nos casos de posição elevada do diafragma, ocorre às vezes taquicardia, que ultimamente haviam aparecido muitos casos de polineurite ou que, na véspera, autopsiando um cadáver com diagnóstico de anemia perniciosa, Dimov havia constatado câncer do intestino. Parecia que ambos mantinham aquela conversa médica, unicamente para dar a Olga Ivânovna a possibilidade de se calar, isto é, não mentir. Depois do jantar, Korostielióv sentava-se ao piano e Dimov dizia-lhe com um suspiro:

— Eh, irmão! Que é que há! Toque alguma coisa triste.

Erguendo os ombros e separando muito os dedos, Korostielióv executava alguns acordes e começava a cantar, com voz de tenor: "Mostre-me uma terra em que o mujique russo não gema". Dimov tornava a suspirar, apoiava a cabeça com o punho e ficava pensativo.

Nos últimos tempos, Olga Ivânovna portava-se com extrema imprudência. Acordava todas as manhãs muito mal-humorada, pensando que não amava mais Riabóvski e que estava tudo acabado, graças a Deus. Mas, depois de tomar café, refletia que Riabóvski lhe havia tirado o marido e que ficara sem marido e sem Riabóvski. Em seguida, lembrava-se dos comentários de seus conhecidos, de que o pintor estava preparando, para a próxima exposição, algo surpreendente, um misto de paisagem e pintura de gênero, à maneira de Polenov, e que provocava o entusiasmo de todos os que visitavam seu estúdio; mas, pensava ela, Riabóvski criara-o sob a sua influência e, de um modo geral, graças àquela influência, ele melhorara muito. Sua influência era tão benfazeja e eficiente que, se ela o abandonasse, ele seria capaz de se perder. Lembrava-se também de que, da última vez, fora à casa dela com certa sobrecasaca cinzenta, com vivos, e com gravata nova e perguntara lânguido: "Sou bonito?". Elegante, com mechas compridas de cabelo e olhos azuis-celestes, era realmente muito bonito (ou talvez fosse apenas impressão) e carinhoso com ela.

Depois de se lembrar de muita coisa e pensar um pouco, Olga Ivânovna vestia-se e, profundamente perturbada, ia ao estúdio de Riabóvski. Encontrava-o alegre, encantado com seu quadro realmente magnífico. Ele ficava pulando, gracejando, e respondia com brincadeiras às perguntas sérias que ela lhe fazia. Olga Ivânovna tinha ciúme do quadro e odiava-o, mas, por delicadeza, passava uns cinco minutos diante dele e, suspirando como diante de um sacrário, dizia docemente:

— Sim, você nunca pintou algo parecido. Sabe, dá até medo.

Depois, começava a implorar-lhe que a amasse, não a abandonasse e tivesse pena daquela pobre e infeliz criatura. Chorava, beijava-lhe as mãos, exigia que lhe fizesse juramentos de amor, procurava demonstrar-lhe que, sem a sua boa influência, ele perderia o rumo e fracassaria. Tendo estragado o bom humor dele e sentindo-se humilhada, ia à costureira ou à casa de uma atriz conhecida, para conseguir um ingresso de espetáculo.

Se não o encontrava no estúdio, deixava-lhe uma carta, na qual jurava que, se ele não fosse vê-la naquele dia, ela certamente se envenenaria. O pintor assustava-se, ia à casa dela e ficava para jantar. Sem se conter na presença do marido, dizia-lhe grosserias e ela respondia-lhe no mesmo tom. Ambos sentiam que um estava complicando a vida do outro, que eram déspotas e inimigos entre si, irritavam-se e, com a irritação, não percebiam que já se tornavam indecentes e que até o Korostielióv dos cabelos curtos estava compreendendo tudo. Depois do jantar, Riabóvski apressava-se em despedir-se e sair.

— Aonde vai? — perguntava-lhe Olga Ivânovna na antessala, olhando-o com ódio.

Fazendo uma careta e franzindo o sobrolho, ele dizia o nome de alguma senhora, conhecida de ambos, e era evidente que estava zombando de seus ciúmes e queria causar-lhe despeito. Ela ia para o quarto de dormir e deitava-se na cama.

O ciúme, o despeito, o sentimento de humilhação e vergonha faziam com que mordesse o travesseiro e começasse a chorar em voz alta. Dimov deixava Korostielióv na sala de visitas, ia para o quarto e dizia com doçura, encabulado e perplexo:

— Não chore alto, mamãe... Para quê? É preciso silenciar sobre isso... É preciso não dar a perceber... Sabe, o que aconteceu, não se pode mais corrigir.

Não sabendo como abafar aquele ciúme intenso, que até lhe dava uma sensação de pressão sobre as têmporas, e pensando que ainda se pudesse remediar a situação, ela se lavava, passava pó de arroz no rosto congestionado de pranto e ia correndo à casa da senhora conhecida. Não encontrando ali Riabóvski, dirigia-se à casa de uma segunda, de uma terceira... A princípio, tinha vergonha, mas acostumou-se depois e acontecia-lhe percorrer, numa noite, as casas de todas as mulheres conhecidas, a fim de procurar Riabóvski, e todos compreendiam isto.

Certa vez, disse a Riabóvski, a respeito do marido:

— Este homem me oprime com seu grande coração!

A frase agradou-lhe tanto que, encontrando-se com pintores, que estavam a par de seu romance com Riabóvski, ela dizia de cada vez, referindo-se ao marido e fazendo um gesto enérgico:

— Este homem me oprime com seu grande coração!

A vida decorria no mesmo ritmo do ano anterior. Às quartas, havia sarau. O ator declamava, os pintores desenhavam, o violoncelista tocava, o cantor cantava e, invariavelmente, às onze e meia, abria-se a porta para a sala de jantar e Dimov dizia com um sorriso:

— Venham, senhores, comer alguma coisa.

Como outrora, Olga Ivânovna procurava grandes homens, encontrava-os, não se satisfazia com eles e tornava a procurá-los. Como outrora, ela voltava tarde todas as noites, mas não encontrava Dimov dormindo, como no ano passado, pois ele ficava sentado no escritório, trabalhando em algo. Ia dormir pelas três horas e levantava-se às oito.

Uma vez, ao anoitecer, ela se preparava para ir ao teatro e estava parada diante da penteadeira, quando Dimov entrou no quarto de dormir, de fraque e gravata branca. Estava sorrindo com doçura e, como outrora, olhava a mulher alegremente, bem nos olhos. Seu rosto resplandecia.

— Acabo de defender tese — disse, sentando-se e alisando os joelhos.

— Defendeu? — perguntou Olga Ivânovna.

— E-eh! — riu ele e estendeu o pescoço, para ver no espelho o rosto da mulher, que continuava a dar-lhe as costas, ajeitando o penteado. — E-eh! — repetiu ele. — Sabe? É bem possível que me ofereçam a livre-docência de Patologia Geral. Está me cheirando a isso.

Via-se por seu rosto resplandecente, pleno de beatitude, que se Olga Ivânovna partilhasse sua alegria e triunfo, perdoar-lhe-ia tudo, tanto o passado como o futuro, e tudo esqueceria, mas ela não compreendia o que significavam livre-docência e Patologia Geral; além disso, temia chegar atrasada ao teatro e não disse nada.

Ele ficou sentado ali uns dois minutos, sorriu com ar de culpa e saiu.

VII

Foi um dia cheio de inquietude.

Dimov estava com forte dor de cabeça. De manhã, não tomou chá, deixou de ir ao hospital e passou todo o tempo deitado no escritório, no divã turco. Como de costume, Olga Ivânovna foi, depois de meio-dia, à casa de Riabóvski, para lhe mostrar seu estudo de *nature morte* e perguntar-lhe por que não viera na véspera. Ela achava aquele estudo insignificante e pintara-o somente para ter mais um pretexto de ir à casa do pintor.

Entrou lá sem tocar campainha e, tirando as galochas na saleta de entrada, teve a impressão de que, no estúdio, algo passava correndo de leve, com um fru-fru de roupa feminina, e quando ela se apressou a espiar para o estúdio, viu somente um pedaço de saia marrom, que surgiu por um instante e desapareceu, atrás do quadro grande, oculto, com o cavalete, por uma cortina de algodão que ia até o chão. Não se podia duvidar de que ali se escondia uma mulher. Quantas vezes a própria Olga Ivânovna se escondera atrás daquele quadro! Riabóvski parecia muito encabulado, além de admirado com sua chegada. Estendeu-lhe as mãos e disse, com um sorriso forçado:

— A-a-a-ah! Muito prazer em vê-la. Que me conta de bom?

Os olhos de Olga Ivânovna toldaram-se. Sentia vergonha, amargor e, mesmo em troca de um milhão, não concordaria em falar na presença de uma mulher estranha, uma rival, uma mentirosa, que estava agora de pé, atrás do quadro e, provavelmente, ria baixo e com maldade.

— Eu trouxe esse estudo... — disse ela timidamente, com vozinha fina, e seus lábios tremeram — *nature morte*.

— A-a-a... um estudo?

O pintor pegou o estudo e, examinando-o de um modo que parecia maquinal, passou para o outro quarto.

Olga Ivânovna acompanhou-o, conformada.

— *Nature morte*... muito forte... — balbuciou ele, escolhendo rimas — corte... sorte... porte...

Ouviram-se uns passos rápidos no estúdio e um fru-fru de roupa. Quer dizer que ela foi embora. Olga Ivânovna teve vontade de soltar um grito alto, bater na cabeça do pintor com algo pesado e partir, mas não via nada através das lágrimas, estava esmagada por sua vergonha e não se sentia como Olga Ivânovna e pintora, mas um besourinho minúsculo.

— Estou cansado... — disse o pintor com languidez, olhando para o estudo e sacudindo a cabeça, para vencer a modorra. — Está claro que é simpático, mas hoje é um estudo, no ano passado foi um estudo, daqui a um mês será um estudo também... Como é que não fica enjoada? Em seu lugar, eu deixaria a pintura e me ocuparia seriamente de música ou alguma outra coisa. Na realidade, você não é pintora, mas musicista. Aliás, sabe, estou tão cansado! Vou mandar que nos sirvam chá... Está bem?

Saiu do quarto e Olga Ivânovna ouviu como dava ordens ao criado. Para não se despedir, não se explicar e, sobretudo, não romper em pranto, aproveitou a ausência de Riabóvski, correu depressa para a saída, calçou as galochas e partiu. Suspirou levemente e sentiu-se livre para sempre de Riabóvski, da pintura e da profunda vergonha, que a comprimira com tanta força no estúdio. Tudo acabado!

Foi à costureira, depois à casa de Barnai, que havia chegado na véspera, daí à loja de cadernos de música e, durante todo o tempo, ficou pensando em como escreveria a Riabóvski uma carta fria, áspera, cheia de dignidade, e em como, na primavera ou no verão, viajaria com Dimov para a Crimeia, onde se libertaria definitivamente do passado e começaria vida nova.

Voltando tarde para casa, sentou-se na sala de visitas, sem se trocar, para escrever a carta. Riabóvski dissera que não era pintora e, por vingança, escrever-lhe-ia que ele pintava o mesmo todos os anos, e que diariamente dizia também as mesmas coisas, que estava fossilizado e que não daria nada, além daquilo que já havia dado. Queria escrever também que ele devia muito à boa influência que ela havia exercido e que, se estava agora agindo mal, era porque sua influência estava sendo paralisada por diferentes criaturas dúbias, do tipo daquela que se escondera, naquela tarde, atrás do quadro.

— Mamãe! — chamou Dimov do escritório, sem abrir a porta. — Mamãe!

— Que quer?

— Mamãe, não entre aqui, mas aproxime-se apenas da porta. Escute... anteontem, eu me contaminei com difteria no hospital e agora... não estou bem. Mande depressa chamar Korostielióv.

Olga Ivânovna sempre chamara o marido, bem como a todos os conhecidos, pelo sobrenome em lugar do nome. Seu nome Óssip não lhe agradava, por lembrar o Óssip de Gógol[2] e certo trocadilho. Naquele momento, porém, exclamou:

— Óssip, não pode ser!

— Mande! Não estou bem... — disse por trás da porta Dimov e ouviu-se como chegou até o divã e deitou-se. — Mande! — ouviu-se sua voz abafada.

"Mas, que é isto?", pensou Olga Ivânovna, petrificando-se de horror. "Mas isto é perigoroso!"

Apanhou, sem qualquer necessidade, uma vela e dirigiu-se para o quarto de dormir e ali, pensando no que deveria fazer, olhou-se sem querer no espelho da penteadeira. De rosto pálido, assustado, vestindo um casaquinho de mangas altas, com tiras amarelas sobre o peito, e uma saia de listras, de padrão fora do comum, ela se julgou horrivelmente feia. De repente, sentiu uma compaixão dolorida por Dimov, por seu amor ilimitado por ela, por sua vida jovem e, mesmo, por

[2] Personagem de *O inspetor geral*.

aquele seu leito órfão, em que ele, há muito, não dormia mais, e lembrou-se de seu habitual sorriso, plácido e conformado. Pôs-se a chorar com amargura e mandou a Korostielióv uma carta, implorando-lhe que viesse. Eram duas da madrugada.

VIII

Quando, depois das sete da manhã, Olga Ivânovna, a cabeça pesada de insônia, despenteada, feia e com uma expressão de culpa, saiu do quarto, passou por ela, em direção da saída, um senhor de barba negra, provavelmente um médico. A casa cheirava a remédios. Korostielióv estava parado junto à porta do escritório, enrolando, com a mão direita, o lado esquerdo do bigode.

— Desculpe, mas não vou deixá-la entrar — disse, carrancudo. — Pode apanhar a doença. Além disso, não tem o que fazer aí. De qualquer modo, ele está delirando.

— Está com difteria de verdade? — perguntou Olga Ivânovna, num murmúrio.

— Quem se arrisca voluntariamente deveria ser processado — balbuciou Korostielióv, sem responder à pergunta dela. — Sabe por que ele se contaminou? Na terça-feira, sugou por meio de um tubinho placas de difteria de um menino. E para quê? É estúpido... Assim, por bobagem...

— É perigoso? Muito? — perguntou Olga Ivânovna.

— Sim, dizem que é uma forma grave. Na verdade, deveríamos chamar Schrek.

Veio um homem pequeno, ruivinho, de nariz comprido e sotaque judeu; depois, um alto, de ombros encurvados, cabeludo, e que parecia um protodiácono; em seguida, um terceiro, moço, muito corpulento, de rosto rubicundo e de óculos. Eram médicos, que se revezavam à cabeceira do colega. Terminado seu plantão, Korostielióv não ia para casa, mas vagueava, como uma sombra, por todos os quartos. A empregada servia chá aos médicos de plantão e corria frequentemente para a farmácia, de modo que ninguém arrumava os quartos. Havia quietude e tristeza.

Olga Ivânovna ficou sentada no quarto, imaginando que era Deus quem a castigava por haver traído o marido. Aquela criatura silenciosa, conformada, incompreensível, que, de tanta doçura, perdera a personalidade, desfibrada, fraca por excesso de bondade, estava padecendo em seu quarto, sobre o divã, e não se queixava. E se ele se queixasse, ainda que fosse em delírio, os médicos de plantão ficariam sabendo que a culpada de tudo não era apenas a difteria. Perguntassem a Korostielióv: ele sabe tudo e é por algum motivo que olha para a mulher de seu amigo como se ela fosse a malfeitora verdadeira, a principal, e a difteria, apenas uma cúmplice. Ela não se recordava mais da noite enluarada sobre o Volga, nem das declarações de amor, nem da vida poética na isbá, mas lembrava-se apenas que, puramente por capricho, por extravagância, sujara-se inteiramente com algo imundo, pegajoso, e que água nenhuma haveria de tirar...

"Ah, que terrível mentira!", pensava, lembrando o inquieto amor que tivera com Riabóvski. "Que seja tudo maldito!"

Às quatro, almoçou com Korostielióv. Ele não comia, tomava apenas vinho tinto e franzia o sobrolho. Ela também não comeu. Ora ficava rezando mentalmente e prometia a Deus que, se Dimov se curasse, ela o amaria novamente e seria uma esposa fiel. Ora, distraída por alguns instantes, olhava para Korostielióv, pensando: "Não é aborrecido ser um homem simples, desconhecido, que não se destaca por nada, e ainda tem um rosto amassado e maneiras rudes?". Ora tinha a impressão de que Deus a mataria naquele mesmo instante, porque, temendo o contágio, não entrara uma vez sequer no escritório do marido. E, de um modo geral, havia um sentimento melancólico, embotado, e a certeza de que a vida já se estragara e não se podia mais corrigi-la...

Depois do almoço, ficou escuro. Quando Olga Ivânovna

foi à sala de visitas, encontrou lá Korostielióv dormindo no sofá, tendo, sob a cabeça, uma almofada de seda, costurada a ouro. "Khi-puá... — roncava ele — Khi-puá."

Os médicos que vinham ficar de plantão ou que saíam não percebiam aquela desordem. O fato de que um homem estranho estivesse dormindo e roncando na sala de visitas, os estudos nas paredes, a extravagante decoração, a dona de casa despenteada e relaxadamente vestida, nada disso despertava já o menor interesse. Um dos médicos, involuntariamente, riu de alguma coisa e seu riso ressoou de um modo estranho e tímido, dava medo até.

Quando Olga Ivânovna entrou mais uma vez na sala de visitas, Korostielióv não estava mais dormindo, mas sentado e fumando.

— Ele tem difteria do conduto nasal — disse a meia-voz. — O coração também já não está trabalhando direito. Em resumo, as coisas vão mal.

— Mande, então, chamar Schrek — disse Olga Ivânovna.

— Já esteve aqui. Foi ele quem notou que a difteria já passou para o nariz. Eh, mas que é que há com Schrek! Na verdade, tanto faz. Ele é Schrek, eu sou Korostielióv, e nada mais.

O tempo arrastava-se de modo terrivelmente longo. Olga Ivânovna ficou deitada, sem se despir, na cama que não fora arrumada desde a manhã, e cochilou. Pareceu-lhe que todo o apartamento, do chão ao teto, estava ocupado por um bloco enorme de ferro e que bastava levá-lo para fora e todos se sentiriam leves e alegres. Voltando a si, lembrou-se de que não era um bloco de ferro, mas a doença de Dimov.

"*Nature morte*, corte...", pensava ela, caindo novamente em modorra, "esporte... forte... E como será com Schrek? Schrek, Schreko, meteco, peteleco... boneco. E onde estão, agora, meus amigos? Sabem eles que há uma desgraça em nossa casa? Meu Deus, salva-o... Schreko, boneco..."

E novamento o ferro... O tempo arrastava-se lento, mas

o relógio, no andar de baixo, batia as horas com frequência. Igualmente com frequência, ouvia-se a campainha: eram médicos chegando... Entrou a criada com um copo vazio na bandeja e perguntou:

— A senhora quer que arrume a cama?

Não recebendo resposta, saiu. Em baixo, soaram as horas, veio um sonho sobre a chuva no Volga e, de novo, alguém entrou no quarto, dessa vez, ao que parecia, um estranho. Olga Ivânovna levantou-se de um salto e reconheceu Korostielióv.

— Que horas são? — perguntou ela.

— Quase três.

— E então?

— Então! Vim comunicar: está falecendo...

Soltou um soluço, sentou-se ao lado dela na cama e enxugou as lágrimas com a manga. Ela não compreendeu imediatamente, mas ficou petrificada e começou a persignar-se com lentidão.

— Está falecendo... — repetiu ele, com sua vozinha fina, e tornou a soluçar. — Está morrendo, porque se sacrificou... Que perda para a ciência! — disse, com amargura. — Quando nos comparamos com ele, todos nós, é que se vê como era um grande homem, um homem extraordinário! Que capacidade! Que esperanças nos dava a todos! — prosseguiu Korostielióv, estalando os dedos. — Meu Deus, Senhor, era um sábio, como não haverá tão cedo outro igual. Oska[3] Dimov, Oska Dimov, o que foi que você fez! Ai-ai, meu Deus!

Desesperado, Korostielióv escondeu o rosto nas mãos e balançou a cabeça.

— E que força moral! — prosseguiu, cada vez mais enraivecido contra alguém. — Um coração bondoso, puro, amoroso, um espelho! Serviu a ciência e morreu vítima da ciência. Trabalhava dia e noite como um touro, ninguém o poupava, e o jovem cientista, o futuro catedrático, tinha que pro-

[3] Diminutivo de Óssip.

curar clientes e, de noite, ocupar-se de traduções, para pagar estes... trapos infames!

Korostieliόv olhou com ódio para Olga Ivânovna, agarrou com ambas as mãos o lençol e puxou-o raivosamente, como se ele fosse o culpado.

— Não se poupava e outros não o poupavam também. Ah, que adianta, na verdade!

— Sim, um homem raro! — ouviu-se uma voz de baixo, na sala de visitas.

Olga Ivânovna recordou toda a sua vida com ele, do princípio ao fim, com todas as minúcias, e compreendeu, de repente, que ele era um homem extraordinário, raro e, em comparação com aqueles que ela conhecia, realmente grande. Lembrando-se de como o tratavam o falecido pai e todos os colegas de profissão, compreendeu que todos viam nele uma futura celebridade. As paredes, o teto, a lâmpada e o tapete no assoalho piscaram para ela zombeteiros, como se quisessem dizer: "Deixou escapar! Deixou escapar!". Correu em pranto para fora do quarto, passou, na sala de visitas, ao lado de um homem desconhecido, e entrou correndo no escritório do marido. Ele estava imóvel no divã turco, tendo um cobertor até a cintura. Seu rosto parecia terrivelmente abatido, magro, e tinha uma cor cinzento-amarelada, que nunca existe nos vivos. E somente pela testa, pelas sobrancelhas negras e pelo sorriso de sempre, podia-se perceber que era Dimov. Olga Ivânovna apalpou-lhe rapidamente o peito, a testa, as mãos. O peito ainda conservava calor, mas a testa e as mãos estavam desagradavelmente frias. E os olhos semiabertos dirigiam-se não para Olga Ivânovna, mas para o cobertor.

— Dimov! — chamou ela em voz alta. — Dimov!

Queria explicar-lhe que aquilo fora um engano, que nem tudo estava perdido, que a vida poderia ainda ser bela e feliz, que ele era um homem raro, extraordinário, grande, e que, durante toda a vida, ela iria venerá-lo, rezar e sentir um medo sagrado...

— Dimov! — chamava ela, sacudindo-lhe o ombro e não acreditando que ele não acordaria mais. — Dimov, Dimov!

Na sala de visitas, Korostielióv dizia à criada:

— Não há o que perguntar. Procure o guarda da igreja e informe-se com ele sobre as mulheres do asilo. Elas vão lavar e arrumar o corpo e fazer tudo o que é preciso.

(1892)

VOLÓDIA[1] GRANDE E VOLÓDIA PEQUENO

— Deixem-me, eu quero dirigir sozinha! Vou me sentar ao lado do cocheiro! — dizia, em voz alta, Sófia Lvovna. — Cocheiro, espera, vou-me sentar com você na boleia.

Estava de pé no trenó. Seu marido, Vladímir Nikítich, e o amigo de infância, Vladímir Mikháilitch, seguravam-lhe as mãos, para que ela não caísse. A troica avançava a toda velocidade.

— Eu disse que não se devia deixá-la tomar conhaque — murmurou Vladímir Nikítich, com despeito, ao companheiro. — Você é tão esquisito, palavra!

O coronel sabia, por experiência, que em mulheres como sua esposa, Sófia Lvovna, a alegria tumultuosa, um tanto ébria, era seguida geralmente de um riso histérico e, depois, choro. Temia que, em casa, tivesse que lidar com gotas e compressas, em lugar de dormir.

— Tprr! — gritava Sófia Lvovna. — Eu quero dirigir.

Estava sinceramente alegre e triunfante. Nos últimos dois meses, a partir, mesmo, do dia do casamento, atormentava-se com a ideia de que se casara com o coronel Iáguitch por cálculo e, como se diz, *par dépit*. Mas, naquela noite, passada no restaurante fora da cidade, convencera-se finalmente de que o amava com verdadeira paixão. Apesar de seus cinquenta e quatro anos, ele era tão esbelto, ágil, flexível, dizia trocadilhos com tanta gentileza e acompanhava o canto das

[1] Diminutivo de Vladímir.

ciganas. Realmente, os velhos são, agora, mil vezes mais interessantes que os moços e tem-se a impressão de que a velhice e a mocidade trocaram os papéis. O coronel é dois anos mais velho que seu pai, mas pode essa particularidade ter alguma importância, se, falando com franqueza, ele tem muito mais força vital, mais ânimo e frescor que ela mesma, embora com vinte e três anos apenas?

"Oh, meu querido!", pensava ela. "Meu maravilhoso!"

Convencera-se também, no restaurante, de que não lhe restava uma fagulha sequer do sentimento primitivo. Sentia agora indiferença completa em relação ao amigo de infância, Vladímir Mikháilitch, ou simplesmente Volódia, que, ainda na véspera, fora amado por ela até a demência, até o desespero. No decorrer de toda aquela noite, parecera-lhe desanimado, sonolento, reles, desinteressante; indignara-a o sangue-frio com que costumava abster-se do pagamento de contas de restaurante, e ela mal se contivera de lhe dizer: "Se é pobre, devia ficar em casa". Quem pagava era o oficial.

Talvez porque ante seus olhos passassem velozmente árvores, postes telegráficos e montículos de neve, os pensamentos mais variados surgiam-lhe na mente. Pensava: pela conta no restaurante, foram pagos cento e vinte rublos, cem aos ciganos e amanhã, se ela quiser, poderá atirar ao vento mil rublos, enquanto, dois meses atrás, não tinha sequer três rublos de seu e cada bobagem a obrigava a dirigir-se ao pai. Que mudança em sua vida!

Seus pensamentos estavam se tornando confusos. Lembrava-se de que o coronel Iáguitch, atualmente seu marido, fizera, quando Sófia Lvovna tinha uns dez anos, a corte a sua tia, e que, em casa, todos diziam que ele causara a desgraça desta. Realmente, a tia aparecia frequentemente, ao jantar, com olhos congestionados de pranto e sempre ia passar uns tempos em alguma parte, e diziam dela que, coitada, não sabia onde se meter. Ele era então muito bonito e tinha um êxito extraordinário com as mulheres, a ponto de ser conhecido por toda a cidade e contar-se a seu respeito que, diariamente, ia visitar as admiradoras, como um médico faz com seus doentes. Mesmo agora, apesar dos cabelos grisalhos, das rugas e dos óculos, seu rosto magro parece belo, sobretudo de perfil.

O pai de Sófia Lvovna era médico militar e servira, por algum tempo, no mesmo regimento que Iáguitch. O pai de Volódia era, igualmente, médico militar e também servira no mesmo regimento. Volódia estudava admiravelmente, apesar das aventuras amorosas, frequentemente assaz complicadas e inquietantes. Terminou com grande êxito o curso na universidade e, tendo escolhido, para especialização, as literaturas estrangeiras, está agora, como se diz, escrevendo uma tese. Embora tenha feito trinta anos, vive no quartel, com o pai, e não dispõe de recursos próprios. Na infância, ele e Sófia Lvovna habitaram apartamentos do mesmo prédio e o menino ia frequentemente brincar com ela. Haviam aprendido juntos francês e dança. No entanto, depois que ele cresceu e tornou-se um jovem esbelto e muito bonito, ela passou a envergonhar-se em sua presença; em seguida, amou-o com loucura e continuou a amá-lo até recentemente, até casar-se com Iáguitch. Ele fazia também um sucesso extraordinário junto às mulheres, quase a partir dos quatorze anos, e as senhoras que traíam com ele os respectivos maridos defendiam-se com o fato de Volódia ser pequeno. Ainda recentemente, alguém contara a seu respeito que, sendo estudante, alugara um quarto, nas proximidades da universidade, e que, ao bater alguém em sua porta, ouvia invariavelmente seus passos, seguidos de uma desculpa a meia-voz: *Pardon, je ne suis pas seul.* Iáguitch entusiasmava-se com os êxitos do rapaz e abençoava-o para os feitos futuros, como fizera Dierjávin em relação a Púchkin.[2]

[2] Referência ao seguinte fato: em 8 de janeiro de 1815, Púchkin, então com quinze anos, recitou um poema de sua autoria, numa solenidade no liceu imperial de Tzárskoie Sieló, onde estudava; o velho poeta Dierjávin, presente à cerimônia, ficou comovido até as lágrimas e comunicou

Evidentemente, Iáguitch gostava dele. Ambos passavam horas, jogando em silêncio bilhar ou cento-e-um. Se Iáguitch ia a alguma parte de troica, levava consigo Volódia. Este, por sua vez, confiava unicamente a Iáguitch os mistérios de sua tese. A princípio, quando o coronel era mais moço, eles estiveram frequentemente na situação de rivais nos amores, mas nunca tiveram ciúme um do outro. Na sociedade, que frequentavam juntos, Iáguitch fora apelidado Volódia grande e seu amigo, Volódia pequeno.

Além de Volódia grande, Volódia pequeno e Sófia Lvovna, havia no trenó mais uma pessoa: Margarita Aleksândrovna, ou, como todos a chamavam, Rita, prima da senhora Iáguitch, senhorita com mais de trinta anos, muito pálida, com sobrancelhas negras, de *pince-nez*, e que fumava cigarros sem interrupção, mesmo com o frio mais intenso. Tinha sempre cinzas sobre o peito e os joelhos. Falava fanhosamente, encompridando cada palavra, era fria, podia tomar quanto licor e conhaque quisesse, sem se embriagar, e contava anedotas maliciosas de modo desanimado, pouco interessante. Em casa, passava dias inteiros lendo revistas gordas,[3] cobrindo-as de cinza e comendo maçãs geladas.

— Sônia,[4] acaba com essas loucuras — disse, com voz cantante. — Palavra, chega a ser estúpido.

Perto da barreira de estrada, a troica passou a correr menos, apareceram casas e gente, Sófia Lvovna aquietou-se, apertou-se contra o marido e entregou-se completamente a seus pensamentos. Volódia pequeno estava sentado em frente. Agora, na mente dela, certos pensamentos sombrios começavam a misturar-se aos alegres e leves. Pensava: aquele homem, sen-

depois aos amigos: "Púchkin, guardem este nome. Ele é quem há de me substituir".

[3] Costumava-se designar assim as revistas de nível mais elevado, que eram mais volumosas.

[4] Diminutivo de Sófia.

tado em frente, sabia que ela o amava e, naturalmente, acreditava nos comentários de que se casara com o coronel *par dépit*. Ela jamais lhe confessara seu amor, procurava esconder seus sentimentos, mas, pelo rosto dele, era evidente que a compreendia bem, o que torturava o amor-próprio de Sófia Lvovna. Mas, o que havia de mais humilhante na situação desta era que, após o casamento, aquele Volódia pequeno começara, de repente, a prestar atenção nela, o que jamais acontecera antes; passava junto dela horas inteiras, em silêncio ou falando de coisas insignificantes, e agora, no trenó, sem lhe dirigir a palavra, pisava ligeiramente seu pé e apertava-lhe a mão. Certamente, ele só precisara de que ela se casasse. Era evidente também que a desprezava e que ela despertava nele somente um interesse de natureza especial, como uma mulher pouco decente. E, nos momentos em que, em seu coração, o sentimento de triunfo e o amor pelo marido mesclavam-se à humilhação e ao orgulho ofendido, o arrebatamento apoderava-se dela e vinha-lhe uma vontade de sentar-se na boleia, de gritar e assobiar...

Exatamente no momento em que passavam pelo convento de freiras, ressoou o toque do grande sino de mil *pudes*. Rita fez o sinal da cruz.

— Nossa Ólia[5] está nesse convento — disse Sófia Lvovna, fazendo também o sinal da cruz e estremecendo.

— Por que ela se fechou no mosteiro? — perguntou o coronel.

— *Par dépit* — respondeu Rita, zangada, fazendo alusão evidente ao casamento de Sófia Lvovna com Iáguitch. — Agora, está em moda esse *par dépit*. Um desafio ao mundo inteiro. Era uma moça risonha, muito faceira, só queria saber de bailes e cavalheiros e, de repente, aí está! Surpreendeu a todos!

— É mentira — disse Volódia pequeno, abaixando a gola do abrigo e deixando ver o rosto bonito. — Não se trata de

[5] Diminutivo de Olga.

par dépit, mas de um verdadeiro horror, se quer saber. O irmão Dmítri foi enviado para trabalhos forçados e, agora, não se sabe onde ele está. A mãe morreu de desgosto.

Tornou a levantar a gola.

— Mas Ólia fez bem — acrescentou com voz abafada. — Viver na situação de educanda e, ainda, em companhia de uma preciosidade como Sófia Lvovna exige que se reflita pelo menos!

Sófia Lvovna percebeu em sua voz uma nota de desprezo e quis lhe dizer uma grosseria, mas se calou. Tomara conta dela o mesmo arrebatamento. Pôs-se de pé e gritou, com voz chorosa:

— Quero ir às matinas! Volta, cocheiro! Quero ver Ólia!

O trenó deu meia-volta. O sino do mosteiro ressoava pesadamente e Sófia Lvovna tinha a impressão de que algo, naquele som, falava de Ólia e de sua vida. Soaram também os sinos de outras igrejas. Quando o cocheiro deteve os cavalos, Sófia Lvovna pulou para fora do trenó e caminhou sozinha e rapidamente para o portão.

— Não se demore, por favor! — gritou-lhe o marido. — Já é tarde!

Atravessou o portão escuro, depois a alameda que levava à igreja principal. A neve fresca estalava-lhe sob os pés e o som do sino ressoava agora sobre sua cabeça e parecia penetrar-lhe todo o ser. Eis a porta da igreja, três degraus para baixo, depois o pórtico, com imagens de santos de ambos os lados; há um cheiro de zimbro e de incenso, chega-se a outra porta, um vulto pequeno e escuro abre-a e faz uma saudação baixo, baixo... Ainda não começou o ofício. Uma freira estava caminhando junto à iconóstase, acendendo as velas, enquanto outra alumiava os turíbulos. Vultos negros permaneciam imóveis, aqui e ali, perto das colunas e dos balaústres laterais. “Vão ficar assim até que se inicie o dia”, pensou Sófia Lvovna e teve a impressão de que o ambiente ali era escuro, frio, aborrecedor, mais aborrecedor que no cemitério. Olhou com fastio para os vultos imóveis, petrificados, e, de repente, sentiu apertar-se o coração. Sem saber por que, reconheceu Ólia numa das freiras baixas, de ombros magrinhos e com um lenço preto na cabeça, embora, ao deixar a casa, Ólia fosse gorda e parecesse mais alta. De modo vacilante, profundamente transtornada, Sófia Lvovna acercou-se da noviça e, espiando-lhe o rosto, por cima do ombro, reconheceu Ólia.

— Ólia! — exclamou, erguendo os braços e sem poder dizer mais, tamanha era a sua perturbação. — Ólia!

A freira reconheceu-a no mesmo instante, ergueu com surpresa as sobrancelhas. Seu rosto pálido, limpo, recém-lavado e, mesmo, tinha-se a impressão, seu lencinho branco, que aparecia sob o lenço maior, fulgiram de alegria.

— Deus fez um milagre — disse ela e também ergueu as mãozinhas magras, pálidas.

Sófia Lvovna abraçou-a com força e beijou-a, temendo, ao mesmo tempo, estar cheirando a vinho.

— Nós passamos há pouco por aqui e nos lembramos de você — disse ela, ofegante, como se tivesse andado depressa. — Como está pálida, Senhor! Eu... estou muito contente de ver você. E então? Que tal? Você se aborrece?

Sófia Lvovna espiou para as outras freiras e prosseguiu, agora em voz baixa:

— Tivemos tantas mudanças... Sabe, eu me casei com Vladímir Nikítitch Iáguitch. Você com certeza lembra-se dele... Sou muito feliz.

— Bem, graças a Deus. E teu pai está com saúde?

— Sim. Ele se lembra sempre de você. Escuta, Ólia, venha visitar-nos no feriado. Está ouvindo?

— Irei — disse Ólia com um sorriso. — Irei no segundo dia.

Sem saber por que, Sófia Lvovna rompeu em pranto e ficou chorando por alguns instantes, em silêncio. Enxugou depois os olhos e disse:

— Rita vai ficar com muita pena de não ter visto você.

Ela está com a gente. E Volódia também. Estão junto ao portão. Ficariam tão contentes se você fosse vê-los! Vamos até lá, o ofício ainda não começou.

— Vamos — concordou Ólia.

Persignou-se três vezes e acompanhou Sófia Lvovna até a saída.

— Então, você diz que é feliz, Sônietchka[6] — perguntou, depois que passaram o portão.

— Muito.

— Bem, graças a Deus.

Vendo a freira, Volódia grande e Volódia pequeno desceram do trenó e cumprimentaram-na respeitosos. Estavam visivelmente comovidos com seu rosto pálido e com a roupagem negra de freira, e era agradável a ambos o fato de ter-se lembrado deles e ido cumprimentá-los. Para que não ficasse com frio, Sófia Lvovna cobriu-a com a manta e com a aba de seu abrigo. As lágrimas de há pouco tornaram-lhe mais leve e claro o coração, e ela estava contente pelo fato de que aquela noite ruidosa, inquieta e, no fundo, impura, houvesse terminado repentinamente, de modo tão plácido e puro. Procurando manter Ólia junto de si, durante o máximo de tempo, sugeriu:

— Vamos fazê-la passear de trenó! Sente-se, Ólia, isso não vai demorar.

Os homens esperavam que a freira se recusasse, pois santos não passeiam de troica, mas, para seu grande espanto, ela concordou e sentou-se no trenó. Quando a troica partiu desabalada, em direção da barreira, todos permaneciam em silêncio, cuidando somente de que ela estivesse bem acomodada e agasalhada, e cada um pensou no que ela fora antes e no que era naquele momento. Tinha o rosto indiferente, pouco expressivo, frio, pálido, transparente, como se lhe corresse água nas veias, em lugar de sangue. Mas, dois ou três anos

[6] Outro diminutivo de Sófia.

antes, ela era corpulenta, corada, falava de noivado, ria com qualquer bobagem...

Junto à barreira, a troica deu meia-volta. Uns dez minutos mais tarde, detinha-se à entrada do mosteiro e Ólia saiu do trenó. Vinha do campanário um repicar de sinos.

— Que Deus lhes dê saúde — disse Ólia, com uma saudação profunda, de freira.

— Venha ver a gente, Ólia.

— Irei, irei.

Caminhou depressa e, pouco depois, desaparecia, atrás do portão escuro. Quando a troica partiu, sentiu-se, sem se saber por que, uma profunda tristeza. Todos permaneciam calados. Sófia Lvovna teve uma fraqueza em todo o corpo e abatimento moral. O fato de haver obrigado a freira a sentar-se no trenó e dar uma volta em companhia de gente embriagada parecia-lhe algo estúpido, indelicado, semelhante a profanação. Com a embriaguez, passara-lhe a vontade de enganar a si mesma e, a partir daquele instante, via claramente que não amava e não podia amar o marido, que tudo aquilo era tolice, estupidez. Casara-se por cálculo, porque ele, segundo diziam suas companheiras de escola, era terrivelmente rico, porque tinha medo de ficar para tia, como Rita, e porque estava cansada de seu pai médico e queria causar despeito a Volódia pequeno. Se pudesse supor, quando estava se casando, que seria tão difícil, tão terrível e indecente, não concordaria em casar-se, por riqueza nenhuma no mundo. Mas, agora, não havia como corrigir aquilo, era preciso conformar-se.

Chegaram em casa. Deitando-se na cama quente e macia e cobrindo-se, Sófia Lvovna lembrou-se do pórtico escuro, do cheiro de incenso e dos vultos junto às colunas. Era-lhe penoso pensar que aqueles vultos manter-se-iam imóveis durante todo o tempo em que ela dormisse. As matinas seriam bem longas, depois haveria missa chã, as vésperas, a oração...

"Mas Deus realmente existe e eu vou morrer, com toda a certeza. Quer dizer que, cedo ou tarde, será preciso pensar na alma, na vida eterna, como Ólia. Ela está salva agora, resolveu todos os seus problemas... Mas, se Deus não existe? Nesse caso, está perdida a sua vida. Isto é, perdida como? Perdida por quê?"

Instantes depois, esgueira-se para dentro de sua cabeça o pensamento:

"Deus existe, a morte não pode deixar de vir, é preciso pensar na alma. Se Ólia, neste mesmo instante, vir a sua morte, ela não terá medo. Está preparada. E, principalmente, ela já resolveu para si o problema da vida. Deus existe... sim... Mas, será que não há outra solução senão ir para o convento? Isto significa renunciar à vida, estragá-la para sempre..."

Sófia Lvovna teve um pouco de medo. Escondeu a cabeça sob o travesseiro.

— Não se deve pensar nisso — murmurou. — Não se deve...

Iáguitch estava caminhando sobre o tapete, no quarto contíguo, tilintando suavemente as esporas e cismando. Sófia Lvovna pensou, de repente, que este homem lhe era querido unicamente por chamar-se também Vladímir. Sentou-se na cama e chamou carinhosamente:

— Volódia!

— O que quer?

— Nada.

Tornou a deitar-se. Ouviu-se um repicar de sinos, talvez daquele mesmo convento. Lembrou novamente o pórtico e os vultos escuros, começaram a vaguear-lhe na cabeça pensamentos sobre Deus e a morte inevitável, e ela cobriu-se até a cabeça, para não ouvir os sinos. Imaginou que, antes de chegarem a velhice e a morte, ainda se arrastaria uma vida bem longa e, dia a dia, seria preciso levar em conta a presença do homem que não amava, que já entrara no quarto e estava se deitando para dormir, e seria necessário abafar dentro de si o amor sem esperança pelo outro, que era moço, sedutor e, como ela pensava, extraordinário. Olhou para o marido e quis desejar-lhe boa-noite, mas, em vez disso, pôs-se de repente a chorar. Sentia despeito contra si mesma.

— Bem, está começando a ladainha! — disse Iáguitch fazendo acento em *da*.

Ela se acalmou, mas somente depois das nove. Deixou de chorar e de tremer com todo o corpo, mas começou a sentir uma forte dor de cabeça. Iáguitch estava se preparando apressadamente, no quarto ao lado, para as últimas matinas e resmungava com a ordenança que o ajudava a vestir-se. Entrou no quarto, tilintando ligeiramente as esporas, e apanhou algo, depois tornou a entrar, já com dragonas e condecorações, mancando ligeiramente de reumatismo. Sófia Lvovna teve a impressão de que ele tinha o passo e o olhar de uma ave de rapina.

Ouviu como Iáguitch fazia soar a campainha do telefone.

— Senhorita, queira ligar-me com o quartel de São Basílio! — disse e, depois de alguns instantes: — Quartel de São Basílio? Chame, por favor, o doutor Salimóvitch... — E depois de mais alguns instantes: — Quem fala? É você, Volódia? Muito prazer. Escute, meu caro, peça a seu pai que venha agora a nossa casa, pois minha mulher ficou fora dos eixos, com a farra. Não está, diz você? Hum... Obrigado. Ótimo... será um grande favor... *Merci*.

Iáguitch entrou pela terceira vez no quarto, inclinou-se sobre a esposa, fez-lhe o sinal da cruz, deu-lhe a mão para beijar (as mulheres que o haviam amado beijavam-lhe a mão e ele se acostumara àquilo) e disse que voltaria para o almoço. Em seguida, saiu.

Depois das onze, a empregada veio dizer que havia chegado Vladímir Mikháilitch. Balançando-se de cansaço e dor de cabeça, Sófia Lvovna vestiu rapidamente seu novo e admirável chambre lilás, com borla de pele, e penteou-se às pressas. Sentia uma ternura indizível e tremia de alegria e medo de que ele fosse embora. Queria, ao menos, lançar-lhe um olhar.

Volódia pequeno viera visitá-la, conforme era devido, de fraque e gravata branca. Quando Sófia Lvovna entrou na sala de visitas, ele beijou-lhe a mão e lamentou sinceramente que estivesse doente. Depois, quando se sentaram, elogiou-lhe o chambre.

— Fiquei transtornada com a entrevista de ontem com Ólia — disse ela. — A princípio, tive medo, mas agora eu a invejo. Ela é um rochedo inabalável. Mas, será possível, Volódia, que não tivesse outra solução? Será que enterrar-se viva significa resolver o problema da vida? Mas aquilo é morte, não é vida.

A lembrança de Ólia fez com que o rosto de Volódia pequeno adquirisse uma expressão comovida.

— Você, Volódia, é uma pessoa inteligente — disse Sófia Lvovna. — Ensine-me a agir exatamente como ela. Naturalmente, sou incrédula e não iria para o convento, mas sempre se pode fazer algo equivalente. Minha vida não é fácil — prosseguiu, depois de algum silêncio. — Ensine-me... Diga-me algo convincente. Uma palavra ao menos.

— Uma palavra? Pois não: tararabumba.

— Volódia, por que me despreza? — perguntou ela com vivacidade. — Fala comigo, desculpe se o digo, numa linguagem especial, de homem fátuo, que não se usa com amigos, nem com mulheres direitas. Você tem sucesso como cientista, você ama a ciência, mas por que nunca fala de ciência comigo? Porque sou, acaso, indigna?

Volódia pequeno fez uma careta de aborrecimento e disse:

— De onde surgiu, de repente, tanto amor pela ciência? Ou será que quer também uma constituição? Ou, talvez, esturjão com raiz-forte?

— Ora, está bem, sou insignificante, uma mulher sem princípios, pouco inteligente... Tenho uma infinidade, uma infinidade de defeitos, sou uma psicopata, uma depravada, e deve-se desprezar-me por isso. Mas você, Volódia, é dez anos mais velho que eu, e meu marido é trinta anos mais velho. Cresci sob os olhos de vocês e, se quisessem, poderiam ter feito de mim o que lhes aprouvesse, mesmo um anjo. Mas vocês... (sua voz estremeceu) agem comigo de modo terrível. Iáguitch casou-se comigo depois de velho e você...

— Ora, chega, chega — disse Volódia, sentando-se mais perto e beijando-lhe as mãos. — Deixemos que filosofem os Schopenhauer e demonstrem tudo o que quiserem, mas nós vamos beijar essas mãozinhas.

— Você me despreza, mas se soubesse como eu sofro com isso! — disse ela indecisa, compreendendo de antemão que ele não acreditaria. — E se soubesse como eu quero me transformar, começar uma vida nova! Penso nisso com entusiasmo — disse e, realmente, apareceram-lhe lágrimas de entusiasmo. — Ser uma pessoa boa, honesta, pura, não mentir, ter um objetivo na vida.

— Ora, ora, ora, por favor, nada de fita! Eu não gosto! — disse Volódia, e seu rosto adquiriu uma expressão birrenta. — Meu Deus, parece que está no palco. Vamos comportar-nos como gente.

Para que ele não se zangasse e não fosse embora, ela começou a justificar-se e, procurando agradar-lhe, sorriu de modo forçado e falou novamente de Ólia e da vontade que tinha de resolver o problema de sua vida, de se tornar gente.

— Tara... ra... bumba... — cantarolou ele a meia-voz. — Tara... ra... bumba!

Inesperadamente, segurou-a pela cintura. Sem saber o que fazia, ela pôs-lhe as mãos nos ombros e, por alguns instantes, olhou em êxtase, como num arrebatamento, seu rosto inteligente, zombeteiro, a fronte, os olhos, a barba bonita...

— Você mesmo sabe há muito tempo que eu o amo — confessou ela e enrubesceu, atormentada, sentindo que até seus lábios entortavam-se convulsivamente de vergonha. — Eu o amo. Por que, então, me tortura?

Fechou os olhos e beijou-o com força nos lábios e, por

muito tempo, durante um minuto talvez, não pôde terminar aquele beijo, embora soubesse que era indecente, que ele próprio podia condená-la e que não era improvável aparecer uma criada...

— Oh, como você me tortura! — repetiu ela.

Meia hora depois, tendo recebido aquilo de que precisava, ele estava sentado na sala de jantar, fazendo uma ligeira refeição, e ela, ajoelhada em frente, olhava-o com avidez no rosto. Volódia dizia-lhe que ela lembrava um cachorrinho, à espera de que lhe jogassem um pedacinho de presunto. Depois, fê-la sentar-se sobre um de seus joelhos e, balançando-a como uma criança, cantarolou:

— Tara... rabumba... Tara... rabumba!

Quando ele se preparava para sair, ela perguntou-lhe, com voz apaixonada:

— Quando? Hoje? Onde?

E estendeu as mãos em direção de sua boca, como se quisesse agarrar a resposta até com as mãos.

— Hoje, duvido que seja conveniente — disse ele, depois de pensar um pouco. — Amanhã, sim.

Separaram-se. Antes do almoço, Sófia Lvovna foi visitar Ólia no convento, mas disseram-lhe que ela estava recitando salmos, em intenção de um defunto. Do convento, dirigiu-se à casa do pai e também não o encontrou. Tendo trocado de carro, ficou passeando sem destino pelas ruas e becos da cidade, até o anoitecer. E, sem saber por que, lembrava-se então daquela mesma tia, de olhos congestionados de pranto, que não sabia onde se meter.

De noite, passearam de novo de troica e foram ouvir os ciganos, no restaurante fora da cidade. E quando tornaram a passar pelo convento, Sófia Lvovna lembrou-se de Ólia e, mais uma vez, sentiu pavor, ao pensar que as moças e mulheres de seu meio não tinham outra solução, a não ser passear incessantemente de troica e mentir, ou então retirar-se para um convento, abafar a carne... No dia seguinte, teve lugar a entrevista e novamente Sófia Lvovna ficou passeando de carro pela cidade, sozinha, lembrando-se da tia.

Volódia pequeno abandonou-a uma semana mais tarde. Depois daquilo, a vida passou como dantes, igualmente desinteressante, triste e, às vezes, mesmo acabrunhadora. O coronel e Volódia pequeno ficavam jogando longamente bilhar e cento-e-um, Rita contava anedotas de modo desinteressante e desanimado, Sófia Lvovna andava de carro de aluguel ou pedia ao marido que a levasse a passear de troica.

Passando quase diariamente no convento, ela importunava Ólia, a quem se queixava de seus intoleráveis sofrimentos, chorava e, ao mesmo tempo, sentia trazer para a cela algo impuro, infeliz e gasto, enquanto Ólia dizia-lhe maquinalmente, como se estivesse repetindo uma lição, que tudo aquilo não era nada, tudo passaria e Deus haveria de perdoá-la.

(1893)

UM CASO CLÍNICO

O professor recebeu um telegrama da fábrica dos Liálikov, com um pedido de que viajasse para lá o quanto antes. Estava doente a filha de certa senhora Liálikova, proprietária da fábrica, segundo parecia, e nada mais se podia compreender naquele telegrama longo e mal redigido. O professor não foi pessoalmente, mas enviou seu assistente, Koroliόv.

Saindo de Moscou, era preciso passar duas estações e, depois, percorrer de carro umas quatro verstas. Uma troica foi enviada ao encontro de Koroliόv. O cocheiro usava chapéu com pena de pavão e respondia a todas as perguntas, em voz bem alta, à moda militar: "De modo nenhum! — Certo!". Era um entardecer de sábado, o sol estava no ocaso. Os operários encaminhavam-se em grandes grupos da fábrica para a estação e faziam uma saudação aos cavalos. Koroliόv estava maravilhado com o entardecer, as propriedades rurais, as casas de campo, as bétulas, e com aquela placidez que se sentia ao redor, pois tinha-se a impressão de que o campo, o bosque, o sol, preparavam-se para descansar, como os operários, descansar e, talvez, rezar...

Ele nascera e fora criado em Moscou, não conhecia o campo e jamais se interessara por fábricas, nem visitara uma delas. No entanto, tivera ocasião de ler sobre tais estabelecimentos, bem como visitar casas de industriais e conversar com eles. Por isso, quando via, de longe ou de perto, alguma fábrica, pensava que, se por fora tudo parecia paz e tranquilidade, dentro, com certeza, haveria apenas uma ignorância atroz, o egoísmo embotado dos patrões, o trabalho monótono, insalubre, dos operários, brigas, vodca, insetos. E naquele momento, quando os operários afastavam-se do carro, com ar respeitoso e assustado, adivinhava, em seus rostos, nos bonés, no modo de andar, uma falta de asseio físico, embriaguez, excitação nervosa, confusão mental.

Atravessaram o portão da fábrica. De ambos os lados, apareciam casinhas de operários, rostos de mulher, roupas e cobertores na entrada. "Cuidado!", gritava o cocheiro, sem conter os cavalos. Avistaram um pátio amplo, sem vegetação, com cinco enormes pavilhões, rematados por chaminés e afastados entre si, depósitos de mercadoria, barracões, tudo coberto de uma espécie de poeira cinzenta. Aqui e ali, como oásis num deserto, jardinzinhos minúsculos e telhados verdes ou vermelhos de casas, habitadas por membros da administração. O cocheiro deteve de repente os cavalos e o carro parou diante de uma casa recém-pintada de cinzento. Havia ali uma cerca de lilases, coberta de poeira, e sentia-se sobre o patamar amarelo um cheiro forte de tinta.

— Queira entrar, doutor — disseram vozes femininas no saguão e na antessala, ouvindo-se, ao mesmo tempo, suspiros e um murmúrio. — Queira entrar, já estávamos impacientes... é realmente uma desgraça. Por aqui, tenha a bondade.

A senhora Liálikova, corpulenta, algo idosa, de vestido preto de seda, com mangas segundo a última moda, mas, a julgar pelo rosto, pessoa simples e pouco instruída, olhava com expressão alarmada para o médico, sem se atrever a estender-lhe a mão. Ao lado, estava uma senhora de cabelos curtos, de *pince-nez*, com um casaquinho de cores vivas, muito magra e nada jovem. Os criados chamavam-na de Khristina Dmítrievna e Korolióv adivinhou que era a governanta. Ao que parece, fora encarregada, na qualidade de pessoa mais instruída da casa, de receber o médico, pois, no mesmo instante, começou a expor apressadamente as causas da doença, entrando em pormenores miúdos e cacetes, sem dizer, todavia, quem estava doente e do que se tratava.

O médico e a governanta ficaram sentados, conversando, enquanto a dona de casa permanecia imóvel, à porta, em atitude de espera. Korolióv pôde concluir da conversa que a enferma era Lisa,[1] moça de vinte anos, filha única e herdeira da senhora Liálikova. Estava doente havia muito tempo, tratara-se com diferentes médicos e, na última noite, tivera, até o amanhecer, palpitações tão fortes que ninguém em casa conseguira dormir, com medo de que morresse.

— Ela é doentinha desde a primeira infância, pode-se dizer — contou Khristina Dmítrievna, com voz cantante, enxugando a cada momento os lábios com a mão. Os médicos dizem que são os nervos, mas, quando era pequena, os médicos lhe empurraram para dentro umas escrófulas, e eu penso que talvez seja por isso.

Foram ver a doente. Completamente adulta, grande, de boa estatura, mas feia, parecida com a mãe, com os mesmos olhos pequenos e tendo muito larga e desmesuradamente desenvolvida a parte inferior do rosto, despenteada e coberta até o queixo, causou a Korolióv, no primeiro instante, a impressão de uma criatura infeliz, indigente, agasalhada por piedade naquela casa, e custava-lhe crer que fosse herdeira de cinco enormes edifícios.

— Viemos vê-la — começou Korolióv —, vamos curá-la. Bom dia.

Apresentou-se e apertou-lhe a mão, que era grande, fria e feia. A jovem sentou-se e, sem dúvida, acostumada desde cedo a médicos, deixou-se auscultar, indiferente ao fato de ter desnudos os ombros e o peito.

— Tenho palpitações — disse. — Durante a noite, foi um horror... quase morri! Queira dar-me algum remédio.

— Vou dar, vou dar! Acalme-se.

Korolióv examinou-a e encolheu os ombros.

— O coração está em ordem, tudo vai bem. Os nervos,

[1] Diminutivo de Ielisavieta.

com certeza, desembestaram um pouco, mas é coisa sem importância. Suponho que a crise já passou. Deite-se para dormir.

Entrementes, haviam trazido para o quarto uma lâmpada de mesa. A doente franziu os olhos para a luz e, de repente, envolveu a cabeça com as mãos e começou a chorar. No mesmo instante, Korolióv sentiu desaparecer aquela imagem de criatura feia e indigente, não lhe notava mais os olhos pequenos, nem os traços grosseiros da parte inferior do rosto. Via agora uma expressão suave e dolorida, tão inteligente, tão comovedora, e toda ela pareceu-lhe esbelta, feminina, singela, inspirando já uma vontade de acalmá-la não com remédios, nem com conselhos, mas com uma simples palavra de carinho. A mãe abraçou-lhe a cabeça e apertou-a contra si. Quanta angústia, quanto desespero, no rosto da velha! Sem regatear esforços, dedicara toda a vida a fazer com que a filha aprendesse francês, música, dança, contratara para ela uma dezena de professores, os melhores médicos, mantivera em casa uma governanta, e agora não compreendia o porquê daquelas lágrimas, de tanto sofrimento. Perplexa, tinha uma expressão de culpa, uma expressão de alarma, desesperada, como se ela tivesse omitido algo muito importante, houvesse deixado de fazer alguma coisa ou de convidar alguém, sem saber quem fosse.

— Lísanka,[2] outra vez... outra vez — dizia ela, apertando a filha contra si. — Minha querida, meu benzinho, minha filhinha, conte-me, o que você tem? Tenha pena de mim e me conte.

Ambas choraram amargamente. Korolióv sentou-se na beirada na cama e segurou a mão de Lisa.

— Vamos, vamos, para que chorar? — disse carinhosamente. — Não há nada no mundo que mereça essas lágrimas. Vamos, não chore, não precisa...

Entretanto, pensou:

"É tempo de casá-la..."

[2] Outro diminutivo de Ielisavieta.

— O médico daqui da fábrica deu-lhe brometo de cálcio — disse a governanta —, mas eu notei que ela só piorou com o remédio. Na minha opinião, se a gente quer dar alguma coisa para o coração, devem ser gotas... esqueci o nome... de junquilho, se não me engano.

Recomeçaram os pormenores. Interrompia o médico, impedia-o de falar e, em seu rosto, estava patente uma expressão de esforço, como se supusesse que, sendo a mulher mais instruída da casa, estivesse obrigada a manter com o médico uma conversa ininterrupta que não podia deixar de ser sobre Medicina.

Korolióv ficou aborrecido.

— Não estou vendo nada de especial — disse, saindo do quarto e dirigindo-se à mãe. — Se a sua filha foi tratada pelo médico da fábrica, é bom que ele continue a fazê-lo. O tratamento, até agora, estava certo e não vejo necessidade de mudar de médico. Para quê? É uma doença absolutamente comum, nada de sério...

Falava lentamente, calçando as luvas, enquanto a senhora Liálikova permanecia imóvel, dirigindo para ele os olhos congestionados de pranto.

— Falta meia hora para o trem das dez — disse ele. — Espero não perdê-lo.

— O senhor não poderia ficar aqui em casa? — perguntou ela, e lágrimas tornaram a deslizar-lhe pela face. — Tenho vergonha de incomodá-lo, mas seja bondoso... pelo amor de Deus — prosseguiu a meia-voz, espiando para a porta. — Passe a noite aqui. Ela é minha... única filha... me pregou um susto a noite passada, não consigo vir a mim... Não vá embora, pelo amor de Deus...

Ele queria retrucar que tinha muito serviço em Moscou e que a família estava à sua espera. Era-lhe penoso passar a noite numa casa estranha, sem necessidade, mas, depois de olhar para o rosto dela, suspirou e pôs-se a tirar as luvas, em silêncio.

Acenderam para ele todas as lâmpadas e velas, no salão e na sala de visitas. Ficou sentado junto ao piano de cauda, folheando os cadernos de música, depois examinou os quadros nas paredes, os retratos. Nos quadros a óleo, com molduras douradas, havia paisagens da Crimeia, o mar tempestuoso com um naviozinho, um padre católico segurando um cálice de bebida, e tudo aquilo aparecia seco, delambido, sem talento... Nos retratos, não havia um semblante bonito, interessante, mas apenas rostos de zigomas largos e olhos espantados. Liálikov, pai de Lisa, tinha uma fronte pequena e um rosto de quem estivesse satisfeito consigo mesmo, um uniforme que se acomodava como um saco sobre seu corpanzil sem raça e, no peito, uma medalha e uma insígnia da Cruz Vermelha. A cultura ali era pobre, o luxo, casual, sem sentido e sem conforto, como aquele uniforme. O assoalho causava irritação, com seu brilho, era irritante também o lustre, e lembrava-se sem querer a história do comerciante que fora aos banhos com a medalha ao pescoço...

Vinha um murmúrio da sala de visitas, alguém ressonava baixinho. De repente, chegaram do pátio sons cortantes, interrompidos, metálicos, que o médico jamais ouvira antes e que não compreendia agora. Ressoaram-lhe no coração, de modo estranho e desagradável.

"Creio que não moraria aqui, por nada deste mundo...", pensou e ocupou-se novamente com os cadernos de música.

— Doutor, venha comer alguma coisa! — chamou-o a governanta, a meia-voz.

Foi cear. A mesa era grande, havia profusão de frios e de vinhos, mas cearam apenas ele e Khristina Dmítrievna, que tomou madeira, comeu depressa e ficou falando, enquanto espiava para ele através do *pince-nez*:

— Os operários estão muito contentes conosco. Na fábrica, temos espetáculos teatrais cada inverno, os próprios operários trabalham como artistas. Bem, há também leituras, acompanhadas de projeções com lanterna mágica, uma sala de chá magnífica e tudo o que se pode precisar. São-nos muito afeiçoados e encomendaram missa, ao saber que Lísanka piorou. Não têm instrução, mas também sabem sentir as coisas.

— Parece que vocês não têm um homem em casa — disse Koroliów.

— Nenhum. Piotr Nicanóritch morreu há um ano e meio e ficamos sozinhas. Assim vivemos as três. Passamos os verões aqui e os invernos em Moscou, na Polianka. Faz onze anos que vivo com elas. É como se eu fosse da família.

Serviram esturjão, bolinhos de galinha e compota. Os vinhos eram caros, franceses.

— Por favor, não faça cerimônia, doutor — dizia Khristina Dmítrievna, comendo e enxugando a boca no punho pequeno, e via-se que ela tirava o máximo prazer de sua vida ali. — Sirva-se, faça o favor.

Depois da ceia, o médico foi acompanhado ao quarto, onde lhe haviam preparado a cama. Mas não tinha sono, era sufocante o ar, e havia no quarto um cheiro de tinta. Pôs o sobretudo e saiu de casa.

Fora, estava um tempo fresco. Apontava já a aurora[3] e, no ar úmido, delineavam-se nitidamente os cinco pavilhões, com suas compridas chaminés, os barracões e os depósitos. O trabalho estava suspenso, por causa de feriado, as janelas, escuras, e somente num dos edifícios havia um forno aceso; duas janelas pareciam carmesins e da chaminé saía fumaça, acompanhada, de vez em quando, de um resplendor de chama. Ouviam-se, ao longe, o coaxar das rãs e o canto de um rouxinol.

Olhando para aqueles edifícios e para os barracões em que dormiam os operários, ocorreram-lhe os pensamento que tinha sempre ao ver fábricas. Que houvesse ali espetáculos teatrais para os operários, lanternas mágicas, assistência médica, toda espécie de melhoramentos, apesar de tudo, os operários que ele encontrara aquele dia, no caminho da estação, não se

[3] Na região em que se passa a ação, as noites de maio são bem curtas.

diferençavam em nada, pelo aspecto, daqueles outros que ele vira havia muito, na infância, quando ainda não existiam espetáculos teatrais nas fábricas, nem demais melhoramentos. Na qualidade de médico, aprendera a fazer juízo acertado sobre os males crônicos, de causa essencial desconhecida, o que os tornava incuráveis, e olhava para as fábricas como um mal-entendido, cuja causa era igualmente obscura e impossível de afastar. Quanto aos melhoramentos na vida dos operários, não os considerava supérfluos, mas comparava-os ao tratamento das doenças incuráveis.

"Aqui, há um mal-entendido, naturalmente...", pensava, olhando para o carmesim das janelas. "Mil e quinhentos a dois mil operários trabalham sem descanso, num ambiente insalubre, fabricando chita ordinária, vivem semifamintos e só de vez em quando despertam deste pesadelo, no botequim. Uma centena de pessoas vigia o trabalho que os demais realizam, e toda a vida dessa gente passa-se em registro de multas, em discussões, injustiças, e somente dois ou três dos chamados patrões aproveitam as vantagens de tudo aqui, embora absolutamente não trabalhem e desprezem aquela chita inferior. Mas, quais são essas vantagens e como são aproveitadas? Liálikova e a filha são infelizes, inspiram compaixão, e somente Khristina Dmítrievna, solteirona um tanto idosa e estúpida, de *pince-nez*, tira todo o prazer de sua vida ali. Conclui-se, portanto, que se trabalha naqueles cinco pavilhões e vende-se chita ordinária nos mercados do Oriente, unicamente para que Khristina Dmítrievna possa comer esturjão e tomar madeira."

De repente, ressoaram sons estranhos, os mesmos que ele ouvira antes da ceia. Junto a um dos edifícios, alguém batia numa placa de metal e, logo em seguida, procurava conter o ruído, de modo que resultavam sons breves, agudos, impuros, algo como "der... der... der...". Depois de um pouquinho de silêncio, ressoaram junto a outro pavilhão sons igualmente interrompidos e desagradáveis, mas que eram mais baixos, cavernosos: "drun... drun... drun...". Onze vezes. Eram certamente os guardas, anunciando a hora.

Ressoou junto ao terceiro pavilhão: "jak... jak... jak...". E assim junto a todos os pavilhões e, depois, atrás dos barracões e além do portão. Tinha-se a impressão de que aqueles sons eram emitidos, em pleno silêncio noturno, pelo próprio monstro de olhos carmesins, pelo demônio em pessoa, que possuía ali tanto os patrões como os operários e enganava a uns e outros.

Korolióv saiu do pátio e caminhou para o campo.

— Quem está aí? — gritou do portão, em sua direção, uma voz rude.

"Parece uma prisão..." — pensou ele e não respondeu ao grito.

No campo, ouviam-se melhor os sapos e rouxinóis, sentia-se a noite de maio. Vinha da estação o ruído de um trem. Em alguma parte, galos sonolentos emitiam seu grito, mas, apesar de tudo, a noite era plácida, o mundo estava dormindo tranquilo. Não longe da fábrica, havia troncos de árvores cortadas, acumulava-se material para uma construção. Korolióv sentou-se sobre as tábuas e continuou pensando:

"Somente a governanta sente-se bem aqui e toda a fábrica funciona unicamente para satisfazer seus prazeres. Mas ela parece ser apenas uma espécie de testa de ferro. O mais importante de todos, aquele para quem se faz tudo aqui, é o demônio."

E ele pensou no diabo, em quem não acreditava, e ficou olhando para as duas janelas iluminadas pelo fogo. Tinha a impressão de que olhava para ele, com aqueles olhos carmesins, o próprio demônio, aquela força desconhecida que estabelecera as relações entre os fortes e os fracos, este erro grosseiro, que já não havia meio de corrigir. É preciso que o forte impeça o fraco de viver, tal é a lei da natureza; isto parece compreensível e facilmente aceitável, mas somente num artigo de jornal ou num livro de estudo; no entanto, na mixórdia da vida cotidiana, na confusão de toda a miuçalha de que são tecidas as relações humanas, aquilo já não era uma lei, mas uma contradição, uma incompatibilidade lógica, pois tanto o forte como o fraco tombavam vítimas de suas relações mútuas, submetendo-se involuntariamente a alguma força diretriz, desconhecida, situada fora da vida, estranha ao homem. Assim pensava Koroliόv, sentado sobre tábuas e, aos poucos, foi invadido por um sentimento de que aquela força desconhecida e misteriosa estava realmente perto dali e olhava para ele. Entretanto, o oriente tornava-se cada vez mais esmaecido, passava depressa o tempo. Os cinco pavilhões e as chaminés, aparecendo sobre o fundo cinzento do alvorecer, quando não havia pessoa alguma ao redor, como se tudo estivesse morto, tinham um aspecto peculiar, diferente do diurno. Sumira da memória a ideia de que ali dentro havia máquinas a vapor, eletricidade, telefones, mas, apesar de tudo, pensava-se nos edifícios com pilastras, na Idade da Pedra, sentia-se a presença de uma força rude, inconsciente...

Ouviu-se de novo:

— Der... der... der... der...

Doze vezes. De novo um silêncio curto, e ressoou, na outra extremidade do pátio:

— Drun... drun... drun... "Terrivelmente desagradável!", pensou Koroliόv.

— Jak... jak... — ouviu-se, num terceiro ponto, o som interrompido, agudo, que parecia despeitado. — Jak... jak...

Foram precisos uns quatro minutos para anunciar meia-noite. Depois, tudo ficou em silêncio e teve-se novamente a impressão de que o mundo morrera ao redor.

Koroliόv passou mais algum tempo sentado e voltou para casa, mas tardou a deitar-se. Nos quartos vizinhos, havia um murmúrio, ouvia-se o lepte-lepte de chinelos de pés descalços.

"Será uma nova crise?", pensou Koroliόv.

Saiu do quarto, para ir ver a doente. Já estava completamente claro dentro de casa. Na sala, estremecia no chão e sobre a parede um raio débil de sol, que penetrara ali, através da névoa matinal. Estava aberta a porta do quarto de Lisa, que permanecia na poltrona ao lado da cama, de chambre, enrolada num xale, despenteada. Estavam descidas as persianas.

— Como se sente? — perguntou Koroliόv.

— Muito bem, obrigada.

Segurou-lhe um pouco o pulso, depois ajeitou-lhe os cabelos, que haviam caído sobre a testa.

— A senhora não está dormindo — disse ele. — Lá fora, faz um tempo maravilhoso, gorjeiam os rouxinóis, e a senhora está aí, sentada no escuro, cismando.

Ela ficou a escutá-lo e olhou-o no rosto. Seus olhos eram tristes, inteligentes, e via-se que ela queria dizer-lhe algo.

— Isto lhe acontece com frequência? — perguntou ele.

A jovem moveu ligeiramente os lábios e respondeu:

— Sim. Sinto-me mal quase toda noite.

Naquele momento, os guardas começaram a bater duas horas. Ouviu-se: "der... der..." e ela estremeceu:

— Incomoda-a este barulho? — perguntou ele.

— Não sei. Aqui, tudo me incomoda — respondeu, ficando pensativa. — Tudo incomoda. Em sua voz, eu percebo simpatia; não sei por que, desde que o vi, tive a impressão de que se pode falar de tudo com o senhor.

— Fale, eu lhe peço.

— Quero dar-lhe a minha opinião. Penso que não tenho doença alguma e que se fico inquieta e sinto temores é porque não pode ser de outro modo. Mesmo a pessoa mais sadia não pode deixar de se inquietar, se, por exemplo, há um salteador embaixo da janela. Estou sendo tratada com muita frequência — prosseguiu, olhando para os joelhos, e sorriu com timidez —, naturalmente, fico muito agradecida e não nego a utilidade do tratamento, mas eu gostaria de conversar não com um médico, e sim com uma pessoa próxima, um amigo, que me compreendesse e me convencesse de que tenho razão ou de que estou errada.

— Não tem amigos?

— Vivo solitária. Tenho minha mãe, que eu amo, mas, apesar de tudo, sou solitária. Assim se ajeitou minha vida... Os solitários leem muito, mas falam e ouvem pouco, a vida é um mistério para eles: são místicos e enxergam, muitas vezes, o diabo onde ele não está. A Tamara[4] de Liérmontov era solitária e via o diabo.

— Lê muito?

— Sim. Não tenho nada a fazer, da manhã à noite. De dia, fico lendo e, à noite, tenho a cabeça vazia, em vez de pensamentos aparecem-me não sei que sombras.

— Vê alguma coisa de noite?

— Não, mas sinto...

Sorriu mais uma vez e ergueu os olhos na direção do médico, com um olhar muito triste, muito inteligente. Koroliόv teve a impressão de que a moça acreditava nele, queria conversar sinceramente e que pensava do mesmo modo que ele. Mas Lisa permaneceu em silêncio, esperando talvez que o médico falasse.

E ele sabia o que lhe dizer. Via claramente que ela deveria deixar o quanto antes aqueles cinco pavilhões e o milhão, se o possuía; e deixar aquele demônio que ficava olhando de noite. Via ainda, com a mesma clareza, que assim pensava ela própria e estava apenas esperando que alguém, em quem confiava, lhe confirmasse aquilo.

Mas ele não sabia como dizê-lo. Que fazer? Fica-se constrangido de perguntar a um condenado o porquê de sua condenação; sente-se a mesma perturbação, ao pretender-se perguntar a gente muito rica para que precisa de tanto dinheiro, por que aproveita assim mal a riqueza e por que não a joga fora, mesmo quando vê nela sua infelicidade. E mesmo que

[4] Personagem do poema “O demônio”, de Liérmontov.

se chegue a iniciar uma conversa sobre esse tema, semelhante conversa torna-se acabrunhante, desajeitada, demasiadamente longa.

"Como dizê-lo?", pensou Koroliόv. "E será mesmo preciso?"

Acabou por dizê-lo, mas de modo indireto:

— A senhora, que se encontra na situação de proprietária de uma indústria e herdeira rica, não está satisfeita, não acredita em seu direito e, agora, não consegue dormir. Isto, naturalmente, é melhor que se estivesse satisfeita, dormisse bem e pensasse que tudo corre satisfatoriamente. A senhora tem uma insônia digna, é um bom sinal, apesar de tudo. Na realidade, seria inconcebível entre nossos pais uma conversa como essa que estamos tendo agora. Eles não ficavam conversando à noite, mas dormiam profundamente. Nossa geração dorme mal, ficamos angustiados, conversamos muito e estamos sempre procurando descobrir se temos ou não razão. No entanto, para nossos filhos ou netos, estará resolvida essa questão de se ter ou não razão. Isto lhes aparecerá mais claro. A vida será boa daqui a uns cinquenta anos, pena que não a alcancemos. Seria interessante ver um pouco.

— Mas, o que farão nossos filhos e netos? — perguntou Lisa.

— Não sei... Talvez abandonem tudo, para ir embora.

— Para onde?

— Para onde quiserem — disse Koroliόv e pôs-se a rir. — São tantos os lugares para onde pode ir uma pessoa boa e inteligente.

Olhou para o relógio.

— Mas, o sol já se ergueu. A senhora deve dormir. Tire a roupa e durma tranquila. Fiquei muito contente de conhecê-la — prosseguiu, apertando a mão dela. — A senhora é uma pessoa simpática e interessante. Boa noite!

Retirou-se para o quarto e deitou-se para dormir.

Na manhã seguinte, quando a carruagem estava à porta, todos saíram para a escada, a fim de se despedir dele. Lisa estava pálida e lânguida, com um vestido branco de festa e uma florzinha no cabelo. Olhava para ele do mesmo modo que na véspera, sorrindo com expressão triste e inteligente, falava, e tudo aquilo como se quisesse dizer-lhe algo especial e importante, e dizê-lo unicamente para ele. Cantavam as calhandras e repicavam os sinos da igreja. Brilhavam alegremente as janelas dos pavilhões fabris e, atravessando o pátio e dirigindo-se, depois, para a estação, Koroliόv não se lembrava mais dos operários, nem dos edifícios com pilastras, nem do diabo, mas pensava unicamente no tempo, talvez próximo, em que a vida será tão luminosa e plena de alegria como aquela plácida manhã de domingo. Pensava também em como era agradável, em semelhante manhã de primavera, viajar numa boa carruagem, atrelada a três cavalos, e esquentar-se ao sol.

(1898)

HOMEM NUM ESTOJO

Caçadores retardatários preparavam-se para passar a noite num barracão, propriedade de Prokófi, estaroste de Moronóssitzkoie, e que ficava num dos extremos do povoado. Eram dois apenas: o veterinário Ivan Ivânitch e Búrkin, professor de ginásio. Ivan Ivânitch tinha um sobrenome duplo, bastante esquisito: Tchimchá-Guimaláiski, que não lhe ia bem, de modo que, em toda a província, ele era chamado simplesmente pelo nome e pelo patronímico. Residia perto da cidade, numa estação de remonta, e viera à caçada para respirar ar livre. O professor Búrkin passava os verões na propriedade dos condes P. e, há muito, era bem conhecido na redondeza.

Não dormiam. Ivan Ivânitch, velho alto, macilento, de bigodes compridos, estava sentado à entrada do barracão, e, iluminado pelo luar, fumava cachimbo. Búrkin, deitado sobre palha, no interior, era invisível na escuridão.

Contavam diferentes histórias. Comentavam, entre outras coisas, que a mulher do prefeito do povoado, Mavra, sadia e nada tola, jamais saíra do povoado natal, nunca vira uma cidade, nem uma estrada de ferro e, nos últimos dez anos, ficava sempre sentada junto ao fogão, saindo para a rua somente à noite.

— Que tem isso de extraordinário? — disse Búrkin. — Não são raras, neste mundo, as pessoas solitárias por natureza, que sempre procuram se refugiar em sua concha, como o bernardo-eremita ou o caracol. Talvez seja manifestação de atavismo, um retrocesso ao tempo em que o antepassado do homem não se tornara ainda um animal social e vivia solitário em sua cova; ou talvez se trate, simplesmente, de uma particularidade da natureza humana. Quem sabe? Não sou naturalista e não é da minha conta tratar dessas questões. Quero dizer apenas que pessoas como Mavra não são fenômeno raro. Sim, não se precisa procurar muito. Faz uns dois meses, morreu em nossa cidade um tal Biélikov, professor de grego e meu colega. Você, naturalmente, ouviu falar dele. Distinguia-se pelo fato de que sempre, mesmo com tempo ótimo, saía de galochas, com guarda-chuva, vestindo um sobretudo forrado de algodão. Tinha o guarda-chuva protegido por uma capa, trazia o relógio numa capinha de camurça cinzenta e, quando tirava o canivete, para apontar um lápis, via-se que o canivete estava também numa bainha. Dava a impressão de ter o rosto igualmente numa bainha, pois o escondia o tempo todo, sob a gola levantada. Usava óculos escuros e camiseta, tampava os ouvidos com algodão e, quando alugava um carro, ordenava ao cocheiro que levantasse a capota. Em suma, observava-se naquele homem uma tendência constante e invencível de cercar-se por uma membrana, de criar para si, por assim dizer, um estojo, que o isolasse e o defendesse contra influências externas. A realidade irritava-o, assustava-o, mantinha-o num sobressalto permanente. Era talvez para justificar aquela sua timidez, sua repugnância ao atual, que ele sempre louvava o passado e o que jamais existira. As línguas mortas que lecionava eram, para ele, em essência, a mesma coisa que as galochas e o guarda-chuva, em que se escondia da vida real.

— Oh, como é sonoro, como é belo o idioma grego! — dizia com doce expressão. E, como se quisesse demonstrar a justeza do que dizia, entrecerrava os olhos e, erguendo o dedo, acrescentava: — Anthropos!

Biélikov procurava esconder num estojo também seus pensamentos. A única coisa clara para ele eram as circulares e os artigos de jornal em que se proibia algo. Se uma circular proibia aos alunos sair à rua depois das nove da noite, ou se um artigo proibia o amor carnal, isto lhe parecia claro, definido: estava proibido e pronto. Pelo contrário, licença, autorização, ocultavam sempre para ele um elemento duvidoso, algo confuso e que não fora dito até o fim. Quando, na cidade, autorizava-se uma sociedade dramática, uma biblioteca ou um salão de chá, ele balançava a cabeça e dizia pausadamente:

— Está claro que assim é, está tudo muito bem, contanto que não aconteça alguma coisa.

Qualquer espécie de transgressão, omissão ou inobservância de regulamento causava-lhe profunda depressão, embora parecesse que ele nada tinha a ver com aquilo. Se um dos colegas chegava atrasado à missa, ou circulavam notícias sobre alguma travessura dos ginasianos, ou se alguém vira uma inspetora de classe, à noite, em companhia de um oficial, ficava muito transtornado e sempre dizia: "Contanto que não aconteça alguma coisa". Reunido o conselho pedagógico, ele simplesmente nos oprimia com suas precauções, sua desconfiança e com suas considerações de homem enfurnado, sobre a má conduta dos jovens, tanto nos ginásios masculinos como nos femininos, havendo muito barulho nas salas de aula — ah, contanto que isso não chegue aos ouvidos das autoridades, ah, contanto que não aconteça alguma coisa! — e sobre a grande conveniência de se excluir Pietróv do segundo ano e Iegorov do quarto. E que pensa você? Ele nos oprimia a todos com seus suspiros, suas lamúrias, com seus óculos escuros sobre o rosto pequeno e pálido — sabe, um rosto pequeno como de uma doninha — e nós acabávamos cedendo, tirávamos pontos da nota de comportamento de Pietróv e Iegorov, mandávamos deixá-los presos e, por fim, excluíamos ambos. Tinha o estranho hábito de nos fazer visitas. Chegava em casa de um professor e permanecia sentado em silêncio, como se procurasse algo com o olhar. Depois de passar assim uma hora ou duas, ia embora. Chamava a isto "manter boas relações com os colegas" e, provavelmente, lhe era penoso ir a nossas casas e ficar ali sentado e fazia-o apenas porque o considerava sua obrigação de colega. Nós, professores, tínhamos medo dele. O próprio diretor o temia. Imagine, os nossos professores são gente que pensa, profundamente correta, educada na leitura de Turguêniev e Schedrin, e aquele homenzinho, que andava sempre de galocha e guarda-chuva, manteve em suas mãos o ginásio durante uns bons quinze anos! Mas, não era só o ginásio, era a cidade inteira! As senhoras deixavam de organizar espetáculos de amadores aos sábados, com medo de que ele viesse a sabê-lo. Os membros do clero acanhavam-se de comer em sua presença algo que não estivesse conforme ao ritual, ou de jogar baralho. Sob a influência de gente como Biélikov, em nossa cidade começou-se, nos últimos dez a quinze anos, a ter medo de tudo. Temia-se falar alto, enviar cartas, travar relações, ler livros, ajudar os pobres, ensinar o ABC...

Querendo dizer algo, Ivan Ivânitch tossiu um pouco, mas, primeiro, acendeu o cachimbo, olhou para a lua e, somente depois, disse pausadamente:

— Sim. As pessoas que pensam, as pessoas dignas, leem Schedrin e Turguêniev, leem toda espécie de Buckle e outros assim, mas, apesar de tudo, submeteram-se, toleraram... Nisso é que está a coisa.

— Biélikov residia no mesmo prédio que eu — prosseguiu Búrkin —, no mesmo andar, no apartamento em frente. Víamo-nos com frequência e eu conhecia sua existência doméstica. Em casa, era a mesma coisa: roupão, barrete, venezianas, ferrolhos, toda uma série de proibições, de limitações e — ah, contanto que não aconteça alguma coisa! O alimento ritual dos dias santificados faz mal à saúde, mas não se deve, também, comer como nos dias comuns, porquanto poderiam dizer que Biélikov não respeita o jejum; por isso, comia perca frita em manteiga, alimento que não é propriamente de jejum, mas também não se pode afirmar que desrespeite o ritual. Não tinha em casa criada feminina, com medo de que alguém fizesse mau juízo a seu respeito, e mantinha a seu serviço o cozinheiro Afanássi, de uns sessenta anos, bebedor e meio imbecil, que servira outrora de ordenança e sabia cozinhar alguma coisa. Aquele Afanássi costumava permanecer à porta do apartamento, de braços cruzados, murmurando sempre o mesmo, com um suspiro profundo:

— Quantos desses existem hoje em dia!

O quarto de dormir de Biélikov era pequeno, lembrando uma gaveta, a cama tinha dossel. Deitando-se para dormir, cobria-se até a cabeça. Fazia calor, o ambiente era abafado, o vento batia nas portas fechadas, algo silvava no fogão. Chegava da cozinha um som de suspiros, uns suspiros de mau agouro...

E ele sentia medo sob o cobertor. Temia que acontecesse alguma coisa, que o Afanássi o apunhalasse, que entrassem ladrões no apartamento e, depois, tinha sonhos inquietantes a noite inteira. De manhã, quando nos dirigíamos juntos para o colégio, ele ia triste, pálido, e era evidente que o colégio muito frequentado, para o qual se dirigia, assustava-o e repugnava a todo o seu ser, e que era penoso caminhar a meu lado, para aquele homem solitário por natureza.

— Fazem barulho demais nas nossas salas de aula — dizia, como se procurasse uma explicação para aquele sentimento penoso. — Isto já é intolerável.

Mas imagine que aquele professor de grego, aquele homem num estojo, por pouco não se casou.

Ivan Ivânitch lançou um olhar rápido para dentro do barracão e disse:

— Está brincando!

— Sim, por pouco não se casou, por mais estranho que pareça. Foi nomeado para nosso colégio um novo professor de História e Geografia, um tal Mikhail Sávitch Kovalenko, um ucraniano. Chegou à cidade com a irmã, Várienka.[1] Ele

[1] Diminutivo de Varvara.

era moço, alto, moreno, de mãos enormes, e por seu rosto se via que devia falar com voz de baixo. E, realmente, sua voz parecia sair de uma barrica: bu-bu-bu... Ela já não era jovem, uns trinta anos, mas também alta, esbelta, de sobrancelhas negras e faces coradas, um pão de ló, e bem animada, barulhenta, sempre cantando romanças ucranianas e dando gargalhada. Por qualquer coisinha, sacudia-se toda com um riso bem sonoro: ha-ha-ha! Nosso primeiro conhecimento mais seguro com os Kovalenko teve lugar na festa de aniversário do diretor. No meio dos pedagogos severos, que se aborreciam com esforço e iam às festas de aniversário também por obrigação, vimos, de repente, uma nova Afrodite surgindo da espuma: andava com as mãos nas cadeiras, dava gargalhada, cantava, dançava... Cantou com sentimento "Sopram Ventos", depois mais uma romança, outra, e nos deixou a todos fascinados, todos, o próprio Biélikov inclusive. Sentou-se ao lado dela e disse, com um doce sorriso:

— Por sua delicadeza e agradável sonoridade, o idioma ucraniano lembra o grego antigo.

Ela ficou lisonjeada e começou a contar-lhe com sentimento e em tom convincente que possuía uma granja no distrito de Gadiatchsk, que naquela granja residia sua mamãezinha e que lá cresciam umas peras, uns melões, umas abóboras! Os camponeses ucranianos usam nomes diferentes para as frutas e fazem um *borsch*,[2] com beterraba e berinjela, "tão gostoso, tão gostoso, que é simplesmente um horror!".

Ficamos escutando, escutando e, de repente, fomos todos assaltados pelo mesmo pensamento:

— Seria bom casá-los — disse, a meia-voz, a mulher do diretor.

Sem saber por que, lembramo-nos todos de que o nosso Biélikov não era casado, e parecia-nos já estranho que, até então, não tivéssemos notado uma particularidade tão impor-

[2] Sopa típica.

tante de sua vida. Qual era, em geral, seu modo de considerar as mulheres? Como resolvia para si essa questão essencial? Anteriormente, isto não nos interessara absolutamente. Talvez não admitíssemos sequer o pensamento de que um homem que andava de galochas com qualquer tempo e dormia sob um dossel pudesse amar.

— Ele já passou há muito dos quarenta e ela tem trinta... — explicou seu pensamento a mulher do diretor. — Tenho a impressão de que ela se casaria com ele.

O que não se faz, por fastio, em nossa cidade provincial, quantas coisas desnecessárias e extravagantes! E isto porque não se faz absolutamente nada do que se deve. Aí está, por exemplo, por que tivemos necessidade, de repente, de casar aquele Biélikov, que ninguém poderia sequer imaginar na condição de homem casado? A mulher do diretor, a inspetora e todas as senhoras de nosso colégio animaram-se, tornaram-se até mais bonitas, como se houvessem encontrado, de súbito, um objetivo na vida. A mulher do diretor comprou entradas para um camarote no teatro e vimos então, em seu camarote, Várienka, sentada com um leque assim, radiante, feliz, e a seu lado Biélikov, pequeno, torcido, como se o tivessem retirado de casa com uma torquês. Quando dei uma festinha, as senhoras exigiram que convidasse sem falta Biélikov e Várienka. Em suma, a máquina pôs-se em movimento. Com efeito, Várienka não era avessa à ideia de casamento. Sua vida em casa do irmão não era das mais alegres, sabia-se que passavam dias inteiros discutindo e insultando-se. Imagine o espetáculo: caminha pela rua o Kovalenko, um homenzarrão de camisa bordada, uma mecha de cabelo cai-lhe do boné sobre a testa; numa das mãos, tem alguns livros, noutra, um pau com sinais de galhos; atrás, caminha a irmã, também carregando livros.

— Mas, você não leu isso, Mikháilik! — discute ela em voz alta. — Eu digo, eu juro que você nunca leu isso!

— E eu te digo que li! — grita Kovalenko, fazendo ressoar a bengala sobre a calçada.

— Ah, meu Deus, Míntchik![3] Por que você se zanga, nós estamos apenas conversando, em princípio.

— Mas eu te digo que li! — grita ainda mais alto Kovalenko.

Em casa e em presença de um estranho, não podia faltar uma briga. Certamente, aborrecia-se com uma vida assim, tinha vontade de possuir um canto próprio e, além disso, era preciso levar em conta a idade. Não havia mais tempo para uma escolha, nessas condições uma pessoa se casa com qualquer um, mesmo com um professor de grego. É preciso acrescentar que, para a maioria de nossas senhoritas, o problema resume-se em casar, seja com quem for. Em todo caso, Várienka passou a manifestar evidente benevolência em relação ao nosso Biélikov.

E este? Visitava a casa de Kovalenko do mesmo modo que as nossas. Chegando lá, ficava sentado em silêncio. Permanecia calado e Várienka lhe cantava "Sopram Ventos" ou ficava a olhá-lo, com expressão pensativa em seus olhos escuros, ou, de repente, explodia:

— Ha-ha-ha!

Em assuntos de amor, e sobretudo de casamento, as influências estranhas exercem importante papel. Os colegas, as senhoras, todos em suma, procuraram convencer Biélikov de que ele devia casar-se e que não tinha mais nada a fazer na vida. Todos lhe dávamos os parabéns e dizíamos com ar solene toda espécie de banalidades, no gênero de que o casamento é um passo sério. Além de tudo isso, Várienka era nada feia, interessante, filha de um conselheiro-civil e proprietária de uma granja e, sobretudo, foi a primeira mulher que o tratara afetuosa e carinhosamente. Começou a girar-lhe a cabeça e ele resolveu que, realmente, devia casar-se.

— Era o momento apropriado para lhe tirar as galochas e o guarda-chuva — disse Ivan Ivânitch.

[3] Outro diminutivo possível de Mikhail.

— Imagine você: constatou-se que seria impossível. Ele pôs sobre a mesa o retrato de Várienka, visitava-me com frequência e ficava falando sobre a moça, sobre a vida de família, sobre o passo sério que é o casamento, ia muitas vezes à casa dos Kovalenko, mas não modificou um pouco sequer o modo de vida. Pelo contrário até, a decisão de casar-se agiu sobre ele de um modo enfermiço; emagreceu, empalideceu e, tinha-se a impressão, enfiou-se ainda mais em seu estojo.

— Varvara Sávichna me agrada — dizia-me, com um sorrisinho fraco e oblíquo — e eu sei que o casamento é indispensável a cada pessoa, mas... tudo isso, sabe, sucedeu assim de repente... É preciso pensar um pouco.

— Pensar o quê? — replicava eu. — Case-se e pronto.

— Não, o casamento é um passo sério, é preciso pensar previamente nas futuras obrigações, a responsabilidade... para que, depois, não aconteça alguma coisa. Isto me inquieta tanto, passo agora as noites sem dormir. E confesso que estou com medo: ela e o irmão têm certo modo estranho de pensar e, além disso, é de temperamento muito vivo. A gente se casa e, depois, pode acontecer alguma história.

E ele não pedia a mão de Várienka, adiava sempre aquele momento, para grande aborrecimento da mulher do diretor e de todas as senhoras do colégio. Ficava o tempo todo calculando as obrigações e a responsabilidade futuras e, ao mesmo tempo, ia quase diariamente passear com Várienka, pensando talvez que assim se devesse proceder em sua situação, e vinha frequentemente a minha casa para conversar sobre a vida de família. E com toda probabilidade, acabaria pedindo a mão dela e ter-se-ia realizado um daqueles casamentos desnecessários e estúpidos, que em nosso meio se efetuam aos milhares, por fastio e falta de ocupação, se não ocorresse, repentinamente, um *kolossalische Scandal*. É preciso dizer que o irmão de Várienka, Kovalenko, odiava Biélikov desde o dia em que o conhecera.

— Não compreendo — dizia-nos, encolhendo os ombros

—, não compreendo como vocês toleram esse fiscal, essa carantonha repugnante. Eh, senhores, como é que vocês conseguem viver aqui?! O ar aqui é abafado, asqueroso. Pensam que são pedagogos, professores? Vocês são uns escaladores de cargos, isto aqui não é um templo de ciência, mas uma administração de bons costumes. Aqui se sente uma fedentina ácida, como na guarita de um policial. Não, irmãos, vou viver mais um pouco entre vocês e depois partir para a minha granja. Vou lá apanhar camarões e lecionar aos garotos dos camponeses. Vou partir e fiquem aqui vocês com este Judas, que rebente!

Às vezes, dava gargalhadas até chorar e, depois, ora com voz de baixo, ora com uma vozinha fina, esganiçada, perguntava-me com um gesto de desalento:

— Por que fica ele aí, sentado em minha casa? De que é que ele precisa? Fica aí sentado, olhando, olhando.

Apelidara Biélikov de "aranha de Deus". Naturalmente, evitávamos comentar com ele o fato de que a irmã, Várienka, pretendia casar-se com a "aranha de Deus". E quando, certa vez, a mulher do diretor sugeriu-lhe que seria bom casar sua irmã com um homem tão sério e estimado por todos como Biélikov, franziu o sobrolho e resmungou:

— Isto não é da minha conta. Que ela se case até com uma cobra, eu não gosto de me intrometer em negócios alheios.

Ouça agora o que se passou em seguida. Algum traquinas fez uma caricatura: Biélikov de galochas e de calças arregaçadas, sob um guarda-chuva, dando o braço a Várienka; embaixo, a legenda: *Anthropos apaixonado*. Sua expressão estava reproduzida admiravelmente. O artista devia ter passado mais de uma noite trabalhando, pois receberam um exemplar todos os professores do ginásio masculino e do feminino, os professores do seminário, os funcionários públicos. Recebeu-a também o próprio Biélikov. A caricatura causou-lhe a mais penosa impressão.

Saímos juntos de casa (era domingo e, além disso, primeiro de maio, e todos nós, professores e alunos, havíamos combinado de nos encontrar perto do edifício do colégio e irmos juntos para um bosque, perto da cidade), saímos juntos, mas ele estava todo verde e mais sombrio que uma nuvem.

— Quanta gente malvada há neste mundo! — disse, os lábios trêmulos.

Fiquei até com pena. Estávamos andando assim, e, de repente, pode imaginar, vemos Kovalenko, de bicicleta e, atrás dele, Várienka, igualmente de bicicleta, vermelha, cansada, mas contente e alegre.

— Estamos na dianteira! — gritou ela. — Está um tempo tão bonito, tão bonito, que é simplesmente um horror!

E sumiram ambos. Meu Biélikov de verde passou a branco e pareceu petrificado. Parou e ficou me olhando...

— Desculpe, mas que é isto? — perguntou. — Ou talvez a vista me engane? Será decente professores de ginásio e mulheres andarem de bicicleta?

— E o que há de inconveniente nisso? — disse eu. — Que passeiem à vontade.

— Mas, como é que se pode? — gritou ele, espantado com a minha calma. — O que está dizendo?!

Impressionado, não quis ir mais longe e voltou para casa.

No dia seguinte, ficou todo o tempo esfregando nervosamente as mãos e estremecendo, e via-se pela expressão de seu rosto que não se sentia bem. Deixou a escola antes de concluídas as aulas, o que lhe acontecia pela primeira vez na vida. Não almoçou. Ao anoitecer, agasalhou-se bem, embora fizesse tempo estival, e arrastou-se para a casa dos Kovalenko. Várienka não estava em casa, ele encontrou somente o irmão.

— Faça a bondade de sentar-se — disse Kovalenko friamente e franziu o sobrolho. Tinha o rosto sonolento, acabara de descansar depois do almoço e estava de muito mau humor.

Biélikov permaneceu em silêncio uns dez minutos e começou:

— Vim vê-lo para desafogar o coração. Estou com um

sentimento muito, muito penoso. Um garatujador qualquer me desenhou em situação ridícula, em companhia de mais uma pessoa, muito chegada a nós dois. Considero ser minha obrigação assegurar-lhe que não tenho nada com isso... Não dei qualquer pretexto para um gracejo desses, mas, pelo contrário, portei-me o tempo todo como pessoa absolutamente correta.

Kovalenko permanecia sentado, silencioso e com ar aborrecido. Biélikov esperou um pouco e prosseguiu em voz baixa e triste:

— E eu tenho mais uma coisa a dizer-lhe. Sou funcionário há muito tempo, o senhor está apenas começando a carreira e, como colega mais velho, considero minha obrigação preveni-lo. O senhor passeia de bicicleta, e esse divertimento é muitíssimo indecente para um educador da juventude.

— Mas, por quê? — perguntou Kovalenko, com voz de baixo.

— Mas, será ainda preciso dar explicações, Mikhail Sávitch, não está tudo claro? Se um professor passeia de bicicleta, que resta aos alunos fazer? Só lhes falta andar de pernas para o ar! E se não houve uma circular autorizando aqueles passeios, quer dizer que são proibidos. Ontem, fiquei horrorizado! Quando vi sua irmãzinha, meus olhos nublaram-se. Uma senhora ou moça de bicicleta é horrível!

— Mas, o que deseja, exatamente?

— Apenas uma coisa, preveni-lo, Mikhail Sávitch. O senhor é uma pessoa moça, tem um futuro pela frente, é preciso portar-se com muito, muito cuidado, o que o senhor não faz de modo algum, ah, isto é que não! Usa camisa bordada, está sempre carregando pela rua não sei que livros, e agora, ainda, acontece esse caso da bicicleta. O diretor acabará sabendo que o senhor e sua irmãzinha passeiam de bicicleta, isto chegará ao conhecimento de autoridades superiores... Que pode resultar de bom de tudo isso?

— Ninguém tem nada com o fato de eu passear de bicicleta com minha irmã! — disse Kovalenko e seu rosto ficou purpúreo. — E se alguém se intrometer em minha vida de família, vou mandá-lo a todos os diabos.

Biélikov empalideceu e ergueu-se.

— Se o senhor fala comigo num tom desses, eu não posso continuar a conversa — disse ele. — E peço-lhe nunca se expressar assim, em minha presença, sobre os superiores hierárquicos. O senhor deve tratar com respeito as autoridades.

— Mas, que foi que eu disse de mau sobre as autoridades? — perguntou Kovalenko, olhando-o com rancor. — Por favor, deixe-me em paz. Sou uma pessoa honesta e não quero falar com alguém como o senhor. Não gosto de fiscais.

Biélikov movimentou-se nervosamente e começou a vestir-se depressa, uma expressão de horror no rosto. Era a primeira vez na vida que ouvia algo tão grosseiro.

— O senhor pode falar o que bem entender — disse, saindo para o patamar da escada. — Devo somente adverti-lo: é possível que alguém nos tenha ouvido e, para que não interpretem mal o que dissemos e para que não aconteça alguma coisa, deverei comunicar ao senhor diretor um resumo de nossa conversa... em traços gerais. É minha obrigação fazer isto.

— Comunicá-lo? Ande, vá comunicá-lo já!

Kovalenko agarrou-o por trás pela gola e deu-lhe um empurrão, de modo que Biélikov rolou escada abaixo, fazendo muito barulho com as galochas. A escada era alta e íngreme, mas ele rolou até embaixo, sem maiores tropeços. Levantando-se, apalpou o nariz, para verificar se não quebrara os óculos. Mas, exatamente no momento em que estava rolando pela escada, entraram no edifício Várienka e mais duas senhoras. Ficaram paradas embaixo, olhando, e para Biélikov isto representava a parte mais terrível do episódio. Seria melhor, provavelmente, quebrar o pescoço e as pernas, que se tornar objeto de mofa: agora, toda a cidade haveria de sabê-lo, a notícia chegaria ao diretor, ao curador e — ah, contanto que não acontecesse alguma coisa — haveriam de fazer nova caricatura e, por fim, mandariam pedir exoneração...

Quando ele se levantou, Várienka reconheceu-o e, olhando para seu rosto ridículo, sua capa amassada e suas galochas, não compreendendo do que se tratava e supondo que ele caíra sozinho, por descuido, não se conteve e deu uma gargalhada, que ressoou por todo o edifício:

— Ha-ha-ha!

E aquele sonoro e contagioso "ha-ha-ha" marcou o término de tudo: o noivado e a própria existência terrena de Biélikov. Ele não ouvia mais o que dizia Várienka e não via nada. Regressando para casa, tirou, em primeiro lugar, da mesa o retrato dela, depois se deitou e não se levantou mais.

Uns três dias mais tarde, Afanássi procurou-me, perguntando-me se não era preciso chamar o médico, pois alguma coisa estava acontecendo ao patrão. Fui ver Biélikov. Estava deitado sob o dossel, debaixo do cobertor, sempre calado; se lhe perguntavam algo, respondia "sim" ou "não" e não se obtinha mais nenhum som. Perto do patrão deitado, vagueava Afanássi, de ar sombrio, sobrolho franzido, emitindo suspiros profundos e cheirando a vodca, como um botequim.

Biélikov morreu um mês mais tarde. Fomos a seu enterro todos, isto é, ambos os ginásios da cidade e o seminário. Deitado no caixão, tinha uma expressão plácida, agradável, alegre até, como se estivesse contente porque, finalmente, haviam-no colocado num estojo do qual jamais sairia. Sim, havia alcançado seu ideal! E como se fosse uma homenagem, o tempo, durante seu enterro, estava sombrio, chuvoso, e íamos todos de galocha e guarda-chuva. Várienka foi também ao enterro e chorou, quando faziam descer na cova o caixão. Reparei que as ucranianas sabem somente chorar ou rir e que não conhecem um estado intermediário de ânimo.

Confesso que enterrar gente como Biélikov constitui um grande prazer. Voltando do cemitério, tínhamos no rosto uma expressão modesta, como se costuma ter em dias de jejum. Ninguém queria deixar transparecer aquele sentimento de prazer, semelhante ao que havíamos experimentado muitos anos atrás, quando os adultos nos deixaram sozinhos em casa e ficamos correndo pelo jardim uma ou duas horas, gozando uma liberdade completa. Ah, liberdade, liberdade! Até uma ligeira alusão, uma débil esperança sobre a sua possibilidade, fazem com que a alma crie asas, não é mesmo?

Regressamos bem-humorados do cemitério. Mas, não passara ainda uma semana, e a vida correu como antes, a mesma vida severa, cansativa, sem sentido, que não fora proibida por circular, mas também não estava totalmente autorizada; as coisas não se tornaram melhores. Realmente Biélikov foi enterrado, mas quantos homens em estojo ainda ficaram, quantos existirão ainda!

— Nisso é que está a coisa — disse Ivan Ivânitch e pôs-se a fumar o cachimbo.

— Quantos existirão ainda! — repetiu Búrkin.

O professor saiu do barracão. Era um homem de porte pequeno, gordo, completamente calvo, com uma barba negra, que lhe chegava quase à cintura; com ele, saíram dois cachorros.

— A lua, que lua! — disse, olhando para o alto.

Era já meia-noite. À direita, via-se todo o povoado, uma rua comprida estendia-se até longe, por quase cinco verstas. Tudo estava imerso num sono quieto, profundo; nenhum movimento, nenhum som, era difícil acreditar que houvesse um silêncio assim na natureza. Quando se vê, numa noite de luar, uma rua larga de povoado, com suas isbás, suas medas de feno, seus salgueiros adormecidos, um sentimento sereno desce sobre a alma; aquela rua de povoado, em sua quietude, defendida, pelas sombras noturnas, dos trabalhos, das preocupações e do sofrimento, é plácida, melancólica, bela, e tem-se a impressão de que as próprias estrelas olham-na comovidas e com carinho e que o mal não existe mais sobre a terra. O campo começava à esquerda da extremidade do povoado; podia-se vê-lo até longe, até o horizonte, e em toda a extensão daquele campo, banhado de luar, também não havia um movimento, um som sequer.

— Aí é que está a coisa — repetiu Ivan Ivânitch. — E o fato de morarmos na cidade, sem espaço, numa atmosfera abafada, escrevermos papéis desnecessários, jogarmos uíste, não será isso um estojo também? E o passarmos a vida toda entre gente desocupada, entre rábulas, entre mulheres tolas e ociosas, falando e ouvindo banalidades, não será isso um estojo? Aliás, se quiser, poderei contar-lhe um episódio muito instrutivo.

— Não, já está na hora de dormir — disse Búrkin. — Até amanhã.

Entraram no barracão e deitaram-se sobre o feno. Já se haviam coberto e cochilado, quando se ouviram, de repente, passos ligeiros: tup, tup... Alguém estava caminhando perto do barracão; caminhava um pouco, parava e, instantes mais tarde, ouvia-se novamente: tup, tup... Os cachorros rosnaram.

— É Mavra andando por aí — disse Búrkin.

Cessou o ruído de passos.

— Ver e ouvir como se mente — disse Ivan Ivânitch, virando-se para o outro lado — e depois você mesmo é chamado de tolo, porque suporta essas mentiras; tolerar ofensas, humilhações, não ousar declarar francamente que você está do lado das pessoas honestas e livres e você mesmo mentir, sorrir, e tudo isso por causa de um pedaço de pão, por causa de um cantinho tépido, por causa de algum cargozinho, que vale vintém, não, não se pode mais viver assim!

— Ora, isto já é outra ladainha, Ivan Ivânitch — disse o professor. — Vamos dormir.

Uns dez minutos depois, Búrkin já estava dormindo. Mas Ivan Ivânitch continuou virando-se de um lado para outro e suspirando; em seguida, levantou-se, saiu novamente do barracão e, sentando-se à porta, pôs-se a fumar o cachimbo.

(1898)

QUERIDINHA

Ólenka,[1] filha do assessor-colegial reformado Pliemiânikov, estava sentada, pensativa, na entrada de seu pátio. Fazia calor, as moscas voavam irritantes em volta, e era bom pensar que não tardaria a noite. Nuvens escuras de chuva chegavam do Oriente, de onde vinha também uma aragem úmida.

No meio do pátio, estava Kúkin, dono e empresário do parque de diversões[2] Tivoli. Morava no mesmo prédio, no pavilhão, e, naquele momento, estava olhando para o céu.

— Novamente! — dizia, desesperado. — Vai chover novamente! Chove todos os dias, todos os dias, parece de propósito! É um desastre, uma catástrofe! Estou sofrendo diariamente um prejuízo enorme!

Erguendo os braços, prosseguiu, dirigindo-se para Ólenka:

— É assim a nossa vida, Olga Siemiônovna. Dá vontade de chorar! A gente trabalha, se esforça, sofre, passa noites em claro, tudo faz para conseguir o melhor resultado. E o que se vê? Por um lado, o público é ignorante, selvagem. Eu lhe proporciono a melhor opereta, um espetáculo feérico, cantores magníficos, mas é disso que ele precisa? Entende ele dessas coisas? Não, o público quer é chanchada! Por outro lado, olhe

[1] Diminutivo de Olga.

[2] Eram comuns na Rússia, no tempo de Tchekhov, parques que tinham, como atração principal, um teatro.

para esse tempo. Chove quase toda noite. Começou em 10 de maio e lá vão já todo maio e junho, um horror! O público não aparece, e eu tenho que pagar o aluguel do teatro, os artistas.

No dia seguinte, à noitinha, o céu estava outra vez toldado de nuvens, e Kúkin dizia, com um riso histérico:

— Então, que lhe parece? Quanto a mim, nem me importo mais! A chuva pode inundar todo o parque, a água pode me cobrir também! Que eu não encontre mais felicidade sobre a terra e nem no outro mundo! Que os artistas me processem! Que me condenem a trabalhos forçados, na Sibéria! Que me mandem, mesmo, para a forca! Ha-ha-ha!

No terceiro dia, foi a mesma história...

Ólenka ouvia Kúkin em silêncio, seriamente, e, às vezes, lágrimas toldavam-lhe os olhos. Por fim, as desventuras de Kúkin comoveram-na de vez e ela o amou. Kúkin era baixo, esquálido, de rosto amarelo, com o cabelo penteado sobre as têmporas, falava com voz fina de tenorino, entortando a boca. Seu rosto tinha sempre a mesma expressão de desespero, mas, apesar de tudo, despertou nela um sentimento verdadeiro, profundo. Ólenka estava sempre amando alguém e não podia viver sem isso. A princípio, amou o pai, que estava agora doente, passando os dias numa poltrona, num quarto escuro, e respirava com dificuldade; amou a tia, que vinha de Briansk, uma vez em dois anos; e, antes disso, quando estava estudando no ginásio, amara o professor de francês. Era uma mocinha quieta, de gênio bom, repassada de piedade, com um olhar doce, suave, e muito sadia. Olhando para as suas faces cheias, rosadas, para seu pescoço, branco, macio, com uma pinta escura, para o sorriso bom e ingênuo, que lhe aparecia no rosto quando ouvia algo agradável, os homens pensavam: "Realmente, não é má...", e sorriam também. As senhoras que visitavam sua casa não conseguiam conter-se e, em meio à conversa, agarravam-lhe a mão e exclamavam, arrebatadas:

— Queridinha!

A casa em que morava desde que nasceu, e que fora registrada em seu nome no testamento paterno, ficava nos arredores da cidade, no Arrabalde dos Ciganos, perto do Jardim Tivoli. À tarde e à noite, ouvia a música tocar no parque e o espocar dos rojões, e tinha a impressão de que era Kúkin lutando com o destino e tomando de assalto seu maior inimigo: o público indiferente. Sentia oprimir-se docemente o coração, perdia de todo o sono e quando, de manhãzinha, ele voltava para casa, ela batia baixo na janela e sorria com ternura, mostrando-lhe, através da cortina, apenas o rosto e um dos ombros...

Kúkin pediu-lhe a mão e casaram-se. E quando ele viu de verdade aquele pescoço e aqueles ombros cheios, sadios, ergueu as mãos e exclamou:

— Queridinha!

Ele era feliz, mas, como a chuva não cessasse no dia das bodas e mesmo à noite, uma expressão de desespero não lhe deixava o semblante.

Depois do casamento, viveram bem. Ela trabalhava de caixa, cuidava de que tudo estivesse em ordem no parque, anotava as despesas, pagava os artistas e suas faces rosadas, seu sorriso doce, ingênuo, que lembrava a aurora, apareciam ora na janelinha da caixa, ora nos bastidores, ora no bar. E ela já dizia a seus conhecidos que a coisa mais admirável, mais importante e necessária no mundo era o teatro, e que somente no teatro se poderia receber um prazer verdadeiro, tornar-se instruído, humano.

— Mas, que entende disso o público? — dizia. — Ele quer chanchada! Ontem, demos *Fausto pelo avesso* e estavam vazios quase todos os camarotes. No entanto, se Vânitchka[3] e eu tivéssemos montado alguma coisa trivial, acreditem, o teatro ficaria repleto. Amanhã, Vânitchka e eu vamos montar *Orfeu nos infernos*. Venham.

Repetia tudo o que Kúkin dizia do teatro e dos atores.

[3] Diminutivo de Ivan.

A exemplo dele, desprezava o público, pela ignorância e pela indiferença em relação à arte. Intrometia-se nos ensaios, corrigia os atores, vigiava o comportamento dos músicos, e quando o jornal local referia-se desfavoravelmente ao espetáculo, chorava e ia depois à redação.

Os atores gostavam dela e apelidaram-na *Vânitchka e eu* e *Queridinha*. Compadecia-se deles e fazia-lhes pequenos empréstimos. Se acontecia alguém a enganar, chorava às escondidas, mas não se queixava ao marido.

No inverno, também viviam bem. Alugaram, por toda a estação, o teatro municipal e sublocavam-no, por prazos curtos, ora a algum conjunto ucraniano, ora a um prestidigitador, ora a amadores locais. Ólenka estava engordando e vivia radiante de prazer, enquanto Kúkin emagrecia e ficava amarelo, queixando-se sempre de perdas enormes, embora os negócios não andassem mal durante todo o inverno. Tossia de noite e ela dava-lhe xarope de framboesa e chá de flores de tília, friccionava-o com água-de-colônia, forrava-o com seus xales macios.

— Como você é bonzinho! — dizia ela com toda a sinceridade, alisando-lhe os cabelos. — Como você é bonitinho!

Na Quaresma, ele foi a Moscou para contratar artistas. Ela perdia o sono, passava as noites sentada à janela, olhando as estrelas. Comparava-se então às galinhas, que também ficam inquietas e passam as noites sem dormir, quando falta o galo no galinheiro. Kúkin demorou-se em Moscou e escreveu que voltaria na Semana Santa. Ao mesmo tempo, dava já algumas instruções sobre o Tivoli. Na noite de Segunda-Feira Santa, porém, ressoou um ruído sinistro; era alguém que batia no portão como num barril: "Bum! Bum! Bum!". A cozinheira sonolenta correu a abrir o portão, chapinhando nas poças com os pés descalços.

— Abra, por favor! — dizia alguém, atrás do portão, com voz de baixo profundo. — É um telegrama!

Ólenka já havia recebido, anteriormente, telegramas do

marido, mas, dessa vez, sem saber por que, ficou estarrecida. Abriu o envelope com mãos trêmulas e leu:

"Ivan Pietróvitch morreu hoje de repente adepois esperamos instruções entero terça-feira".

O telegrama estava impresso assim mesmo, com aquele incompreensível *adepois*, assinava-o o diretor da companhia de operetas.

— Meu querido! — soluçou Ólenka. — Meu doce Vânitchka! Para que fui encontrar-te na vida? Para que te encontrei e amei? Como pudeste deixar tua pobre Ólenka, tão pobre, tão infeliz?

Kúkin foi enterrado terça-feira, em Moscou, no bairro de Vagankov. Ólenka voltou para casa quarta-feira e, mal entrou no quarto, atirou-se na cama e emitiu soluços tão violentos, que se ouviam na rua e nos quintais vizinhos.

— Queridinha! — diziam as vizinhas, persignando-se. — Queridinha Olga Siemiônovna, mãezinha, como padece!

Três meses depois, Ólenka estava, certa vez, de regresso da missa, muito triste, trajando luto profundo. Aconteceu que, ao lado, caminhava um de seus vizinhos, Vassíli Andréievitch Pustovalov, gerente do depósito de madeiras do comerciante Babakáiev. Também voltava da igreja, estava de chapéu de palha e colete branco, com uma corrente de ouro, e mais parecia um proprietário rural que homem de comércio.

— Todas as coisas obedecem a uma ordem determinada, Olga Siemiônovna — dizia gravemente, uma nota de compaixão na voz — e, se algum dos nossos morre, é porque Deus quis assim. Mesmo nesse caso, devemos controlar-nos e suportar tudo.

Tendo acompanhado Ólenka até o portão, despediu-se e foi adiante. Depois, ela ficou ouvindo o dia todo sua voz grave e, mal fechava os olhos, parecia-lhe ver sua barba escura. Gostara muito dele. Ao que parece, ela também o impressionara, pois, algum tempo depois, apareceu para tomar café em sua casa uma senhora de idade, a quem mal conhecia, e que, apenas se sentou à mesa, começou a falar de Pustovalov, de que ele era um homem bom, respeitável, e que qualquer mulher gostaria de se casar com ele. Três dias depois, apareceu o próprio Pustovalov. A visita foi de uns dez minutos apenas e ele pouco falou, mas Ólenka enamorou-se, a ponto de passar a noite em claro, abrasando-se como se estivesse com febre. De manhã, mandou chamar a senhora idosa. Tratou-se o casamento, que se realizou pouco depois.

Os recém-casados viveram felizes. Ele passava geralmente as manhãs no depósito de madeira. Depois, ia tratar de negócios, sendo substituído por Ólenka, que ficava no escritório até o anoitecer, anotando os livros e controlando a saída de mercadoria.

— Atualmente, a madeira encarece vinte por cento todos os anos — dizia ela aos fregueses e aos conhecidos. — Antes, nós vendíamos madeira de perto daqui, mas agora Vássitchka[4] tem que viajar todos os anos, para comprar madeira na província de Moguilióv. E como subiram os fretes! — exclamava horrorizada, cobrindo as faces com as mãos. — Como subiram!

Parecia-lhe que há muitos anos já vendia madeira, que a madeira era a coisa mais necessária e importante na vida, e percebia algo terno, carinhoso, nas palavras: tora, viga, prancha, compensado, ripa, folheado, descascado... Sonhava com verdadeiras montanhas de vigas e pranchas e com filas infindáveis de carroças, que levavam a madeira para algum lugar distante, fora da cidade. Sonhava ainda com todo um regimento de tábuas, de um palmo por doze *archines*,[5] que se lançava ao ataque contra o depósito de madeira, via as vigas, pranchas e postes chocarem-se, ressoando estrepitosamente, qual madeira seca. Toda aquela madeira caía e tornava a er-

[4] Diminutivo de Vassíli.

[5] *Archin*, medida de comprimento que corresponde a 0,71 m.

guer-se, empilhando-se os objetos uns sobre os outros. Ólenka gritava dormindo, e Pustovalov dizia-lhe, carinhoso:

— Ólenka, o que é que você tem, querida? Faça o sinal da cruz!

Tinha os mesmos pensamentos que o marido. Se ele pensava que fazia calor no quarto ou que os negócios iam mal, assim pensava ela também. O marido não gostava de divertimentos, passava os feriados em casa, e ela estava sempre a seu lado.

— Você está sempre em casa ou no escritório — diziam-lhe os conhecidos. — Deveria ir ao teatro, ao circo, queridinha.

— Vássitchka e eu não temos tempo de andar pelos teatros — respondia gravemente. — Somos do trabalho, não nos ocupamos de tolices. O que há de bom nesses teatros?

Aos sábados, assistiam às vésperas, aos feriados, às primeiras matinas, e, regressando da igreja, caminhavam muito perto um do outro, os rostos repassados de ternura. Estavam perfumados, e o vestido de seda emitia um fru-fru agradável. Em casa, tomavam chá com pão de leite e geleia, depois comiam bolo. Diariamente, ao meio-dia, sentia-se no pátio e na rua um cheiro gostoso de *borsch* e carneiro ou pato assado e, em dias de jejum, peixe. Passando-se perto do portão, cada qual sentia aguçar-se o apetite. No escritório, havia sempre um samovar fumegando e servia-se aos fregueses chá com rosquinhas. Uma vez por semana, os esposos iam aos banhos e voltavam bem perto um do outro, corados.

— Vivemos bem, graças a Deus — dizia Ólenka aos conhecidos. — Gostaria de que todos tivessem uma vida como esta minha com Vássitchka.

Quando Pustovalov viajava para comprar madeira na província de Moguilióv, ela sentia muita saudade e passava as noites sem dormir, chorando. Vinha visitá-la, às vezes, ao anoitecer, o veterinário-militar Smírnin, homem moço, a quem alugara um quarto no pavilhão da casa. Contava-lhe algum episódio ou jogava com ela baralho, e isto a distraía. Achava interessante, sobretudo, ouvi-lo falar de sua vida. Era casado e tinha um filho, mas divorciara-se da mulher, que o traíra. Odiava-a e mandava-lhe, todos os meses, quarenta rublos, para o sustento do filho. Ouvindo-o, Ólenka suspirava e balançava a cabeça, tinha muita pena dele.

— Que Deus o proteja! — dizia, despedindo-se dele e acompanhando-o até a escada, com uma vela na mão. — Obrigada, porque veio cacetear-se comigo. Que Deus lhe dê saúde, Mãe do Céu...

Expressava-se sempre de modo grave, imitando o marido. O veterinário já estava embaixo, além da porta de saída, quando ela gritava, fazendo-o parar, e dizia-lhe:

— Sabe, Vladímir Platônitch, o senhor deveria fazer as pazes com sua mulher. Deveria perdoá-la, nem que fosse pelo filho!... Vai ver que o garotinho compreende tudo.

E ao regressar Pustovalov, ela falava-lhe a meia-voz sobre o veterinário e sua infelicidade conjugal. Ambos suspiravam, balançavam a cabeça e falavam sobre o menino, que, provavelmente, tinha saudades do pai. Em seguida, por uma estranha sequência de ideias, ambos se ajoelhavam ante as imagens sacras, faziam saudações até o chão e pediam a Deus que lhes desse filhos.

E assim decorreram seis anos de vida modesta e tranquila, repassada de amor e em plena concórdia. Mas, certo dia de inverno, Vassíli Andréitch, depois de ter tomado, no depósito, chá bem quente, saiu de cabeça descoberta para o pátio, apanhou um resfriado e ficou muito doente. Trataram-no os melhores médicos, mas ele morreu depois de quatro meses. E Ólenka ficou mais uma vez viúva.

— Por que me deixaste, querido? — soluçava, depois de enterrar o marido. — E como vou viver agora sem ti, infeliz que sou? Meus bons amigos, tenham pena desta pobre órfã...

Usava agora vestido negro, com crepes, e renunciou definitivamente ao chapeuzinho e às luvas. Quase não saía, a não ser para a igreja ou para o túmulo do marido, e vivia em casa como uma freira. E somente após seis meses, tirou os crepes e passou a abrir as venezianas. Depois, os habitantes da cidade começaram a encontrá-la de manhã, indo ao mercado, para compras, com a cozinheira, mas se podia apenas formular suposições sobre a vida que levava. Faziam-se, por exemplo, conjeturas, baseadas em que ela já era vista, no jardinzinho da casa, tomando chá com o veterinário, que lia em voz alta o jornal, bem como no fato de que, tendo encontrado no Correio uma senhora conhecida, ela dissera:

— Não temos, aqui na cidade, uma inspeção veterinária bem organizada, e isto dá origem a muitas doenças. Volta e meia, ouve-se falar de gente que adoeceu, tomando leite ou devido a contaminação direta por cavalos ou vacas. Na verdade, é preciso preocupar-se com a saúde dos animais domésticos do mesmo modo que a gente se preocupa com a saúde das pessoas.

Repetia os pensamentos do veterinário e tinha agora a opinião dele sobre todas as coisas. Era evidente que não podia passar um ano sequer sem se afeiçoar a alguém e que havia encontrado sua nova felicidade no pavilhão da própria casa. Outra seria condenada por isso, mas ninguém podia pensar algo de mal sobre Ólenka e tudo parecia perfeitamente natural em sua vida. Ela e o veterinário não falavam com ninguém sobre a mudança que se processara em suas vidas, mas não conseguiam ocultá-la, porque Ólenka não podia ter segredos. Quando iam visitá-lo colegas de regimento, ela, servindo o chá ou o jantar, começava a falar sobre a peste bovina, a equinococose, os matadouros municipais, enquanto ele ficava muito encabulado e, depois que as visitas saíam, agarrava-lhe a mão e sibilava zangado:

— Eu já pedi a você que não falasse daquilo que não entende! Quando nós, veterinários, estamos conversando em particular, faça o favor de não se intrometer. Realmente, isto é cacete!

Ela o olhava com surpresa, alarmada, e perguntava:

— De que vou falar então, Volóditchka?![6]

Abraçava-o, os olhos marejados, pedia-lhe que não se enfurecesse, e ambos eram felizes.

No entanto, não durou muito aquela felicidade. O veterinário partiu para sempre, acompanhando o regimento, que fora transferido para uma localidade muito distante, quase na Sibéria. E Ólenka ficou sozinha.

Estava, agora, completamente só. Fazia tempo que o pai tinha morrido e que sua poltrona ficara largada no sótão, empoeirada, com um pé quebrado. Ólenka tornara-se mais magra e mais feia e os transeuntes não a olhavam mais, como outrora, nem lhe sorriam. Evidentemente, haviam passado os melhores anos, e agora começava uma vida nova, desconhecida, na qual era melhor nem pensar. À noitinha, Ólenka ficava sentada no patamar da escada e ouvia música no Tivoli, acompanhada de um espocar de rojões, mas isto não lhe despertava, agora, quaisquer pensamentos. Olhava com indiferença para o pátio vazio de sua casa, não pensava em nada, não desejava nada, e depois, quando chegava a noite, ia dormir e via em sonho o pátio vazio. Comia e bebia, como se fosse contra a vontade.

O pior, o mais grave, no entanto, era que não tinha mais opiniões. Ela via em torno de si objetos e compreendia tudo o que estava sucedendo, mas não podia formar uma opinião sobre coisa alguma e não sabia do que falar. E como é terrível não ter opinião! Uma pessoa vê, por exemplo, uma garrafa, a chuva ou um mujique em sua telega, mas não consegue dizer para que existem aquela garrafa, a chuva ou o mujique, qual o sentido de sua existência, e não seria capaz de dizer algo, ainda que fosse em troca de mil rublos. Quando vivia com Kúkin, com Pustovalov e, depois, com o veterinário, Ólenka poderia explicar tudo e dar sua opinião sobre qualquer assunto, mas agora, tanto em seu coração como em seus pen-

[6] Diminutivo de Vladímir.

samentos, existia o mesmo vazio que no pátio da casa. Sentia-se apavorada e com um amargor, como se tivesse comido muita losna.

A cidade ampliou-se pouco a pouco, em todas as direções. O Arrabalde dos Ciganos recebera já um nome de rua e, no lugar onde haviam existido o jardim Tivoli e os depósitos de madeira, já surgiram casas e uma série de becos. Como passa depressa o tempo! A casa de Ólenka escureceu, o telhado enferrujou, o celeiro entortou e todo o pátio cobriu-se de urtiga e mato em geral. A própria Ólenka envelheceu, ficou feia. No verão, punha a cadeira na entrada e, como antes, sentia um vazio, monotonia no coração, um gosto de losna. No inverno, ficava sentada à janela, olhando a neve. Às vezes, quando sentia a brisa da primavera, ou quando ouvia o repicar dos sinos da catedral, assoberbavam-na de repente lembranças de seu passado, sentia o coração docemente oprimido, e lágrimas abundantes jorravam-lhe, mas tudo isto durava um instante apenas, depois vinha de novo uma sensação de vazio, não sabia mais para que vivia. A gatinha preta Briska esfregava-se em seus joelhos e ronronava suavemente, mas Ólenka não se comovia com aqueles carinhos felinos. Era disso que precisava? Precisava de um amor que tomasse conta de todo o seu ser, alma e entendimento, que lhe infundisse ideias, desse um sentido a sua vida, aquecesse o seu sangue, que envelhecia. Enxotava do colo a negra Briska e dizia-lhe com amargor:

— Anda, anda... Não tem nada que fazer aqui!

E assim passavam os dias e os anos, sem uma alegria, sem uma opinião sobre qualquer assunto. Bastava-lhe, por exemplo, o que dizia a cozinheira Mavra.

Num dia quente de julho, à tardinha, quando passava pela rua o rebanho municipal e o pátio estava completamente coberto de nuvens de poeira, alguém bateu de repente no portão. Ólenka foi abrir e, apenas olhou para fora, ficou estupefata: atrás do portão, estava o veterinário Smírnin, já grisalho e em trajes civis. Ela se lembrou de tudo no mesmo instante, não pôde se conter, chorou e colocou-lhe a cabeça no peito, sem uma palavra. Transtornada como estava, nem percebeu como ambos entraram em casa e sentaram-se para tomar chá.

— Queridinho meu! — murmurava ela, tremendo de alegria. — Vladímir Platônitch! De onde Deus te trouxe?

— Quero instalar-me de vez nesta cidade — contou ele. — Dei baixa e vim tentar a sorte, em liberdade, levar uma vida sedentária. E também já é tempo de mandar o filho para um ginásio. Está crescido. Sabe? Fiz as pazes com minha mulher.

— E onde ela está? — perguntou Ólenka.

— Ficou no hotel, com o filho, e eu estou procurando casa para morar.

— Meu Deus, fique com a minha casa! Não é uma residência? Ah, Senhor! Não lhe vou cobrar nada — disse Ólenka transtornada e chorou novamente. — More aqui. Quanto a mim, basta-me o pavilhão. Será uma alegria, meu Deus!

No dia seguinte, tiveram início a pintura do telhado e a caiação das paredes, enquanto Ólenka andava pelo pátio, a mão no quadril, e dava ordens. Brilhava em seu rosto o sorriso de outrora, toda ela revivera, tornara a viçar, como se houvesse despertado de um sono prolongado. Chegou a mulher do veterinário, senhora magra e feia, de cabelos curtos e rosto de expressão birrenta, acompanhada do filho, Sacha,[7] muito pequeno para dez anos, rechonchudo, de claros olhos azuis e covinhas nas faces. O menino, mal entrou no pátio, pôs-se a correr atrás da gata, e logo se ouviu seu riso prazenteiro.

— É sua essa gata, titia? — perguntou a Ólenka. — Quando ela der cria, quer nos dar um gatinho? Mamãe tem muito medo de ratos.

Ólenka conversou com ele, serviu-lhe chá e sentiu de repente algo tépido e um doce aperto no coração, como se

[7] Diminutivo de Aleksandr.

aquele menino fosse seu próprio filho. E à noitinha, quando ele preparava as lições, na sala de jantar, ela o olhava comovida, com pena dele, e murmurava:

— Queridinho meu, lindinho... Filhinho meu, como foste nascer assim inteligente, assim branquinho?

— Chama-se ilha — leu ele — uma extensão de terra cercada de água por todos os lados.

— Chama-se ilha uma extensão de terra... — repetiu ela, e era aquela sua primeira opinião, que expressava convicta, depois de tantos anos de silêncio e vacuidade mental.

Tinha já opiniões e, durante a ceia, conversava com os pais de Sacha, comentando que o ensino nos ginásios se tornara muito difícil, mas que, apesar de tudo, o *ensino clássico* era melhor que o *real*, pois, concluído o ginásio, ficava aberto o caminho para qualquer curso superior.

Sacha começou a frequentar o ginásio. A mãe foi a Kharkov, visitar uma irmã e não regressava. O pai viajava diariamente, para inspecionar rebanhos, e acontecia passar fora de casa até três dias. Ólenka teve a impressão de que os pais haviam abandonado Sacha por completo e que ele estava morrendo de fome. Transferiu-o, pois, para o seu pavilhão e instalou-o num quartinho.

Faz seis meses que Sacha mora com ela no pavilhão. Todas as manhãs, Ólenka entra no quarto dele. O menino dorme profundamente, apoiando uma face com a mão, parece não respirar. Ela tem pena de acordá-lo.

— Sáchenka[8] — diz com tristeza. — Levante-se, querido! Está na hora.

Ele se levanta, veste-se, reza a Deus e senta-se para tomar chá. Toma três copos e come duas grandes roscas e metade de um pão francês, com manteiga. Ainda não acordou completamente e, por isso, não está bem-disposto.

— Você, Sáchenka, não estudou bem a fábula — diz Ólen-

[8] Outro diminutivo de Aleksandr.

ka, olhando-o, como se tivesse de separar-se dele por muito tempo. — Você me dá muita preocupação. Faça força, queridinho, estude bem... Obedeça aos professores.

— Ah, deixe-me em paz, por favor! — diz Sacha.

Depois, ele sai em direção do ginásio, tão pequenino, mas com um boné grande e um bornal às costas. Ólenka segue-o pisando sem ruído.

— Sáchenka-a! — chama-o de repente.

Ele volta a cabeça e ela enfia-lhe na mão uma tâmara ou um caramelo. Quando entram no beco do colégio, o menino fica encabulado de estar sendo seguido por aquela mulher alta, corpulenta. Olha para trás e diz:

— Volte para casa, titia; agora, irei sozinho.

Ela para e segue-o com os olhos, sem pestanejar, vendo-o desaparecer na entrada do ginásio. Oh, como ela o ama! De seus afetos do passado, nenhum fora tão profundo, jamais seu coração entregara-se com tanto altruísmo, tão desinteressada e prazerosamente, como agora, quando se abrasava, cada vez mais intensamente, com o sentimento maternal. Seria capaz de sacrificar a vida por aquele menino, que lhe era estranho, pelas covinhas de suas faces, por aquele boné, e ainda o faria com alegria, com lágrimas comovidas. Por quê? Quem sabe por quê?

Tendo acompanhado Sacha à escola, volta docemente para casa, tão contente, tranquila, ressumando amor. Seu rosto, que se tornou mais jovem naqueles seis meses, está sorridente, parece iluminado. Os transeuntes, olhando para ela, sentem bem-estar e dizem-lhe:

— Bom dia, querida Olga Siemiônovna! Como vai, queridinha?

— Como são difíceis agora os estudos no ginásio — conta ela na feira. — Não é brincadeira. Ontem, no primeiro ano, mandaram, como lição de casa, decorar uma fábula, fazer uma tradução do latim e resolver um problema... Para um menino tão pequeno...

E ela começa a falar de professores, lições, livros didáticos, repetindo tudo o que Sacha lhe conta.

Almoçam juntos depois das duas. De noite, preparam juntos as lições e choram. Deitando-o para dormir, faz sobre ele, demoradamente, o sinal da cruz e murmura uma oração. Depois, deitando-se, sonha com o futuro distante e enevoado, em que Sacha, tendo terminado os estudos, será médico ou engenheiro, terá sua própria casa, grande, cavalos, carruagem, vai casar-se e criará filhos... Adormece pensando sempre naquilo, e as lágrimas escorrem-lhe dos olhos cerrados, pelas faces. A gatinha preta está deitada a seu lado e ronrona:

— Mur... mur... mur...

De repente, batidas fortes no portão. Ólenka acorda e o medo lhe tolhe a respiração. Seu coração batuca forte. Passa meio minuto e batem de novo.

"É um telegrama de Kharkov", pensa, começando a tremer com todo o corpo. "A mãe chama Sacha para junto de si, em Kharkov... Meu Deus!"

Está desesperada. Sente um frio na cabeça, nos pés, nas mãos, e tem a impressão de ser a pessoa mais infeliz do mundo. Mas, passa mais um minuto, ouvem-se vozes: é o veterinário, que está voltando do clube.

"Bem, graças a Deus", pensa ela.

O peso abandona-lhe, pouco a pouco, o coração. Deita-se e pensa em Sacha, que está dormindo profundamente no quarto ao lado e, de quando em vez, diz sonhando:

— Eu te quebro a cara! Vai embora! Não brigue comigo!

(1898)

A DAMA DO CACHORRINHO

I

Dizia-se que havia aparecido à beira-mar uma nova personagem: uma senhora com cachorrinho. Dmítri Dmítritch Gurov, que já passara em Ialta duas semanas e habituara-se àquela vida, começou a interessar-se também por caras novas. Sentado no pavilhão de Vernet, viu passar à beira-mar uma jovem senhora, de mediana estatura, loura, de boina. Corria atrás dela um lulu branco.

Mais tarde, encontrou-a diversas vezes ao dia, no parque e nos jardinzinhos públicos. Passeava sozinha, sempre com a mesma boina e acompanhada do lulu branco. Ninguém sabia quem era e chamavam-na simplesmente: a dama do cachorrinho.

"Se está aqui, sem marido e sem conhecidos", calculou Gurov, "não seria mau travar relações com ela."

Embora com menos de quarenta anos, ele tinha já uma filha de doze e dois filhos no ginásio. Haviam-no casado cedo, quando cursava ainda o segundo ano da universidade, e agora sua mulher parecia vez e meia mais velha que ele. Era uma mulher alta, de sobrancelhas escuras e porte rígido, importante, grave e "pensante", como ela mesma se chamava. Lia muito, escrevia cartas simplificando a ortografia, chamava o marido de Dimítri em lugar de Dmítri, e ele, secretamente, considerava-a pouco inteligente, tacanha, deselegante, temia-a e não gostava de ficar em casa. Havia muito que passara a traí-la, fazia-o com frequência e, provavelmente por este motivo, referia-se quase sempre mal às mulheres; quando, em sua presença, falavam nelas, exclamava:

— Raça inferior!

Parecia-lhe que fora suficientemente instruído por sua amarga experiência, para chamá-las como lhe aprouvesse, mas, apesar de tudo, não poderia passar dois dias sem a "raça inferior". Aborrecia-se em companhia de homens e mostrava-se frio, pouco loquaz, mas, encontrando-se no meio de mulheres, sentia-se despreocupado e sabia do que falar e como se portar; era-lhe, mesmo, fácil calar-se em companhia delas. Em seu aspecto exterior, em seu gênio, em toda a sua personalidade, havia algo atraente, imperceptível, que predispunha as mulheres a seu favor, que as atraía; ele sabia disso e, por sua vez, sentia-se impelido para elas.

Uma experiência variada, realmente amarga, ensinara-lhe, havia muito, que toda aproximação, a qual constitui a princípio uma variação tão agradável na vida e apresenta-se como uma aventura ligeira e aprazível, converte-se invariavelmente, em se tratando de pessoas corretas, especialmente moscovitas, indecisas e pouco dinâmicas, num verdadeiro problema, extraordinariamente complexo, e a situação, por fim, torna-se verdadeiramente difícil. Mas, a cada novo encontro com uma mulher interessante, essa experiência escapava-lhe da memória, vinha-lhe uma vontade de viver, e tudo parecia simples e divertido.

Eis que certa vez, à noitinha, estava jantando no jardim, e a senhora de boina aproximou-se, em passo lento, para ocupar a mesa vizinha. A expressão de seu rosto, o andar, a roupa, o tipo de penteado, diziam-lhe que ela era de boa sociedade, casada, estava em Ialta pela primeira vez, sozinha, e que se aborrecia... Havia muita mentira nas histórias que corriam sobre a depravação dos costumes locais, ele desprezava aquelas histórias e sabia que, geralmente, eram inventadas por gente que gostaria de pecar se soubesse fazê-lo, mas, quando a senhora sentou-se à mesa que ficava a três passos da sua, ele se lembrou daquelas histórias sobre fáceis conquistas e passeios na montanha, e apoderou-se dele a ideia tentadora de uma ligação fulminante, de um romance com uma mulher desconhecida, da qual não se sabe o nome, nem o sobrenome.

Chamou carinhosamente o lulu e, quando este se aproximou, ameaçou-o com o dedo. O lulu rosnou. Gurov tornou a ameaçá-lo.

A senhora olhou para ele e baixou os olhos.

— Não morde — disse ela e corou.

— Posso dar-lhe um osso? — e, quando ela assentiu com a cabeça, ele perguntou afavelmente: — A senhora chegou a Ialta há muito tempo?

— Há uns cinco dias.

— E eu já estou completando aqui a segunda semana.

Seguiu-se um silêncio.

— O tempo passa depressa e, no entanto, a gente se aborrece tanto aqui! — disse ela, sem olhar o interlocutor.

— É apenas uma convenção dizer que aqui é aborrecido. Um habitante de Biélev ou de Jizdra vive em sua terra e não se aborrece, mas, chegando aqui, repete: "Ah, que cacete! Ah, que poeira!". Pode-se pensar que chegou de Granada.

Ela riu. Continuaram a comer em silêncio, como desconhecidos. Depois do jantar, porém, caminharam lado a lado e iniciou-se, entre eles, uma conversa ligeira, brincalhona, de gente livre, satisfeita consigo, e à qual fosse indiferente aonde ir e do que falar. Ficaram passeando e conversaram sobre o modo estranho pelo qual estava iluminado o mar: a água tinha uma cor lilás, macia e tépida, e sobre ela o luar deitava uma faixa dourada. Falavam em como o ar ficava sufocante, após um dia de calor. Gurov contou que era moscovita, formado em Filologia, mas que trabalhava num banco; noutros tempos, preparara-se para cantar num teatro particular de ópera, mas desistira; possuía em Moscou duas casas... Por sua vez, soube dela que fora criada em Petersburgo, mas casara-se na cidade de S., onde residia havia dois anos, que passaria ainda em Ialta cerca de um mês e que era provável vir buscá-la o marido, que também queria descansar. Não sabia explicar direito em que repartição ele trabalhava, e ela mesma achava engraçado esse fato. Gurov soube, ainda, que ela se chamava Ana Sierguéievna.

Voltando para o quarto, pensou nela e em que, no dia seguinte, certamente haveria de encontrá-la. Deitando-se para dormir, lembrou-se de que, ainda há tão pouco tempo, ela estivera no colégio, estudara como agora a filha dele, lembrou-se também de quanta irresolução e falta de jeito havia ainda em seu riso, em seu modo de falar com um desconhecido; provavelmente, era a primeira vez que se encontrava sozinha, em tais circunstâncias, seguida e contemplada, e que alguém lhe dirigia a palavra, com um objetivo secreto que ela não podia deixar de adivinhar. Lembrou-se também de seu pescoço esguio, frágil, de seus bonitos olhos cinzentos.

"Apesar de tudo, há nela qualquer coisa que inspira pena", pensou, adormecendo.

II

Fazia uma semana que a conhecia. Era dia feriado. Dentro de casa, o ar estava sufocante e, na rua, o vento arrastava a poeira em turbilhão e arrancava os chapéus. Dava sede o dia inteiro, e Gurov entrava com frequência no pavilhão, oferecendo a Ana Sierguéievna ora refresco, ora sorvete. Ficava-se sem saber onde se meter.

Ao anoitecer, depois que o tempo amainou um pouco, foram até o quebra-mar, para assistir à chegada de um navio. Havia muita gente passeando no cais; reunira-se um grupo, com flores, para esperar alguém. Distinguiam-se nitidamente duas particularidades da bem-vestida gente de Ialta: as senhoras de idade trajavam-se como jovens e havia muitos generais.

Em virtude do mar agitado, o navio chegou tarde, quando o sol já se havia posto, e, antes de encostar ao cais, ficou, por muito tempo, fazendo manobra. Ana Serguéievna olhava por um *lorgnon* para o navio e para os passageiros, como se estivesse à procura de gente conhecida, e seus olhos fulguravam quando se dirigia a Gurov. Falava muito, fazia perguntas entrecortadas, e ela própria esquecia imediatamente o que havia perguntado. Acabou perdendo o *lorgnon*.

A multidão bem-vestida estava se dissolvendo, não se distinguiam mais os rostos, o vento amainara de todo, mas Gurov e Ana Serguéievna permaneciam parados, como se esperassem que mais alguém descesse do navio. Ela estava já silenciosa, cheirando flores, sem olhar para Gurov.

— O tempo melhorou — disse ele. — Aonde iremos agora? Vamos tomar um carro?

Ela não respondeu.

Ele a olhou então fixamente e, de súbito, abraçou-a e beijou-lhe os lábios; foi envolvido pelo perfume e pela umidade das flores e, no mesmo instante, espiou assustado em redor, para certificar-se de que ninguém os vira.

— Vamos a sua casa... — disse em voz baixa.

E caminharam depressa.

O ambiente do quarto dela era sufocante e cheirava a perfumes, que havia comprado numa loja japonesa. Olhando-a agora, Gurov pensou: "Quantos encontros diferentes acontecem na vida!". O passado deixara-lhe a lembrança de mulheres despreocupadas, benevolentes, alegres de amor, e que lhe eram agradecidas pela felicidade, embora muito breve, que lhes proporcionava; de outras, como, por exemplo, sua mulher, que amavam sem sinceridade, com palavras supérfluas, afetadamente, com histeria, com uma expressão que parecia significar não ser aquilo amor, nem paixão, mas algo mais significativo; e ainda de outras duas ou três, muito bonitas, frias, em cujo rosto aparecia, de repente, uma expressão rapace, um desejo insistente de tirar, arrancar da vida mais do que esta pode dar, e eram mulheres que não estavam mais na primeira juventude, birrentas, voluntariosas, pouco inteligentes; quando Gurov tornava-se indiferente a elas, sua beleza passava a despertar nele ódio e julgava ver escamas no rendado de suas roupas brancas.

Mas ali persistia a falta de coragem, uma angulosidade de juventude inexperiente, um sentimento de timidez; e havia ainda uma sensação de perturbação, como se alguém tivesse, de repente, batido na porta. Ana Sierguéievna, esta dama do cachorrinho, encarou o que sucedera de um modo particular, muito seriamente, como se fosse a sua perdição; assim parecia, e era estranho e fora de propósito. Murcharam-lhe os traços e os cabelos compridos penderam-lhe tristemente dos lados do rosto; ficou pensativa, em atitude desolada, como a pecadora de um quadro antigo.

— Isto não está bem — disse ela. — Você, agora, é o primeiro a não me estimar.

No quarto, havia uma melancia sobre a mesa. Gurov cortou um pedaço e começou a comê-lo, sem se apressar. Decorreu pelo menos meia hora em silêncio.

Ana Sierguéievna estava tocante, dela emanava a pureza de uma mulher correta, ingênua, que vivera pouco. A vela solitária, que ardia sobre a mesa, mal lhe iluminava o rosto, mas se via que estava sofrendo.

— Por que é que eu poderia deixar de estimá-la? — perguntou Gurov. — Você mesma não sabe o que diz.

— Que Deus me perdoe! — disse ela e seus olhos marejaram-se. — Isto é horrível.

— Você parece que está se justificando.

— Com que vou me justificar? Sou uma mulher má, ignóbil, desprezo-me e nem penso em me defender. Não enganei o marido, mas a mim mesma. E não foi somente agora, mas há muito que me engano. Meu marido talvez seja um homem bom, honesto, mas é um lacaio! Não sei direito o que faz na repartição e como cumpre as obrigações, mas sei somente que é um lacaio. Quando me casei com ele, tinha vinte anos, torturava-me a curiosidade, eu queria encontrar algo melhor. Dizia-me: "Existe, afinal, uma outra vida". Tinha vontade de viver! Viver e viver ainda... Abrasou-me a curiosidade... você não compreende isto, mas, juro por Deus, eu não me possuía mais, algo me sucedia, ninguém me poderia deter. Disse ao marido que estava doente e vim para cá... E, aqui, estava sempre andando como que atordoada, como uma louca... e eis que me tornei uma mulher infame, vulgar, e qualquer um pode me desprezar.

Gurov já estava se aborrecendo de ouvir aquilo, irritava-o aquele tom ingênuo, aquele arrependimento tão inesperado e fora de propósito. Não fossem as lágrimas nos olhos e poder-se-ia pensar que ela estava brincando ou desempenhando um papel.

— Não compreendo — disse ele suavemente. — O que é que você quer?

Ela escondeu o rosto em seu peito e apertou-se contra ele.

— Acredite, acredite em mim, eu lhe imploro... Amo uma vida honesta, pura, o pecado me repugna, eu mesma não sei o que faço. A gente do povo diz: o diabo tentou. E eu posso também dizer agora, a meu respeito, que o diabo me tentou.

— Basta, basta... — balbuciou ele.

Olhava-a nos olhos imóveis, assustados, beijava-a, falava-lhe com ternura, e ela, aos poucos, acalmou-se e voltou-lhe a alegria. Puseram-se a rir.

Depois, quando saíram, não havia viva alma à beira-mar. A cidade com seus ciprestes parecia completamente morta, mas o mar ainda fazia ruído e batia contra a margem. Uma barcaça balançava-se sobre as ondas e tremeluzia, sonolenta, uma pequena lanterna.

Encontraram um carro de aluguel e foram a Oreanda.

— Ainda há pouco, soube no vestíbulo o teu sobrenome: na portaria está escrito "Von Dideritz" — disse Gurov. — Teu marido é alemão?

— Não, parece que tinha um avô alemão, mas ele próprio é grego-ortodoxo.

Em Oreanda, ficaram sentados num banco, perto da igreja, olhando em silêncio o mar. Quase não se via Ialta através da névoa matinal, nuvens brancas permaneciam imóveis, junto aos cumes das montanhas. A folhagem não se movia sobre as árvores, gritavam cigarras, e o som monótono, abafado, do mar, que chegava de baixo, falava de descanso, do sono eterno que nos aguarda. Assim tumultuara lá embaixo, quando ainda não existiam Ialta, nem Oreanda; o mesmo ruído faz agora e fará, do mesmo modo indiferente e abafado, quando não existirmos mais. E nessa permanência, nessa completa indiferença em relação à vida e à morte de cada um de nós, oculta-se talvez o fundamento de nossa eterna salvação, do incessante movimento da vida sobre a terra, da perfeição imorredoura. Sentado ao lado da jovem mulher, que, ao alvorecer, parecia tão bonita, acalmado e embevecido face ao ambiente encantado, face ao mar, às montanhas, às nuvens, ao amplo céu, Gurov pensava em como, na realidade, refletindo-se direito sobre isto, tudo é belo neste mundo, tudo, com exceção do que nós mesmos pensamos e fazemos, quando nos esquecemos dos objetivos elevados da existência e de nossa própria dignidade humana.

Acercou-se deles um homem, provavelmente um guarda, olhou-os e se afastou. E este pormenor pareceu igualmente misterioso e belo. Viu-se chegar de Feodóssia um navio, iluminado pela aurora e já de luzes apagadas.

— A erva está coberta de orvalho — disse Ana Sierguéievna, depois de um silêncio.

— Sim. É tempo de ir para casa.

Regressaram à cidade.

Depois, encontravam-se sempre ao meio-dia, à beira-mar, almoçavam juntos, jantavam, passeavam, encantavam-se com o mar. Ela queixava-se de insônia e de que o coração lhe batia de modo alarmante, fazia-lhe sempre as mesmas perguntas, perturbada ora pelo ciúme, ora pelo temor de que ele não a estimasse o suficiente. E muitas vezes, no parque ou em algum jardinzinho público, quando não havia ninguém nas proximidades, ele a atraía de repente para si e beijava-a apaixonado. Aquele ócio completo, aqueles beijos em pleno dia, repassados do temor de serem surpreendidos, o calor, a maresia e o perpassar incessante de gente ociosa, bem-vestida e nutrida, pareceram tê-lo transformado completamente. Dizia a Ana Serguéievna como ela era bonita e tentadora, demonstrava uma impaciência apaixonada, não a deixava por um momento. Ela ficava frequentemente pensativa, pedindo-lhe sempre para confessar que não a estimava, não a amava um pouco sequer, e que via nela simplesmente uma mulher vulgar. Quase sempre, quando já estava adiantado o anoitecer, iam para fora da cidade, para Oreanda ou para a cachoeira. Os passeios eram sempre bem-sucedidos, deixando invariavelmente impressões magníficas, grandiosas.

Esperavam a vinda do marido. Mas chegou dele uma carta, em que informava estar com a vista dolorida e implorava à mulher que regressasse o quanto antes. Ana Serguéievna apressou-se a voltar.

— É bom que eu parta — disse ela a Gurov. — É o próprio destino.

Partiu de carruagem e ele a acompanhou. Viajaram um dia inteiro. No vagão do trem-correio, ao soar o segundo sinal, ela disse:

— Deixe que olhe para você mais uma vez... uma vez mais... Assim.

Não chorava, mas estava triste, parecia doente, e tremia-lhe o rosto.

— Vou pensar em você... Lembrar — disse ela. — Fique com Deus. Não guarde má lembrança de mim. É uma despedida para sempre, tem que ser assim, pois nem nos devíamos ter encontrado. Bem, vá com Deus.

O trem partiu veloz, suas luzes desapareceram e, instantes

depois, não se ouvia mais qualquer ruído, como se tudo se tivesse combinado propositalmente, para fazer cessar o quanto antes aquele doce alheamento, aquela loucura. Sozinho na plataforma da estação, e olhando para a negra distância, Gurov ficou ouvindo o canto dos grilos e a zoada dos fios telegráficos, com a sensação de haver acordado somente naquele instante. Pensava que em sua vida ocorrera mais uma aventura, um episódio, que também terminara, deixando apenas uma recordação... Estava comovido, triste, e sentia um ligeiro arrependimento. Aquela mulher jovem, que não veria mais, não fora feliz com ele. Tinha sido com ela afável, afetuoso, mas, apesar de tudo, em seu modo de tratá-la, no tom de sua voz e nos carinhos que lhe fizera, transparecia a sombra de uma ligeira ironia, o sentimento algo rude de uma superioridade de homem feliz, que, além do mais, tinha quase o dobro de sua idade. Durante todo o tempo, ela o chamara de bondoso, extraordinário, superior. Certamente, Gurov aparecia-lhe como alguém diferente do que era na realidade; por conseguinte, enganava-a sem querer...

Na estação, já cheirava a outono, a noite estava fresca.

"É tempo de partir também para o norte", pensou Gurov, saindo da plataforma. "É tempo!"

III

Em casa, em Moscou, tudo já havia adquirido um aspecto hibernal. Acendiam-se as estufas e, de manhã, quando as crianças preparavam-se para ir ao ginásio e tomavam chá, estava tão escuro que a babá acendia, por algum tempo, as luzes. Começou o frio. Quando cai a primeira neve, no primeiro dia de passeio de trenó, é aprazível ver a terra branca, os telhados brancos, respira-se suave e docemente e, nessa hora, lembram-se os anos de juventude. As velhas tílias e bétulas, alvas de geada, têm uma expressão benevolente, estão mais próximas do coração que os ciprestes e palmeiras, e, junto delas, não se quer mais pensar no mar e nas montanhas.

Gurov era moscovita. Regressando a Moscou num dia bom, frio, vestindo a peliça e as luvas de inverno, passeando pela Pietrovka e ouvindo sábado à noite o som dos sinos, aquela viagem que fizera havia pouco e os lugares que vira perderam para ele todo encanto. Mergulhou pouco a pouco na vida moscovita, lia já, sequiosamente, três jornais por dia e afirmava não ler jornais moscovitas por uma questão de princípio. Sentia-se já atraído pelos restaurantes, pelos clubes, pelos jantares festivos, pelas homenagens a alguém, e já ficava lisonjeado pelo fato de ser visitado por advogados e artistas famosos e porque, no clube dos médicos, jogava baralho com um catedrático. Era já capaz de comer toda uma porção de *sielianka* com frituras...[1]

Passaria um mês, mais ou menos, e Ana Sierguéievna, tinha a impressão, cobrir-se-ia de bruma em sua memória, e somente de raro em raro ia aparecer-lhe em sonho, com seu tocante sorriso, tal como outras apareciam. No entanto, decorreu mais de um mês, chegaram os rigores do inverno, mas tudo permanecia nítido na memória, como se a separação de Ana Sierguéievna tivesse sido na véspera. E as recordações tornavam-se cada vez mais intensas. Quer lhe chegassem ao escritório, em meio à quietude do anoitecer, as vozes das crianças, que preparavam a lição, quer ouvisse um órgão ou uma canção no restaurante, o vento soprasse na lareira, tudo ressuscitava, de repente, em sua memória: o que sucedera no quebra-mar, o amanhecer com aquela névoa sobre as montanhas, o navio chegando de Feodóssia, os beijos. Passava muito tempo caminhando pelo quarto e recordando, sorria e, depois, as lembranças transformavam-se em sonhos e o passado misturava-se, em sua imaginação, ao que viria ainda. Não sonha-

[1] *Sielianka* é uma sopa grossa de carne ou peixe, geralmente muito temperada.

va mais com Ana Sierguéievna, ela o acompanhava por toda parte, como uma sombra, e vigiava-o. Fechando os olhos, via-a e ela parecia mais bonita, mais jovem, mais terna do que fora realmente; e ele próprio aparecia melhor do que tinha sido naqueles dias em Ialta. Ao anoitecer, ela o espreitava de dentro da estante de livros, da lareira, do canto da sala, ele ouvia sua respiração, o fru-fru carinhoso de suas roupas. Na rua, acompanhava mulheres com o olhar, procurando alguma que a ela se assemelhasse...

Começara a oprimi-lo um desejo intenso de partilhar com alguém suas recordações. Mas, em casa, não se podia falar de seu amor e, fora, não havia com quem. Não ia fazê-lo com os moradores do prédio ou no banco em que trabalhava. Além disso, falar do quê? Amara ele então? Havia, porventura, algo belo, poético, edificante ou simplesmente interessante, em suas relações com Ana Sierguéievna? Tornava-se necessário conversar, de modo indefinido, sobre amor, sobre mulheres, e ninguém adivinhava do que se tratava, e somente sua mulher movia as sobrancelhas escuras, dizendo:

— Não fica nada bem a você, Dimítri, o papel de fátuo.

Certa vez, à noite, saindo do clube dos médicos, em companhia de um funcionário, seu parceiro no jogo, não se conteve e disse:

— Se soubesse que mulher encantadora eu conheci em Ialta!

O funcionário sentou-se no trenó e partiu, mas, de repente, voltou-se e chamou-o:

— Dmítri Dmítritch!

— Que é?

— Você tinha razão: o esturjão não estava de todo fresco!

Aquelas palavras, tão comuns, deixaram Gurov indignado, sem que soubesse por que, pareceram-lhe humilhantes, impuras. Que selvagens costumes, que rostos! Que noites estultas, que dias desinteressantes, anódinos! O jogo desenfreado, a gula, a bebedeira, as imutáveis conversas sobre o mesmo assunto. As ocupações desnecessárias e as conversas invariáveis ocupavam a melhor parte do tempo, as melhores energias e, por fim, sobrava apenas uma vida absurda, sem asas, uma mixórdia qualquer, da qual não se podia fugir, como se se estivesse num manicômio ou numa prisão!

Ficou a noite toda sem dormir, indignando-se, e passou o dia seguinte com dor de cabeça. Nas noites que se seguiram, dormiu mal também, ficava sentado na cama, pensando, ou andava de um canto a outro do quarto. Aborrecia-se com as crianças, com o banco, não tinha vontade de ir a lugar algum, de falar em coisa alguma.

Nos feriados de dezembro, preparou-se para viajar. Disse à mulher que ia a Petersburgo, a fim de pedir certos favores de pessoas influentes, para um jovem, mas viajou para S. Para quê? Ele mesmo não sabia ao certo. Tinha vontade de ver Ana Sierguéievna, de falar com ela, ajeitar uma entrevista, se possível.

Chegou a S. de manhã e alugou o melhor quarto do hotel; o assoalho estava ali inteiramente forrado com pano cinzento, de uniforme militar; sobre a mesa, havia um tinteiro, pardo de poeira, ornado de um cavaleiro que perdera a cabeça e mantinha levantado um braço com chapéu. O porteiro deu-lhe as necessárias informações: Von Dideritz morava na rua Staro-Gontchárnaia, em casa própria; era perto do hotel, ele vivia com fartura, possuía cavalos, todos o conheciam na cidade. O porteiro pronunciava: "Dridiritz".

Gurov caminhou, sem se apressar, para a Staro-Gontchárnaia e procurou a casa. Bem em frente, estendia-se um muro cinzento, comprido, coberto de pregos.

"Qualquer um teria vontade de fugir de um muro assim", pensou Gurov, olhando ora para as janelas, ora para o muro.

Calculava: não era dia de expediente, e o marido estaria provavelmente em casa. Além disso, seria falta de tato entrar e deixá-la perturbada. Se mandasse um bilhete, este poderia cair nas mãos do marido e então tudo estaria perdido. O melhor seria confiar-se ao acaso. E ele passou muito tempo andando pela rua e junto ao muro, esperando aquele acaso. Viu atravessar o portão um mendigo, que foi assaltado por cachorros; passada uma hora, ouviu tocar o piano, mas os sons chegavam-lhe fracos, pouco nítidos. Provavelmente, era Ana Sierguéievna quem tocava. De repente, abriu-se a porta principal e por ela saiu uma velha, acompanhada pelo lulu branco, que ele conhecia. Gurov quis chamar o cachorro, mas, de súbito, começou a bater-lhe precipitadamente o coração e, perturbado, não conseguiu lembrar o nome do lulu.

Ficou andando; odiava com intensidade crescente o muro cinzento e pensava já, com irritação, que Ana Sierguéievna esquecera-o e talvez já se divertisse com outro, o que seria muito natural na condição de mulher jovem, obrigada a ver, de manhã à noite, aquele maldito muro. Voltou para o quarto do hotel e passou muito tempo sentado no divã, sem saber o que fazer; jantou, depois dormiu bastante.

"Quanta estupidez e nervosismo", pensou, acordando e olhando para as janelas escuras, pois anoitecera. "Dormi não sei para quê. E o que vou fazer de noite?"

Estava sentado na cama, com um cobertor barato, cinzento, que parecia de hospital, e zombava de si mesmo, com despeito:

"Aí tem você a dama do cachorrinho... Aí tem você uma aventura... Por isso mesmo, fique sentado aí."

Ainda de manhã, na estação, havia-lhe saltado aos olhos um cartaz, de letras muito graúdas, anunciando a estreia de *Gueixa*.[2] Lembrou-se disso e foi ao teatro.

"É bem possível que ela costume frequentar as estreias", pensou.

O teatro estava cheio. Como sempre acontece nos teatros de província, havia uma névoa pairando sobre os lustres, a galeria inquietava-se ruidosamente. Antes de começar o espe-

[2] Opereta do compositor inglês Sidney Johnson.

táculo, os elegantes locais ficavam de pé, na primeira fila, as mãos atrás. No camarote do governador, estava sentada, na frente, a filha deste, de boá, enquanto o próprio governador ocultava-se modestamente atrás de uma cortina, deixando aparecer apenas as mãos. O pano de cena balançava-se, os músicos da orquestra passaram muito tempo afinando os instrumentos. Enquanto os espectadores entravam e ocupavam os lugares, Gurov ficou procurando ansiosamente com os olhos.

Ana Sierguéievna entrou também. Sentou-se na terceira fila e, quando Gurov a olhou, sentiu apertar-se o coração e compreendeu com nitidez que não existia, agora, para ele, em todo o mundo, pessoa mais próxima, querida e importante. Aquela pequena mulher, perdida no meio da multidão provinciana, que não se distinguia das demais e tinha nas mãos um *lorgnon* vulgar, enchia-lhe agora a vida, era sua aflição e sua alegria, a única felicidade que almejava. Ao som da orquestra ordinária, dos péssimos violinos locais, ele pensava em como ela era bonita. Pensava e sonhava.

Entrou com Ana Sierguéievna e sentou-se a seu lado um homem moço, de suíças pequenas, muito alto, um tanto curvado. A cada passo, balançava a cabeça e parecia estar cumprimentando incessantemente alguém. Era provavelmente o marido, que ela, num acesso de amargura, chamara, lá em Ialta, de lacaio. Com efeito, havia em seu vulto alongado, nas suíças, na calva pequena, algo modesto e servil, sorria com doçura e, na lapela, fulgia-lhe uma douta insígnia, que parecia também uma chapinha de lacaio.

No primeiro intervalo, o marido foi fumar, ela permaneceu sentada. Gurov, que estava também na plateia, aproximou-se dela e disse, com voz trêmula e um sorriso forçado:

— Boa noite.

Ela o olhou e empalideceu, depois tornou a olhá-lo apavorada, sem acreditar no que via, e apertou fortemente nas mãos, ao mesmo tempo, o leque e o *lorgnon*, lutando, sem dúvida, consigo mesma para não desmaiar. Permaneceram calados. Ela estava sentada, ele, de pé, assustado com a perturbação dela e não ousando sentar-se ao lado. Os violinos e a flauta, que estavam sendo afinados pelos músicos, começaram a cantar, veio uma sensação de medo, tinham a impressão de que em todos os camarotes havia gente olhando para eles. Mas, eis que ela se levantou e caminhou depressa para a saída; Gurov acompanhou-a. Caminharam sem destino por corredores e escadas, ora acima, ora abaixo, e aos seus olhos perpassou gente com uniformes de juiz, de estudante, de funcionário, todos com as respectivas insígnias. Apareciam senhoras, peliças em cabides, soprava um vento encanado, repassado do cheiro de tabaco. E Gurov, que tinha o coração batendo precipitadamente, pensou:

"Oh, meu Deus! Para que essa gente, essa orquestra..."

Naquele momento, lembrou-se de repente de como, certa noite, numa estação de estrada de ferro, tendo acompanhado Ana Sierguéievna ao trem, dissera a si mesmo que tudo estava terminado e que não se tornariam a ver jamais. Mas, como estava longe ainda o fim de tudo!

Ela deteve-se numa escada estreita e sombria, perto da inscrição: "Entrada para o anfiteatro".

— Como você me assustou! — disse, respirando pesadamente e ainda pálida, atordoada. — Oh, como me assustou! Estou meio morta. Para que veio até aqui? Para quê?

— Mas, compreenda, Ana, compreenda... — disse ele a meia-voz e apressadamente. — Eu lhe imploro, compreenda...

Ela o olhava com expressão de medo, de súplica, de amor, olhava-o fixamente, para reter com mais intensidade na memória os traços de seu rosto.

— Sofro tanto! — prosseguiu ela, sem o ouvir. — Todo esse tempo, só pensei em você, só vivi com esse pensamento. Ao mesmo tempo, tinha vontade de esquecer, esquecer, mas, para que, para que foi que você veio?

Mais em cima, entre dois lances de escada, havia dois ginasianos fumando e olhando para baixo, mas Gurov não se importava com coisa alguma, atraiu para si Ana Sierguéievna e pôs-se a beijar-lhe o rosto, as faces, as mãos.

— Que está fazendo, que está fazendo? — disse ela horrorizada, afastando-o. — Perdemos a cabeça. Vá embora hoje mesmo, neste mesmo instante... Peço-lhe por tudo o que há de sagrado, imploro-lhe... Vem gente aí!

Alguém estava subindo a escada.

— Você deve ir... — prosseguiu Ana Sierguéievna, num murmúrio. — Está ouvindo, Dmítri Dmítritch? Vou visitá-lo em Moscou. Nunca fui feliz, mas agora sou infeliz e jamais, jamais terei felicidade! Não me obrigue, então, a sofrer mais ainda! Juro-lhe que irei a Moscou. E agora, separemo-nos! Meu querido, meu bom, meu amado, separemo-nos!

Ela apertou-lhe a mão e começou a descer rapidamente a escada, voltando a cada momento a cabeça, e em seus olhos percebia-se que, realmente, não era feliz... Gurov permaneceu algum tempo parado, ouvindo seus passos; depois, procurou o cabide e saiu do teatro.

IV

Ana Sierguéievna passou a viajar a Moscou, para vê-lo. Cada dois, três meses, saía de S., dizendo ao marido que ia consultar um professor de Medicina sobre sua doença de senhora, e o marido acreditava e não acreditava ao mesmo tempo. Em Moscou, hospedava-se no "Bazar Eslavo" e, logo após sua chegada, mandava um recado a Gurov, por um homem de chapéu vermelho. Gurov ia vê-la e ninguém em Moscou sabia disso.

Certa manhã de inverno, ele estava indo assim a seu encontro (o criado que lhe fora levar o recado na véspera, ao anoitecer, não o encontrara). A filha caminhava ao lado, pois ele quisera levá-la ao colégio, que ficava a caminho. Caía uma neve graúda, molhada.

— Temos três graus acima de zero e, no entanto, cai neve — dizia Gurov à filha. — Mas este calor existe somente na superfície da terra, nas camadas superiores da atmosfera há uma temperatura bem inferior.

— Papai, e por que não há trovões no inverno?

Explicou-lhe isso também. Enquanto falava, pensava em que estava indo para uma entrevista de amor e que nem viva alma sabia disso e, provavelmente, jamais o saberia. Tinha duas vidas: uma, aparente, que viam e conheciam todos os que o queriam, repassada de verdade e de mentira convencionais, completamente semelhante às vidas de seus conhecidos e amigos, e outra que decorria em segredo. E por um estranho, talvez casual, acúmulo de circunstâncias, tudo o que era para ele importante, interessante, indispensável, aquilo em que ele era sincero e não enganava a si mesmo, o que constituía o cerne de sua vida, ocorria às ocultas dos demais, enquanto tudo o que formava a sua mentira, a membrana exterior, em que se escondia, para ocultar a verdade, como, por exemplo, seu trabalho no banco, as discussões no clube, a "raça inferior", a ida com a mulher aos espetáculos comemorativos, tudo isso era aparente. E julgava os outros por si mesmo, não acreditava no que via, e sempre supunha que em cada homem decorre, sob o manto do mistério, como sob o manto da noite, a sua vida autêntica e mais interessante. Cada existência individual baseia-se no mistério e talvez seja, em parte, esta a razão por que o homem culto se afana tão nervosamente para ver respeitado o mistério individual.

Tendo acompanhado a filha ao colégio, Gurov dirigiu-se ao "Bazar Eslavo". Tirou a peliça, subiu a escada e bateu mansamente na porta. Ana Sierguéievna, que estava com o vestido cinzento da predileção de Gurov, esperava-o desde a tarde anterior, estava cansada da viagem e da espera. Pálida, olhou-o sem sorrir e, mal ele entrou no quarto, ela se atirou a seu peito. O beijo que se deram foi prolongado, como se não se tivessem visto uns dois anos.

— Bem, como vai a tua vida lá? — perguntou ele. — Que há de novo?

— Espere, vou dizer daqui a pouco... Não posso.

Ela não podia falar, devido às lágrimas. Virou a cabeça e apertou o lenço contra os olhos.

"Bem, que chore um pouco; enquanto isso, vou ficar sentado aí", pensou ele e sentou-se numa poltrona.

Depois, tocou a campainha e mandou trazer chá. Enquanto o tomava, ela continuava de pé, a cabeça voltada para a janela... Chorava de emoção, da consciência angustiosa de que a vida deles dispusera-se de modo tão triste; viam-se apenas em segredo, escondiam-se das pessoas, como ladrões! Não estava destruída a vida de ambos?

— Ora, basta! — disse Gurov.

Era evidente, para ele, que aquele amor não acabaria logo. Ana Sierguéievna afeiçoava-se a ele com intensidade crescente, adorava-o e seria inconcebível dizer-lhe que tudo aquilo deveria ter fim, um dia; aliás, ela nem acreditaria nisso.

Aproximou-se dela, segurou-lhe os ombros, para acarinhá-la e gracejar um pouco e, naquele momento, viu-se no espelho.

A cabeça dele já estava começando a ficar grisalha. Pareceu-lhe estranho que, nos últimos anos, tivesse envelhecido tanto e ficado mais feio. Os ombros, em que haviam pousado as mãos dele, eram cálidos e estremeciam. Compadeceu-se daquela vida, que era ainda tão tépida e bonita, mas que, provavelmente, estava próxima de empalidecer e fanar-se, como a vida dele. Por que ela o amava assim? Ele sempre parecera às mulheres uma pessoa diferente daquela que era na realidade e elas amavam nele não a sua própria pessoa, mas um homem criado pela imaginação e que elas procuravam sequiosamente na vida; depois, percebido o engano, continuavam, todavia, a amá-lo. E nenhuma delas fora feliz com ele. O tempo passava, Gurov travava relações, unia-se a mulheres, separava-se delas, mas nenhuma vez amara, aquilo podia ser tudo, menos amor.

E somente agora, quando sua cabeça já estava grisalha, ele amava de verdade e como se devia, pela primeira vez na vida.

Ana Sierguéievna e ele amavam-se como gente próxima e querida, como marido e mulher, como dois ternos amigos. Parecia-lhes que o próprio fado destinara-os um ao outro e era incompreensível por que ele estava casado e ela também. Lembravam dois pássaros de arribação, macho e fêmea, caçados e obrigados a viver em gaiolas separadas. Perdoaram um ao outro tudo aquilo de que se envergonhavam em seu passado, perdoavam-se tudo no presente e sentiam que aquele amor os transformara.

Anteriormente, nos momentos de tristeza, ele procurara consolar-se com raciocínios variados, mas agora afastava-os, sentia uma profunda compaixão, queria ser sincero, carinhoso...

— Basta, minha boa menina — dizia ele. — Chorou e chega... Vamos agora conversar, ver se nos ocorre alguma ideia.

Depois, ficavam por muito tempo trocando conselhos, falavam em como libertar-se da necessidade de se esconder, de enganar, de viver em cidades diferentes e ficar muito tempo sem se ver. Como libertar-se daqueles insuportáveis liames?

— Como? Como? — perguntava ele, pondo as mãos à cabeça. — Como?

Tinham a impressão de que mais um pouco e encontrariam a solução e, então, começaria uma vida nova e bela; todavia, em seguida, tornava-se evidente para ambos que o fim ainda estava distante e que o mais difícil e complexo apenas se iniciava.

(1899)

POSFÁCIO

Boris Schnaiderman

Uma volta aos textos de Tchekhov depois de tantos anos obriga, segundo me parece, a refletir um pouco sobre a importância de seus contos para nós, hoje em dia.

É verdade que eles rompiam o padrão consagrado, introduziam determinada maneira de ver a existência, determinada relação entre o visto e o acontecido.

Esta subversão do consagrado, no gênero conto, impressionou profundamente os contemporâneos e os estudiosos de Tchekhov em geral. Para convencer-nos disso basta ler o que escreveu sobre ele Virginia Woolf no ensaio "Russian Point of View".[1] Na realidade, esta subversão tinha muito de russo, pois na Rússia os padrões ocidentais de gênero eram aceitos, mas ao mesmo tempo havia uma resistência que acarretava flutuação e afastamento, e isto marcou a literatura russa desde os seus inícios como uma das grandes literaturas modernas, pelo menos a partir da obra de Púchkin no começo do século XIX. (Essa resistência foi defendida com ênfase por Tolstói a propósito de *Guerra e paz*.)[2]

No prefácio à edição anterior deste livro, considerei a escrita de Tchekhov como uma superação do que Edgar Allan Poe escreveu em sua famosa *Filosofia da composição*, no sentido de que "todo argumento merecedor deste nome deve ser

[1] *The Common Reader*, 1st series, Londres, 1925.

[2] *Apud* Boris Schnaiderman, *Tolstói: antiarte e rebeldia*, São Paulo, Brasiliense, 1983, pp. 42-3.

elaborado com vistas a seu *dénouement* antes que algo seja tentado com a pena".[3]

O não desfecho, ou melhor, um desfecho diferente do consagrado, sugerindo continuidade, afastava o leitor do enclausuramento no determinismo causal do século XIX. Neste sentido, Tchekhov prenuncia a subversão da noção consagrada de tempo. Em termos de história curta, na base de episódio na aparência sem maior importância, Tchekhov nos aproxima de uma noção de tempo como a de Proust e como a de Virginia Woolf.

Mas, o problema estaria simplesmente neste aparente não desfecho? Conforme eu lembrava no posfácio anterior, o próprio Tchekhov tem narrativas em que, evidentemente, tudo converge para um final forte, como no conto "Volódia", incluído neste volume. Certamente houve momentos em que achou necessário encontrar um desfecho que "amarrasse" bem o narrado. Assim, escreveu numa carta a A. S. Suvórin, o correspondente com quem mais discutia os fundamentos de sua escrita, as suas concepções sobre o mundo e a sociedade, pelo menos até o final do século XIX: "Eu tenho entrecho interessante para uma comédia, mas ainda não atinei com o final. Quem inventar novos finais de peça há de inaugurar uma nova era. Não me acodem os ignóbeis finais! O herói se casa ou se suicida, não há outra solução" (4/6/1892).

Costuma-se citar um trecho de outra carta ao mesmo Suvórin, em que ele escreveu: "Contra todas as chamadas regras da arte, gosto de começar em *forte* e terminar em *pianissimo*!". Trata-se, porém, de um equívoco muito difundido (a praga das citações indiretas!). Consultando o texto da correspondência, encontra-se o seguinte trecho da referida carta, datada de 21 de outubro de 1895 e escrita após a con-

[3] Edgar Allan Poe, "The Philosophy of Composition", *Selected Writings*, Londres, Penguin, 1974, p. 480.

clusão de *A gaivota*, que marcaria o início de seu teatro mais maduro, mais pessoal: "Bem, a peça eu já concluí. Comecei-a em *forte* e terminei em *pianissimo* — ao revés de todas as regras da arte dramática. Saiu-me uma novela. Estou mais descontente que satisfeito e, relendo a minha peça recém-nascida, convenço-me mais uma vez que não sou de modo algum um dramaturgo". (Esta informação se torna ainda mais incisiva, quando lembramos que Suvórin lhe tinha dito que seu talento não era propriamente o de um homem de teatro. "*O urso* está saindo em segunda edição. E você me diz que eu não sou um dramaturgo excelente" — escrevia-lhe Tchekhov em 23/12/1888.)

Por conseguinte, em lugar de um escritor cônscio de seu papel pioneiro na superação de velhas normas, vemos alguns momentos de vacilação diante dos resultados novos a que chegava, levando algum tempo para se conscientizar da importância destes.

Nem por isso os novos caminhos que ele abriu foram menos decisivos para a ficção e o teatro. Tchekhov aproxima o conto da vida, quase chega à antiliteratura e, ao mesmo tempo, mantém e sugere os vínculos com o literário. Os procedimentos parodísticos, as alusões literárias, são constantes em sua obra e constituem, frequentemente, uma das grandes dificuldades na tradução. Por exemplo, o conto "Gente supérflua" alude, em tom menor, ironicamente e na base de uma história sobre gente bem mais "plebeia", ao tema das "pessoas supérfluas", comum na literatura russa da época, o tema dos indivíduos da nobreza deslocados em meio de uma sociedade onde se acentuava a penetração do capitalismo, e que aparece, por exemplo, na obra de Turguêniev, uma de cujas novelas tem por título: *Diário de um homem supérfluo* (1850).

A menor extensão do relato era acompanhada de um rebaixamento de tom, uma fuga ao grandiloquente, uma aproximação do coloquial, conforme foi sublinhado incisivamente por Maiakóvski em "Os dois Tchekhov".[4] Frequentemente, o contista retoma os grandes temas da literatura russa e explora-os justamente num tom menor que é sua característica, o que os transforma totalmente, pois esse tom muda radicalmente a hierarquia dos objetos. L. A. Avílova conta em seu livro *Tchekhov em minha vida*[5] que em certa ocasião ele disse: "... eu posso escrever a respeito de tudo o que quiserem. (...) Mandem-me que escreva sobre esta garrafa, e sairá um conto intitulado 'Uma garrafa'". Não era uma bravata, mas a afirmação categórica da importância das pequenas coisas da vida. O cotidiano com a sua filosofia, a sua poesia, tinha de irromper na literatura. Os grandes temas estão muitas vezes, parece insistir o contista, nas coisas pequenas, nos episódios que parecem sem importância.

Aliás, se em relação ao possível não desfecho, ou desfecho diferente, Tchekhov parece em sua correspondência ter momentos de dúvida, a nova hierarquia entre objetos e acontecimentos é algo bem consciente e determinado, e liga-se a toda a sua concepção de vida, à sua maneira de ver o mundo. E isto o levou a formulações muito arrojadas. Por exemplo, numa carta a seu irmão Aleksandr P. Tchekhov, que pretendia iniciar carreira literária e escrevera uma peça de teatro, chega a afirmar: "O enredo deve ser novo, ao passo que a fábula pode estar ausente" (carta de 11 de abril de 1889).[6] Deste modo, ele prenunciava a famosa fórmula corrente en-

[4] Artigo traduzido por mim e incluído em meu livro: *A poética de Maiakóvski através de sua prosa*, São Paulo, Perspectiva, 1971.

[5] Publicado postumamente com pequenos cortes em 1954 e em forma provavelmente integral no livro (de vários autores) *Tchekhov v vospominâniakh sovriemiênikov* (Tchekhov nas reminiscências dos contemporâneos), Moscou, Editora Estatal de Literatura, 1960, no centenário do nascimento do escritor.

[6] Esta carta já foi traduzida parcialmente para o português. Ver Sophia Angelides, *A. P. Tchekhov: cartas para uma poética*, São Paulo, Edusp, 1995, p. 136.

tre os teóricos do Formalismo Russo na década de 1920: a fábula, trabalhada pelo procedimento (*priom*) dá origem ao enredo (*siujét*).

A desconfiança de Tchekhov em relação aos sistemas organizados de pensamento tem muito a ver com esta plenitude do comum e cotidiano. "Nada de pensamento. As imagens vivas e verdadeiras criam pensamentos, e um pensamento jamais criará uma imagem" — teria ele afirmado na mesma ocasião, segundo Avílova.

Esta aproximação do coloquial e corriqueiro é feita com um máximo de finura. Tchekhov está próximo do trivial, mas jamais descamba na trivialidade. Há pequenos giros de expressão que ele maneja como nenhum outro escritor e que lhe permitem sugerir o máximo com um mínimo de palavras. Deste modo, segundo Maiakóvski, em sua obra "já irrompe o grito apressado do futuro: 'Economia!'". Muitas vezes, são procedimentos capazes de levar um tradutor ao desespero, tão intimamente estão ligados a características da língua russa.

Vejamos um exemplo. Um dos contos deste volume tem como título, na minha tradução: "Casa-se a cozinheira". Em russo, porém, está: *Kukharka jênitsia*, o que exige uma explicação: *jenítsia*, na realidade, significa "tomar mulher", refere-se ao casamento do homem. Visto que, segundo as regras de regência, o verbo é seguido da palavra *na* (sobre, em cima de), há na expressão um fundo sexual bem acentuado, que se desgastou no uso cotidiano. Já para o casamento da mulher, diz-se *víiti zámuj*, que significa "ir para trás do marido", reminiscência evidente do predomínio masculino absoluto na sociedade russa antiga, onde a autoridade do marido se amparava num código familiar muito severo. Ora, a personagem central do conto, o garoto que vê a cozinheira passar à condição de casada, sente a estranheza de toda a situação daquele casamento de uma pessoa de outra classe, estranheza esta que se manifesta inclusive na confusão linguística por ele perpetrada. Devido àquele erro, o foco narrativo centra-se no garoto desde o título, desde a primeira frase da história: somente Tchekhov seria capaz de usar uma expressão dessas. E os episódios que os adultos aceitam naturalmente, aparecem desde o início em toda a sua estranheza e absurdo.

A concisão máxima faz com que um conto de quatro ou cinco páginas encerre muitas vezes uma infinidade de caminhos. Pensemos um pouco em "Bilhete premiado", igualmente incluído neste livro. Temos aí certamente uma concentração no problema do tempo. A diferença, tantas vezes explorada em literatura, entre a duração cronológica de um evento e o tempo psicológico das personagens, tem aí certamente uma expressão cabal. Tudo decorre entre o abrir e fechar de um jornal, manuseado por um pequeno empregado que espairece no divã depois da ceia, mas que riqueza de situações aparece aí! Não se tem no caso nenhum intelectual, e no entanto os voos da imaginação se desencadeiam, desenfreados, com a mera possibilidade de um prêmio na loteria. As pessoas da classe média mais pobre, em sua vidinha medíocre e limitada, achatadas pela condição, "alienadas" diríamos nós (o termo é nem um pouco tchekhoviano, mas estamos lidando com o texto de fora), têm o seu momento de "desalienação", consequência do momento de sonho, que as leva para longe dessa realidade mesquinha, e do momento de revolta e decepção, quando percebem que o sonho é sonho mesmo. Os silêncios, os olhares, os sorrisos, como tudo adquire importância neste pequeno episódio! Desde o maior encantamento até a máxima irritação e revolta, que mundo de sentimentos e sensações no íntimo daquele pequeno empregado! A figura de sua mulher não foi elaborada psicologicamente, mas os poucos olhares, as poucas palavras, são mais que suficientes para sugerir toda a situação entre ambos. E veja-se a complexidade, a contradição de sentimentos, sugerida pelas palavras: "É tão aprazível, tão angustiante, alguém espicaçar e extenuar a si mesmo, na esperança de uma felicidade possível!".

A concepção de Júlio Cortázar sobre a "esfericidade" do conto, como algo limitado pela pouca extensão do escrito e ligado à própria tensão da narrativa,[7] encontra aí certamente uma das suas expressões mais perfeitas. Esta tensão não está dirigida para o desfecho, que é facilmente previsível, mas concentra-se no miolo, no desenrolar da relação entre os dois, no acontecimento importante deflagrado por aquele pequeno episódio do bilhete que poderia ter sido premiado, mas não foi.

O grande tema balzaquiano do dinheiro na existência humana é dado aí em termos de cotidiano, mas nem por isso menos ricos. Tudo gira em torno do dinheiro, é dele que tudo depende, o próprio imaginário se solta ou contrai, em função das possibilidades monetárias.

Há qualquer coisa de mágico na maneira pela qual Ivan Dmítritch e a mulher reagem à possibilidade do prêmio. O primeiro até parece "uma criança a quem se mostrasse um objeto brilhante". E pouco depois o dinheiro já se transforma em algo abstrato, já pensam nele como simples número. Usando mais uma vez palavreado não tchekhoviano, poderíamos dizer: valor de uso que se transforma em valor de troca. Mas, que adiantam estas pobres palavras de nossa metalinguagem, diante da exuberância contida na esfera do conto tchekhoviano? De Tchekhov a Cortázar, temos o mesmo apelo à liberdade e à concisão, a mesma desvinculação do tradicional e a mesma limitação pelo espaço reduzido do conto: os limites da esfera.

Tchekhov procuraria mais de uma vez fugir a estes limites estreitos, e às vezes é difícil dizer onde é maior sua realização: nos contos de quatro ou cinco páginas ou nas grandes novelas. Resta ao tradutor apenas acompanhar esta realização, tentando transmitir ao máximo as possibilidades de fruição que o texto proporciona.

[7] Ver o ensaio "Do conto breve e seus arredores", incluído na coletânea brasileira *Valise de cronópio*, São Paulo, Perspectiva, 1974, pp. 228-9.

No prefácio à 1ª edição deste livro, escrevi que "na elaboração de uma coletânea de contos de Tchekhov, a parte mais difícil está na seleção" e que, tendo o escritor deixado centenas de histórias magistralmente realizadas, "não me preocupei propriamente em apresentar *o melhor de Tchekhov*, o que é quase impossível e resultaria num critério puramente subjetivo, mas procurei traduzir contos que refletissem as diversas características de sua obra, as diferentes facetas de sua personalidade". Decorridos muitos anos, continuo de acordo com esta formulação e não tenho motivos para alterar a seleção efetuada então, embora outras histórias pudessem representar a obra de Tchekhov com a mesma validade.

Este livro contém os seguintes escritos eliminados pelo próprio autor da edição das suas obras completas: "Nos banhos", "Molenga", "Fantasiados" e "Um dia no campo". Continuo achando que é importante divulgar inclusive as narrativas ligeiras que ele publicou nas revistas ilustradas da época. No sistema do imaginário tchekhoviano, estas primeiras histórias, mesmo quando não chegam a constituir propriamente um conto, como no caso do terceiro texto citado há pouco, me parecem muito importantes, não apenas do ponto de vista histórico ou biográfico. O escritor não estava simplesmente "treinando a pena", como se lê muitas vezes.

Em seu livro *A prosa literária: reflexões e análises*,[8] Victor Chklóvski volta-se contra a edição indiscriminada, na União Soviética, em grandes tiragens, de contos eliminados por Tchekhov de suas obras completas, ao lado de outros reconhecidos pelo autor, e lembra que o próprio contista tinha afirmado numa carta que ele precisara espremer de si o escravo gota a gota. Aqueles contos eliminados, que se submetiam ao padrão das revistas que os encomendavam, seriam a marca do escravo em sua obra e que ele soube eliminar. Se

[8] *Khudójestvienaia prosa: razmichlêniia i razbóri*, Moscou, Editora Escritor Soviético, 1961, p. 514.

em princípio Chklóvski tem razão, é preciso reconhecer que diversas edições russas de tipo mais sério fazem claramente a distinção que ele reclama: os contos renegados pelo autor são incluídos, mas assinalados como tais. É também o que estou fazendo neste livro. E a par da submissão de Tchekhov ao padrão exigido, havia a subversão deste mesmo padrão.

O colorido, a vivacidade das suas histórias da primeira fase, quando Tchekhov era ainda Antocha Tchekhonté, devem ter o seu lugar num conjunto de contos tchekhovianos. Uma história como "Molenga" não pode ser desdenhada, embora o autor a tenha eliminado ao organizar o conjunto de sua obra. E não se pode concordar com a seguinte afirmação de Chklóvski no livro citado: "Está claro que mesmo nas primeiras coisas de Tchekhov aparecem êxitos e anotações corretas de entonações que não foram assinaladas por ninguém. Mas são apenas caminhos para o êxito. Não se pode conduzir todos os leitores através da cozinha, para o almoço". Francamente, não me parece justo deixar um conto como "Molenga" apenas para os "eleitos".

Tenho certeza de que há um vasto material para reflexão, no caminho percorrido por Tchekhov. E estou mais do que convencido de que os seus textos são muito necessários para todos nós, apesar da distância no espaço e no tempo. E isso me fez voltar às traduções de muitos anos atrás e melhorá-las agora na medida das minhas forças.

APÊNDICE[1]

Nos banhos

O equívoco em que se baseia a primeira das duas histórias resultou da desconfiança em relação aos "cabeludos", como possíveis subversivos, e do fato de os clérigos usarem então cabelo comprido.

A forma encurtada dos patronímicos masculinos ("Tarássitch" em lugar de "Tarássovitch"), que ocorre no texto e que indica maior familiaridade, é frequente em Tchekhov.

Molenga

Embora incluído na coletânea de 1886, *Contos coloridos*, publicada por Tchekhov com o pseudônimo de A. Tchekhonté, ele o excluiu das suas *Obras completas*, editadas em 1899-1901. No entanto, o conto teve considerável repercussão, sendo traduzido para várias línguas, em vida do autor.

[1] Este Apêndice baseia-se em diferentes fontes. Foram de grande ajuda para a sua elaboração as notas contidas nas seguintes edições da obra tchekhoviana:

a) *Obras e cartas completas* (*Pólnoie sobrânie sotchiniênii i pisem*) em 20 volumes, edição da Academia de Ciências da URSS, Moscou, 1944-1951; b) *Obras e cartas completas* em 30 volumes, da mesma editora, 1974-1983; c) *Obras reunidas* (*Sobrânie sotchiniênii*) em 12 volumes, Moscou, Editora Estatal de Literatura, 1960-1964; d) *Tchekhov*, coletânea de inéditos de Tchekhov e sobre ele, publicada pela Academia de Ciências da URSS em 1960, série Herança Literária.

Fantasiados

No teatro de Lentóvski, ao qual se refere o último dos flagrantes deste escrito, havia realmente por cima do palco um letreiro: "Sátira e Moral". Na colaboração de Tchekhov para as revistas ligeiras da época, há frequentes alusões a Lentóvski, geralmente num contexto pouco lisonjeiro (o escritor preocupava-se então com as possibilidades de elevar o nível dos espetáculos teatrais na Rússia). No entanto, é preciso reconhecer que M. V. Lentóvski (1843-1906), ator, diretor e empresário de teatros de opereta e de variedades, tipo originalíssimo e muito popular, exerceu um papel importante na vida teatral russa. Suas montagens caracterizavam-se pelo feérico do espetáculo, a magnificência visual. Frequentemente, ele aproveitou tradições do circo e do teatro de feira. Segundo alguns autores, chegou a influenciar o jovem Stanislávski.

Caso com um clássico

A palavra "clássico", no título, refere-se ao apelido, então corrente, dos alunos dos "ginásios clássicos", mas não deixa de criar ambiguidade em relação a "autores clássicos".

Tchekhov satirizou, em mais de uma ocasião, o ensino na Rússia, que ele considerava excessivamente imbuído de classicismo. Aliás, a exemplo do sistema alemão, as escolas russas dividiam-se em *reais* e *clássicas*; nas primeiras, predominava o ensino das ciências exatas; nas segundas, o das disciplinas clássicas. No entanto, embora se admitisse a existência de escolas reais, os alunos por elas formados não tinham os mesmos direitos que os saídos das escolas clássicas. Na década de 1880, diversas medidas governamentais procuraram reforçar o predomínio do ensino clássico.

Segundo alguns, o episódio narrado refletiria uma reminiscência do curso secundário do próprio Tchekhov, que chegou a repetir ano por ter sido reprovado em grego.

Analisando peculiaridades dos primeiros contos de Tchekhov, L. I. Obolênski, crítico da época, assinalava neles, como traço essencial, a "união da forma cômica e do conteúdo trágico", e considerava este conto como um dos mais característicos neste sentido ("A. P. Tchekhov em suas primeiras obras", *Odéski Listók* — A Pequena Folha de Odessa, 6/7/1900).

Neste conto, o autor usa o expediente, muito comum na sua primeira fase, de gracejar com nomes próprios.

A MORTE DO FUNCIONÁRIO

São comuns na bibliografia sobre Tchekhov especulações sobre fatos reais que teriam inspirado este conto.

Os críticos contemporâneos do autor sublinharam frequentemente a charge, a caricatura que há nas suas primeiras histórias. A. Bassárguin (pseudônimo de A. I. Vvediênski), porém, escreveu: "Alguns contos estão repassados de um estado de ânimo tão confrangedor que às vezes você tem a impressão de ter diante dos olhos uma página de Dostoiévski. O tipo do homem 'humilhado e ofendido' encontra-se aí com bastante frequência". E o crítico viu, na personagem deste conto, "um pária do mundo dos funcionários", uma "nova modalidade dos 'humilhados e ofendidos'" (*Moskóvskie Viédomosti* — Notícias de Moscou, 30/9/1900). A. Izmáilov (*Birjevíe Viédomosti*, Notícias da Bolsa, 24/7/1898) considerou este conto "uma caricatura distante da vida, própria para suscitar apenas um sorriso". S. A. Vienguerov, que iria desempenhar um papel importante como professor e historiador da literatura russa, escreveu em *Viéstnik i Biblioteca dliá Samoobrazovânia* (Boletim e Biblioteca para Aprendizagem Individual): "Em todo caso, há muito pouca alegria nas charges 'humorísticas' de Tchekhonté. O tom geral é sombrio e sem esperança".

DO DIÁRIO DE UM AUXILIAR DE GUARDA-LIVROS

Os "diários" constituíam um gênero muito difundido nas revistas ligeiras russas da década de 1880.

Neste escrito, Tchekhov refere-se a diversos fatos realmente acontecidos na época, como a epidemia de peste, aparecida em Vietlianka, no Baixo Volga, em 1878. O médico Bótkin, a que se refere o texto, é o famoso S. P. Bótkin (1832-1899), nome ilustre da História da Medicina russa. A receita transcrita no conto constituía o *ninho*, isto é, um remédio para todas as doenças, que o pai de Tchekhov vendia em sua mercearia de Taganrog.

Camaleão

A par da sátira ao regime de subserviência, pode-se perceber uma alusão a certo despertar de consciência política, que acompanhou a ampliação dos direitos civis, no reinado de Alexandre II. É o que se depreende da insistência de Khriúkin: "A lei não obriga a gente a tolerar coisas assim de um bicho...".

Casa-se a cozinheira

Tolstói classificou este conto entre os tchekhovianos de segunda categoria.

Ver Posfácio.

Crime premeditado

Na primeira edição deste livro, figurava o título "Criminoso com premeditação", que é sua tradução literal.

Górki testemunha em suas reminiscências que Tolstói citava este conto como particularmente profundo e especialmente recomendável, como exemplo para jovens escritores. D. P. Makovítzki transmite igualmente, num diário, palavras de Tolstói sobre esta história. "'Crime premeditado' é um conto excelente", disse L. N. "Eu o li umas cem vezes. Também, esses juízes...". O próprio autor, porém, classificava-o entre as suas histórias menos importantes, escritas sob a pressão de necessidades financeiras.

Ainda em suas recordações sobre Tchekhov, Górki relata que este foi visitado certa vez por um jovem promotor público, que lhe disse: "Com o seu conto 'Crime premeditado', o senhor, Antón Pávlovitch, colocou-me diante de um caso extremamente complexo. Se eu admito em Dienis Grigóriev uma intenção consciente e malévola, tenho de enviá-lo sem vacilar para a prisão, no interesse da comunidade. Mas ele é um selvagem e não compreende a natureza criminosa de sua ação. Sinto compaixão por ele! Ora, suponha que eu o considere um homem que agiu sem compreender seus próprios atos, e admitamos que me entregue ao sentimento de piedade; como poderei então garantir à coletividade que Dienis não vai desatarraxar novamente uma porca e provocar um desastre de trem? Que problema! Que fazer?". Tchekhov respondeu com gravidade: "Se eu fosse juiz, absolveria Dienis". "Baseado em quê?" "Eu lhe diria: você, Dienis, ainda não amadureceu como o tipo do criminoso intencional. Vá e amadureça". O promotor insistiu, naturalmente, sobre a necessidade de proteger a coletividade contra o criminoso Dienis, apesar da selvagem ingenuidade deste. Em seguida a uma conversa em que se tratou de gramofones e fotografia, e tendo Tchekhov posto a nu as características humanas do tipo, disse a Górki, após a saída do visitante: "E são essas espinhas, situadas no... assento da justiça, que dispõem do destino das pessoas". E após uma pausa: "Os promotores públicos gostam muito de pescaria, principalmente de peixes miúdos".

Este conto é característico, ainda, do modo pelo qual Tchekhov compreendia a mentalidade do mujique. Numa época em que havia uma tendência a exaltar e idealizar o camponês russo, Tchekhov, que o conhecia de perto, apontou as características reais da vida rural, com sua miséria, o abandono em que vivia o homem comum, o contraste entre a mentalidade urbana e a camponesa, como dois mundos separados e sem comunicação entre si. Tal atitude pareceu, muitas vezes, chocante aos *populistas*, numa época ainda próxima dos anos em que jovens idealistas partiam para o *meio do povo*, a fim de instruí-lo e conduzi-lo para a revolução. Falava-se então frequentemente dos "instintos comunistas" do mujique e chegava-se a apresentar a comunidade rural primitiva, o *mir*, como um modelo para o socialismo a ser instaurado no país. O contraste entre a concepção de Tchekhov sobre a mentalidade camponesa e o modo de vida no campo russo e as ideias dos populistas sobre o assunto resultaria em ataques bastante violentos ao escritor, sobretudo após a publicação da novela "Os mujiques", em 1897. Tchekhov escrevera para A. S. Suvórin, em 27/3/1894: "Tenho sangue mujique e as virtudes do mujique não me impressionam".

Subtenente Prichibiéiev

O conto faz parte das cenas da vida camponesa, inspiradas pela permanência de Tchekhov em Bábkino, e chamou-se, a princípio, "Um cumpridor extranumerário da lei". Foi enviado pelo escritor a N. Léikin, que dirigia então a revista humorística *Oskólki* (Estilhaços). Léikin considerou o conto mal realizado e comprido e tomou a liberdade de encurtá-lo (na presente coletânea, está o texto definitivo de Tchekhov). "A questão do comprimento ainda não seria nada", escreveu ele ao autor, "mas é também muito seco; que se tenha, pelo menos, uma sequidão mais curta. Aliás, encurtei muito pouco." Inesperadamente para Léikin, o conto não foi autorizado pela censura. Comunicando esta resolução a Tchekhov, ele disse não compreender o que o censor havia encontrado "de tão liberal" na história. No entanto, constava do parecer, confirmado depois pelo Comitê de Censura: "Este artigo pertence ao número daqueles em que se descrevem formas sociais monstruosas, surgidas em consequência de uma vigilância policial reforçada. O artigo não pode ser autorizado, devido ao veemente exagero com que se apresentam aí os males da referida vigilância". Léikin procurou, em vão, obter do Comitê de Censura uma revogação. "O conto foi reprovado em duas instâncias", comunicou ele a Tchekhov, "e eu estou simplesmente perplexo, sem saber o que a censura viu nele de perigoso. Teria ela interpretado o subtenente, apresentado por você, como um espião de aldeia, nomeado para semelhante cargo? Mas não é isto, de modo algum, que se depreende da história. A meu ver, trata-se apenas de um chicaneiro *con amore*." A conselho do próprio Léikin, Tchekhov enviou o conto para a *Pietierbúrgskaia Gazeta*, onde foi publicado. Em pouco tempo, tornou-se famoso, como uma caracterização do sistema policial da época e de suas consequências, o que se depreende do próprio nome do personagem.

Aflição

Em carta ao autor, o poeta L. I. Pálmin transmitiu-lhe a seguinte observação sobre o conto: "A meu ver, é o que você escreveu de melhor até hoje. Causa uma impressão estranha esse flagrante, cheio de verdade e vida: acha-se que é engraçado e triste ao mesmo tempo. Tal como na vida do povo, o cômico funde-se com o sombrio".

Tolstói considerava este conto como um dos melhores de Tchekhov.

Um dia no campo

O conto é certamente um daqueles em que aparece de modo mais evidente o impacto das ideias tolstoianas sobre Tchekhov, sobretudo em 1886-1887. A exaltação da sabedoria popular, não livresca, da riqueza interior que há no povo, são bem tolstoianas. Esta marca é muito mais evidente, por exemplo, que em "O sapateiro e a força maligna", apresentado por alguns como o conto de Tchekhov tolstoiano por excelência, e que embora se pareça em certa medida com os contos populares de Tolstói, introduz uma nota de ceticismo ausente em "Um dia no campo". Aliás, não teria este fato contribuído para que o autor excluísse a história da edição das suas obras completas?

A corista

É típica deste conto a caracterização, por meio de alusões ligeiras, das duas personagens nomeadas. O sobrenome Kolpakóv tem relação com *kolpák*, que em gíria significa: bobo, tolo. A corista aparece como Pacha, diminutivo de Prascóvia, e isto era típico de pessoas de condição humilde; mulheres com mais pretensão aristocrática eram chamadas de Polina (do francês *Pauline*), ou pelo diminutivo Pólia. Esta particularidade aparece de maneira muito curiosa em *Um jogador*, de Dostoiévski.

O tema da relação entre Tchekhov e Dostoiévski tem surgido ultimamente na crítica especializada, embora seu estudo encontre-se, pode-se dizer, no início. M. P. Gromov escreveu em "As citações ocultas (Tchekhov e Dostoiévski)", em *Tchekhov i ievó vriêmia* (Tchekhov e seu tempo), vários autores, Moscou, Editora Ciência, 1977: "O tema 'Tchekhov e Dostoiévski' ainda está totalmente no futuro: o tempo da clareza e compreensão ainda não chegou, mas já passou o tempo da negação categórica".

Este conto parece muito interessante do ponto de vista desta relação. Leonid Grossman aponta em *Dostoiévski artista* (tradução brasileira: Rio de Janeiro, Civilização Brasileira, 1967) para a importância que adquirem em Dostoiévski os confrontos de duas mulheres e afirma que isso constitui a marca nele da obra dramática de Schiller. No conto, este confronto ocorre de modo bem dostoievskiano, com os paroxismos característicos e os paradoxos de situações, o contraditório das relações humanas, que chega ao máximo quando a *dama misteriosa*, tão arrogante e "superior", ameaça ajoelhar-se "e faria isto por orgulho, por dignidade, para se elevar e rebaixar a corista".

No diálogo tão tenso, as personagens deixam até de dialogar, o jogo do diálogo se transforma e transfigura, com os famosos paroxismos verbais das personagens dostoievskianas. Por exemplo, a dama que se dirigia a Pacha, diz de repente, deixando de lado a interlocutora: "Matar esta mulher infame ou ajoelhar-me diante dela?".

Este conto tem sido adaptado muitas vezes para teatro. Conforme escrevi em "Por falar em conto", Suplemento Literário de *O Estado de S. Paulo*, 7/11/1971, a propósito deste texto: "A tensão criada é realmente uma 'tensão dramática', e aproxima-se da forma teatral mais comum na época (tão diferente do teatro tchekhoviano de sua fase madura como dramaturgo). Mas, no final do conto, umas poucas linhas de reflexão da personagem central dão um toque subjetivo que o afasta completamente da forma teatral então vigente. E não será esta interpenetração dos gêneros justamente uma das grandes realizações de Tchekhov?".

Criançada

Este conto era da predileção especial de Tolstói, mas, ao mesmo tempo, segundo A. Goldenweiser anotou em 1900 num diário, o romancista afirmava que histórias como esta formavam um mosaico, onde faltava uma diretriz interior.

Sonhos

As alusões ao tema da liberdade humana são frequentes na obra de Tchekhov. A forma simbólica e poética, evidente neste conto, além de seu valor artístico, permitia evitar uma proibição pela censura.

São comuns, igualmente, nos escritos de Tchekhov, as críticas, veladas ou não, ao sistema judiciário da época. Aliás, o escritor conhecia-o bem, tendo, mesmo, feito crônica forense, como jornalista.

D. Grigoróvitch escreveu a Tchekhov, em carta de 30/12/1888: "Somente um verdadeiro artista poderia escrever 'Sonhos' e 'Agáfia': três personagens no primeiro e dois no segundo estão apenas esboçados e, todavia, nada mais se pode acrescentar para torná-los mais vivos, para destacar com maior relevo a fisionomia e a personalidade de cada um; não se sente artifício numa só palavra, num só movimento: tudo é verdade, tudo ocorre como realmente deve ser; o mesmo em relação à descrição de quadros e impressões da natureza: há um esboço apenas e, no entanto, tudo nos aparece ante os olhos; mestria tal, na apresentação do observado, encontra-se unicamente em Turguêniev e Tolstói (há descrições assim em *Anna Kariênina*)".

O escritor e poeta simbolista D. S. Mierejkóvski analisou minuciosamente este conto, considerado por ele bem característico de toda a obra de Tchekhov, na qual via a conjugação de "um largo sentimento místico da natureza e do infinito e um lúcido e sadio realismo" (*Siévierni Viéstnik* — Anais do Norte, 1888, nº 11).

Vanka

Foi muito mal recebido pela crítica. K. Góvorov escreveu no jornal *Dien* (O Dia), num artigo que saiu em 29/9 e 13/10/1889, que esse "esboçozinho" e "bobaginha" não transmitia bem a vida na aldeia (lembranças do menino), nem caracterizava bem a personagem.

No entanto, foi considerado por Tolstói como um dos melhores contos tchekhovianos, embora o próprio autor se tivesse convencido, ao que parece, de sua debilidade, pois subsiste um recorte da publicação em revista, com anotação à margem: "Não vai entrar nas obras completas. A. Tchekhov".

Um conhecido

Nos contos de Tchekhov são frequentes os dentistas, farmacêuticos e enfermeiros, brutais no tratamento com os doentes, atrasados em relação à ciência e à técnica da época. Neste conto, o caráter antipático do dentista Finkel é sublinhado, ainda, pelo seu modo arrevesado de pronunciar as palavras russas, mas isto não se conservou na tradução.

Gente supérflua

Ver Posfácio.

Angústia

Em carta de 4 de abril de 1892, o irmão do escritor, Aleksandr Tchekhov, escreveu-lhe a propósito do trecho em que Iona conversa com o cavalo: "Eu naturalmente estou exagerando, mas nesta passagem do conto você é imortal".

Figura entre os melhores de Tchekhov, na relação estabelecida por Tolstói.

Senhoras

São bastante comuns, na obra de Tchekhov, professores e temas relacionados com educação. Górki refere-se ao carinho especial do contista pelos professores e à indignação, em face do abandono em que viviam e da burocracia que tinham de suportar.

Era igualmente um dos contos prediletos de Tolstói.

Gricha

O tema deste conto foi proposto a Tchekhov pelo escritor V. Bilíbin, secretário de redação de *Oskólki* (Estilhaços), que lhe pedia, em carta de 14/3/1886, "a psicologia de Fiédia, menino de dois, três ou quatro anos". Tendo escrito a história, Tchekhov comunicou a Bilíbin: "Gricha é seu tema. Lembra-se? *Merci...*". Bilíbin respondeu-lhe: "Gricha está nada, nada mal".

Iúri Lotman e Boris Uspênski citam este conto como exemplificação de que se pode falar da consciência da criança como "uma consciência tipicamente monológica". Cf. J. M. Lotman, B. A. Uspenskij, "Mito — Nome — Cultura", em *Tipologia della cultura*, Milão, Bompiani, 1975, p. 93. Original russo, na publicação *Trudi po Znakovim Sistiêmam* (Trabalhos sobre Sistemas de Signos), Tártu, Estônia, 1973.

O ACONTECIMENTO

No ensaio "O acontecimento", incluído em *Vinte e cinco anos de literatura* (Rio de Janeiro, Civilização Brasileira, 1968), Otto Maria Carpeaux escreveu sobre os contos de Tchekhov que tratam de crianças: "Nesses contos a economia dos recursos é extrema. Mas não no sentido de redução da significação à capacidade de compreensão de crianças; o caso é parecido com o das 'Cenas Infantis' de Schumann, que tampouco estão destinadas aos dedos dos meninos. Narrando esses contos, Tchekhov adota o ponto de vista de uma criança para simplificar ao máximo o tema e, ao mesmo tempo, para fortalecer a ressonância emocional; pois a criança sente mais profundamente certas coisas que já deixam indiferente o adulto.

O mais típico desses contos é 'O acontecimento': a gata deu à luz; os filhos da casa não se cansam de admirar os filhotes; vêm visitas, amigos de papai e mamãe, para jogar cartas; com o tio veio o seu grande cão, que come impiedosamente os pequeninos bichos; as crianças estão desesperadas, chorando copiosamente; mas papai os manda dormir, pois os adultos não estão dispostos a deixar estragar a noite de visitas por causa de acontecimento tão trivial, tão sem importância. — Parece conto sem enredo. Pois em 'O acontecimento' não aconteceu nada digno de nota. Mas quem lê com atenção maior esse conto, perceberá que o Acontecimento é o maior e mais trágico da existência. Assistindo à pequena tragédia dos filhotes da gata, as crianças têm seu primeiro contato com a realidade lá fora (as visitas); aprendem a sentir aquilo de que os adultos, estultificados pela experiência repetida, já não tomam nota; o grande cão do tio é a morte que devora a vida; e este Acontecimento merece bem ser escrito com maiúscula, pois é o Acontecimento mais significativo de todos — eis o enredo".

Aliás, Carpeaux escreveu sobre este conto também na "Introdução" ao vol. VI da *Antologia do conto russo* (Rio de Janeiro, Lux, 1962), onde, entre outras coisas, afirmou: "'O acontecimento' não é um conto sem enredo. Seu enredo é o maior de todos. Quem não o percebe é tão cego e surdo e rotineiro como os adultos no conto; e tão insensível como o tenente Klimov, no conto 'Tifo', que esquece logo a morte da irmã para viver, assim como aqueles que nem pensam na morte dos gatinhos para continuar o jogo. Nem a todos é dado entender um símbolo".

Escrevendo que os animais domésticos desempenham, na educação das crianças, um papel muito mais importante e benéfico que certos educadores, Tchekhov usa o nome de Karl Kárlovitch, com evidente alusão ao hábito, então corrente, de se contratarem preceptores estrangeiros.

Bilhete premiado

Ver Posfácio.

Volódia

Na época, houve muitos suicídios de ginasianos. D. V. Grigoróvitch insistiu com Tchekhov, em carta de dezembro de 1887, que escrevesse romance sobre um jovem suicida. Segundo parece, o conselho calou fundo no escritor. Pretendia prolongar *A estepe* e fazer o personagem suicidar-se. Em lugar disso, o suicídio aparece na segunda redação de "Volódia" (sobre o desfecho, ver Posfácio).

Houve diversas reações desfavoráveis na imprensa. E. Liátzki chamou Tchekhov de "monótono e enfadonho", a propósito deste conto (*Viéstnik Ievrópi* — Boletim da Europa, 1904, nº 1).

Tifo

O texto, de modo geral, não foi bem recebido pela imprensa. K. Govorov (pseudônimo de K. I. Miedviédski) viu nele "uma cenazinha passageira, uma exposição popular de trechos de um livro de medicina" e afirmou "a completa incapacidade do autor para a psicologia".

Em carta a Tchekhov de 8/5/1904, V. E. Meyerhold comparou o conto ao terceiro ato da peça *O jardim das cerejeiras*: "O jardim está vendido. As pessoas dançam. 'Vendido'. Dançam. É assim até o final. Quando se lê a peça, o terceiro ato causa a mesma impressão que a barulheira nos ouvidos do doente em seu conto 'Tifo'. Não sei que zoeira. Uma alegria em que se percebem sons de morte".

No ensaio "O acontecimento", Otto Maria Carpeaux observa que nos contos tchekhovianos "adjetivos quase só aparecem nas cenas culminantes do enredo, assim no conto 'Tifo' os dentes brancos da senhora que conversa alegremente com o oficial de boné vermelho — são essas vivas impressões visuais que inspiram náusea a Klimov, doente de tifo".

Inimigos

O conto reflete uma preocupação de Tchekhov: este participou do Segundo Congresso Russo de Medicina em memória de N. I. Pirogóv, que se realizou de 4 a 11 de janeiro de 1887 em Moscou e no qual se discutiram as relações entre médicos e pacientes.

Houve reação bastante negativa da crítica: enquanto alguns elogiavam a abordagem da temática social, outros criticavam a "composição malsucedida", que teria tornado o conto "arrastado demais".

V. V. Bilíbin escreveu a Tchekhov, em 26/1/1887: "'Inimigos' está bem escrito, mas (...) o final, na minha opinião, está como amassado".

Ilegalidade

Segundo Tolstói, um dos melhores contos de Tchekhov.

Olhos mortos de sono

O conto foi escrito no período em que Tchekhov estava preparando a novela *A estepe*. A. Pleschéiev, da redação da revista *Siévierni Viéstnik* (Anais do Norte), estava esperando que ele concluísse a novela, para publicação naquele periódico, mas pediu, ao mesmo tempo, que lhe enviasse contos curtos. Isto constituía uma novidade, pois as chamadas "revistas gordas", de nível mais elevado, não aceitavam histórias curtas. Foi Tchekhov quem rompeu esta tradição. Plechéiev escreveu-lhe, em 21/1/1888: "Lamento que o senhor, que escreveu tantas coisas encantadoras e realmente artísticas, seja menos conhecido que escritores indignos de desatar a fivela de seu calçado". Tchekhov respondeu-lhe: "Muito obrigado por sua cartinha boa, carinhosa. Pena que eu não a tenha recebido três horas mais cedo! Imagine que a recebi quando já estava garatujando um conto ruinzinho para a *Pietierbúrgskaia Gazeta*... Em vista do iminente dia primeiro, com seus pagamentos, eu fraquejara e sentara-me para cumprir aquela tarefa urgente. Mas não faz mal. O conto não me ocupou mais de meio dia e agora posso continuar minha *Estepe*". O "conto ruinzinho" a que se referia era justamente "Olhos mortos de sono", que figura na lista tolstoiana dos melhores contos de Tchekhov.

O título da presente tradução foi aproveitado de outras mais antigas e que ficou mais ou menos consagrado em português (tradução literal: "Dá uma vontade de dormir"). Devo a meu amigo Hélio Pólvora uma informação sobre sua origem: a tradução por Carlos M. A. Bittencourt incluída na coletânea *Cem obras-primas da literatura universal*, publicada pela Editora Pongetti do Rio de Janeiro, provavelmente em fins da década de 1940. Curiosamente, o título dessa tradução é muito mais tchekhoviano que a mera tradução literal. Este mesmo conto inspirou a Hélio Pólvora uma crônica muito bonita, "Deixem dormir as babás", que saiu no jornal *A Tarde*, de Salvador, em 24/1/2004.

O sapateiro e a força maligna

Tchekhov estava descontente com a sua realização e, escrevendo para A. S. Suvórin, em 23/12/1888, pedia que não lesse o conto, chegando a afirmar: "Ele me envergonha". Alguns contemporâneos apontaram para a semelhança entre a história e os contos populares de Tolstói.

Ventoinha

Tchekhov vacilou muito, antes de dar este nome ao conto, que lhe fora pedido por V. A. Tíkhonov, redator da revista *Siéver* (Norte), para seu primeiro número, a sair em 1892. Em 14/9/1891, escrevia a Tíkhonov: "Vou mandar-lhe o conto... não posso dizer como se chamará. Dar-lhe nome, no presente momento, é tão difícil como determinar a cor da galinha, a sair de um ovo que ainda não foi posto". Em 11 de outubro, informava-o de que ainda não conseguira inventar um título e que, no respectivo anúncio, podia-se escrever simplesmente "Conto" ou "Gente comum". O redator preferiu o segundo título.

Tchekhov pôs-se à obra em 21 de novembro e, em 30 do mesmo mês, enviou já o conto para Tíkhonov, com o título de "Grande homem". O próprio autor definia em carta a história como "um pequeno romance, de sensibilidade, para leitura familiar". Em 14 de dezembro, tornou a escrever ao redator da revista: "Realmente, não sei o que fazer com o título de meu conto! 'Grande homem' absolutamente não me agrada. É preciso, é indispensável dar-lhe outro nome. Intitule-o 'Ventoinha'". Este novo título ("A saltitante", em tradução literal) era uma alusão à adaptação russa, de A. Krilóv, da fábula "A cigarra e a formiga" de La Fontaine. Aliás, a cigarra foi substituída por uma libélula (mais familiar para os russos do norte), por mais estranha que pareça a imagem de uma libélula cantadora. Mas, seria tão casual este título do conto? Pois o próprio enredo lembra muito uma fábula.

Existe uma vasta bibliografia sobre os fatos reais que teriam dado origem ao argumento. Segundo alguns, seria o conto tchekhoviano que mais se baseou neles. O texto suscitou um rompimento provisório de Tchekhov com seu amigo, o pintor I. I. Levitan, que viu no enredo alusões a fatos de sua vida particular. Em todo caso, muita gente poderia se sentir atingida. Veja-se, por exemplo, a descrição irônica da mistura de *art nouveau* e estilo pseudorrusso nas casas burguesas da época, que aparece no início do 2º capítulo.

Ivan Búnin incluiu "Ventoinha" em sua relação das melhores obras de Tchekhov e anotou: "O conto é bom, mas tem um título horrível" (I. A. Búnin, *O Tchékhovie* — Sobre Tchekhov, Nova York, Editora Tchekhov, 1955).

D. P. Makovítzki, médico de Tolstói, anotou em seu diário em 29/3/1907 a seguinte observação do romancista sobre este conto, lido por ele em voz alta: "Magnífico! Magnífico! Humor no início e, depois, esta seriedade... E como se sente que, depois da morte dele, ela será de novo exatamente a mesma".

Existe filme soviético baseado no argumento de "Ventoinha".

Volódia grande e Volódia pequeno

Os escritos dos últimos anos de vida de Tchekhov revelam uma preocupação crescente com o papel da mulher na sociedade.

A redação de *Rúskie Viédomosti* (Anais Russos), ao publicar o texto, encurtou-o sem consultar o autor. Tchekhov escreveu a V. A. Góltzev em 28/12/1893, dia da publicação: "Ah, meu conto foi tosquiado em *Rúskie Viédomosti* com tanto empenho que cortaram com os cabelos a própria cabeça. Uma pudicícia puramente infantil e covardia espantosa. Que excluíssem algumas linhas, vá lá, mas arrancaram o meio, roeram fora o final e meu conto desbotou tanto que até dá náusea. Bem, admitamos que ele é cínico, mas neste caso não se deveria sequer publicá-lo, ou então seria justo dizer ao menos uma palavra ao autor, ou escrever-lhe, tanto mais que o conto não foi incluído no número de Natal e ficou encostado por um prazo indeterminado".

J. Legras traduziu o texto para o francês em 1894, mas a *Revue Bleue* recusou a tradução por considerar o conto desinteressante.

Um caso clínico

Este conto é característico das preocupações de Tchekhov na década de 1890.

Num artigo de *Moskóvski Listók* (A Pequena Folha de Moscou), em 10/1/1899, N. Rakchánin escreveu que o texto provocava uma "impressão penosa" e censurou Tchekhov por ter traído a "arte pura", acusando-o ainda de insinceridade e falta de independência. Houve também polêmicas em torno do capitalismo e a industrialização, tal como aparecem no texto.

Homem num estojo

O conto inaugura uma pequena trilogia: "Homem num estojo", "A groselheira" e "Sobre o amor". Numa carta a seu editor, Tchekhov afirmou que estes contos deveriam fazer parte de uma série, mas não chegou a escrevê-la. Aliás, baseando-se na correspondência de Tchekhov, alguns estudiosos relacionam-nos com um projeto de romance, que seria constituído de narrativas encadeadas.

Houve muitas conjeturas sobre o protótipo do "homem num estojo". Diversos autores apontam um inspetor no ginásio de Taganrog, em que Tchekhov estudara. Em seu caderno de apontamentos, o escritor esboçou assim o tema: "Homem num estojo, de galochas, guarda-chuva com capa, relógio num estojo, canivete com bainha. Deitado no caixão, dava a impressão de sorrir: encontrara seu ideal". Tendo hospedado por três dias, em agosto de 1896, o jornalista M. O. Mênchikov, anotou no diário: "M. usa galochas com tempo seco, anda de guarda-chuva para não apanhar insolação, tem medo de se lavar com água fria, queixa-se de que o coração lhe desfalece".

O conto suscitou de imediato as mais variadas interpretações. Num artigo em *Moskóvskie Viédomosti* (Anais de Moscou), K. N. Miedviédski escrevia em 7/4/1898: "É um conto vazio de conteúdo, ruim, mas não se pode deixá-lo sem comentário porque nele se desvendam, com extraordinária clareza, os defeitos básicos de um escritor capaz de transmitir apenas a face exterior dos fenômenos da existência". Já o crítico A. M. Skabitchévski, famoso porque vaticinara ao jovem Tchekhov um destino amargo, um fracasso total, e que depois também atacara o contista pela "ausência de ideias", após a publicação da trilogia elogiou-a muito, destacando particularmente o conto "Homem num estojo" e afirmando que a grande virtude de Tchekhov estava justamente nessa "ausência de ideias", que era a da própria vida russa, da qual ele seria assim o grande intérprete. Depois de apontar alguns defeitos que via no conto, conclui: "... a personalidade de Biélikov constitui admirável descoberta artística do senhor Tchekhov, um desses tipos que a exemplo de Oblómov[2] ou Tchítchikov[3] expressam ora todo um meio social, ora o espírito de seu tempo" (*Sin Otiétchestva* — O Filho da Pátria, 4/9/1898).

I. A. Liátzki afirmou em *Viéstnik Ievrópi* (Boletim da Europa, nº 1 de 1904) que o conto se caracterizava por "uma escolha tendenciosa de traços bem pouco típicos". Segundo o crítico, Biélikov "é um fenômeno patológico, que já por este único fato não pode ter significado típico e generalizador".

Para as gerações seguintes, porém, o "homem num estojo" tornou-se um elemento do repertório verbal cotidiano. Em *L'Histoire d'Anton Tchekhov* (Paris, Les Éditeurs Français Réunis, 1954), Elsa Triolet chega a compará-lo a Tartufo, quanto à aceitação no cotidiano.

[2] Do romance *Oblómov*, de I. A. Gontcharóv.

[3] Personagem central de *Almas mortas*, de Gógol.

Queridinha

Apresentando um empresário de província, Tchekhov ironizou a voga dos espetáculos feéricos, que procuravam atrair o público pela grandiosidade da encenação e davam, frequentemente, peças de argumento estapafúrdio. A moda surgiu principalmente após os êxitos obtidos pelo teatro moscovita Ermitaj, instalado (em 1876), tal como o teatro de "Queridinha", num parque e dirigido pelo ator, diretor teatral e empresário M. V. Lentóvski (ver neste apêndice a nota sobre "Fantasiados").

A publicação do conto teve enorme repercussão, conforme testemunham cartas recebidas pelo autor. Tatiana Lvovna, filha de Tolstói, escreveu a Tchekhov, em 30 de março de 1899: "Sua 'Queridinha' é um encanto. Meu pai leu-a quatro vezes seguidas, em voz alta, e diz que ficou mais inteligente depois disso". Górki relata que Tolstói elogiava a história com lágrimas nos olhos. Todavia, Tchekhov considerava "Queridinha" um conto humorístico e lamentou a predileção de Tolstói por suas histórias menos significativas.

Ele suscitou também discussões acaloradas entre os leitores. Em reminiscências sobre Tchekhov, Z. T. Morózova escreveu: "Eu me extasiava com o conto 'Queridinha' e bordei para Tchekhov uma pequena almofada com a inscrição 'Por Queridinha', e ele me respondeu: "Minha Queridinha não merece esta almofada", acrescentando que muitas damas severas estavam descontentes com seu conto e lhe escreviam cartas zangadas (no texto de Tchekhov há um trocadilho de *Dúchetchka*, Queridinha, com *podúchetchka*, almofadazinha).

Em outra carta se dizia que, depois de ler o conto, o ex-cantor de ópera D. A. Ussatov assegurava que "todos os homens são canalhas e todas as mulheres, umas criaturas maravilhosas".

Tolstói incluiu o conto, com alguns cortes e modificações, na coletânea *Círculo de leitura*, organizada por ele em 1905, e acrescentou-lhe um posfácio com sua interpretação da história. Nesta interpretação compara Tchekhov com Balaão, da Bíblia, que abençoa aqueles que pretendia amaldiçoar. Impelido pela opinião pública, o contista teria querido ridicularizar, em "Queridinha", a mulher fraca e submissa ao homem, pouco desenvolvida culturalmente. Mas, "tendo começado a falar, o poeta abençoou aquilo que ele queria amaldiçoar. Eu, pelo menos, apesar do que há de alegre, de cômico, maravilhoso, em sua obra toda, não consigo ler sem chorar algumas passagens deste conto surpreendente. E assim, contra a vontade do autor, contra o ponto de vista corrente sobre a questão feminina, contra a intenção de defender a igualdade da mulher em relação ao homem quanto ao papel na sociedade, quanto aos ofícios a exercer, surgiu uma impressionante figura de companheira".

Referindo-se ao ponto de vista consagrado sobre a questão feminina, Tolstói escreve: "Temo que ao escrever 'Queridinha' Tchekhov esteve sob a influência deste mal-entendido.

A exemplo de Balaão, ele pretendia amaldiçoar, mas o deus da poesia proibiu-lhe isto e ordenou abençoar, e ele abençoou e involuntariamente vestiu com luz tão maravilhosa esta querida criatura, que ela permanecerá para sempre como exemplo daquilo que pode ser uma mulher a fim de ser feliz ela mesma e tornar felizes aqueles de quem o destino a aproxima. Este conto é tão belo porque foi criado inconscientemente".

A. S. Miélkova, em seu estudo "História da criação do conto 'Queridinha'", no livro *V tvórtcheskoi laboratórii Tchékhova* (No laboratório de criação de Tchekhov — vários autores, Moscou, Editora Ciência, 1974), afirma: "O conto 'Queridinha' faz parte daquelas obras tchekhovianas em que está escondida com extraordinária profundeza a relação do autor com a personagem".

Lênin utilizou a imagem do conto em seu artigo "A queridinha social-democrática", escrito em outubro de 1905, mas publicado postumamente: "Saudado pelo *Osvobojdiênie*,[4] o camarada Starovier[5] continua a arrepender-se, na nova Iskra,[6] dos pecados cometidos por ele (por falta de juízo) na Iskra velha. O camarada Starovier parece-se muito com a heroína do conto de Tchekhov, 'Queridinha'. A queridinha viveu, a princípio, com um empresário teatral e, então, dizia: Vânitchka e eu montamos peças sérias. Depois, viveu com um negociante em madeiras e dizia: Vássitchka e eu estamos indignados com os altos fretes para madeira. Por fim, viveu com um veterinário e dizia: Kólitchka[7] e eu tratamos de cavalos. Assim é o camarada Starovier: 'Lênin e eu' xingamos Martinov. 'Martinov e eu' estamos xingando Lênin. Simpática queridinha social-democrática! Nos braços de quem hás de te encontrar amanhã?".

No ensaio "Myth as a Device in the Works of Tchekhov" (em *Myth and Symbol*, vários autores, University of Nebraska Press, 1963), Thomas G. Winner lembra que, ao estudar este conto, Poggioli (Renato Poggioli, *The Phoenix and the Spider*, Cambridge, Massachusetts, Harvard University Press, 1957) aproximou-o do mito de Eros e Psiquê. "Poggioli", escreve Winner, "observa que a heroína de Tchekhov, Ólenka, é chamada de *dúchetchka* (tratamento carinhoso semelhante a 'queridinha'), um diminutivo de *duchá*, alma. Psiquê, a heroína do mito, é também chamada pelo nome grego de alma

[4] Libertação.

[5] Nome que significa: sectário do Rito Antigo (isto é, anterior às reformas do patriarca Níkon, no século XVII).

[6] *A Centelha*, jornal do Partido Operário Social-Democrático da Rússia. O periódico estivera sob a direção da ala bolchevique do mesmo partido, mas era dirigido, na época, pelos mencheviques. Devido a este fato, chamava-se geralmente de *velha Iskra* a fase do jornal em que este ficara sob o controle dos bolcheviques e de *nova Iskra* a segunda fase.

[7] Diminutivo de Nikolai. Trata-se de um equívoco, pois o veterinário do conto chamava-se Vladímir.

(...). Poggioli escreve, um pouco no espírito da crítica de Tolstói, que Ólienka apreendeu inconscientemente aquilo que Psiquê não conseguiu compreender: que o amor é cego e deve permanecer como tal". Segundo Winner, Poggioli não percebeu o tom rebaixado que Tchekhov imprimiu ao mito, pois "Ólenka é ingênua e simples demais para ver ou duvidar".

As reflexões de "Queridinha" no sentido de que o *ensino clássico* era melhor do que o *real* têm relação com as então esperadas reformas no sistema educacional, para se concederem mais direitos aos formados pelas *escolas reais* (cf. neste apêndice a nota sobre "Caso com um clássico").

Fausto às avessas, espetáculo encenado pelo primeiro marido de Ólenka, era a tradução da opereta *O pequeno Fausto* (1869) de Florimond Hervé. *Orfeu nos infernos* (1858) é uma opereta de Jacques Offenbach.

A DAMA DO CACHORRINHO

Foi escrito em Ialta, quando o autor estava com a saúde profundamente abalada.

Górki escreveu a Tchekhov, em janeiro de 1900:

"Li sua 'Dama'. Sabe você o que está fazendo? Está matando o realismo. E acabará de matá-lo. Em breve, há de liquidá-lo por muito tempo. Essa forma já viveu o que tinha de viver — é um fato! Ninguém pode ir mais longe que você por esta senda, ninguém pode escrever com tamanha simplicidade sobre coisas tão simples, como você sabe. Depois do mais insignificante dos seus contos, tudo o mais parece grosseiro e escrito não com a pena, mas com um pedaço de pau. E, principalmente, tudo parece não simples, isto é, inverídico. É verdade (...) E quanto ao realismo, você vai exterminá-lo mesmo. Estou contente ao extremo. Chega! Diabo que o carregue!

Com efeito, chegou o tempo de se necessitar de algo heroico: todos desejam algo excitante, colorido, que não seja parecido com a vida, mas sim mais elevado que ela, melhor, mais belo. É absolutamente indispensável que a literatura atual comece a enfeitar um pouco a vida e, logo que ela o comece, a vida se embelezará, isto é, os homens viverão de modo mais veloz e brilhante. E, agora, veja que olhos ordinários eles têm: enfastiados, turvos, congelados.

Você realiza uma obra colossal, com seus pequenos contos, despertando nas pessoas uma repulsa por esta vida sonolenta, meio morta — diabo que a carregue! A sua dama causou-me tamanha impressão que, apenas a conheci, quis trair minha mulher, sofrer, brigar etc. Mas não traí a mulher, pois não havia com quem, apenas briguei com ela decididamente e fiz o mesmo com o marido da irmã dela, meu amigo do peito. Vai ver que você não esperava semelhante resultado? Mas não estou brincando: aconteceu isso mesmo. E não é comigo apenas que acontecem coisas assim, não ria. Seus contos são frascos elegantemente facetados, contendo todos os perfumes da vida, creia-me! Um olfato sensível sempre encontrará neles o perfume fino, penetrante e sadio, do *real* verdadeiramente necessário e precioso, que sempre existe em cada um dos seus frascos. Bem, vou parar, senão vai pensar que estou lhe fazendo cumprimentos".

Uma conhecida comum de Tchekhov e do pintor Levitan escreveu ao contista, relatando o que o segundo dissera: Tchekhov havia escrito "A dama do cachorrinho" tão bem como ele, Levitan, pintava seus quadros.

Tolstói anotou no diário, em 16 de janeiro de 1900: "Li 'A dama do cachorrinho', de Tchekhov. Sempre Nietzsche. Pessoas que não elaboraram em si uma clara visão do mundo, que separe o bem e o mal. Antes se intimidavam, ficavam à procura, mas agora, acreditando encontrar-se além do bem e do mal, permanecem aquém, isto é, quase uns animais".

T. L. Schépkina-Kupérnik afirma em reminiscências: "Seus pequenos contos valem as obras em muitos volumes de outros. Tome-se, por exemplo, 'A dama do cachorrinho': Turguêniev teria aí tema para um romance inteiro. Tchekhov acomodou-o em algumas dezenas de páginas, mas nessas páginas se vê e se sente não só o drama pessoal de duas ou três pessoas, mas todo o cotidiano da *intelligentsia* de então, que se sufocava sob o peso dos preconceitos, das noções falsas sobre decência etc., que muitas vezes destruíam a vida e o íntimo das pessoas".

A publicação do conto deu margem a que vários críticos atacassem mais uma vez a "falta de conclusão" dos contos tchekhovianos. V. Burênin escreveu em *Nóvoie Vrêmia* (Tempos Novos), em 25/2/1900: "O final nas obras deste literato de talento surge no ponto em que, segundo parece, deveríamos esperar o verdadeiro trabalho criador". Ademais, censurou Tchekhov por não se definir entre um drama e um "vaudeville com cachorrinho".

Outros críticos fizeram igualmente restrições do ponto de vista moral, além de apontar o seu caráter fragmentário.

No ensaio já citado a propósito de "Queridinha", Thomas G. Winner aproxima "A dama do cachorrinho" do mito literário criado por *Anna Kariênina*, de Tolstói. Depois de apontar as semelhanças de argumento, insiste no tema da "versão rebaixada" e, de passagem, trata da ausência de condenação moral em Tchekhov, e que é evidente em Tolstói, em relação ao adultério.

Existe filme soviético baseado neste conto. Seu argumento inspirou também a produção ítalo-russa *Olhos negros*, dirigida por Nikita Mikhalkóv.

Boris Schnaiderman

Este livro foi composto em Sabon, pela Bracher & Malta, com CTP da New Print e impressão da Graphium em papel Pólen Natural 80 g/m² da Cia. Suzano de Papel e Celulose para a Editora 34, em junho de 2025.